CHRISTINE RATH
Wildrosengeheimnisse

GEFÜHLSVERWIRRUNGEN Es ist Winter am Bodensee. Maja Winter bekommt zum ersten Mal die negativen Seiten der Selbständigkeit zu spüren. Die Einnahmen in ihrem »Café Butterblume« sind gering. Ihr Glück findet sie in der Beziehung zu ihrem Freund Christian, der wertvollen Unterstützung durch ihre Tochter Nini und der bevorstehenden Hochzeit ihrer Mutter Luise auf der Insel Mainau. Da verschwindet eine junge Frau aus Überlingen, die zuletzt in der »Butterblume« gesehen wurde. Christian, der die Vermisste offenbar kannte, verhält sich zunehmend merkwürdig und lässt Maja an seiner Treue zweifeln. Als auch noch im Café eingebrochen und Majas kleiner Hund Jojo beinahe vergiftet wird, gerät sie in einen Strudel aus Angst und Misstrauen. Gibt es zwischen dem Einbruch und dem Verschwinden der jungen Frau einen Zusammenhang? Und was hat Christian damit zu tun? Zum Glück ermittelt der freundliche und überaus attraktive Kommissar Michael Harter, der immer dann aufzutauchen scheint, wenn Maja ihn gerade dringend braucht …

Die Autorin Christine Rath, Jahrgang 1964, lebt und schreibt am schönen Bodensee, wo sie mit ihrer Familie ein kleines Hotel betreibt. Hier findet sie durch die vielen interessanten Begegnungen und Situationen mit anderen Menschen viele neue Ideen für ihre Romane. Ihre Wurzeln hat sie jedoch an der Ostsee und auf der Insel Sylt, auf der ihre Eltern einige Zeit lebten. An beiden Meeren findet sie in der zauberhaften Natur Ruhe und Erholung.

Bisherige Veröffentlichungen im Gmeiner-Verlag:
Kastanienfeuer (2017)
Windflüstern (2017)
Eisblumenglitzern (2016)
Heidezauber (2016)
Maiglöckchensehnsucht (2015)
Sanddornduft (2014)
Butterblumenträume (2012)

CHRISTINE RATH

Wildrosengeheimnisse

Roman

GMEINER SPANNUNG

Ausgewählt von
Claudia Senghaas

Personen und Handlung sind frei erfunden.
Ähnlichkeiten mit lebenden oder toten Personen
sind rein zufällig und nicht beabsichtigt.

Besuchen Sie uns im Internet:
www.gmeiner-verlag.de

Im Ehnried 5, 88605 Meßkirch
Telefon 07575/2095-0
info@gmeiner-verlag.de

2. Auflage 2017

Lektorat: Claudia Senghaas, Kirchardt
Herstellung: Mirjam Hecht
Umschlaggestaltung: U.O.R.G. Lutz Eberle, Stuttgart
unter Verwendung der Fotos von: © maraphoto – Fotolia.com
und © iStockphoto.com / René Lorenz
Druck: CPI books GmbH, Leck
Printed in Germany
ISBN 978-3-8392-1456-5

Für Sandrina

1. Kapitel

Große Ereignisse werfen ihre Schatten voraus

Es ist praktisch unmöglich, an einem Samstagvormittag einen Parkplatz in Überlingen zu finden. Es scheint, als hätte sich heute Morgen mal wieder jeder aufgemacht, auf dem Markt in unserer kleinen Stadt am Bodensee einzukaufen. Fluchend versuche ich, meinen alten Mini in die winzig kleine Lücke zu schieben, die gar kein Parkplatz ist.

Egal, darauf kann ich beim besten Willen keine Rücksicht nehmen. Schließlich muss ich in einer Stunde mein ›Café Butterblume‹ aufmachen und habe vorher noch allerhand einzukaufen.

Wie sich mein Leben doch in den letzten Monaten verändert hat.

Manchmal kann ich es kaum glauben. Noch vor einem Jahr war ich eine ziemlich unzufriedene kleine Angestellte in einer örtlichen Immobilienagentur und nun besitze ich ein kleines Café, das ›Café Butterblume‹, direkt am See. Es hat mich zwar ganz schön viel Kraft gekostet, diesen Traum zu verwirklichen, aber es hat sich gelohnt.

Trotz des ganzen Stresses und der vielen Arbeit, die die Selbstständigkeit nun einmal mit sich bringt, ist es auch ein tolles Gefühl, auf eigenen Beinen zu stehen, für niemanden außer sich selbst verantwortlich zu sein und die Einnahmen in die eigene Tasche wirtschaften zu dürfen.

Ach, aber an Einnahmen ist im Moment leider überhaupt nicht zu denken. Die Wintermonate sind am See schon recht einsam und die Gäste, ehrlich gesagt, ziemlich überschaubar.

Wie konnte ich auch nur ausgerechnet im Winter das Café eröffnen? Mir hätte klar sein müssen, dass die Touristen erst ab Ostern an den Bodensee kommen, schließlich lebe ich lange genug hier. Wenigstens ist es mir gelungen, dass die Einheimischen die gemütliche Atmosphäre in der ›Butterblume‹ zu schätzen wissen, und es werden immer mehr Stammgäste. Trotzdem ist es nicht leicht, im Winter über die Runden zu kommen, und ich bin froh, dass ich zumindest keine Pacht und keine Löhne zahlen muss.

Glücklicherweise habe ich mich nämlich – so ganz nebenbei – in den Eigentümer des Hauses verliebt, in dem sich mein Café befindet. Und – was noch mehr zu meinem Glück beiträgt – er sich auch in mich, so dass wir seit Weihnachten ein Paar sind.

Der einzige Wermutstropfen bei dieser Sache ist, dass mein Liebster ein viel beschäftigter Anwalt in Stuttgart ist und, jedenfalls im Moment noch, nur an den Wochenenden bei mir und in seinem schönen Haus am Bodensee sein kann. Zu allem Überfluss gehört ihm zusammen mit seiner Exfrau auch noch eine Kanzlei in Kanada, in der er sich regelmäßig sehen lassen muss. Ich verstehe das und bin auch unglaublich stolz auf ihn, aber muss er wirklich so oft da hin? Kriegt das seine Exfrau nicht alleine auf die Reihe? So schlau und tüchtig wie sie ist, sollte das doch kein Problem für sie sein. Zumal er mir versprochen hat, ihr die Kanzlei bald ganz zu übergeben, um sich nur noch um die Kanzlei in Stuttgart kümmern zu müssen. Und das ist ein Katzensprung von hier.

Im Laufschritt trabe ich über den Wochenmarkt und sehe kaum die vielen schönen Dinge, die angeboten werden, da ich in Gedanken bereits wieder ganz woanders bin.

Da ich mich nicht entscheiden kann, nehme ich sowohl Äpfel als auch Birnen von der Bauersfrau entgegen, mit denen ich heute noch leckeren Apfelstrudel und Birnenkuchen backen möchte.

Auch an diesem Wochenende kann Christian nicht bei mir sein, weil er arbeiten muss, und das stimmt mich nun nicht gerade froh. Doch ich habe keine Zeit, Trübsal zu blasen, schließlich wartet zu Hause jede Menge Arbeit auf mich.

Schnell besorge ich auf dem Markt noch einen Strauß gelbe Rosen für die Tische im Café, außerdem leckere Oliven und Schafskäse, Tomaten und Salat sowie etwas Rotbarschfilet im Fischgeschäft. Das Abendessen für Nini und mich ist gerettet.

Meine 18-jährige Tochter Nini steckt gerade mitten in den Vorbereitungen für ihr Abitur, aber wenn sie das hinter sich hat, wird sie mir sicher ein wenig bei der Arbeit im Café helfen können, bevor sie im Herbst in Konstanz ein Studium beginnt.

Ich steuere den Mini durch den Nebel nach Hause nach Nußdorf. Zum Glück sind es nur ein paar Minuten, denn ich bin spät dran und heute ist unglaublich viel los auf den Straßen. Zu blöd, nun muss ich auch noch am Zebrastreifen anhalten, um ein offenkundig heftig streitendes Paar herüberzulassen. Der Mann schimpft lautstark auf die Frau ein, gestikuliert wild und hebt mehrmals die Hand, als ob er sie schlagen wolle.

Heeeee …, der spinnt wohl. Wütend drücke ich auf die Hupe. Erschrocken blickt mich die junge Frau aus großen, dunklen Augen an. Sie ist bildhübsch, aber offenbar total verängstigt und der Bluterguss über ihrem Auge sieht nicht gerade so aus, als sei sie irgendwo dagegen gelaufen. Sie hat wunderschöne dunkle Locken, die sie auf der linken Seite mit einer großen Haarspange aus Strass, die die Form eines Saxophons hat, zurückhält.

Interessant, so etwas habe ich noch nie gesehen.

Der Mann, der sie reichlich unsanft am Arm festhält, ist ein grobschlächtiger Bursche, nicht allzu groß und von kräftiger Statur. Sein halblanges schütteres Haar wirkt ungepflegt und rasieren könnte er sich auch einmal wieder. Was ihn jedoch am unsympathischsten wirken lässt, ist sein grimmiger und finsterer Gesichtsausdruck. Wie kommt so eine hübsche Frau nur an einen dermaßen derben Kerl, frage ich mich.

Bevor ich die beiden allerdings noch länger beobachten kann, sind sie bereits im dichten Nebel verschwunden. Meine Güte, was es alles gibt. Was da wohl vorgefallen ist, dass die beiden sich derart streiten auf offener Straße? Vielleicht irgendein harmloser Ehestreit, versuche ich mich selbst zu beruhigen. Ich muss immer noch an die ängstlichen Augen der jungen Frau denken. Eventuell ist er ein Zuhälter? Der Mann hatte etwas Brutales an sich, aber vielleicht täusche ich mich wegen seines wütenden Gesichtes und der Geste, die er machte. Kopfschüttelnd fahre ich weiter. Hoffentlich beruhigen sich die beiden wieder.

Wenn man den dichten Nebel sieht, kann man sich gar nicht vorstellen, wie schön es im Frühling und Sommer ist. Doch eigentlich liebe ich auch diese ruhigen, melancholischen Stimmungen am See. Es ist wunderbar, mit meiner kleinen Mischlingshündin Jojo an einem solchen Tag spazieren zu gehen und die beinahe mystische und geheimnisvolle Stimmung auf mich wirken zu lassen. Wenn der Nebel den See und das Ufer wie durch einen Weichzeichner verzaubert und alle Geräusche dämpft, kann man wunderbar vor sich hin träumen. Nach einem solchen Spaziergang nach Hause zurückgekehrt, gibt es nichts Schöneres, als es sich mit einer Tasse Tee bei Kerzenschein gemütlich zu machen. Es gibt Menschen, die das nicht verstehen können und mich stirnrunzelnd fragen, wie man es am Bodensee im Winter aushält, ohne depressiv zu werden. Diese lache ich dann immer an und sage:

»Indem man in der warmen Stube vom Sommer träumt.«

Im Moment ist der Sommer weit entfernt und der Nebel scheint dichter zu werden. So kommt es mir jedenfalls vor, als ich in die Seestraße in Nußdorf einbiege, in der sich mein Heim befindet.

Sobald das butterblumengelbe Haus im Nebel vor mir auftaucht, geht mir das Herz auf.

Die alte Villa am Seeufer mit dem großen Garten und den hohen Bäumen strahlt so viel Ruhe und Behaglichkeit aus – und das ist mein Zuhause. Schon immer fand ich, dass diese alten Häuser viel mehr Atmosphäre besitzen als diese seelenlosen Neubauten. Und nun lebe ich in so einem wunderschönen Gebäude, was bin ich nur für ein Glückspilz.

Innen ist es herrlich warm und behaglich und ich freue mich über die gemütliche Stimmung. Am liebsten würde ich es mir mit einem schönen Roman vor dem Kamin bequem machen, doch das geht nicht. Während mich Jojo stürmisch begrüßt, als hätte sie mich vier Wochen nicht gesehen und nicht nur eine Stunde, klingelt das Telefon. Mein Herz klopft, das wird Christian sein. Und während ich mit der einen Hand die Rosen ins Wasser stelle, nehme ich mit der anderen Hand das schnurlose Telefon von der Station.

Doch es ist meine Mutter, die aus Amerika anruft. Nanu, wieso ist sie denn schon auf? Schließlich ist es in Michigan sechs Stunden früher als bei uns, also noch ganz zeitig am Morgen.

Meine Mutter hat sich im vergangenen Jahr mit fast 70 Jahren auf den Weg gemacht, um ihren Brieffreund in Detroit zu besuchen, … und sich noch einmal richtig verliebt. Nachdem mich die beiden zu Weihnachten am Bodensee besucht hatten, kehrten sie gemeinsam zurück in die USA.

»Guten Morgen, Liebes«, höre ich ihre vertraute Stimme und es klingt so fröhlich, dass mir trotz der Kälte und des Nebels ganz warm ums Herz wird.

»Was macht der Winter am Bodensee?«, lacht sie.

»Ist das eine rhetorische Frage«, lache ich zurück und füge hinzu, »es ist neblig und kalt. Und bei euch? Warum bist du überhaupt schon auf?«

»Weil ich dir etwas Wichtiges erzählen muss. Das kann ich unmöglich für mich behalten … Rate, was passiert ist.«

Ich habe, ehrlich gesagt, keine Ahnung und auch keine Zeit herumzurätseln.

»Ihr kommt zurück nach Deutschland?«, teste ich daher, während ich die Rosen noch einmal anschneide, bevor ich sie in die kleinen, filigranen Vasen stelle, die meine Freundin Emily auf dem Flohmarkt für mich entdeckt hat.

»Ja, genau. Und weißt du auch, warum?«, fragt sie geheimnisvoll.

Auch diese Frage kann ich weder erraten noch beantworten.

»Ähhh …, um mich und Nini zu besuchen?«, versuche ich es einmal.

»Nein, um … zu heiraten.« Jetzt muss ich mich erst einmal hinsetzen. Wow, was für eine Neuigkeit. Und trotzdem, so richtig freuen kann ich mich darüber nicht. Das heißt doch schließlich, dass sie für immer in Amerika bleiben wird, oder nicht? »Steve hat gestern Abend um meine Hand angehalten, so ganz romantisch bei Kerzenschein. Wie es sich gehört«, höre ich meine Mutter weiter munter plappern.

»Das ist ja … toll, toll!«, versuche ich, so erfreut wie möglich zu klingen.

Doch meine Mutter wäre nicht meine Mutter, wenn sie nicht den Unterton in meiner Stimme heraushören würde.

»Liebes, ich weiß, das hört sich komisch für dich an, weil wir uns noch nicht so lange kennen. Aber wir sind uns beide ganz sicher. Wir wollen für den Rest unseres Lebens zusammenbleiben und keine Zeit mehr verlieren. Am liebsten würden wir in Deutschland leben, damit wir dich und Nini öfter sehen können. Ihr beide fehlt mir schon sehr. Aber das wird sich mit Sicherheit alles finden. Wer weiß? Möglicherweise kann ich Steve dazu überreden, an den Bodensee zu ziehen. Kommt ganz darauf an, wie es ihm am ›Schwäbischen Meer‹ gefällt. Aber ich habe keine Zweifel daran, dass er es lieben wird. Jetzt kommen wir im Frühjahr erst einmal zu dir und dann wird geheiratet. Können wir vielleicht in der ›Butterblume‹ feiern? Das wäre doch herrlich«, schwärmt sie weiter.

»Aber ja, natürlich. Teile mir nur rechtzeitig das Datum mit, dann bereite ich euch die schönste Hochzeitsfeier, die Überlingen je gesehen hat.«

Auf einmal freue ich mich doch. Über ihr Glück. Über die Tatsache, sie bald wiederzusehen. Über das schöne Fest, das bei mir stattfinden wird. Und auch darüber, dass sie vielleicht schon bald wieder in Deutschland leben werden.

Aber dann muss ich das Gespräch leider schon beenden und das Café aufschließen, weil vor der Tür der erste Gast auf mich wartet.

Ich öffne und lasse den Besucher, einen sehr eleganten und gut gekleideten Herrn, eintreten. Er trägt einen edlen grauen Anzug aus feinstem Zwirn, richtig teuer aussehende Schuhe aus bestem Leder, ein weißes Hemd und einen silbergrauen Kaschmirschal. Sein dichtes schwarzes Haar ist exakt geschnitten und seine braunen Augen sowie sein dunkler Teint verraten einen südländischen Einschlag. Nicht schlecht, dieser frühe Besuch, denke ich insgeheim und bitte ihn freundlich herein. Seine weißen Zähne blitzen, als er sich mir vorstellt: »Frau Winter? Einen wunderschönen guten Tag wünsche ich Ihnen. Ich freue mich, Sie kennenzulernen. Sie sind noch viel schöner, als Sie mir beschrieben wurden.«

Dabei lässt er seinen Blick anerkennend über meine braunen Locken, die heute wieder einmal besonders zerzaust aussehen, und meinen Körper, der in einem roten Pullover und alten Jeans steckt, wandern.

Donnerwetter, er ist nicht nur ausgesprochen höflich, sondern wirkt mit seinem italienischen Akzent auch noch überaus charmant.

»Verzeihen Sie, wenn ich Sie so überfalle. Ich hätte mich natürlich anmelden sollen. Aber da ich gerade in der Gegend war, dachte ich, ich schaue einfach einmal bei Ihnen herein. Erlauben Sie, dass ich mich vorstelle? Mein Name ist Pacocini, Enrico Pacocini.«

Pacocini? Irgendetwas klingelt ganz weit hinten in meinem Hinterkopf, aber ich komme beim besten Willen nicht darauf, wer das sein könnte.

»Mir gehören so einige italienische Restaurants am Bodensee. Also sind wir sozusagen … Kollegen.«

Ach ja, das ist *der* Pacocini. In der Tat habe ich schon viel von ihm gehört.

Seine Restaurants befinden sich an den schönsten Plätzen in fast jeder Stadt, immer natürlich in Toplage direkt am See.

»Würden Sie mir die Ehre erweisen, einen Espresso oder Cappuccino mit mir zu trinken? Wie ich sehe, haben Sie das in Ihrem Angebot«, sagt er mit einem Blick auf meine teure Kaffeemaschine, auf die ich mächtig stolz bin.

Während ich den Kaffee zubereite, sieht er sich anerkennend in meinem zauberhaften Café um.

»Das ist ganz fantastisch bei Ihnen, Frau Winter – Kompliment. Und dieser Blick auf den See – einfach sensationell«, schmeichelt er schon wieder.

Verflixt, was will der Kerl von mir? Der kann mir doch nicht erzählen, dass er hergekommen ist, um einen Espresso zu trinken. Das kann er doch wohl in jeder seiner eigenen Gaststätten aufs Vorzüglichste.

Der eigentliche Grund seines Kommens lässt nicht lange auf sich warten. Sobald wir am Tisch sitzen und unseren Kaffee trinken, rückt er mit der Sprache heraus.

»Wie gehen die Geschäfte, Maja? Ich darf Sie doch Maja nennen, oder? So unter Kollegen.«

»Danke, ich kann nicht klagen«, antworte ich. So langsam glaube ich zu erahnen, warum er hier ist.

Schließlich ist die ›Butterblume‹ mit ihrer großen Terrasse und der wunderschönen Lage am See prädestiniert für sein nächstes Restaurant.

»Wirklich nicht? Die Leute sagen, Sie hätten … gewisse Anlaufschwierigkeiten. Sie wissen schon, man munkelt, dass das Café nicht so richtig läuft.«

Er sieht mich listig an.

»Aber an Ihnen kann es nicht liegen, Sie sind eine charmante Frau«, schleimt er schon wieder herum. »Wenn Sie Hilfe brauchen, sagen Sie mir einfach Bescheid.«

Mit diesen Worten zieht er eine goldene Visitenkarte aus der Tasche und schiebt sie über den Tisch zu mir herüber.

»Was meinen Sie damit, ›falls ich Hilfe brauche‹?«

So langsam macht mich der Kerl echt wütend.

»Ich komme sehr gut zurecht.«

»Daran habe ich keinerlei Zweifel, verehrte Maja. Ich meine nur … Es könnte ja sein, dass Sie vielleicht doch einmal in eine Situation geraten, die Sie überfordert. Dann ist es gut zu wissen, dass es jemanden gibt, der für einen da ist.

Wir Wirte hier am See müssen schließlich zusammenhalten, meinen Sie nicht auch?« Sein dröhnendes Lachen wirkt nicht gerade erheiternd auf mich.

»Wie ich erfahren habe, gehört Ihnen das Haus nicht und Sie haben es nur gepachtet. Darf ich Sie fragen, von wem?«

»Nein, das dürfen Sie nicht.«

Wütend stehe ich auf.

»Vielen Dank für Ihren Besuch, Herr Pacocini. Aber ich glaube, es ist besser, wenn wir uns jetzt verabschieden. Wie Sie sich sicher denken können, wartet noch jede Menge Arbeit auf mich. Denn mein Café läuft, ob Sie sich das vorstellen können oder nicht, nämlich sehr gut.«

»Nun, das ist erfreulich für Sie, Maja. Sollte es doch einmal anders kommen, rufen Sie mich an.«

Sein fester Händedruck und sein starrer Blick flößen mir Unbehagen ein.

Mit einem schmierigen Grinsen geht er aus der Tür zu seinem Ferrari. Mir schlägt das Herz bis zum Hals. Was bildet sich dieser Lackaffe eigentlich ein? Dass er in diesem schönen Haus noch so einen *Pizzaladen* aufmachen kann? Nur über meine Leiche.

Halt. Ganz so weit wird er doch wohl nicht gehen, oder?

Obwohl ich weiß, dass er mir die ›Butterblume‹ nicht einfach wegnehmen kann, hat mir dieser Besuch dennoch ein ungutes Gefühl eingejagt.

Und das ist noch stark untertrieben.

Zum Glück kommen gerade ein paar rotwangige Damen herein, die nach ihrem Marktbesuch offenbar dringend ein warmes Plätzchen und einen leckeren Cappuccino benötigen.

Es ist meine Lieblingsfrauenrunde, die aus vier Ladys ›mittleren Alters‹ (also zwischen Mitte 50 und Mitte 60) besteht und die allesamt das sind, was man wohl als ›gut situiert‹ bezeichnet.

Angefangen haben sie mit ihren Besuchen in der ›Butterblume‹ nach ihrer Bauch-Beine-Po-Gymnastik am Mittwochvormittag (weswegen ich sie insgeheim BBP-Ladys nenne), doch mittlerweile kommen sie zu meiner und vor allem meiner Kasse Freude mindestens zweimal pro Woche, ob mit oder ohne Sportsachen, um bei mir im Café die neuesten Klatschgeschichten auszutauschen. Ich habe sogar den klitzekleinen Verdacht, dass diese Gymnastikrunde insgeheim nur ein Vorwand ist und sie stattdessen gleich zu mir kommen. Diejenige, die immer den Ton angibt, ist Veronika Möhrle, eine stattliche Lady mit schwarz gefärbten Haaren und rundem Gesicht. Sie ist mit einem Bauunternehmer verheiratet und stets mit den neuesten Trends aus der Überlinger Boutiquenwelt ausgestattet sowie einem unglaublichen Wissen über alle, die in unserem kleinen Städtchen Rang und Namen haben.

So weiß sie auch heute wieder das Neueste zu berichten, wie ich, während ich die Bestellung der Damen aufnehme, aufschnappen kann.

»Habt er dees schon g'hört?«

So beginnen die meisten ihrer Sätze.

»Zwischen dem Vogler Willi und seiner Frau isches au aus, … nach 26 Johr«, entrüstet sich Frau Möhrle.

Insgeheim übersetze ich den charmanten und niedlichen Dialekt von Frau Möhrle.

Die anderen blicken sie erst einmal verständnislos an, darüber grübelnd, wer denn der Vogler Willi noch mal war.

»Der Präsident vom Yachtclub«, errät Frau Möhrle die Gedanken der anderen.

»Und natürlich wegen einer Jüngeren. Jahrelang war seine Marlies gut genug. Aber jetzt, wo er repräsentieren muss, da muss was Jüngeres her. Des macht mich so wütend.«

»Awa. Des isch ja en dicker Hund. Ich hoff bloß, dass die Marlies nicht daheim hockt und dem Kerle eine einzige Träne nachheult. Des isch doch der it wert, was moinet ihr?«, entrüstet sich eine andere Dame der Runde.

Während sich große Empörung und Mitleid mit der armen Marlies breitmachen und die lustigen Damen dem Vogler Willi die Krätze an den Hals wünschen, verschwinde ich zur Kaffeemaschine, um die Bestellung zu bearbeiten.

Das alte Lied. Wieder einmal versucht ein Mann mittleren Alters, mithilfe einer jungen Frau seine Jugend zurückzuholen, und die langjährige Ehefrau hat ausgedient. Vermutlich hat er ein paar neue Falten an ihr entdeckt oder ihr Busen war nicht mehr knackig genug.

Ich kann nicht umhin, den Damen der BBP-Runde insgeheim recht zu geben, und kann nur hoffen, dass diese Marlies nicht schluchzend zu Hause sitzt und dieser Willi irgendwann die Quittung für sein Verhalten bekommt. Was denken sich diese jungen Frauen, die den armen Ehefrauen den Mann wegnehmen? Vermutlich fühlen sie sich geschmeichelt von der Aufmerksamkeit und den Komplimenten, die ein Mann ihres Alters nur selten aufzubringen vermag. Nur zu gern lassen sie sich verwöhnen und ernten die Früchte, die die Ehefrauen oftmals in entbehrungsreichen Jahren gesät haben. Na ja, möglicherweise ist auch wirklich manchmal Liebe im Spiel. Aber häufig kann man leider auch das Geschäft erkennen, was einer solchen Liebe zugrunde liegt: Jugend gegen Geld. Denn hätte der Sugardaddy auf einmal kein Geld zum Verwöhnen mehr, wären so manche Damen recht schnell wieder allein in den Clubs unterwegs, da bin ich sicher.

Wider Erwarten hat die Sonne am Nachmittag den Kampf gegen den Nebel gewonnen und die Welt in ein zwar winterlich kühles, jedoch strahlendes Licht getaucht und schätzungsweise eine Million Spaziergänger ins Freie gelockt. Es ist unglaublich, was so ein bisschen Sonne doch ausmacht, alles sieht gleich viel freundlicher aus. Selbst die Miesepeter, die heute Morgen garantiert noch griesgrämig über ihre Kaffeetasse in die Nebelsuppe geblickt haben.

Auf einmal kommen so viele Menschen auf dem schönen Uferweg Richtung Unteruhldingen bei uns vorbei und es gibt jede Menge zu tun. Zum Glück ist Nini da, die unermüdlich Tische abräumt, Gläser spült und Unmengen von Cappuccino, Latte Macchiato, Tee oder Chai Latte sowie (unser Renner) heiße Schokolade mit Ingwer-, Toffee-, Rosen- oder Karamellgeschmack zubereitet. Unsere Obstkuchen und Apfelstrudel sind längst ausverkauft, ebenso wie unsere Spezialitäten, der ostfriesische Teekuchen und der Butterkuchen, die wir nach den alten Rezepten unserer Freundin Frieda herstellen.

Gegen Abend zaubert Nini noch ein paar herzhafte Käse- und Gemüsekuchen aus Blätterteig, da immer noch einige Leute auf unserer Terrasse sitzen, die, eingehüllt in dicke Wolldecken und Glühwein trinkend, die wunderschöne Frühabendstimmung am See mit dem leise aufziehenden Nebel genießen. Dabei weiß ich genau, dass Nini sich hübsch machen möchte, um den Samstagabend mit ihrem Freund Ben in der Altstadt zu verbringen. Deshalb schubse ich sie jetzt auch aus der Küche, kassiere bei den letzten Gästen und räume allein noch ein wenig auf. Nachdem alle gegangen sind, schwebt Nini in einer blauen Tunika und Leggins, eingehüllt in eine Duftwolke von ›Miss Dior‹, mit Ben an der Hand an mir vorbei und wirft mir eine Kusshand zu.

Ich habe das dringende Bedürfnis nach frischer Luft. Obwohl ich heute völlig geschafft bin, ziehe ich meine warme Jacke an, schnappe die Hundeleine und gehe mit Jojo noch ein wenig am See spazieren. Mittlerweile ist es fast dunkel und kaum noch ein Mensch zu sehen. Verflixt, wir hätten die Taschenlampe mitnehmen sollen.

Doch es ist unglaublich, welche Sicherheit so ein kleiner Hund wie Jojo einem doch verleihen kann. Ich habe keine Angst, allein in dieser dunklen Gegend. Na ja, nur ein bisschen wenigstens. Der Nebel liegt wieder dicht über dem See und nur der Mondschein beleuchtet schwach die Zweige der hohen Bäume. Ich habe das Gefühl, Feuchtigkeit und Kälte kriechen unter meine Jacke. Die Stimmung heute Abend ist überhaupt nicht melancholisch-romantisch, sondern dunkel und bedrohlich.

Auf einmal knackt es hinter mir, ich drehe mich um – doch da ist … nichts. Ich schüttele den Kopf über meine Ängstlichkeit, was soll denn hier sein? Wahrscheinlich bin ich nur müde und überarbeitet. Am besten, ich gehe nach Hause, lasse mir ein Bad ein und trinke ein gutes Gläschen Rotwein, bevor ich mich auf mein großes, gemütliches lila Sofa lege und meinen Liebsten anrufe.

Da …. Schon wieder dieses Geräusch. Jetzt wird mir auf einmal richtig kalt und ich bekomme eine Gänsehaut. Ich beschleunige meine Schritte und laufe jetzt fast. Wenn da etwas wäre, würde Jojo sich doch anders verhalten, oder etwa nicht? Diese schnuffelt nur wie immer mit der Nase auf dem Boden entlang und wundert sich wahrscheinlich über mein plötzliches Tempo. Also, das bilde ich mir nun wirklich nicht mehr ein. Da ist wieder dieses Knacken.

Ich drehe mich um und sehe eine dunkle Gestalt in ein paar Meter Entfernung.

Was soll ich nur tun? Am besten, ich gehe einfach weiter. Nur keine Angst zeigen, das lernt man in jedem Selbstverteidigungskurs für Frauen. Innerlich schlottere ich aber vor Furcht, ziehe die Kapuze meines schwarzen Anoraks hoch und halte den Blick dicht auf den Boden gesenkt.

»Waaaah.« Ich erschrecke fast zu Tode, als mich auf einmal jemand am Ärmel packt.

»Maja? Was in aller Welt machst du hier allein im Dunkeln?«

Es ist Christian und noch nie in meinem Leben war ich so erleichtert.

Ich zittere immer noch wie Espenlaub, doch dann werde ich auf einmal wütend.

»Sag mal, spinnst du? Wie kannst du mich so erschrecken?«, entfährt es mir.

»Maja ... Süße ... Was ist denn los? Du bist ganz außer dir. Das ist ja eine schöne Begrüßung. Ich dachte, du freust dich, mich zu sehen.«

»Jaaaaaa ..., das tu ich doch auch«, antworte ich langsam, doch ich bin noch ein wenig durch den Wind.

»Aber es war so dunkel ... und dann hörte ich dieses Knacken ... Ich wusste doch nicht, dass du heute kommst.«

»Na, wenn ich es dir gesagt hätte, wäre es doch keine Überraschung gewesen«, lacht Christian mit seinem unwiderstehlichen Grinsen, in das ich mich sofort verliebt hatte, als ich ihn das erste Mal im Garten der ›Butterblume‹ sah.

»Als ich zur ›Butterblume‹ kam, war alles dunkel und ich dachte schon, du bist gar nicht da. Aber dann hab ich dich aus der Entfernung gesehen. Eine kleine, zarte Gestalt und ein Hund, der mit der Nase am Boden vor sich hin schnuffelt. Das konntest nur du sein und ich beschloss, dir zu folgen und dich in meine Arme zu reißen.«

»Ach, Christian.«

Jetzt erst kann ich mich freuen, ihn zu sehen. Ich falle ihm um den Hals und küsse ihn überschwänglich. Eng umschlungen schlagen wir diesmal gemeinsam den Weg nach Hause ein.

2. Kapitel

Der Brief

Am nächsten Morgen wecken mich Sonnenstrahlen, die durch das hohe Fenster in mein Schlafzimmer fallen und das Zimmer in ein fast überirdisch helles Licht tauchen.

Sonnenstrahlen? Das muss ein Traum sein, in den letzten Wochen hatten wir nur Nebel am See. Vorsichtig öffne ich ein Auge und erblicke Christian, der noch tief und fest schläft. In diesem Moment bin ich so glücklich, dass ich ihn am liebsten wecken und es ihm sagen möchte. Was ich natürlich nicht tue. Schließlich bin ich noch ein bisschen böse auf ihn, weil er mich gestern so erschreckt hat. Doch ich will uns den schönen Tag nicht mit Vorhaltungen verderben, schließlich bin ich froh, dass Christian hier ist. Leise schleiche ich mich nach unten in die kleine Küche und decke den Frühstückstisch.

Was könnten wir bei diesem schönen Wetter Tolles anstellen, wenn ich das Café nicht öffnen müsste, überlege ich, während der duftende Kaffee durch die Maschine gluckert.

Wenn Christian bei mir ist, bedaure ich oft, dass ich durch das Café doch sehr angebunden bin. Die Zeit mit ihm kommt mir viel zu kurz und damit unendlich kostbar vor, so dass ich jede Sekunde auskosten und genießen möchte.

Leider habe ich die Nachteile der Selbstständigkeit bei meiner Planung offenbar nicht genügend bedacht. Aber konnte ich denn ahnen, dass ich ausgerechnet im Garten dieses wunderschönen alten Hauses dem Mann meines Lebens begegnen werde? Der sich obendrein als Eigentümer entpuppte und mir somit den Schritt in die Selbstständigkeit erst ermöglichte?

Nachdenklich schlürfe ich meinen Morgenkaffee und betrachte die schneeweißen Gipfel der Berge, die heute besonders gut über dem See erkennbar sind. Dabei denke ich an meine Mutter, die gerade in Amerika dabei ist, ihre Hochzeit zu planen, und muss schmunzeln. Wer hätte gedacht, dass sie noch einmal heiraten wird. Eher hätte ich das Nini zugetraut. Ich freue mich auch für meine Tochter, dass sie wieder glücklich ist. Im letzten Jahr, als sie glaubte, schwanger zu sein, und von ihrem Freund schnöde im Stich gelassen wurde, war sie so schrecklich deprimiert. Doch ein paar Monate bei meiner Freundin Carol in London und die damit verbundene kleine Auszeit taten nicht nur ihren Sprachkenntnissen sehr gut. Ihr neuer Freund Ben, den sie dort kennenlernte, der aber in Mannheim studiert, brachte das Lachen und den Sonnenschein zurück in ihr Leben.

Es ist schon erstaunlich, wie sehr die Liebe unser Leben beeinflussen und die Berührung eines geliebten Menschen unsere Stimmung positiv verändern kann. Bei dem Gedanken an die letzte Nacht mit meinem Christian muss ich automatisch schmunzeln. In diesem Moment kommt er schlaftrunken um die Ecke, nur mit Boxershorts bekleidet und barfuß, und wie er so vor mir steht mit seinem zerzausten Haar und dem Dreitagebart, sieht er so unglaublich sexy aus, dass ich ihn am liebsten sofort ins Bett zurückzerren möchte.

Obwohl – ich denke, ich würde ihn auch lieben, wenn er jetzt in einem spießigen Schlafanzug vor mir stünde. Gerade stelle ich mir vor, wie wir beide – alt und grau und faltig – uns am Frühstückstisch gegenübersitzen und darüber streiten, ob das Ei zu weich oder zu hart gekocht ist, da unterbricht er meine Gedanken.

»Was grinst du so? Sehe ich soo schlimm aus?«, er fährt sich mit der Hand durch sein dunkles, lockiges Haar, was ihn noch anziehender für mich macht.

»George Clooney würde einen Teil seiner Gage spenden, wenn er morgens so aussähe wie du«, mache ich ihm ein Kompliment (das mögen Männer genauso wie Frauen, soviel ich weiß). Natürlich verrate ich ihm nicht, dass ich uns im Geiste gerade als altes Ehepaar gesehen habe. Sonst denkt er noch, ich will ihn heiraten, und ergreift die Flucht.

Doch der Gedanke an den Alltag mit Christian ist zu verführerisch. So etwas erleben wir in unserer Beziehung leider so gut wie nie. Nun gibt es Leute, die gerade dies als besonders erstrebenswerten Zustand empfinden. Man wird sich nicht so schnell langweilig, es ist immer wieder aufregend und spannend …, auch und gerade der Sex. Die Gefahr, sich wegen Nichtigkeiten zu streiten, ist äußerst gering, da man keine kostbare Zeit mit dem anderen verschwenden will. Doch gerade die Abwesenheit des Alltags lässt auch oft einen Verlust der Nähe entstehen. Mir fehlt häufig das Gefühl, dass Christian wirklich für mich da ist. So oft würde ich mich, wenn wir nach einem harten Tag miteinander telefonieren und ich seine Stimme höre, am liebsten in mein Auto setzen und zu ihm fahren. Meistens ist das gerade dann der Fall, wenn ich weiß, dass dieser Gedanke völlig absurd ist, zum Beispiel, weil Christian wieder einmal in Kanada ist oder mit einem wichtigen Klienten bei einem Geschäftsessen in Stuttgart sitzt.

»Was soll die Sorgenfalte auf deiner hübschen Stirn?«, fragt er jetzt und zieht mich zärtlich in seine Arme.

Seine Hand wandert unter mein T-Shirt und ich bekomme eine Gänsehaut. Doch ein Blick auf die Küchenuhr verrät mir, dass ich leider die Dinge, die mir gerade im Kopf herumgehen, nicht in die Tat umsetzen kann, sondern stattdessen schleunigst unter die Dusche muss, um wenigstens einigermaßen pünktlich das Café aufzumachen.

Seufzend löse ich mich aus seiner Umarmung und Christian sieht mich bedauernd an.

»Süße Maja, ich würde dich heute so gern entführen«, sagt er und zwirbelt eine meiner Haarsträhnen in seinen Fingern, »... und mit dir zu einem dieser schneebedeckten Gipfel fahren und den Hang hinuntersausen.«

Puuuh, welch ein Glück, dass mir das erspart bleibt. Die Arbeit hat also ausnahmsweise mal ihr Gutes. Meine Skikünste bestehen nämlich eher aus Skifallen als aus Skifahren. Seitdem ich als Kind einen Skikurs in eisiger Kälte und mit viel zu langen Skiern absolvieren musste, bei dem ich ständig im Schnee lag und nicht wusste, wie ich aufstehen sollte, ohne gleich wieder hinzufallen, ist mir der Spaß daran gründlich vergangen. Der Höhepunkt war ein Sturz auf den Hinterkopf (natürlich fuhr man damals noch ohne Helm), der meine Karriere als Skihase abrupt beendete.

Mit diesen Gedanken verziehe ich mich rasch unter die Dusche und bin schon ein paar Minuten später im Café. Aufgrund der Eile bin ich nur schnell in einen Rolli und eine schwarze Jeans geschlüpft und habe die Haare zu einem lässigen Dutt gesteckt. Eine Tatsache, die ich schon Minuten später bitter bereue, denn gerade, als ich die großen Fenster zum See öffne und die herrliche Winterluft in die gute Stube lasse, steht das absolut hübscheste Wesen vor mir, das ich je gesehen habe. Ihr langes dunkles Haar fällt ihr seidig weich über die Schultern und ihre großen braunen Augen blicken mich erwartungsvoll an. Sie sieht aus, als würde sie Werbung für eine teure Creme machen, denn ihre junge Haut ist makellos glatt. Ihr schön geschwungener Mund verzieht sich zu einem Lächeln, vermutlich, weil ich sie so überrascht anstarre, und ihre melodiöse Stimme erklingt: »Guten Morgen. Haben Sie etwa noch geschlossen?«

»Aber nein, kommen Sie doch herein. Sie sehen ganz erfroren aus«, beeile ich mich zu sagen. Da hat sie auch schon ihren cremefarbenen schmalen Mantel abgelegt und offenbart ihre schlanke Figur, die in einem roten Strickkleid steckt.

Sie bestellt einen Cappuccino und verdrückt sich mit der Tageszeitung ausgerechnet in die hinterste Ecke des Cafés. Seltsam, hätte ich doch erwartet, dass sie einen der Tische direkt vor dem Fenster auswählt, um den See zu sehen, so wie jeder das macht, der hereinkommt.

Während ich den Cappuccino zubereite und ein kleines Schokoherz dazu auf ihren Teller lege, fällt mir ein, dass ich sie schon einmal irgendwo gesehen habe. Doch es will mir partout nicht einfallen, wo. Vielleicht im Fernsehen, in einem Werbespot? Ja, so muss es sein.

Ziemlich schnell füllt sich das Café, denn bei dem schönen Wetter sind wieder zahlreiche Spaziergänger unterwegs. Ich bin froh, dass Nini um die Ecke kommt und mir wortlos etwas zur Hand geht. Doch mir entgeht keineswegs der Blick, den sie Christian zuwirft, der gerade mit seinen Skisachen hereinkommt, um mir einen Abschiedskuss zu geben.

»Wie schade, dass du nicht mitkommen kannst, Liebling«, sagt er zärtlich. Ich sehe in Ninis Augen, dass sie es nicht gut findet, dass er sich einen schönen Tag macht, während wir arbeiten. Aber ich kann ihm doch keinen Vorwurf machen, es ist ja nicht seine Schuld, dass ich zu tun habe. Schließlich habe ich mir dieses Leben ausgesucht, das ›Café Butterblume‹ war mein großer Traum. Ich gönne es Christian von Herzen, wenn er sich heute einmal entspannen kann. Er hat genug Stress in seinem Job als Anwalt und muss sich mit vielen langweiligen Akten herumschlagen, während wir es oft sehr lustig haben. Ob Nini eifersüchtig ist, weil sie mich sonst immer für sich allein hatte?

»Bis heute Abend, arbeite nicht so viel, meine Süße.«

Mit einem strahlenden Lächeln ist Christian bereits auf dem Weg zur Tür. Natürlich bemerkt auch er beim Hinausgehen die dunkle Schönheit in der Ecke und sein Blick bleibt für meinen Geschmack eine Idee zu lange an ihr haften.

Da schenkt sie uns ein süßes Lächeln und winkt mich zum Zahlen heran.

Während sie in ihrer Tasche nach ihrem Geldbeutel kramt, habe ich Gelegenheit, sie mir einmal aus der Nähe anzusehen. Und plötzlich weiß ich, wo ich sie schon einmal gesehen habe.

Der Bluterguss über ihrem rechten Auge … und die Haarspange in Form eines Saxophons … Das ist doch die Frau vom Zebrastreifen gestern, mit dem brutalen Kerl an ihrer Seite. Heute, ohne ihn, sieht sie bei Weitem nicht mehr so ängstlich und verstört, sondern beinahe gelassen aus. Vielleicht haben sich die beiden wieder vertragen und es ist alles in bester Ordnung. Hoffe ich zumindest.

Auf dem See liegt immer noch ein winziger Nebelschleier, durch den ein paar Schwäne majestätisch hindurchgleiten und der die Landschaft wie verzaubert wirken lässt.

Durch das herrliche Wetter kommen immer mehr Gäste. Nini und ich haben auch heute erneut alle Hände voll zu tun. Endlich kommt wieder ein wenig Geld in die Kasse, das können wir gut gebrauchen. Schließlich müssen wir schon bald ein schönes Kleid für Nini kaufen gehen, denn ihr Abi-Ball steht vor der Tür.

Am Abend bin ich völlig geschafft, als Christian blendender Laune und strahlend vom Skifahren zurückkehrt. Er sieht toll aus und die frische Luft scheint ihm ausgesprochen gutgetan zu haben. Ich dagegen, noch mit Dutt und dem gleichen Outfit wie heute Morgen, bin gerade dabei, die restlichen Gläser zu spülen. Schnell trage ich noch den teuren Lippenstift auf, den Nini mir aus London mitgebracht hat, damit ich nicht ganz so farblos wirke.

Diese Aktion erweist sich jedoch als sinnlos, denn Christian küsst mich stürmisch und fragt: »Bekomme ich auch noch einen heißen Kaffee, meine Süße?«

Da frische Luft bekanntlich hungrig macht, bereite ich uns dazu ein kleines Abendessen, bestehend aus einem leckeren Salat mit dem Schafskäse und den Oliven, die ich gestern auf dem Markt erworben habe, und dazu Tomaten-Basilikum-Bruschetta. Für Christian brate ich noch ein Putenschnitzel dazu, denn Männer sind im Allgemeinen nicht so begeistert von der gesunden Kost. Nini möchte nicht mit uns essen, da sie sich mit Freunden im Galgenhölzle, der urigen Kneipe in der Altstadt, treffen möchte. Obwohl sie das recht häufig tut, habe ich trotzdem das Gefühl, sie ist ein wenig verstimmt.

Als wir später gemütlich auf meinem lila Sofa kuscheln, bin ich glücklich, dass Christian bei mir ist.

»Du tust mir so gut, Maja«, sagt er liebevoll und streicht über mein Haar. »Wenn ich bei dir bin, fühle ich mich immer so entspannt.«

Doch ich bemerke, dass er keineswegs entspannt ist, sondern hin und wieder unauffällig auf die Uhr sieht. Und auf sein Handy, das neben ihm auf dem kleinen Wohnzimmertisch liegt.

Als ob er auf einen Anruf wartet. Bereits beim ersten Klingeln nimmt er auch sofort ab und verlässt den Raum. Aha, ich soll also das Gespräch nicht mitbekommen. Misstrauisch äuge ich zur Tür. Als er nach einer endlosen Weile wieder den Raum betritt, lächelt er mich lieb an.

Um mir sofort darauf das Messer in die Brust zu stechen. Denn da sind sie, die Worte, die ich so sehr hasse:

»Liebling, ich würde so gern noch länger bleiben, aber ich muss fahren.«

»Waaaaaas? Wohin denn fahren? Und warum? Du bist doch gerade erst gekommen«, entrüste ich mich.

»Ich fahre leider heute Abend noch nach Stuttgart zurück. Mein Flieger nach Kanada geht morgen schon ganz früh und ich muss unbedingt noch ein paar Unterlagen zusammenstellen«, erklärt Christian leise, während er mit einer meiner Haarsträhnen spielt. »Sei nicht böse, Liebling. Ich komme bald wieder. Am nächsten Wochenende, versprochen.«

»Aber warum bist du denn gezwungen, so plötzlich nach Kanada zu fliegen?«

Und warum hast du mir die ganze Zeit nichts davon gesagt, füge ich im Stillen hinzu, bereits ziemlich wütend.

»Es gibt Probleme mit einem Klienten. Da sollte ich schon vor Ort sein.«

»Ach, und warum kann Daniela das nicht übernehmen?« Tüchtig, wie sie ist? Das denke ich allerdings nur. Daniela ist Christians Exfrau, mit der er zusammen vor ein paar Jahren die überaus erfolgreiche Kanzlei seines Onkels in Kanada übernommen hat, die sich auf Einwanderungsrecht spezialisiert hat. Laut Christians Erzählungen ist Daniela eine richtig toughe Karrierefrau, die unglaublich viel Ahnung hat und für die ihre Arbeit ihr Leben ist. Angeblich ging darüber auch die Ehe in die Brüche, weil sie nie Zeit füreinander hatten.

»Es gibt ein paar Fragen zum Thema Steuer- und Sozialversicherungsrecht. Damit ist Dani noch nicht so vertraut und sie hat mich um meine Hilfe gebeten. Da es sich um einen äußerst wichtigen Klienten handelt, muss ich da sein, Maja. Versteh das doch bitte. Schau mal, ich wäre schließlich normalerweise gar nicht hier gewesen. Freu dich doch, dass wir uns überhaupt gesehen haben, statt beleidigt zu sein.«

Offenbar ist Christian nun auch verärgert, denn er steht abrupt auf. Wegen dieser heftigen Reaktion muss ich auf einmal ganz doll schlucken, damit mir nicht die Tränen kommen. So was Dummes aber auch. Auf keinen Fall soll er mich weinen sehen. Also stehe auch ich auf, gehe zur Tür und sage so gelassen wie möglich:

»Na gut, dann wünsche ich dir eine gute Reise und bis zum nächsten Mal.«

An der Treppe holt Christian mich ein und zieht mich zärtlich in die Arme. »Maja, jetzt warte doch mal.« Die Tränen, die plötzlich doch kommen, küsst er behutsam weg und schiebt die Hand unter meinen Rolli. Seine Küsse werden leidenschaftlicher und noch während er mich zurück aufs Sofa schiebt, ziehen wir uns aus.

Obwohl ich eben noch derart wütend auf ihn war, werde ich von seiner Leidenschaft mitgerissen und habe Sekunden später vergessen, dass er mich gleich verlassen wird. Stattdessen gebe ich mich ganz meinem Gefühl und seiner Zärtlichkeit hin. Danach liege ich glücklich in seinen Armen und lasse mich tragen von meiner Liebe zu ihm. Während Christian sich anzieht, betrachte ich mein erhitztes Gesicht im Spiegel und mir wird klar, warum man sagt, dass Sex schön macht. Trotz wirrer Haare, verschmierter Wimperntusche und roten Wangen sehe ich auf eine gewisse Weise richtig hübsch aus. Es ist wahrscheinlich das Glück, sich geliebt und begehrenswert zu fühlen, welches meine Augen strahlen und mich allen Kummer vergessen lässt.

Als Christian seinen dunklen Mantel anzieht, nimmt er mich noch einmal in die Arme und ich atme ein letztes Mal den Duft seiner Haut ganz nah an seinem Hals. Ich möchte mich mitnehmen lassen, in diesen Mantel, in diese Wärme, in diesen Duft. Doch er küsst mich nur und ist auch schon aus der Tür. Ich winke ihm traurig nach, als sein Volvo die Einfahrt verlässt, und ziehe die Tür hinter mir zu. Als Nini nach Hause kommt, sitze ich bereits beim zweiten Glas Rotwein und starre trübsinnig vor mich hin.

»Was is'n los?«, fragt sie fröhlich. Offenbar hatte sie einen lustigen Abend im ›Galgen‹. »Lass mich mal raten: Christian ist wieder weg, ja? Wegen dringender Termine.« Obwohl ich eben noch wütend auf ihn war und Nini mit ihren Worten genau ins Schwarze getroffen hat, fühle ich mich verpflichtet, ihn zu verteidigen.

»Nini, du weißt doch, dass er einen anstrengenden Beruf hat. Er musste nach Kanada zu einem wichtigen Klienten.«

»Alles klar«, nickt Nini mir und sich selbst zu. »Und da muss er, wenn er schon so wenig Zeit hat, heute auch noch Ski fahren gehen ohne dich?«

»Ich hätte doch sowieso arbeiten müssen. Du weißt doch, was heute im Café los war«, nehme ich Christian immer noch in Schutz.

»Zur Abwechslung hätte er dir ein bisschen helfen können, wenn schon so viel Betrieb war.

Beispielsweise beim Aufräumen und Abspülen. Er hätte auch Getränke aus dem Keller holen können und so weiter. So wie Ben und ich das machen, wenn viel zu tun ist. Dann wäre er doch auch bei dir gewesen. Oder etwa nicht?«

Natürlich hat Nini recht. Wie konnte ich nur glauben, sie

sei eifersüchtig auf Christian? Wenn es jemand gut mit mir meint, dann meine kluge Tochter.

»Ach, Nini«, seufze ich und nehme sie in die Arme, vor allem, damit sie die Tränen nicht sieht, die ich krampfhaft zurückhalte.

»Sorry, Mami, ich wollte dich nicht aufregen. Ich habe nur das Gefühl, dein Christian kommt und geht, wie es ihm gerade passt, ohne Rücksicht auf deine Gefühle. Und dass dich das belastet. Ich möchte doch nur, dass du glücklich bist. Wenn du das mit Christian bist, ist ja alles gut. Dann musst du nur lernen, damit umzugehen, dass er außer dir noch ein anderes Leben hat, und dich in dieser Zeit um dein eigenes kümmern. – Pass auf, wir machen es uns jetzt richtig schön, ja? Ganz bestimmt kommt er schon bald wieder«, baut sie mich auf.

Mit diesen Worten verschwindet sie in die Küche, um für uns beide eine heiße Schokolade zu bereiten. Dann sehen wir uns gemeinsam, einige tröstende Schokokekse verdrückend, den ›Tatort‹ im Fernsehen an.

Der nächste Tag beginnt düster und grau. Dicke Nebelschwaden hängen über dem See.

Über welchem See? Genau genommen, kann man ihn nämlich gar nicht mehr erkennen. Es sieht so aus, als hätte die graue Suppe alles verschluckt. Genauso dunkel und düster wie die Stimmung draußen ist auch meine Stimmung. Mein Kopf schmerzt und ich bin nicht sicher, ob das an dem nasskalten Wetter oder am gestrigen Rotwein liegt. Trübsinnig sitze ich, noch im Bademantel, vor meinem Morgenkaffee, höre Norah Jones und sehe aus dem Fenster. Warum nur reagiere ich bei Christian so emotional, grübele ich vor mich hin.

Als ich noch mit Leon zusammen war, gab es doch auch kein Problem, wenn wir uns einmal ein paar Tage nicht sehen konnten. Zudem sollte ich froh darüber sein, dass ich genügend Zeit für meine Tochter, mein Café und nicht zuletzt für mich selbst habe. Ich wünschte, ich könnte die Stunden, die uns bleiben, unbeschwert genießen und in der Zeit dazwischen nicht die Tage zählen, bis er wiederkommt. Aber dadurch, dass mich Christian oft genauso überraschend wieder verlässt, wie er gekommen ist, entsteht bei mir das Gefühl, ich sei für ihn nur eine kleine Abwechslung in seinem Alltag. Aber vielleicht täusche ich mich und erwarte ganz einfach zu viel.

Wie so oft, vermisse ich meine alte Freundin Frieda an diesem Morgen ganz besonders. Ich wünschte, ich könnte zu ihr hinübergehen und sie um Rat fragen oder mich wenigstens ein wenig bei ihr ausheulen. Obwohl wir uns erst im letzten Jahr kennengelernt hatten, wurde Frieda für mich sehr schnell zu einer echten Freundin. Nein, sie war viel mehr als das. Zwischen uns gab es eine Verbindung, die man nur zu wenigen Menschen im Leben hat, und ich bin dankbar, dass ich das Glück hatte, sie zu treffen.

Wie oft saßen wir in ihrem schönen Garten oder in ihrem gemütlichen Wohnzimmer und sie half mir, manchmal wahrscheinlich sogar unbewusst, durch Erzählungen aus ihrer Vergangenheit, meine Entscheidungen zu treffen. Als sie im letzten Herbst starb, hatte ich das Gefühl, einen der wichtigsten Menschen in meinem Leben verloren zu haben. Da Frieda keinerlei Angehörige mehr besaß, vermachte sie mir nicht nur ihre kleine Hündin Jojo, die mich gerade mit ihren großen Hundeaugen ansieht, sondern auch ihr wunderschönes altes Haus, das, nur ein paar Häuser entfernt von der ›Butterblume‹, am Seeufer steht.

»Was meinst du, Jojo, sollen wir drüben mal nach dem Rechten sehen?«

Wer sagt, dass Hunde die menschliche Sprache nicht verstehen, hat keine Ahnung von ihnen, denn schon ist Jojo an der Tür.

Ich werfe mir schnell einen warmen Pulli über, ziehe eine Jeans und meine Jacke an und laufe mit Jojo im Nebel zu Friedas Haus hinüber, das ich erst wahrnehme, als ich unmittelbar davor stehe.

Es ist so dunkel und kalt heute Morgen und ich fröstele, als ich das stille Haus betrete.

Sofort sind die Erinnerungen wieder da …, an die warmen Sommertage und den Geruch von Friedas berühmtem Teekuchen, der im Ofen backt, während sie mit ihrem geblümten Sommerkleid auf der Terrasse ihre hauchfeinen Teetassen eindeckt.

Jetzt ist alles einsam und leer und nur das Geräusch der tickenden Standuhr ist zu hören. Vorsichtig streiche ich über Friedas Möbel und betrachte die vielen Dinge, die sie so liebevoll darauf dekoriert hatte und die nun mit einer dicken Staubschicht überzogen sind. Da ist das Foto von Friedas Mann Hermann in einem Fischerboot mit einer Angel, welches neben einer kleinen Ballerina aus Porzellan steht. Daneben befindet sich ein Bild von Frieda in jungen Jahren. Mit ihren hellen blauen Augen und dem flachsfarbenen Haar hübsch anzusehen, steht sie auf dem Deich in ihrer Heimat Ostfriesland. Und dann natürlich das Hochzeitsfoto der beiden – wie glücklich sie darauf aussehen. Fast alles ist so, als hätte sie gestern erst das Haus verlassen, denn ich habe bis auf wenige Möbel, die nun in der ›Butterblume‹ ihre Heimat gefunden haben, alles so gelassen, wie es war. Ich bringe es nicht über's Herz, etwas zu verändern, und kann mir nicht vorstellen, dass jemand anderes hier wohnen soll. Deshalb habe ich über eine Vermietung oder gar einen Verkauf des alten Hauses noch nicht einmal nachgedacht. Es müsste vermutlich so einiges renoviert werden und dazu fehlt mir beim besten Willen das Geld. Ich beschließe, wenigstens den Staubwedel einzusetzen, und lasse durch die hohen Fenster erst einmal frische Luft herein. Auch oben im Schlafzimmer ist alles noch so, wie es war. Jojo schnuffelt ein wenig unentschlossen herum, dann legt sie sich auf Friedas gemütliches altes Nussbaumbett.

Auf der Frisierkommode finden sich Friedas Tosca-Parfum, nach dem sie immer duftete, ihre silberne Haarbürste und ein hellblauer Seidenschal, den sie so oft trug, weil er ausnehmend gut zu ihren blauen Augen passte. Es zerreißt mir fast das Herz, als ich darunter ein Foto von ihr und Jojo entdecke.

»Du vermisst sie auch, meine Kleine, stimmt's?«

Zärtlich streichele ich über Jojos weiches Fell. Mein Blick fällt auf die kleine Nachtkommode neben Friedas Bett, auf dem auch ein Foto ihres Mannes steht.

Als ich sie öffne, entdecke ich Friedas spitzengesäumte und gebügelte Taschentücher. Nie im Leben hätte Frieda ein Papiertaschentuch benutzt.

»In kleinen Dingen zeigt sich, ob man eine Dame ist«, pflegte sie zu sagen.

Verborgen unter den schönen Taschentüchern entdecke ich aber noch etwas anderes.

Einen Stapel Briefe, zusammengebunden mit einer blasslilafarbenen Satinschleife.

Adressiert sind sie an Frieda Peeger in Westerstede, geschrieben in einer altmodisch steilen und krakeligen Handschrift. Ich zögere kurz, dann öffne ich einen der Briefe und lese:

›Meine liebste Frieda,

wenn Du diesen Brief erhältst, bist Du längst wieder zu Hause im Norden.

Doch ich kann an nichts anderes mehr denken als an Dich.

Mir kommt es vor, als habe die Sonne aufgehört zu scheinen, seitdem Du fort bist.

Denn Du bist MEINE Sonne und hast mein Leben erhellt.

Als Du hier warst, sah ich die Welt mit anderen Augen. Der See, die Berge, die Obstbäume …,

alles war so schön, nur weil Du an meiner Seite warst.

Nun erscheint mir ohne Dich mein ganzes Leben sinnlos. Ich arbeite, esse, schlafe …, doch ich ›lebe‹ nicht.

Immer wieder denke ich an Dein süßes Grübchen, wenn Du lächelst. An Deine Augen, wie sie mich ansehen. An Deine zarte Hand, die das Haar nach hinten streicht (eine Geste, die Du immer machst, wenn Du verlegen bist).

Erst wenn Du wieder bei mir bist oder mir wenigstens versprichst wiederzukommen, kann ich erneut glücklich sein.

Darf ich hoffen?

Bitte, liebe Frieda, … ich weiß, wie schwer es Dir fallen muss, Deine Heimat aufzugeben und alles, was Dir vertraut ist. Aber ich verspreche, ich werde tun, was in meinen Kräften liegt, um Dich glücklich zu machen. Hab Vertrauen … und komme zurück an den Bodensee, sobald es geht.

Ich werde Dir beweisen, wie ernst es mir ist.

Ich sehne mich so sehr nach Dir,

in Liebe

Dein Hermann‹

Fast kommt es mir vor, als würde ich etwas Verbotenes tun. Diese Briefe gehören nur den beiden und sind Zeugnis einer großen Liebe. Einer Liebe, für die Frieda alles riskierte und ihre Heimat aufgab. Heutzutage ist es gang und gäbe, in andere Städte, gar Länder oder Kontinente zu ziehen, doch zur damaligen Zeit, kurz nach dem Krieg, war es absolut unüblich und für eine junge Frau auf jeden Fall ein Wagnis. Ich bekomme eine Gänsehaut, weil ich an die junge Frieda denken muss, die voller Hoffnung, aber auch Zweifel im Süden Deutschlands ankam, um den Mann ihrer Liebe zu heiraten. Doch ihr Mut und ihr Vertrauen wurden belohnt mit einem glücklichen Leben an der Seite ihres Auserwählten.

Auf einmal spüre ich einen kalten Lufthauch und habe das Gefühl, nicht mehr allein zu sein. Das ist nur der kalte Nebel, der durch all die offenen Fenster zieht, schimpfe ich mit mir selbst. Trotzdem binde ich schnell die Briefe wieder zusammen und lege sie an ihren Platz in die Schublade zurück. Ich weiß nicht, ob dieses Frösteln an dem kalten und dunklen Haus liegt oder ob es mein inneres Gefühl ist, weil ich Frieda so sehr vermisse und mich im Moment einsam fühle. Deshalb schließe ich alle Fenster, staube alles ordentlich ab und kehre zur ›Butterblume‹ zurück. Trotz des Fröstelns fühle ich mich innerlich gestärkt. Dieser Brief, er sagt so viel aus über das Gefühl, das Frieda und Hermann verband. Vermutlich sollte auch ich mehr Vertrauen haben. Vertrauen zu Christian und darauf, dass seine Gefühle für mich echt sind und er nicht nur mit mir spielt.

Ich frage mich, warum heutzutage niemand mehr solche Briefe schreibt. Im Zeitalter der SMS und E-Mails ist das offenbar total verloren gegangen. Wie schade. Was würde ich darum geben, einmal so schöne Zeilen zu bekommen.

Doch da fällt mir wieder meine Mutter ein, die auch Hunderte von Briefen schrieb und erhielt von ihrem amerikanischen Brieffreund Steve. Briefe, in denen immer mehr von Liebe die Rede war. Trotz ihrer spärlichen Englischkenntnisse machte sie sich auf den Weg nach Amerika – und jetzt will sie sogar heiraten. Auch dieser Weg erforderte Mut und wurde mit Liebe belohnt.

Als ich in dem eiskalten Wind auf die ›Butterblume‹ zulaufe, sehe ich, dass die Eingangstür weit offen steht.

Komisch, ich bin mir sicher, dass ich sie beim Hinausgehen fest hinter mir zugezogen habe.

Oder doch nicht? Schließlich war ich sehr in Gedanken. Vielleicht habe ich sie doch nicht richtig zugemacht und der Wind hat sie wieder aufgestoßen. Ja, so muss es sein.

Das Klingeln des Telefons empfängt mich und es ist ausgerechnet meine Mutter, die weitere Details ihrer Hochzeit mit mir besprechen will.

»Hallo, Mami, das ist Gedankenübertragung. Gerade habe ich an dich gedacht«, freue ich mich, ein bisschen verwundert, dass sie nach amerikanischer Ortszeit schon wieder auf und offenbar bereits reichlich munter ist.

»Ja? Siehst du, und schon rufe ich an. Liebes, es gibt da ein paar unheimlich wichtige Sachen bezüglich der Hochzeit zu besprechen. Wir möchten soo gern in der Schlosskapelle auf der Insel Mainau heiraten. Kannst du das für uns organisieren? Das ist doch schwer von Amerika aus, du weißt schon. Und anschließend würden wir gern mit dem Schiff eine schöne Tour auf dem Bodensee unternehmen. Es gibt doch so kleine Schiffsbetriebe, kannst du die mal anrufen? Gefeiert wird natürlich anschließend in der ›Butterblume‹. Hast du dir dazu schon etwas überlegt?«

Klar, Mama, ich habe ja sonst nichts weiter zu tun, denke ich im Stillen.

Doch sie redet sofort munter weiter: »Wir werden nicht so viele sein, hööööööchstens 30 bis 40 Personen, Steves Tochter kommt auch mit und ihre Familie … Apropos: Wie machen wir das mit der Unterbringung? Wir freuen uns alle schon so sehr auf euch und darauf, in deinem Café zu feiern. Wir dachten an ein kalt-warmes Buffet, da kann sich jeder nehmen, was er mag. Vielleicht deutsch/amerikanische Spezialitäten? Und Musik muss natürlich auch sein, aber am besten live und keine Schallplatten. Was meinst du? Kind, du sagst ja gar nichts.«

»Du lässt mich auch nicht zu Wort kommen«, lache ich zurück, während ich mir lauter Stichworte nebenbei notiere. »Mach dir keine Sorgen, Mama. Ich kümmere mich um alles und werde mein Bestes tun, damit eure Hochzeit für euch beide ein unvergesslicher Tag wird. Das Einzige, um das du dich kümmern musst, sind die Flüge hierher und … dein Kleid natürlich.«

Im Stillen hoffe ich, dass meine Mutter nicht die Absicht hat, in Weiß zu heiraten, aber wer sie kennt, weiß, dass es ganz sicher kein normales Hochzeitskleid werden wird.

»Ach, Liebes, ich danke dir so. Weißt du, ich bin schon schrecklich aufgeregt.«

Das kann ich mir nun wirklich vorstellen. Wer heiratet denn schon mit 70? Eher hätte ich mir noch vorgestellt, auf der Hochzeit meiner Tochter zu tanzen, ganz zu schweigen von meiner eigenen.

»Wann soll die Party denn starten?«, frage ich so nebenbei.

»Wir dachten an den 19. Mai, wenn alles klappt. Aber wir kommen selbstverständlich vorher nach Germany, damit du nicht allein alle Vorbereitungen am Hals hast.«

Aha, nach Germany. Ihre Englischkenntnisse scheinen sich auf jeden Fall schon mal verbessert zu haben.

»So um Ostern herum. Kannst du uns eine schöne Ferienwohnung organisieren? Irgendwo am See bitte.«

Mir kommt auf einmal eine ganz andere Idee. Ich weiß, wo die beiden wohnen werden.

Und ich weiß auch, wer mir dabei helfen wird, ebenso wie bei den ganzen Hochzeitsvorbereitungen. Inzwischen bin auch ich aufgeregt und kann es nicht erwarten, das Gespräch zu beenden, um meine Freundin Emily anzurufen.

Emily ist Leons kleine Schwester und so ganz anders als ihr großer Bruder, mit dem ich immerhin drei Jahre zusammen war.

Habe ich sie noch im letzten Jahr als verwöhntes Nesthäkchen auf dem Weingut der Familie erlebt, so hat sie sich im letzten Jahr zu einer echten Freundin entwickelt, ohne die ich es nie geschafft hätte, die ›Butterblume‹ derart schön zu gestalten. Emily ist der kreativste Mensch, den ich kenne, und kann aus den einfachsten Dingen die tollsten Dekorationen zaubern. Prompt ist sie auch hellauf begeistert, als ich sie für die Hochzeit meiner Mutter um Hilfe bitte.

Sie hat natürlich sofort eine Idee, die mit Maiglöckchen und dem Farbthema Grün-Weiß zu tun hat, und verspricht, bald alles bei einem Cappuccino genau mit mir zu besprechen.

Auch die Idee, Friedas altes Haus für meine Mutter und ihren Bräutigam wohnlich herzurichten, begeistert sie.

»Allerdings muss ich erst mal meine eigene Wohnung einrichten«, erzählt sie freudestrahlend.

»Stell dir vor, Thomas und ich ziehen zusammen. Wir haben eine zauberhafte Altbauwohnung mitten in Konstanz gefunden und sind schon beim Renovieren.«

Emily klingt so unglaublich glücklich.

Das freut mich für die beiden. Sie passen perfekt zusammen, die energiegeladene und kreative Emily und der ruhige, musizierende Lehrer Thomas.

Obwohl sie so verschieden wirken, verbindet sie ihre künstlerische Leidenschaft.

Nachdem Emily derart von ihrer neuen Wohnung geschwärmt hat, verabreden wir uns für die nächste Woche dort, um alles Weitere zu klären. »Es ist alles aber noch ein wenig unperfekt, also versprich dir mal lieber nicht zu viel«, meint Emily zum Abschied.

Ich vermute mal, dass das, was ich erwarte, noch weit übertroffen werden wird.

»Also bis nächste Woche. Schottenstraße 103, ich freu mich«, ruft sie atemlos in den Hörer.

In Gedanken sehe ich sie vor mir, wie sie, mit einem Farbeimer und einem Pinsel bewaffnet oder mit einem Riesenstoffberg an ihrer Nähmaschine sitzend, es eilig hat, das Telefon aus der Hand zu legen.

Am Nachmittag bereite ich gerade einige Teekuchen für das Café vor, als Nini frustriert und schlecht gelaunt aus der Schule kommt.

»Was ist denn los, Süße?«, frage ich sie und gieße ihr schon einmal eine Cola ein.

»Ach, Mami ...«, seufzt sie, »... die Englischlehrerin ist ja soo doof. Und ungerecht. Gibt mir 'ne Vier im Mündlichen und tut so, als könnte ich kein Englisch, dabei hab ich in London gelebt. Wie soll ich da nur ein gutes Abi schaffen?«

»Mach dir mal keine Sorgen«, tröste ich sie. »Das schaffst du schon. Es ist völlig normal, dass du aufgeregt bist. Aber mach dich nicht verrückt. Was brauchst du denn für einen Schnitt für die Uni Konstanz?«

»Ähhhh ..., Mami ..., darüber wollte ich mal in Ruhe mit dir reden.«

An der Tatsache, dass sie mir nicht in die Augen sehen kann, erkenne ich, dass ihr etwas auf der Seele brennt.

»Was ist denn, Süße?«

»Also …, die Sache ist die …«

So richtig mit der Sprache herausrücken will Nini offenbar nicht, denn jetzt versucht sie abzulenken, indem sie mit dem Finger aus der Teigschüssel nascht.

»Was würdest du davon halten, wenn ich gar nicht an die Konstanzer Uni gehen würde?«

So etwas Ähnliches hatte ich schon bei ihren ersten Worten vermutet.

»Sondern nach Mannheim? Zu Ben?«, frage ich daher.

»Woher weißt du …?«

Dazu gehören nun wirklich keine hellseherischen Fähigkeiten.

»Hättest du nichts dagegen?« Endlich kann Nini mich dabei anblicken.

»Natürlich nicht, Nini. Ich verstehe dich ja. Ich möchte nur …«, und dabei sehe ich ihr fest in die Augen, »… dass du es dir gut überlegst. Wenn es dein Wunsch ist und dir die Uni in Mannheim gefällt, dann spricht doch überhaupt nichts dagegen. Im Gegenteil, dann hättest du sogar den Vorteil, dass du dort nicht allein wärst«, versuche ich, ihr zu raten. »Aber bedenke bitte: Wenn du nur Ben zuliebe nach Mannheim gehst und die Beziehung vielleicht irgendwann in die Brüche geht …«

Bei diesen Worten schaut Nini mich erschrocken an, so dass ich gleich hinzufüge: »… wovon wir jetzt mal nicht ausgehen, aber man weiß ja nie. Dann würdest du dir selbst und auch ihm vielleicht einen Vorwurf machen. Mein Vorschlag: Fahr demnächst mal hin und schau dir die Uni dort in Ruhe an. Dann kannst du immer noch entscheiden.«

»Ach, Mami, du bist die Allerbeste.« Nini steht auf und drückt mich herzlich an sich.

Wie lange sie dieses Vorhaben wohl schon mit sich herumgetragen hat?

»Wenn du wüsstest, was für ein Stein mir jetzt vom Herzen fällt. Ich dachte, du würdest ganz anders reagieren. Weißt du, ich will dich nicht allein lassen, mit der ganzen Arbeit im Café und überhaupt.«

»Hör zu, Nini, das braucht dich doch nicht davon abzuhalten, deinen Weg zu gehen.«

Ich bin ganz gerührt, dass sie sich Sorgen um mich macht. »Ich schaffe das schon. Den Sommer über bist du noch hier und kannst mir nach dem Abi helfen, wenn die Saison beginnt. Danach kommt die ruhige Zeit am See, wenn die Urlauber wieder weg sind. Sollte mir die Arbeit zu viel werden, kann ich jemanden einstellen. Denn das bedeutet auch mehr Umsatz. Und es gibt Emily, die mir ganz bestimmt gern aushelfen wird. Außerdem bin ich nicht ganz allein.« Unter dem Tisch kraule ich die kleine Jojo an ihren samtweichen Ohren.

»Christian wird bestimmt auch ganz oft hier sein, so oft er kann jedenfalls.«

Statt einer Antwort zieht Nini nur zweifelnd eine Augenbraue hoch und nickt bedächtig.

»Ich werde an den Wochenenden kommen, so oft es geht, Mami. Schließlich ist Mannheim nicht aus der Welt.«

»Genau. Wir haben auch London überstanden.«

»Apropos London. Ich hätte da so eine Idee für unser Café«, sagt Nini lächelnd. Ich glaube, sie ist glücklich, dass sie das Thema wechseln kann.

»Als ich bei Tante Carol war, sind ein paar Klassenkameraden und ich nach der Schule gern in ein kleines Café gegangen. Es hieß ›The Cupcake Boutique‹ und es gab dort lauter süße kleine Kuchen. Von der Größe her so ähnlich wie Muffins, aber mit einem so genannten Topping, einem Belag aus Sahne oder Creme und einer Dekoration oben drauf. In verschiedenen Geschmacksrichtungen, Himbeer oder alle anderen möglichen Obstsorten, Schoko, Vanille, Karamell, Nuss und, und, und. Die waren sooo lecker, das glaubst du nicht«, schwärmt Nini.

»Und was das Tollste ist: Die sind so schön klein, nicht wie ein riesiges Stück Torte. Heutzutage will doch keiner mehr dick werden. Na ja, und wer mehr davon mag, kann noch ein zweites essen.«

Ninis Augen leuchten vor lauter Begeisterung.

»Jedenfalls fiel mir das neulich wieder ein, als ich darüber nachdachte, wie wir unser Angebot im Café noch ein wenig verbessern könnten. Und da hab ich einfach meine Backbücher gewälzt – und voilà.«

Sie legt mir einen ganzen Stapel mit Kopien toller Rezepte auf den Tisch.

»Mensch, Nini, das ist eine super Idee.«

»Ja, und ich hab sogar mehr davon.« Nini ist jetzt voll in ihrem Element. »Außerdem gab es nämlich in der ›Cupcake Boutique‹ noch weitere leckere Dinge. Macarons, das ist so ein federleichtes Baisergebäck mit einer Füllung. Gab es auch in ganz vielen Varianten. Ich sag dir, die waren himmlisch. Eigentlich kommen die wohl aus Frankreich, aber ich glaube, das wäre doch auch etwas für den Bodensee. Was meinst du, Mami?«, fragt Nini eifrig.

»Klingt super, aber ob wir die hinkriegen? Versuchen können wir es ja mal.«

Baisergebäck, das klingt sehr verführerisch. Vor allem gibt es so etwas meines Wissens nirgendwo. Darum lächle ich. »Ich finde, das ist eine ganz tolle Idee. Wir suchen uns die besten Rezepte heraus und machen ein paar Prototypen, ja? Die vernaschen wir erst mal selbst. Und dann überlegen wir uns neue Namen. Macarons und Cupcakes sind ganz niedlich, passen aber nicht recht zum Bodensee.«

»Hmmm, da hast du wohl recht«, grübelt Nini, während sie unsere alten Muffin-Förmchen im Küchenschrank sucht. Als sie sie gefunden hat, blättern wir in ihrem Rezeptstapel und wählen unsere Favoriten aus.

Begeistert machen wir uns beide ans Werk und probieren einige der leckeren Backvorschriften aus. Während wir den Grundteig, der aus Butter, Zucker, Eiern, Mehl, Milch und Backpulver besteht, herstellen, denken wir uns Namen für die entstandenen Kunstwerke aus. Da die kleinen Kuchen sehr einfach herzustellen sind, haben wir nach kürzester Zeit auch schon einige tolle Varianten fabriziert, zum Beispiel Apfeltörtchen, die wir auch noch mit Erdnüssen oder Calvados verbessern und mit Karamellsahne krönen. Oder Schokocupcakes, die wir mit Kokos oder Cassis variieren.

»Der Fantasie sind keine Grenzen gesetzt, Mama«, stellt Nini zufrieden fest, die an dieser Aktion offensichtlich einen Heidenspaß hat und glücklich zu sein scheint, dass mir ihre Idee so gut gefällt.

»Mensch, Nini, das ist aber auch wirklich ein super Einfall. Man hat so viele Möglichkeiten und kann die kleinen Dinger je nach Lust und Laune oder Saison abwandeln. Zum Beispiel mit allen möglichen Beeren, Rhabarber, Aprikosen, Pflaumen, Birnen und Äpfeln. Und die Toppings auch immer wieder anders gestalten, mit Sahne, Frischkäse oder Buttercreme, und dadurch den Geschmack auch verändern.«

»Sag ich doch. Und ich finde ja, das Tollste daran ist, dass es eben nicht so ein Riesenstück Torte ist. Das will doch heute kaum noch jemand essen. Aber so eine Kleinigkeit, was Süßes wie ein Küsschen oder ein Betthupferl …«

»Warte mal, Nini, das hier hört sich doch gut an: ›Seehupferl‹. So könnten wir die kleinen Cupcakes doch nennen. Erdbeer-Seehupferl oder Schoko-Seehupferl … oder … oder … oder … Was meinst du?«

»Find ich klasse«, nuschelt Nini, die gerade dabei ist, unsere andere neue Kreation zu probieren: Vanille-Macarons, die aus Mandel-Baiser-Kekshälften bestehen, die durch eine Mischung aus Himbeergelee, Puderzucker und Butter zusammengehalten werden.

»Hmmmm, lecker. So süß wie ein Kuss. Und somit sind das unsere ›Überlinger Küsschen‹, was meinst du?«

Ich bin überzeugt, ob zu Cappuccino oder Tee, die Dinger werden der Renner.

3. Kapitel

Der Hänselejuck

Als hätte ich es geahnt, kann Christian am nächsten Wochenende nun doch nicht kommen. Offenbar muss er mehr Zeit und Aufwand für seinen komplizierten Klienten einplanen als gedacht, so dass er in Kanada festhängt.

Doch da er ständig anruft und mir verspricht, das Fasnachts-Wochenende mit mir zu verbringen, komme ich ganz gut damit klar. Das Einzige, das mich stört, ist, dass er ständig diese Daniela erwähnt. Mein Gott, muss denn das sein? Die beiden sind doch geschieden. Aber vielleicht kann ich das nur nicht verstehen, weil mir diese Beziehungsart völlig fremd ist. Getrennt sein und trotzdem harmonisch zusammenarbeiten, wie das gehen soll, bekomme ich nicht in meinen Kopf. Zum Glück bin ich sehr beschäftigt mit dem Café und den Hochzeitsvorbereitungen.

Nach einer bitterkalten Woche scheint auf einmal die Sonne und deshalb beschließe ich, mit der Fähre nach Konstanz zu Emily zu fahren. Auf der Fähre steige ich aus dem Auto und gehe nach oben an Deck. Wie schön das Wasser in der Sonne glitzert. In diesen Momenten liebe ich die Bodensee-Landschaft so sehr, dass mir das Herz aufgeht. Ich kuschele mich dicht in meinen Daunenmantel und bleibe während der ganzen Überfahrt an Deck, um diese schöne Stimmung zu genießen.

Eigentlich wollte ich Emily etwas Schönes für ihre neue Wohnung kaufen, doch ich habe beschlossen, mir diese erst einmal genau anzusehen und dann etwas auszuwählen, was zu ihrem Stil passt. Deshalb habe ich nur einen bunten Tulpenstrauß erstanden, der Emily schon ein klein wenig Frühlingsstimmung bringen soll.

Die Schottenstraße befindet sich mitten in der Altstadt von Konstanz und wie ich es mir schon dachte, ist die Nummer 103 ein wunderschöner Altbau mit filigranen Balkonen. Allerdings befindet sich Emilys Wohnung in der fünften Etage, so dass ich ganz schön außer Atem bin, als ich endlich oben ankomme. Das Fitnessstudio kann sich Emily also sparen, denke ich so bei mir. Nicht, dass Emily das mit ihrer grazilen Figur nötig hätte.

Sie empfängt mich an der Wohnungstür und sieht fantastisch aus. Ihre schmale Figur steckt in einer beigefarbenen Röhrenhose, dazu trägt sie einen weißen Rolli und auffallende goldene Ohrringe. Ihr langes, seidenweiches blondes Haar hat sie zu einem modernen Chignon gesteckt, was zugleich lässig und elegant wirkt. Was ist nur aus dem Hippiemädchen vom letzten Jahr geworden?

Eine todschicke und bildschöne junge Frau, stelle ich fest. Doch ich bin kein bisschen neidisch auf sie, dafür mag ich Emily viel zu sehr.

»Maja, wie schön, dich wiederzusehen.«

Wir umarmen uns herzlich und ich überreiche Emily die bunten Tulpen, die allerdings in der Wohnung fast wie ein Fremdkörper wirken, wie ich gerade feststelle, als wir hineingehen. Am Telefon sprach Emily davon, dass die Wohnung noch reichlich unperfekt sei und noch soo viel fehle. Davon kann ich beim besten Willen nichts bemerken. Ich bin sprachlos, als ich das helle Wohnzimmer mit der hohen Stuckdecke und dem Parkettfußboden betrete. Das Ganze sieht aus wie eine Sinfonie aus Beige, Creme und Gold und ich erkenne, dass Emily offenbar auch ihr heutiges Outfit darauf abgestimmt hat. In der Mitte des Raumes stehen zwei gemütliche cremefarbene Sofas, die mit wunderschönen beigen und golden bestickten Kissen bestückt und durch einen hellen Tisch getrennt sind. Emily hat ihn nicht nur mit ihrem hübschen cremefarbenen Teegeschirr gedeckt, sondern es steht auch ein goldenes Windlicht darauf, das Emily allerdings sofort durch den Tulpenstrauß ersetzt.

»Ich habe keinen Kuchen gebacken, Maja, das kannst du viel besser als ich. Es gibt nur ein paar Kekse, ist das auch okay für dich?«, fragt sie mich lächelnd.

»Hmmmmm, das dachte ich mir schon«, antworte ich und hole ein paar unserer neuen ›Seehupferl‹ und ›Überlinger Küsschen‹ aus der Tasche. Nun betrachte ich staunend und in aller Ruhe all die vielen geschmackvollen Dinge, die Emily arrangiert hat. Es ist gar nicht einmal viel, aber der ganze Raum strahlt eine unglaubliche Harmonie und Gemütlichkeit aus. An der Wand steht ein Bücherregal aus hellem Holz, das mit Emilys Kunst- und Einrichtungsbüchern gefüllt ist. Gegenüber davon erblicke ich ein Sideboard aus dem gleichen Holz, über dem ein großer goldener Spiegel hängt und auf dem Kerzen in den verschiedensten Größen dekoriert sind. Die hohen Fenster werden umrahmt von wundervollen beige-goldfarbenen Schals, die aus demselben Stoff wie die Sofakissen sind. Ich bin sicher, dass Emily alles selbst genäht hat, und muss schmunzeln, als mir mein Gedanke an sie an der Nähmaschine wieder einfällt. Neben die Balkontür hat Emily ein selbst gemachtes und vergrößertes Foto aus Florenz gehängt. Mit den warmen Farben und dem Abendlicht passt es perfekt zu der ganzen Einrichtung, ebenso wie der braun-beige Teppich unter dem Tisch und die große Stehlampe mit den Blütenblättern aus Glas als Lampenschirm.

»Gefällt es dir bei uns? Möchtest du noch mehr sehen?«

Welche Frage? Das Schlafzimmer ist ebenfalls ein sehr heller Raum, der nach hinten hinaus liegt und entsprechend ruhig ist. Auch dieser wirkt absolut edel und harmonisch, da alles in hellem Holz gehalten ist und mit beerenfarbenen Accessoires vervollständigt wird. Auf dem Nachttisch steht ein Foto von Emily und Thomas, auf dem beide auf dessen Motorrad zu sehen sind. Vor einer hellgrau gestrichenen Wand, an der ein großes Foto vom See hängt, entdecke ich einen nostalgischen weißen Vogelkäfig, in dem sie ihre selbst hergestellten Ohrringe aus Swarovski-Steinen und buntem Muranoglas aufbewahrt, sowie eine Schneiderpuppe, auf der Emilys bunte Schals drapiert sind.

Weiter gibt es noch ein Arbeitszimmer, in dem beide ihren Schreibtisch stehen haben und Thomas seine Musikinstrumente und Noten untergebracht hat. Thomas ist nämlich Bandleader der Lakeboys, die tollen Bar-Jazz machen und unter anderem bei der Eröffnung der ›Butterblume‹ gespielt haben.

Außerdem zeigt mir Emily noch ein kleines Bad, das mit seinen schwarz-weißen Kacheln und den Art-Deco-Accessoires ebenfalls sehr stylisch wirkt, und eine kleine Küche, in der eine schwarz gestrichene Wand dominiert, auf der zauberhafte Schwarz-Weiß-Fotografien hängen. Die knallrote Einbauküche, die mit den modernsten Geräten ausgestattet ist, fasziniert mich. Nicht, dass Emily sich hier allzu oft aufhalten würde, das kann ich mir nicht vorstellen. Emily ist zwar sehr kreativ, aber Kochen gehört nicht zu ihren Hobbys. Nun ja, vielleicht tobt Thomas sich hier aus.

Emily entgeht mein Blick nicht und sie errät offenbar meine Gedanken. »Die Einbauküche ist ein Geschenk meiner Mutter. Sie hatte wohl Angst, dass wir sonst verhungern«, erklärt sie lachend.

»Am liebsten wäre sie mit mir in ein teures Einrichtungshaus gefahren und hätte mir lauter Designermöbel gekauft. Zum Glück konnte ich sie davon abhalten. ›Kind, das ist deine erste Wohnung, das muss doch was Vernünftiges sein und nicht so ein Flohmarkt-Krempel‹, hat sie gesagt.«

Ich muss lachen, wie gut Emily ihre Mutter imitiert, und sehe Katharina im Geiste vor mir, in ihrer Designer-Garderobe und ihrem stets glatt geföhnten hellblonden Bob.

»Wie geht es deiner Mutter denn?«, frage ich Emily, während wir es uns auf ihrem hübschen Sofa gemütlich machen.

»Na ja, du weißt ja, wie sie ist. Sie hat tausend Sachen um die Ohren. Freut sich jetzt schon auf die neue Golfsaison und hat die entsprechende Garderobe dafür bereits geordert. Und dann muss sie Leon und Robert betüddeln und aufpassen, dass die beiden nichts falsch machen im Betrieb«, berichtet Emily amüsiert, während sie mir Tee einschenkt.

Robert ist Leons jüngerer Bruder, der im letzten Jahr seine kapriziöse und launische Ehefrau Susann verließ, um fortan mit der französischen Marketing-Assistentin Anouk zusammenzuleben.

Emily erzählt mir, dass der bodenständige Robert und die hübsche Anouk offenbar richtig glücklich miteinander sind.

»Stell dir vor: Anouk hüpft sogar mit Gummistiefeln in den Weinbergen mit ihm herum. Egal, was mit den Reben ist, sie ist immer an seiner Seite und ist sich für keine Arbeit zu schade.«

Wer hätte das gedacht? Die schöne Anouk mit ihren schicken Kostümchen und ihren langen Fingernägeln turnt in den Weinbergen herum ..., in Gummistiefeln? Ich hatte geglaubt, dass sie sich Leon angeln will, den immer gut gekleideten und weltgewandten Managertypen.

»Und Leon?«, frage ich daher neugierig. »Was macht der so?«

»Ach, Maja, du kennst ihn. Er lebt für seine Arbeit. Knüpft ständig irgendwelche neuen connections und ist überall dabei, wo ein Event stattfindet. Aber er kommt mir so unglaublich …«, Emily sucht nach dem richtigen Wort, »… rastlos vor. Besonders seit eurer Trennung. Ich weiß, ich sollte das nicht sagen, denn für dich war es sicher das Beste, dass ihr euch getrennt habt. Aber ich glaube, er ist noch nicht drüber hinweg. Hat zwar ständig eine neue Freundin, aber die scheinen ihm alle nichts zu bedeuten. Hübsche, nette, aber austauschbare Geschöpfe, die er mit zu den Vernissagen und Modenschauen nimmt, auf die er eingeladen wird. Ich glaube, er weiß erst jetzt, was er an dir hatte. Dass die Männer das immer nur merken, wenn es zu spät ist.«

Emily sieht mich bedeutungsvoll an.

»Aber was ist mit dir? Vermisst du ihn nicht auch manchmal? Ich meine, ihr wart doch immerhin drei Jahre zusammen und habt viel gemeinsam erlebt.«

»Ach, weißt du, Emily …«, antworte ich. »Natürlich fehlt er mir manchmal. Seine Art, die Dinge anzupacken und Entscheidungen zu treffen, zum Beispiel. Und die vielen schönen Erlebnisse, die wir hatten.«

Mir wird bewusst, dass ich das bis heute noch nie ausgesprochen habe.

»Aber andererseits hat er mich doch nie als Person wahrgenommen, sondern nur als Wesen an seiner Seite. Weißt du, als ich die Idee mit der ›Butterblume‹ hatte, plante ich zum ersten Mal etwas Eigenes. Das hat mich richtig beflügelt. Ich glaube, damit konnte er nicht umgehen, weil er immer der tolle Macher sein will.«

»Ja, er hat wohl eher davon geträumt, dass du zu ihm auf das Weingut kommst und fortan das Repräsentieren übst. Unter der Anleitung von Mama natürlich. Nein, ich denke, dass es für dich das Beste war, dich auf eigene Beine zu stellen, Maja. Wie läuft es denn so mit Christian?«

Ehe ich mich versehe, erzähle ich Emily davon, wie viel er mir bedeutet und wie sehr ich mich freue, wenn er plötzlich und unvermittelt vor der Tür steht. Und dass ich regelmäßig wieder in ein tiefes Loch falle, wenn er sich genauso plötzlich wieder verabschiedet.

»Weißt du, Emily, ich habe Angst, dass ich nur eine kleine Wochenendabwechslung für ihn bin. Woher soll ich wissen, ob er nicht auch in Stuttgart eine Freundin hat oder in Kanada mit seiner Exfrau schläft?«

»Das glaubst du doch wohl nicht im Ernst, Maja«, entrüstet sich Emily darauf.

»Warum sollte er das tun? Ihr versteht euch doch super, wenn ihr zusammen seid. Warum sollte er sich dann mit anderen Frauen treffen, ihm fehlt doch nichts bei dir. Ich bin sicher, er wäre ganz oft viel lieber bei dir als bei der Arbeit. Du musst Vertrauen haben – sonst kann das nichts werden mit euch. Eine Fernbeziehung ist schwierig. Aber man kann es auch andersherum sehen, nämlich, dass man auf die Art viel Zeit für seine eigenen Interessen hat. Versuche doch einmal, in der Zeit, in der er nicht bei dir ist, dein Leben so schön und sinnvoll zu gestalten wie möglich und denke nicht dauernd daran, was er wohl gerade macht.«

Etwas Ähnliches hat mir auch Nini geraten. Ich nehme mir fest vor, in Zukunft meine Ängste und Sorgen bezüglich Christian hintenanzustellen und mich zu freuen, einen so netten Mann wie ihn gefunden zu haben.

Endlich können wir uns nun dem eigentlichen Zweck unseres Treffens, nämlich der Hochzeitsplanung, widmen. Emily überrascht mich mit einigen tollen Ideen, die sie für die Dekoration der ›Butterblume‹ bereits im Kopf hat.

Ihr gefällt mein Vorschlag, dass meine Mutter und Steve in Friedas altem Haus wohnen können, wenn sie zu Ostern aus Amerika kommen, ebenso wie Steves Tochter Laura Ann mit ihrem Mann und ihren Kindern.

»Es wird dir guttun, wenn Friedas Haus wieder mit Leben gefüllt ist«, sagt sie, als ich erzähle, dass ich mich neulich in dem dunklen, kalten Haus auf einmal nicht allein fühlte. Davon, dass ich heimlich den Liebesbrief von Hermann gelesen habe, erzähle ich aber lieber nichts.

Als wir uns verabschieden, verabreden wir uns, sobald wie möglich Friedas Haus in Augenschein zu nehmen, um den Besuch besser planen zu können, und umarmen uns herzlich.

Dieser Nachmittag hat mir in vielerlei Hinsicht so viel gegeben. Dankbar für Emilys Freundschaft und Herzlichkeit, mache ich mich auf den Weg über den See zurück nach Hause.

In der nächsten Woche herrscht Ausnahmezustand in unserem kleinen Städtchen, denn die Narren haben das Zepter übernommen. Da das Brauchtum hier und in vielen Orten am Bodensee hochgehalten wird, finden überall Narrentreffen und -umzüge statt.

Leider ist das schöne Wetter schon wieder vorbei und der Winter zeigt sich noch einmal von seiner kalten und hässlichen Seite. Ich hoffe, dass die Narren mit ihren vielen gruseligen Holzmasken es schaffen, ihn endgültig zu vertreiben. Abgesehen von ein paar Luftschlangen, die wir in der ›Butterblume‹ aufgehängt haben, und Fasnachtskrapfen und Berlinern, die wir anbieten, halten wir uns allerdings ziemlich aus der Narretei heraus. Dafür ist am Schmotzigen Dunschdig in allen Kneipen in der Stadt, besonders im ›Galgenhölzle‹, bereits am Nachmittag die Hölle los. Am darauffolgenden Samstag findet der traditionelle Hänselejuck in der Altstadt statt. Dutzende von Hänsele, insgesamt sollen es sogar über tausend sein, toben durch die bengalisch erleuchteten Straßen, welche von Hunderten von interessierten und verkleideten Besuchern gesäumt sind. An zahlreichen Ständen und in so genannten Besenwirtschaften kann man sich mit Glühwein und anderen Alkoholika aufwärmen, entsprechend ausgelassen ist die Stimmung. Auch Christian und ich wollen diesem Ereignis beiwohnen, doch am frühen Abend ist er noch immer nicht da.

Nini und ich stehen in meinem Bad und Nini versucht gerade, mir einen bunten Schmetterling auf die Wange zu malen, als ich den alten Volvo in die Einfahrt biegen sehe.

Nini ist der Meinung, dass ich nicht ganz ohne Verkleidung in die Stadt gehen solle, und da ich weder verrückten Hüten noch bunten Perücken etwas abgewinnen kann, kam sie auf die Idee mit der Wangenmalerei. Skeptisch betrachte ich mein Spiegelbild. Das sieht doch albern aus – in meinem Alter. Schließlich werde ich dieses Jahr 40.

Oh Gott, ich darf gar nicht daran denken.

»Haaaalt, ich bin doch noch gar nicht fertig«, schimpft Nini mit mir, doch es ist zwecklos, denn ich renne bereits die Treppe herunter und falle Christian stürmisch in die Arme.

»Wo warst du so lange?«, flüstere ich ihm zärtlich ins Ohr.

»Ich musste ein Netz suchen, um besonders hübsche Schmetterlinge einzufangen«, lacht Christian und drückt mich so fest, dass mir die Luft wegbleibt.

Ein Blick in den Flurspiegel verrät mir jedoch, dass sich der goldene Schmetterling auf meiner Wange nach dieser stürmischen Begrüßung in ein undefinierbar hässliches Etwas verwandelt hat. Genau genommen sieht es aus wie eine Mischung aus einem verwelkten Blatt und E.T. Na super.

Da wir spät dran sind, wasche ich mir schnell unter Ninis Protest die Malerei wieder ab und wir machen uns auf den Weg in die Stadt. Dort sind bereits unglaublich viele Menschen unterwegs und ich bereue, dass ich nicht doch wenigstens einen bunten Hut oder einen irren Schal angezogen habe, denn alle außer uns scheinen verkleidet oder maskiert zu sein.

Wir suchen uns ein Plätzchen am Straßenrand, um den Umzug der Hänsele in Ruhe betrachten zu können, und lassen das kostümierte Publikum und die besondere Atmosphäre auf uns wirken. Es ist bitterkalt und ich kuschele mich fest an Christians starke Schulter.

Heute Abend scheint der Nebel wieder besonders dicht zu sein, was zwar zu der etwas gespenstisch anmutenden Szenerie mit den vielen roten Hindenburg-Lichtchen auf den Fenstersimsen der Stadt sowie den vielen Masken sehr gut passt, aber mich schon bald frösteln lässt. Dabei sind wir gerade erst gekommen.

Christian spürt mein Zittern, zieht mich noch stärker in seinen Arm und fragt fürsorglich:

»Soll ich dir einen Glühwein holen, Liebling?«

»Nein, lass nur, ich gewöhne mich schon an die Kälte.«

Doch er sagt: »Warte, ich bin gleich wieder da mit etwas Warmem. Nicht weggehen, ja?«

Er küsst mich auf die Nasenspitze und verschwindet in der Menge.

Mir fällt auf, dass er, sobald er glaubt, meinem Blickfeld entschwunden zu sein, sein Handy aus der Tasche zieht. Aha. Er will also ungestört telefonieren und ich soll nicht zuhören – von wegen ›Glühwein holen‹. Doch dann schimpfe ich mit mir selbst und ärgere mich über mein Misstrauen. Wahrscheinlich gibt es nur wieder irgendwelche Probleme mit Klienten, die er lösen muss.

Dennoch wundere ich mich, als Christian eine halbe Stunde später noch nicht da ist.

Das Spektakel hat längst begonnen und die Hänsele hüpfen mit ihrem bunten Häs durch die Straßen, begleitet von lauter Blasmusik, die Überlingens Narrenmarsch spielt.

Unruhig trete ich, vor Kälte zitternd, von einem Bein auf das andere, immer schön im Takt der Fasnachts-Musik, und betrachte die vielen schwarzen Hänsele, von denen etliche eine Karbatsche, eine Art Peitsche, knallen lassen.

Auf einmal steht ein großer Narr vor mir mit einer gruselig hässlichen Hexenmaske aus Holz.

Er packt mich am Arm und drückt mich gegen die Wand der Apotheke, vor der ich stehe.

Hilfe, der macht mir Angst. Obwohl ich weiß, dass solche Späße unter den Narren, besonders den Hexen, weit verbreitet sind, klopft mein Herz laut, zumal sein Griff an meinem Arm stärker wird und die hässliche Maske näher kommt, bis sie ganz dicht vor meinem Gesicht ist. Ich versuche, hinter den Augenschlitzen ein paar freundliche Augen zu entdecken, um zu spüren, dass das Ganze nur Spaß ist, doch ich sehe nur zwei dunkle Flecke. Verdammt, diese Hexe macht mir Angst. Auf einmal zieht er oder sie mich auch noch heftig an den Haaren – aua. Das geht nun aber wirklich zu weit. Ich bin versucht, der Gestalt kräftig gegen das Schienbein zu treten, und reiße mich los.

Wo bleibt nur Christian?

Als er ein paar Minuten später mit zwei Bechern heißen Glühweins aus der Menge auftaucht, ist die Hexe verschwunden, aber ich zittere immer noch vor Furcht und Kälte.

»Na endlich. Wo warst du so lange?«, zicke ich ihn an.

Ich vermute mal, dass meine Stimme ziemlich verärgert klingt, denn Christian sieht mich zerknirscht an und antwortet: »Entschuldige, Schatz, aber da war so unglaublich viel los an dem Stand.«

Ja, genau, und dann musstest du auch noch in Ruhe telefonieren, füge ich in Gedanken hinzu. Auch der Glühwein kann mich nicht mehr aufwärmen und meine Stimmung ist nach dieser Hexen-Sache ohnehin im Keller.

Wie es den Anschein hat, bringt Christian kein Verständnis für meine Angst auf, denn als ich ihm die ganze Geschichte erzähle, lacht er mich nur aus und behauptet, das sei doch nur ein Fasnachts-Spaß gewesen und ich sähe einfach zu viele Krimis.

Wir schauen noch ein wenig dem bunten Treiben auf der Straße zu, aber weil mir schrecklich kalt ist, kann ich Christian nach dem Umzug überreden, mit mir nach Hause zu gehen. Doch selbst das warme Kaminfeuer und Christians Liebe und Zärtlichkeit können mich an diesem Abend nicht mehr richtig erwärmen. In der Nacht träume ich von einer schrecklichen, riesengroßen Hexe, die mich fest umklammert und am Hals würgt. Der Traum ist derart realistisch, dass ich voller Angst schweißgebadet aufwache. Mein Hals schmerzt entsetzlich und meine Glieder fühlen sich an, als hätte ich einen fürchterlichen Muskelkater.

Zitternd stehe ich auf, ziehe meine warme Strickjacke über und mache mir in der Küche eine warme Milch mit Honig.

Was ist nur mit mir los? Warum hat mir diese Fasnachtsfigur so viel Bange gemacht, dass ich derart schrecklich von ihr träume? Nach der warmen Milch fühle ich mich ein kleines bisschen besser. Müde kehre ich zurück in mein warmes Bett und kuschele mich in Christians Arm.

Doch auch am nächsten Morgen fühle ich mich schlecht. Mein Hals und meine Glieder schmerzen wie verrückt und am liebsten würde ich im Bett bleiben.

Doch da ich weiß, dass ich das Café öffnen muss, stehe ich notgedrungen auf.

Zum Glück ist durch das Fasnachtstreiben in der Stadt auch heute viel los und da das Wetter grau und neblig ist, verirren sich nicht sehr viele Spaziergänger in diese stille Ecke vom See. Dadurch ist es in der ›Butterblume‹ sehr ruhig und Christian und ich haben viel Zeit, um entspannt Tee zu trinken und uns zu unterhalten. Dieser gemütliche Sonntag tut unserer Beziehung wieder einmal richtig gut und ich verdränge den Gedanken an den bevorstehenden Abschied, so gut es eben geht.

Am Nachmittag macht sich Christian dann nützlich, kramt im Keller herum und spaltet Holz im Garten, während ich die wenigen Gäste mit Kaffee und Kuchen versorge.

Doch dann ist es auf einmal vorbei mit der Ruhe, denn die fünf BBP (Bauch-Beine-Po-Gymnastik)-Ladys kommen, lautstark tratschend, zur Tür herein und bringen allerhand Neuigkeiten mit.

»Also des isch ja seltsam«, höre ich eine von ihnen, Irene Dörfler, die heute zur Feier des Tages mit einem erdbeerroten Filzhut geschmückt ist, sagen. »Wann soll die verschwunden sein? Am Valentinstag?«

»Wer isch verschwunde? Des hab ich jetzt auch nicht mitgekriegt«, hakt Frau Monika Besser nach, während sie ihren weißen Webpelz-Swingermantel an die Garderobe hängt.

Natürlich ist Veronika Möhrle wieder diejenige, die am besten informiert ist. Sie trägt heute aufgrund der Kälte ihren echten Nerz spazieren und hat gleich zwei Perlenketten auf ihrem mächtigen Busen dekoriert.

»Isabella Grothe. Die vom Campingplatz«, tönt sie triumphierend.

Da die meisten anderen, mich eingeschlossen, keine Ahnung haben, wer das ist, klärt sie uns alle auf.

»Des isch doch die hübsche Schwarzhaarige, welche bis zum letschte Herbscht im Kirchechor gsunge hot. Also, Mädels, die kennt ihr doch, ihr Mann isch doch der Pächter vom Campingplatz.«

»Aja, die. Ja, klar kenn ich die«, meint die Kleine mit den roten Locken, deren Namen ich mir partout nicht merken kann. »Wir waren im letzten Sommer ein paar Mal auf dem Platz und haben Salat gegessen, weil man dort so schön am Wasser sitze kann. Einige Male hab ich diese Isabella kurz g'sehe, aber immer nur gaaanz kurz, wie sie mit dem Salat aus der Küche gehuscht kam. Ihr Mann isch irgendwie en ganz Komischer, find ich jedenfalls, der hat so was Grobes an sich. Der hat sie auch ein paarmal fescht ang'meckert, weil's ihm angeblich nicht schnell genug ging.«

»Das hab ich auch schon oft g'hört, dass des ein gaanz unfreundlicher G'selle sein soll«, ereifert sich jetzt Frau Möhrle. »Wie man so hört, soll er sogar ziemlich brutal sein. Angeblich soll er auch gar nicht gut zu seinem Schäferhund sein. Auf dem Campingplatz spielt er sich auf wie das Herrgöttle, bloß weil er da im Sommer ein paar Plätze verteilen darf. Und die arme Frau muss kochen und putzen und wird rumschikaniert. Man sagt sogar …«, und jetzt wird die Stimme von Frau Möhrle ganz leise, »dass er sie g'schlage haben soll. Hat sie in letzter Zeit nicht öfter mal ein blaues Auge g'habt? Also, soviel ich weiß, kriegt man das garantiert nicht vom Putzen.«

Komisch, mir fällt gerade das Paar vom Zebrastreifen ein. Der Mann wirkte auf mich brutal und die Frau war eine ganz zarte, hübsche Frau mit dunklem Haar.

»Aaah, und jetzt isch se fort, die Isabella?«, fragt Frau Besser neugierig.

»Ja, angeblich seit dem Valentinstag«, weiß Frau Möhrle aus offenbar gut unterrichteten Kreisen zu berichten.

»Seltsam«, schaltet sich da wieder die kleine Rothaarige ein, »ih glaub, ih hab' die am Valentinstag noch g'sehn.«

Ich auch, füge ich in Gedanken hinzu. Wenn das die Isabella war, die ich gesehen habe. Der Valentinstag war doch der Samstag, an dem ich auf dem Markt war und mir anschließend das Paar am Zebrastreifen auffiel. Der Tag, an dem abends Christian kam.

»Ich weiß das deswegen, weil ich am Valentinstag in der Stadt war, um einen Tisch für den Hubert und mich in der Krone zu reservieren. Und dann hab ich noch einen Kaffee im Café Aran getrunken. Des war am Nachmittag, und da hab ich diese Isabella g'sehn. Wie immer hat sie hübsch ausg'sehn und isch ganz hinten in der Ecke g'sessen. Aber nicht mit ihrem Mann«, fügt sie geheimnisvoll hinzu, »sondern mit einem äußerst gut aussehenden anderen Mann. Die beiden schienen recht vertraut, wenn ihr mich fragt. Die haben sich umg'schaut, als ob sie Angscht hätten, dass sie einer bemerken könnt'. Des war schon auffällig.«

»Meinsch du, sie hat einen Liebhaber und isch vielleicht mit dem durchgebrannt?«, fragt Frau Möhrle, offensichtlich ein wenig angesäuert, dass mal jemand etwas *vor* ihr weiß.

»Ich mein' ja bloß, ... isch doch komisch, dass sie auf einmal verschwunde sein soll. An dem Tag, an dem ich sie mit einem anderen Mann g'sehe hab.«

Auf einmal meldet sich die ruhigste der Runde, die große, schlanke, sportliche Ruth Müller zu Wort. Ihr blondes, kurzes Haar ist flott geföhnt und ihr freundliches Gesicht weist kaum Falten auf, obwohl sie, wie sie hin und wieder scherzhaft bemerkt, die Älteste der Runde ist. Jedenfalls scheint sie sehr in sich selbst zu ruhen und wirkt ausgeglichen und fröhlich auf mich. Ob das daran liegt, dass sie keinen Mann hat, während die anderen sich ständig darüber mokieren, was sich ihre Herzallerliebsten zu Hause wieder einmal geleistet haben?

»Ich kenne die Isabella auch, aber ich wusste gar nicht, dass sie mit diesem Campingplatz-Fuzzi verheiratet ist. Ich habe immer vermutet, sie arbeitet nur dort und erträgt eben den blöden Chef, weil sie sonst keine Arbeit findet. Aber wie auch immer, ich dachte jedenfalls, sie hat einen gaaaaanz anderen Mann.« Ruth Müller macht eine bedeutungsvolle Pause.

»So einen hübschen Blonden. Ein großer, nordischer Typ. Zumindest habe ich sie im letzten Sommer mit so einem Mann gesehen. Die beiden sind in einem Kanu am Strandbad in Nußdorf vorbeigerudert. Und wirkten sooo verliebt. Das war vielleicht eine Knutscherei, ich kann euch sagen: beneidenswert. Also, das war ganz sicher nicht diese Dumpfbacke vom Campingplatz.«

»Wahrscheinlich der Mann aus dem Aran? Dann muss das ihr Liebhaber sein.«

Jetzt sind die Damen auf einmal ganz aufgeregt. Endlich ist mal etwas los. Ich sehe ihnen an, dass sie allesamt hoffen, sie könnten mit ihrem Wissen zur Aufklärung des Verschwindens der hübschen Isabella beitragen.

»Nein, der war nicht blond«, antwortet jedoch die kleine Rothaarige namens Jutta, wie ich inzwischen mitbekommen habe.

»Der sah ganz anders aus. Groß und dunkelhaarig, mit grauen Schläfen.« Auf einmal fällt ihr Blick aus dem Fenster auf den Holz hackenden Christian. »Mehr so wie der da draußen.« Sie starrt ihn regelrecht an. »Also, ich glaub sogar, das war der.«

Vor Schreck fällt mir der Löffel, den ich gerade in der Hand halte, herunter.

Das kann ja wohl nicht sein. Bestimmt hat sie sich nur verguckt.

»Doch, doch, ich glaub', des isch der Mann aus dem Aran, der hat bloß etwas anderes angehabt. Was Schwarzes, eine schwarze Hose, ein Tweedjackett und einen dunklen Rolli.

Fällt doch auf, wenn ein Mann einmal so gut aussieht«, bekräftigt Jutta ihre Worte und wird rot dabei.

Als Christian am Valentinstag zu mir kam, trug er schwarze Jeans und einen schwarzen Rolli – ich bekomme eine Gänsehaut.

Zu mir hatte er gesagt, er käme direkt aus Stuttgart und sei kurz entschlossen losgefahren, um mich zu überraschen. Ob er doch bereits am Nachmittag in Überlingen war? Aber das hätte er mir doch sicher gesagt. Es sei denn, er hätte etwas zu verheimlichen, nämlich, dass er sich mit dieser Isabella getroffen hat.

Der Unterhaltung der Damen kann ich nach diesen Sätzen nicht mehr recht folgen und bin froh, als sie kurz darauf aufbrechen. Ich fühle mich schlecht und das Schlucken fällt mir immer schwerer.

Als endlich keine Gäste mehr im Café sind, schließe ich ab und schleppe mich mit schweren Gliedern zu meinem Sofa.

»Was ist los, Liebling? Geht es dir nicht gut?«, fragt Christian besorgt, als er hereinkommt.

Ich kann nicht antworten, der Hals schmerzt zu sehr, darum nicke ich nur.

»Meine Güte, du bist ganz heiß. Bestimmt hast du dich gestern Abend beim Hänsele-Juck erkältet.« Mitfühlend legt er seine Hand auf meine Stirn. »Warte, ich mache dir einen Tee.«

Liebevoll deckt er mich mit meiner Fellimitatdecke zu und geht in die Küche.

Obwohl er die Tür hinter sich zuzieht, höre ich ihn mit leiser Stimme telefonieren.

Mein Kopf schmerzt so sehr und meine Gedanken tanzen wirr in meinem Kopf herum.

Diese Hexe mit ihrer hässlichen Maske gestern Abend, mein Traum, dass ich am Hals gewürgt wurde, dazu die schöne Isabella und Christian mit seinem Handy – alles vermischt sich zu einem gruseligen Tanz in meinem Kopf. Mein Gott, ich scheine wirklich Fieber zu haben.

Als Christian wiederkommt, bin ich schon fast eingeschlafen. Ich öffne halb die Augen und sehe, dass auch Nini wieder da ist. Der Anblick meiner Tochter ist so tröstlich, dass ich die Augen gleich wieder schließen kann.

»Liebling, ich muss leider fahren. Es tut mir so leid, dass es dir nicht gut geht. Ich würde dich jetzt gern gesund pflegen. Aber Nini ist da und kann sich um dich kümmern. Morgen geht es dir sicher wieder besser. Ich rufe nachher mal an, wenn ich wieder in Stuttgart bin, ja?«, verabschiedet er sich.

»Christian …« Meine Stimme ist ein einziges Krächzen. Ich fühle mich, als hätte ich eine Wolldecke im Mund, doch ich muss Christian diese Frage stellen. Sonst kann ich nicht ruhig schlafen.

»Als du das letzte Mal hier warst, am Valentinstag. Bist du da direkt aus Stuttgart gekommen?«

»Ja, natürlich, woher denn sonst?« Christian sieht mich verwundert an.

»Eva sagte, sie dachte, sie hätte dich am Nachmittag schon in Überlingen gesehen«, bluffe ich, obwohl mir jedes Wort wehtut.

»Am Nachmittag? Das kann nicht sein.« Nachdenklich sieht Christian aus dem Fenster, so, als müsse er überlegen, wo er an jenem Nachmittag war.

»Das heißt, ich war tatsächlich kurz in der Stadt, um die ›Mon Chéri‹ für dich zu kaufen. Ich wollte zum Blumenladen, aber der war schon geschlossen. Das war, kurz bevor ich zu dir kam.«

Also war er doch schon vorher in Überlingen. Aber wenn der Blumenladen schon geschlossen hatte, dann kann es nicht am Nachmittag gewesen sein. Trotzdem ist es merkwürdig. War Christian der geheimnisvolle Fremde, mit dem sich Isabella im Café Aran getroffen hat?

Und wenn ja, warum hat er mir nichts davon gesagt? Mir fällt ein, dass sie am nächsten Tag am Vormittag in der ›Butterblume‹ war, um einen Kaffee zu trinken. Und dass Christian kurz, aber intensiv zu ihr herübersah, als er gerade zum Skifahren aufbrechen wollte.

»Kennst du eine Isabella Grothe?« Das muss ich noch wissen, bevor er geht.

»Isabella wie? Nein, wer soll das sein?« Christian schüttelt den Kopf. »Maja, ich glaube, es geht dir wirklich nicht gut. Ich denke, es wäre am günstigsten, du würdest jetzt ein wenig schlafen. Schlaf ist das Beste, wenn man krank ist. Da regeneriert sich der Körper … und der Geist.«

Er küsst mich noch einmal zärtlich, wünscht mir gute Besserung und lässt mich wieder einmal allein.

Die nächsten Tage verbringe ich im Bett, unfähig aufzustehen, um mir auch nur einen Tee zu machen. Ich bin so froh, dass Nini da ist und sich um das Nötigste kümmern kann. Sie hat ein Schild gebastelt ›Wegen Krankheit geschlossen‹ und an die Eingangstür der ›Butterblume‹ gehängt. Während sie fleißig für ihr Abi lernt, versorgt sie mich mit warmem

Tee, heißer Zitrone sowie allerhand Hustensaft und Nasenspray. Es hat mich übel erwischt und jede Nacht wache ich von meinen Fieberträumen auf. Christian meldet sich täglich und erkundigt sich besorgt nach meinem Befinden, doch meine Stimme glänzt durch Abwesenheit. Wenn ich etwas herausbekomme, dann hört sie sich so an wie die von Rod Stewart nach einer Flasche Bourbon und einer Schachtel Rothändle ohne Filter.

Nach fast einer Woche bin ich immer noch nicht richtig auf den Beinen, so dass ich tatsächlich zum Arzt gehe.

»Sie haben eine handfeste Bronchitis«, verkündet mir dieser und verordnet außer einem Antibiotikum absolut strikte Bettruhe.

Am Abend bin ich total deprimiert. Ich fühle mich schrecklich, kann das Café nicht öffnen und die Rechnungen stapeln sich. Christian kann schon wieder nicht kommen und ich frage mich, wo der Sinn liegt in dieser Beziehung. Dennoch versuche ich, mir nichts anmerken zu lassen, denn Nini hat Besuch von Ben.

Sie hat die ganze Woche viel gelernt und ich weiß, dass die beiden gern ausgehen würden.

»Kann ich dich auch wirklich alleine lassen, Mami?«, fragt sie zum ungefähr zehnten Mal.

»Klar doch.« Ich versuche, so unbekümmert wie möglich zu klingen. »Ich werfe die Glotze an und mache es mir auf dem Sofa gemütlich.«

Ihre Fürsorge rührt mich, doch die beiden sollen auch einmal einen schönen Abend zusammen haben.

»Aber wenn was ist, dann rufst du mich an, ja? Ich hab das Handy dabei«, ruft sie mir zu, als sie gehen. Ich zünde ein paar Kerzen an und kuschele mich unter die warme Decke. So langsam wird mir das Nichtstun langweilig. Das ist doch ein sicheres Zeichen, dass es mit meiner Gesundheit wieder bergauf geht. Lustlos zappe ich im Fernsehen herum, bis ich an einem Krimi hängenbleibe, der in Schottland spielt. Auch hier ist eine junge Frau verschwunden und mir fällt augenblicklich die schöne Isabella ein. Ob sie wohl wieder aufgetaucht ist?

Wenn ihr Mann wirklich so ein Tyrann ist, wäre es besser, sie käme nicht zurück.

Vielleicht kann sie gar nicht zurückkommen, so wie die Frau aus dem Film, deren Leiche gerade aus einem schottischen See gefischt wird. Brrrr, was ist, wenn sie tatsächlich untreu war und ihr Mann sie im Bodensee versenkt hat? Oh Gott, daran darf ich gar nicht denken.

Schnell stehe ich auf und schließe die Rollläden. Doch was ist denn das? Beim letzten Fenster halte ich inne. Da ist doch jemand. In meinem Garten. Eine dunkle Gestalt huscht zwischen den Bäumen umher und schaut sich immer wieder vorsichtig um. Sie scheint nicht allzu groß zu sein, dafür sehr kräftig. Doch ich kann leider nicht viel erkennen, denn der Nebel ist heute Abend so dicht, dass man kaum etwas sehen kann. Da, ich glaube, er schaut zu meinem Fenster.

Schnell lösche ich alle Lichter und puste die Kerzen aus. Jetzt ist es auch drinnen stockduster. Mein Blick fällt auf Jojo, die gemütlich auf der Felldecke schnarcht. Schöner Wachhund. Aber wenigstens bin ich nicht allein.

Die dunkle Gestalt bewegt sich jetzt Richtung Einfahrt, wie ich aus dem Badezimmerfenster erkennen kann. Da klingelt mein Telefon. Verflixt, ausgerechnet jetzt.

»Hallo«, flüstere ich leise ins Telefon.

»Schatz, deine Stimme hört sich noch gar nicht gut an.« Es ist Christian, der hören will, wie es mir geht.

»Es ist jemand im Garten«, raune ich wieder.

»Was? Ich verstehe dich so schlecht. Kannst du nicht ein bisschen lauter sprechen?«

Christian ist offensichtlich in einem Restaurant, denn ich höre Musik und Gläserklirren im Hintergrund.

»Christian, im Garten ist jemand. Ein Mann«, wiederhole ich aufgeregt ein wenig lauter, so laut jedenfalls, wie es meine Stimme zulässt.

»Süße, ich vermute mal, du hast wieder Fieber. Leg dich am besten sofort wieder hin. Ist Nini da?«, beschwichtigt er mich.

»Nein, wirklich, Christian. Da ist jemand. Ich bin doch nicht blind.«

Doch als ich auf die Stelle blicke, an der ich die Person zuletzt gesehen habe, ist niemand mehr zu erkennen. Nur Nebel. Ich gehe zum anderen Fenster, doch auch im hinteren Teil des Gartens ist vor lauter grauer Nebelsuppe nichts zu erspähen.

Trotzdem habe ich Angst.

»Ich rufe dich in einer Minute zurück, ja?«, beende ich das Gespräch, schnappe meinen Anorak und das Handy und gehe vorsichtig auf Zehenspitzen die Treppe zum Café hinunter. Doch auch von hier aus kann ich niemanden mehr entdecken. Todesmutig bewaffne ich mich mit einer Taschenlampe und schleiche in den Garten. Unterwegs wähle ich nebenbei Christians Nummer. Sie ist besetzt, verflixt. Muss er ausgerechnet jetzt telefonieren?

Um mich in der Dunkelheit des Gartens nicht allein zu fühlen, wähle ich Ninis Nummer.

Ich verwickele sie in ein nichtssagendes Gespräch, frage, ob sie einen schönen Abend hätten und so weiter.

Sie wundert sich: »Ist alles in Ordnung, Mami? Sollen wir lieber nach Hause kommen?«

Die dunklen, hohen Bäume ragen gespenstisch aus dem Nebel heraus. Zum Glück habe ich Jojo bei mir, die allerdings aufgeregt herumschnuppert.

»Nein, nein. Alles ist gut. Ich wollte nur Bescheid sagen, dass ich jetzt ins Bett gehe. Bleibt nur, so lange ihr wollt«, beruhige ich Nini.

Nachdem ich mich vergewissert habe, dass niemand mehr im Garten ist, flüchte ich ins Haus zurück. Ich bin total aufgewühlt. War das wieder nur Einbildung und ein Fieberanfall? Ich könnte schwören, dass da jemand war. Auf einmal fühle ich mich total unbehaglich in dem großen Haus. Die Angst ist noch da und ich frage mich, ob es gut ist, wenn ich ab dem Herbst hier allein leben werde. Wenn Nini zu ihrem Studium aufbricht, bin ich jede Nacht allein. Und in diese abgelegene Gegend am See verirrt sich doch insbesondere in den Herbst- und Wintermonaten nur selten jemand. Doch ich beschließe, diese düsteren und ängstlichen Gedanken auf ein anderes Mal zu verschieben, wenn ich mich besser fühle. Erst einmal rufe ich Christian zurück, um ihm zu sagen, dass alles in Ordnung ist.

Dieser beruhigt mich und meint, ich hätte mich sicher getäuscht. In der Dunkelheit kann man insbesondere bei Nebel Figuren sehen, die gar nicht real existieren. Vor allem, wenn man Fieber und gerade einen Krimi im Fernsehen gesehen hat. Vermutlich hat er recht und ich habe mir alles nur eingebildet. Ich mache mir eine heiße Milch mit Honig und gehe schlafen. Vorsichtshalber nehme ich jedoch die Taschenlampe und einen Hammer mit ins Bett, man weiß ja nie.

4. Kapitel

Der schmucke Kommissar

Irgendwie komme ich nach dieser Bronchitis nicht wieder richtig auf die Beine. Ich fühle mich trotz Antibiotikum noch schwach und schlapp und völlig ohne Energie. Die Tatsache, dass das Wetter anhaltend schlecht ist und der Frühling so lange auf sich warten lässt, trägt auch nicht gerade zu meiner Genesung bei.

Ich wünsche mir so sehr, Christian wäre bei mir, um mich aufzubauen, doch er vertröstet mich erneut.

»Maja, es tut mir leid. Ich wäre so gern am Wochenende an den See gekommen. Aber ich muss wieder nach Toronto. Daniela kommt mit dieser Steuersache nicht zurecht.« Die tüchtige Daniela kommt nicht zurecht? Aber die doofe Maja kommt ganz hervorragend allein klar, auch, wenn sie todkrank ist. Ich bin wütend und enttäuscht.

»Christian, bei allem Verständnis: Ich frage mich so langsam, ob du echtes Interesse an unserer Beziehung hast. Wie sollen wir wirkliche Nähe aufbauen, wenn wir uns nie sehen? Am Telefon?«

»Schatz, ich verstehe deine Enttäuschung ja. Aber ich habe nun mal einen anstrengenden Job, das war dir von Anfang an bekannt. Ich kann bei aller Liebe nicht alles von heute auf morgen im Stich lassen, nur weil ich mich in dich verliebt habe. Wann immer ich ein wenig Freizeit habe, bin ich bei dir. Das sollte dir genügen.«

Auch Christian klingt verärgert und derart missgestimmt legen wir beide auf.

Gerade, als ich vor Wut irgendetwas gegen die Wand werfen will, klingelt das Telefon noch einmal. Bestimmt ist es Christian, der es sich anders überlegt hat und mir zumindest noch kurz versichern will, dass er mich liebt.

Doch es ist meine Mutter, die sich nach meinem Befinden erkundigt. An meiner Stimme hört sie, dass es mir noch gar nicht gut geht und lädt mich deshalb spontan ein, zu ihr zu kommen, damit sie mich aufpäppeln kann.

Warum nicht? Vielleicht ist das keine so schlechte Idee.

Die letzte Zeit ging es mir tatsächlich nicht gut und etwas Abwechslung und Luftveränderung könnten mir sicher guttun. Wann habe ich das letzte Mal Urlaub gemacht?

Im Moment könnte ich das Café ruhig noch eine Weile zu lassen, denn es ist sowieso nichts los. Im Sommer, wenn die zahlreichen Touristen an den See kommen, kann ich unmöglich weg.

Christian hat ohnehin keine Zeit für mich und Nini noch Besuch von Ben.

Also wird mich wohl niemand vermissen. Außerdem muss ich noch einiges mit meiner Mutter besprechen, was ihre Hochzeit angeht.

Kurz entschlossen setze ich mich an meinen Laptop und buche einen Flug nach Detroit.

Ich freue mich so sehr darauf, meine Mutter und Steve wiederzusehen. Es wird interessant sein, auch seine Familie kennenzulernen, und mich von meinen Beziehungsproblemen ablenken.

Bereits zwei Tage später lande ich auf dem Flughafen Detroit. Die USA empfangen mich mit strahlend blauem Himmel, aber eisigem Wind und ich bin froh, dass ich meinen dicken Daunenmantel trage. Meine Mutter Luise und ihr Zukünftiger Steve holen mich mit ihrem schicken Chrysler ab und freuen sich offenbar riesig, mich zu sehen. Die beiden wirken wie zwei Jungverliebte und es ist schön, an ihrem Glück teilhaben zu können.

Wer sagt also, dass man sich nicht auch noch im Alter richtig verlieben kann?

Ich lehne mich zurück in das gemütliche Polster des geräumigen Vans und genieße die Autofahrt. Welch ein krasser Gegensatz zu unserer beschaulichen und idyllischen Bodenseelandschaft mich hier erwartet. Von Detroit sehe ich heute noch nicht so viel, weil wir gleich erst mal auf dem Highway in den kleinen Vorort Allen Park fahren, in dem Steves kleines, hübsches Häuschen steht. Meine Mutter, die sich schon bestens auskennt, erzählt mir viel über die Gegend und den amerikanischen Way of Life, wobei sie des Öfteren lachend von Steve unterbrochen und ergänzt wird. Bei der Vorstellung, dass zu Hause bereits ein leckeres Essen und ein warmer Cheesecake auf mich warten, wird mir ganz warm ums Herz. Der lange Flug hat mich schon etwas geschlaucht und ich gebe zu, dass ich es genieße, von den beiden verwöhnt zu werden. Als wir in die kleine Straße einbiegen, in der meine Mutter ihr neues Zuhause gefunden hat, verstehe ich, warum sie sich so wohl fühlt. Hier ist nichts von einer Großstadt zu spüren, ganz im Gegenteil. Kleine Klinkerhäuschen reihen sich in einer von großen Bäumen umsäumten Straße aneinander und offenbar machen die Eigentümer alle beim Wettbewerb ›Wer hat den schönsten Vorgarten?‹ mit. Obwohl es noch kalt und kein bisschen frühlingshaft ist, sind überall schöne Zäune, Bäume, Büsche und Beete zu bewundern. Alles ist sehr gepflegt, auch die großen Autos, die in den Einfahrten stehen.

Das Innere des Hauses wirkt warm und behaglich, mit einer Holzküche und einem kleinen Wohnzimmer, in dem ein Kamin steht. Ich lasse mich auf den Schaukelstuhl fallen und kraule den kleinen Kater, Mr. Wilson, der offenbar normalerweise darauf zu sitzen pflegt und mich misstrauisch mustert.

Die nächsten Tage kann ich mich in dem kleinen Häuschen richtig gut erholen. Ich muss nichts machen und spreche stundenlang mit meiner Mutter über die bevorstehende Hochzeit und viele andere Dinge. Es tut gut, dass wir mal wieder richtig Zeit füreinander haben. Nach Feierabend zeigt mir Steve die Gegend oder es kommen Nachbarn, Familie und Freunde vorbei, um das German Girl kennenzulernen. Alle sind unglaublich herzlich und freundlich.

Detroit muss einmal eine wunderschöne und blühende Stadt gewesen sein, als die Automobilindustrie ihren Aufschwung nahm und der Stadt zu Wohlstand und Reichtum verhalf. Inzwischen jedoch ist der Verfall mehr als spürbar und ganze Straßenzüge stehen leer, die Häuser sind verlassen und vergammelt. Wie schade. Man kann nur hoffen, dass es mit der Wirtschaft vorangeht und sich genügend Investoren finden, die die teilweise sehr prächtigen, aber äußerst renovierungsbedürftigen Häuser instand setzen.

Am Samstag, zwei Tage vor meinem geplanten Rückflug, erlebe ich eine Überraschung.

Es klingelt und wir vermuten wieder einmal irgendwelche Nachbarn, deshalb erhebe ich mich gar nicht erst vom Sofa. Doch es ist Christian, der vor der Tür steht. Nachdem meine Mutter ihn hereingebeten hat, eilt er auf mich zu.

»Hallo, mein Liebling«, er umarmt mich stürmisch.

»Christian. Was machst du denn hier?«

Verflixt, warum habe ich nur diese alte Jogginghose und das alberne Sweatshirt an? Für die Amerikaner ist das ein absolut korrektes Outfit, doch jetzt wünsche ich mir, ich hätte mir heute Morgen wenigstens eine Jeans und eine hübsche Bluse angezogen.

»Ich hatte solche Sehnsucht nach dir«, murmelt Christian in mein Haar. »Und da ich gerade in Kanada bin und Detroit nicht so weit davon entfernt ist wie Deutschland, habe ich mich spontan entschlossen, das Wochenende mit euch zu verbringen.«

Wenn er wüsste, wie glücklich er mich mit diesen Worten macht. Aber wahrscheinlich sieht er es mir ohnehin an der Nasenspitze an. Auch meine Mutter und Steve freuen sich sehr und wir verbringen einen wunderschönen, gemütlichen Tag zusammen, essen Steves berühmte selbst gemachte Steve-Burger und erzählen.

Gegen Abend flüstert Christian mir zu: »Heute Nacht möchte ich dich aber entführen.«

Ich kann mir gerade noch schnell das einzige Kleid, das ich dabeihabe, anziehen, da geht es auch schon los. Wir fahren in seinem Mietwagen Richtung Eriesee, wo Christian, wie ich unterwegs erfahre, ein schönes Zimmer in einem Hotel direkt am See gebucht hat.

Er hat wirklich an alles gedacht: Nachdem wir einen kleinen Spaziergang am Eriesee, der mir so groß wie das Meer und nicht wie ein See vorkommt, gemacht haben, wartet im Hotel ein wunderschönes, romantisches Zimmer mit Himmelbett und ein tolles Candlelight-Dinner auf uns.

»Eine kleine Entschädigung dafür, dass ich dich so oft allein lasse«, sagt Christian und sieht mir tief in die Augen, während wir uns ein Gläschen Champagner schmecken lassen. »Du glaubst nicht, wie leid es mir tat, dass ich nicht kommen konnte, als du so krank warst.«

»Genau, schäm dich«, erwidere ich, aber an meinem

Lächeln und an meinem Blick merkt er sicher, dass ich ihm bereits längst verziehen habe.

»Aber wenn du wüsstest, was wir im Moment zu tun haben. Oft ist mir das einfach zu viel. Ohne Zweifel, ich arbeite gern, aber es gibt Zeiten, da möchte ich nur bei dir sein …, mit dir am See spazieren gehen …, auf dem Sofa kuscheln … oder einfach nur Holz spalten.«

Sein unwiderstehliches Lächeln lässt mich dahinschmelzen.

»Das Problem ist, dass ich dann nicht alles stehen und liegen lassen kann. Das verstehst du doch sicher.« Christian macht eine kurze Pause und nimmt meine Hand.

»Aber ich glaube, ich habe eine Lösung gefunden, wie wir beide viel öfter zusammen sein können. Es sieht so aus, als könnte ich für die Kanzlei in Stuttgart einen geeigneten Partner gewinnen. Er heißt Stefan Baumgart, ist noch recht jung, aber macht einen sehr zuverlässigen und kompetenten Eindruck. Wenn es mir gelingt, ihn gut einzuarbeiten, woran ich keinen Zweifel habe, denn er ist sehr ambitioniert, werde ich mir in Zukunft viel mehr frei nehmen können. Schließlich kann ich auch am Bodensee arbeiten, meinen Laptop und mein Handy habe ich immer dabei. Wenn es um wichtige Termine geht, bin ich schnell wieder in Stuttgart. Und wer weiß, vielleicht kann er die Kanzlei schon bald ganz übernehmen.«

Obwohl mich diese Aussage hoffen lässt, dass wir schon bald mehr Zeit zusammen verbringen können, hege ich leise Zweifel.

»Und was ist mit der Kanzlei in Kanada? Wolltest du sie nicht ganz an Daniela übergeben?«

»Ach, Daniela.« Christian verdreht die Augen. »Ich glaube, sie ist noch nicht so weit, die Kanzlei allein zu übernehmen.«

»Aber ich dachte, sie sei so tüchtig und kompetent?« Fragend ziehe ich die Augenbrauen hoch. Schließlich hat Christian in den höchsten Tönen von ihrer Sachkenntnis gesprochen.

»Das ist sie zweifellos. Daniela hat sicher viele herausragende Eigenschaften und ist sehr intelligent …« Muss er das wirklich soo sehr betonen? »…aber sie ist auch etwas … unstet. Sie kann mit schwierigen Situationen nicht umgehen und wirft dann schnell das Handtuch.«

»Christian, darf ich dich mal etwas ganz Persönliches fragen?« Diese Frage brennt mir schon so lange auf der Seele. »Warum ist das mit euch kaputtgegangen?«

»Ach, weißt du, Maja, das ist eine lange Geschichte. Wir waren so euphorisch, beide in der gleichen Branche tätig. Aber das war wahrscheinlich gar nicht so gut. Daniela ist eine tolle Frau, aber sie erwartet auch immer, dass sie der Mittelpunkt ist und niemand sonst. Als Mann muss man eine solche Frau bewundern, anhimmeln, auf Händen tragen, aber sie ist keine echte Partnerin. Das ist jedoch unerlässlich, wenn man zusammen arbeitet. Man muss sich in jeder Hinsicht 100 Prozent aufeinander verlassen können und zu einem echten Team werden. Das war mit Daniela nicht möglich.« Christian seufzt.

»Vielleicht wäre alles anders gekommen, wenn wir ein gemeinsames Kind gehabt hätten und zu einer richtigen Familie geworden wären. Aber davon wollte Dani nichts wissen. Sie weiß den Erfolg und den Status, den sie als Anwältin genießt, sehr wohl zu schätzen und hatte nicht die Absicht, sich in die Rolle der liebevollen Ehefrau und Mutter zu begeben. Schon gar nicht, als wir die Kanzlei meines Onkels in Kanada übernehmen konnten. Sie kniete sich da richtig rein und verlagerte ihren gesamten Lebensmittelpunkt nach Toronto. Sie verlangte praktisch von mir, die Kanzlei in Stuttgart komplett aufzugeben und mit ihr in Kanada ein neues Leben anzufangen. Das tat ich jedoch nicht. Wie du weißt, lebte meine Großmutter noch am Bodensee, die ich auch nicht so ohne Weiteres im Stich lassen wollte. Schließlich hatte sie mir damals ein Heim gegeben, als meine Eltern verunglückten. Und die Kanzlei in Stuttgart hatte ich mühevoll aufgebaut. Für all diese Dinge brachte Daniela kein Verständnis auf.«

So langsam wird mir klar, warum er sich auch auf mich nicht hundertprozentig einlässt und von jetzt auf gleich meinetwegen ein neues Leben am Bodensee beginnen kann.

»Weißt du, Maja, Daniela ist nicht so wie du. Ich habe noch nie eine Frau getroffen, die so warmherzig und verständnisvoll ist wie du.«

Ich schäme mich, wenn ich daran denke, wie oft ich wütend auf Christian bin und so gar kein Verständnis habe, wenn er mal wieder keine Zeit für mich hat.

»Als ich häufig in Stuttgart war und dann auch noch meine Oma sehr krank wurde, konnte Daniela das nicht ertragen. Auf einmal war sie nicht mehr der Mittelpunkt und durfte meine alleinige Aufmerksamkeit genießen. Also musste sie sich diese woanders holen und fing ein Verhältnis mit einem Mandanten, einem Geschäftsmann, an. Angeblich hatte sie sich heftig verliebt und zog sofort zu ihm. Tja, den Rest kennst du«, beendet Christian seine lange Rede. Noch nie hat er so offen über seine Vergangenheit gesprochen und ich beginne, ihn viel besser zu verstehen.

Wann hätten wir auch je Gelegenheit zu so einem Gespräch gehabt?

Ich greife nach seiner Hand und drücke sie fest. Dieser Vertrauensbruch und die Trennung haben ihm sicher viele Schmerzen bereitet, das sehe ich ihm an.

»Und jetzt? Ist sie glücklich mit diesem Mann?«

»Nein, er ist kein Thema mehr. Als sie spürte, dass auch seine Aufmerksamkeit irgendwann nachließ, weil er sich wieder seinen Geschäften vermehrt widmen musste, wurde er ihr langweilig und sie gab ihm den Laufpass.«

Ich traue mich fast nicht, die Frage auszusprechen, die mir gerade im Kopf herumgeht, aber ich tue es doch: »Und jetzt hat sie erkannt, was sie an dir verloren hat, und will zu dir zurück, stimmt's?«

»Na ja …«, lächelt Christian verlegen. »Das könnte schon sein. Aber das würde sie natürlich nie zugeben. Sie wartet jetzt darauf, dass ich sie wieder umwerbe, weil sie sich für die allerschönste und wunderbarste Frau der Welt hält.«

»Was du selbstverständlich tun wirst«, vermute ich leise.

»Was ich selbstverständlich *nicht* tun werde.«

Christian sieht mir tief in die Augen. »Selbst wenn sie mich nicht so enttäuscht und mein Vertrauen missbraucht hätte, würde ich nicht zu ihr zurückwollen.«

»Nein, und warum nicht?«

»Weil es dich gibt, Maja. Weil ich, seitdem du in mein Leben getreten bist, richtig glücklich bin. Ich vertraue dir und muss mich nicht ständig beweisen oder Purzelbäume schlagen, um dir zu gefallen. Ich möchte mit dir zusammen sein, Maja, und mit niemandem sonst. Auch wenn das im Moment noch nicht so möglich ist, wie ich es mir wünschen würde, so glaube ich doch fest daran, dass uns beiden eine gemeinsame Zukunft gehört.«

Mir wird ganz warm ums Herz. Wie schön er das gesagt hat. All meine Zweifel, Christian könnte nur mit mir spielen, sind in diesem Moment ausgeräumt.

Zärtlich beugt er sich zu mir herüber und küsst mich sanft auf den Mund.

In dieser Nacht zeigt mir Christian wieder einmal, wie sehr er mich liebt und begehrt.

Ich bin der glücklichste Mensch auf Erden, obwohl wir uns schon am nächsten Morgen wieder trennen müssen.

Als ich bereits wenige Tage später zurück nach Deutschland fliege, geht es mir in vielerlei Hinsicht schon viel besser. Mein Husten ist so gut wie weg, und nachdem ich bei meiner Mutter viel geschlafen und gegessen habe, fühle ich mich, als könnte ich Bäume ausreißen. Die vielen neuen Eindrücke und netten Erlebnisse mit Steves liebenswürdiger Familie und seinen Freunden haben mich sehr bereichert. Aber vor allem fühle ich mich gestärkt, was meine Gefühle zu Christian angeht. Ich muss schmunzeln, als ich an seinen überraschenden Besuch und unsere Liebesnacht am Eriesee denke. Es war unglaublich wichtig für mich, dass er so offen über seine Vergangenheit und seine Exfrau gesprochen hat.

Was mich am meisten freut, ist jedoch die Tatsache, dass meine Mutter ganz offensichtlich richtig glücklich in ihrer neuen Heimat geworden ist.

Meinen letzten Tag in Detroit verbrachten wir mit der intensiven Suche nach einem Brautkleid, was sich als relativ schwierige Aktion herausstellte.

Als wir schon beinahe aufgeben wollten und völlig erledigt und frustriert den Weg zurück zum Auto einschlugen, entdeckten wir in einer Seitenstraße ein kleines Geschäft mit ein paar hübschen Kleidern im Schaufenster. Weil sie recht teuer aussahen, wollten wir den Laden zunächst gar nicht betreten. Schließlich versuchten wir doch noch unser Glück und erstanden ein traumhaftes pfirsichfarbenes Chiffonkleid, das zwar sehr romantisch, jedoch keineswegs zu aufgerüscht wirkt. Während meine Mutter in der Umkleidekabine war, entdeckte ich ein zauberhaftes himbeerfarbenes Corsagen-Cocktailkleid in Ninis Größe.

Ohne zu zögern, ließ ich es mit dem Gedanken an Ninis Abiball und die bevorstehende Hochzeit ihrer Oma einpacken. Ich freue mich schon darauf, es ihr zu überreichen, wenn ich nach Hause komme.

Als ich nach zehn Stunden Flug und zwei Stunden Zugfahrt todmüde zu Hause ankomme, packe ich in Ruhe meinen Koffer aus und beschließe, erst einmal ein Bad zu nehmen und danach ein kleines Mittagsschläfchen zu halten, bevor Nini aus der Schule kommt.

Doch es klopft jemand sehr heftig an die Eingangstür der ›Butterblume‹.

Verflixt, können die nicht lesen? Da hängt doch groß und fett das Schild mit ›Betriebsferien‹ an der Tür. Heute wollte ich das Café noch nicht öffnen, schließlich muss auch noch einiges vorbereitet werden, bevor die Gäste wieder kommen können.

Durch das Fenster sehe ich einen großen, sehr attraktiven blonden Mann von circa 50 Jahren, lässig gekleidet in brauner Wildlederjacke und Jeans, vor der Tür stehen.

Hmmm, der sieht ja mal wirklich gut aus. Wer das wohl sein mag?

Neugierig, wie ich bin, öffne ich die Tür, obwohl mein Aussehen nach der langen Reise sicherlich alles andere als präsentabel ist.

»Frau Winter? Guten Morgen, mein Name ist Michael Harter«, begrüßt mich der nette Hübsche freudestrahlend, als müssten wir uns kennen.

»Guten Morgen«, grüße ich freundlich zurück. »Entschuldigen Sie, aber wir haben noch geschlossen.«

Mein Gott, hat dieser Mann tolle blaue Augen.

»Das habe ich gesehen. Darf ich trotzdem hereinkommen?«

Er zückt einen Ausweis. »Verzeihung, ich habe mich noch gar nicht richtig vorgestellt. Ich komme von der Kriminalpolizei.«

Erschrocken bitte ich Herrn Harter herein und biete ihm erst einmal einen leckeren Cappuccino an. Die Kriminalpolizei – was will die denn hier?

Ich denke nicht, dass es etwas mit Nini zu tun hat, denn mit dieser habe ich vorhin kurz telefoniert, als die Maschine in Zürich gelandet war.

»Bitte schauen Sie doch nicht so erschrocken«, lächelt der nette Mann. »Keine Angst. Es ist nichts passiert. Ich würde Ihnen nur gern einige Fragen stellen, wenn ich darf.«

»Natürlich. Ich weiß zwar nicht, worum es geht, aber das werden Sie mir sicher gleich verraten, nicht wahr?«, lächle ich zurück und setze mich zu ihm.

Während er sich in meinem schönen Café umsieht und mir dazu auch ein paar Komplimente macht, rührt er in seinem Kaffee und verteilt darin ungefähr drei Löffel Zucker.

Dann kommt er jedoch ohne weitere Umschweife direkt zur Sache.

»Frau Winter, ist Ihnen eine Isabella Grothe bekannt?«

An meinem Zögern kann er vermutlich leicht erkennen, dass mir der Name nicht fremd ist.

»Bekannt ist zu viel gesagt«, gebe ich daher zurück. »Ich will es mal so ausdrücken: Ich habe diesen Namen schon einmal gehört.«

»Aha … Und in welchem Zusammenhang?«, forscht der freundliche Kommissar.

Bereitwillig erzähle ich ihm daher von den Gerüchten, die ich vor Kurzem im Café aufgeschnappt habe, dass eine junge Frau namens Isabella Grothe verschwunden sein soll.

»Sie haben also nur Gerüchte gehört? Persönlich kannten Sie die junge Dame nicht?«, hakt er nach. »Es könnte doch sein, dass sie hin und wieder Gast in Ihrem Café war?«

Mit diesen Worten zieht er ein Foto von Isabella aus seiner Jackentasche und zeigt es mir.

Genau. Das ist die Schönheit, die mir am Valentinstag am Zebrastreifen auffiel, als sie offensichtlich mit ihrem Mann in Streit geraten war. Dieselbe, die am nächsten Tag in der ›Butterblume‹ einen Cappuccino trank.

»Hmmm, ja, ich glaube, ich habe sie schon einmal gesehen«, erkläre ich daher. »Eine solche Frau fällt einem ins Auge.«

»Können Sie mir ungefähr sagen, wann das gewesen ist?«, fragt er, worauf ich Herrn Harter von beiden Begegnungen erzähle.

Er notiert sich alles, was ich sage, und zieht einen weiteren Gegenstand aus seiner Tasche. Es ist die silberne Haarspange in Form eines Saxophons, bei der allerdings die wunderschönen Swarovski-Steinchen fehlen.

»Kommt Ihnen diese Spange bekannt vor?«, will er wissen.

Nun läuft es mir aber eiskalt den Rücken herunter. »Ja. Das ist die Haarspange, die Isabella trug, als sie hier im Café saß.«

»Ihr Mann hat sie angeblich in der Wildrosenhecke vor Ihrem Café gefunden. Er behauptet, das ›Café Butterblume‹ sei das Stammcafé seiner Frau gewesen und er habe sie deshalb hier gesucht. Dabei habe er die Haarspange in der Hecke entdeckt.«

Der Kommissar zieht ein weiteres Foto aus seiner Tasche, auf dem der grobschlächtige Ehemann von Isabella zu sehen ist.

»Kennen Sie diesen Mann?«

Ich erzähle Herrn Harter, dass das der Mann vom Zebrastreifen ist, aber dieser noch nie in meinem Café war, da bin ich ganz sicher. Mir wird unheimlich bei dem Gedanken, dass der Typ sich hier herumgetrieben und seine Frau gesucht haben soll, ohne, dass ich es bemerkte.

»Stimmt das denn? Dass diese Frau Grothe verschwunden ist, meine ich?«, frage ich ihn.

»Ja, leider. Ihr Mann hat sie als vermisst gemeldet.«

»Könnte es nicht sein, dass sie vielleicht nur ein paar Tage weggefahren ist? Zu ihrer Familie oder Freundin? Vielleicht hat sie sich mit ihrem Mann gestritten und braucht einfach etwas Abstand «, sinniere ich. »Oder sie hat einen heimlichen Freund, bei dem sie ist.« Mir fallen die Ladys ein, die diese Möglichkeit neulich andeuteten.

»Das haben wir alles überprüft. Offenbar lebt Frau Grothe sehr zurückgezogen und hat kaum Freunde. Niemand weiß, wo sie geblieben ist.« Herr Harter steckt die Fotos und die Haarspange wieder ein. »Leider können wir nach einigen Befragungen ein Verbrechen nicht mehr ausschließen.« Er sieht mich bedeutungsvoll an. »Und wie es aussieht, ist das ›Café Butterblume‹ der Ort, an dem sie zuletzt lebend gesehen wurde.«

5. Kapitel

Endlich Frühling.

Ich gebe zu, der Besuch des schmucken Kommissars hat mein gerade wieder so schön hergestelltes Seelenheil ziemlich durcheinandergebracht.

Nicht nur, dass er ein äußerst attraktiver und unglaublich netter Mann ist, mit dem ich mich anschließend noch lange über den Bodensee im Allgemeinen und den Werdegang meines Cafés im Besonderen unterhalten habe.

Nein, es beunruhigt mich sehr, dass die hübsche Isabella verschwunden ist, hier zuletzt lebend gesehen wurde und die Kriminalpolizei ein Verbrechen nicht ausschließt. Meine Güte, wie entsetzlich. Sollte wirklich in unserer schönen und lieblichen Gegend ein Verbrechen geschehen sein? Das kann ich mir beim besten Willen nicht vorstellen. Und doch hört man immer wieder, dass auch oder gerade in der Provinz ganz schreckliche Dinge geschehen.

Auf jeden Fall gab mir Herr Harter zum Abschied seine Visitenkarte, mit der Bitte, ihn auf jeden Fall anzurufen, sollte mir noch irgendetwas einfallen, und sei es auch in meinen Augen noch so unwichtig. Ich solle die Augen offenhalten und ihm sofort Bescheid sagen, wenn mir etwas Merkwürdiges auffiele.

Zum Glück werden meine Überlegungen verdrängt, weil Nini nach Hause kommt und ich erst einmal ganz viel von meiner Amerika-Reise erzählen muss.

Sie freut sich riesig über das mitgebrachte Kleid und probiert es gleich vor dem Spiegel an.

Die Ablenkung tut ihr gut, denn sie hat die letzte Zeit praktisch nur gelernt und ist entsprechend gestimmt. Mit ihrer nervösen Anspannung und der schlechten Laune hat sie ihren Freund Ben vergrault, der gerade seinen Koffer packt, um wieder zurück nach Mannheim zu fahren.

»Ich komm wieder, wenn die Prüfungen vorbei sind«, verabschiedet er sich seufzend und düst mit seinem klapprigen alten Fiat davon.

»Männer«, schimpft Nini ihm hinterher und rollt wütend mit den Augen. »Wieso hat er kein Verständnis für mich?«, fragt sie mehr sich selbst als mich.

Ich vermute mal, weil sie die letzte Zeit reichlich zickig zu ihm war. Ben ist nämlich im Grunde ein ganz Lieber mit einer Engelsgeduld, den so schnell nichts aus der Ruhe bringen kann.

»Vielleicht muss er zu Hause auch etwas für sein Studium tun. Oder er möchte dir Gelegenheit geben, dich voll und ganz auf deine Lernerei zu konzentrieren«, sage ich, um Nini zu beruhigen, die in dem neuen Kleid zuckersüß aussehen könnte, wenn sie nicht so ein schmollendes Gesicht machen würde.

»Pah. Soll er doch heimfahren, wenn es ihm da besser gefällt.«

Mit diesen Worten verschwindet Nini in ihrem Zimmer und dreht laut die Musik auf.

Insgeheim muss ich lachen.

Es ist völlig egal, wie alt man ist, die Probleme mit dem anderen Geschlecht sind immer die gleichen.

Natürlich steht die Kleine momentan ganz schön unter Stress wegen ihrem Abi. Und erwartet Verständnis und liebevolles Gehätschel, was Männer leider sehr häufig nicht erkennen und überdies auch für unnötig und übertrieben halten. Zum Glück kommt zur Ablenkung Ninis Freundin Franziska vorbei, um wieder einmal mit ihr zu büffeln.

Franziska kommt mir manchmal vor wie aus einer anderen Welt oder einem anderen Jahrhundert, so verträumt wirkt sie. Mit ihren langen roten Locken und ihren riesengroßen und wunderschönen grünen Augen, die meist traurig aussehen, ihrem kleinen, zarten Gesichtchen, das selbst im Sommer keine Farbe anzunehmen vermag, und ihrer schmalen Figur wirkt sie so zerbrechlich wie ein Schmetterling. Wenn man sie zum ersten Mal sieht, würde man sie vermutlich nicht als schön, sondern allenfalls als apart empfinden. Sieht man allerdings genauer hin, entdeckt man jenen Teil der Schönheit, der verborgen hinter ihrer Traurigkeit liegt und sich einem nur dann offenbart, wenn sie einem ein kostbares kleines Lächeln schenkt. Dies geschieht jedoch äußerst selten und der kurze Moment der Fröhlichkeit wird sofort abgelöst von einem weiteren melancholisch-düsteren Blick. Außerdem scheint sie dünner zu werden. Heute stecken ihre klapperdürren Beinchen in einer dunkelbraunen Strumpfhose mit dicken gestrickten Stulpen darüber und cognacfarbenen Boots. Dazu trägt sie eine ebenfalls cognacfarbene Wildleder-Shorts und einen groben Strick-Poncho darüber. Ich bin sicher, dass dieses Outfit, das aussieht, als hätte sie sich nur zufällig etwas übergeworfen, in Wirklichkeit richtig teuer war. Franziska ist nämlich Einzelkind und ihre Eltern sind sehr wohlhabend, darum kann sie sich alles kaufen, was ihr kleines Herz begehrt. Nur nicht die Zeit und die Aufmerksamkeit ihrer Eltern, die mit ihrem Designer-Möbelhaus am Rande der Stadt nicht nur richtig viel Geld machen, sondern leider eben auch nie da sind, wie ich von Nini weiß. Ob sie deshalb so dünn und traurig ist? Welch ein Unterschied zu Nini, die gerade die Treppe heruntergehüpft kommt, weil sie ihre Freundin gehört hat. Mit ihrem blonden Pferdeschwanz und ihrem hellgrünen Pulli strotzt sie nur so vor Gesundheit und Lebensfreude und steuert zielstrebig auf die Küche zu, um für die Lernerei etwas Verpflegung in Form von Schoko-Seehupferln zu organisieren, von denen die kleine Franziska mit Sicherheit kein einziges verzehren wird.

Noch ist es winterlich kalt am Bodensee. Trotzdem drehen Jojo und ich jeden Tag eisern unsere kleine Runde am See. Die Luft ist klar und frisch und die Bewegung tut gut. Dabei kann ich so wunderbar meine Gedanken schweifen lassen.

Die Geschichte mit der verschwundenen Isabella geht mir nicht mehr aus dem Kopf. Besonders, als die flotten BBP-Ladys gut gelaunt mit den Worten »Endlich habt ihr wieder auf.« in das Café einfallen und neue Gerüchte zum Besten geben.

Sobald die Ladys sich mit Cappuccino und Mango-Seehupferln mit weißer Schokolade eingedeckt haben, legen sie los. Natürlich ist es wie fast immer Veronika Möhrle, die die neuesten Dinge weiß:

»Also, die Frisörin von meiner Schwägerin kennt eine Frau, die im gleichen Haus wie die Grothes wohnt, eine Frau Steinle«, beginnt sie vielversprechend.

Das bedeutet doch sozusagen Neuigkeiten aus erster Hand.

»Und die hat erzählt, dass es da schon immer Ärger gab in der Ehe von den Grothes. Bei ihnen ging's wohl oft recht laut zu, vor allem, wenn dieser Ronny mal wieder besoffen war. Dann haben sie geschrien und mit den Türen geknallt und solche Sachen. Und manchmal hat Frau Steinle die arme Isabella im Treppenhaus getroffen, mit verweinten Augen oder irgendwelchen Kratzern oder blauen Flecken. Isch des nicht ein Drecksack?«

Frau Möhrle hat ihre großen Kulleraugen weit aufgerissen und ist mindestens so entrüstet wie ihre Freundinnen nach diesen Worten.

»Angeblich war der wohl total eifersüchtig und hat ihr alles verboten. Dass die kein Kopftuch tragen musste, war schon alles. Sie hat immer bloß gekocht und geputzt und nirgends hingehen dürfen. Nicht einmal mehr zum Chor, obwohl sie so eine schöne Stimme hat.«

Das hatten die anderen aber offenbar auch schon gehört.

Doch Frau Möhrle hat noch mehr Neuigkeiten von der Nachbarin:

»Stellt euch vor: Vor ein paar Tagen war anscheinend die Kriminalpolizei in dem Haus, wo die Grothes wohnen.« Ihre Stimme wird jetzt ganz leise. »Die haben auch Frau Steinle g'fragt, wann sie Isabella zuletzt g'sehe hat. Und die hat der Kripo erzählt, dass sie sie seit dem Valentinstag nicht mehr g'sehe hat.«

Frau Möhrle macht eine kurze Pause und fügt dann hinzu: »Aber sie hat g'meint, dass sie an dem Abend laute Schreie aus der Wohnung der Grothes g'hört hätt. Richtig um Hilfe hätt jemand g'rufe, so dass sie überlegt hätt, ob sie nicht die Polizei rufen sollt. Aber weil ständig so ein Theater bei den beiden war, hat sie sich nicht so sehr viel dabei gedacht, wie wenn des jetzt jemand Fremdes g'wese wär. Aber nun macht sie sich die gröschte Vorwürf, dass sie nicht doch die Polizei g'rufe hat, denn anscheinend hat die Kripo in der Wohnung von denen ein blutverschmiertes Handtuch g'funde. Das hat Frau Steinle jedenfalls deutlich von ihrem Fenschter aus g'sehe, wie die Kripo das aus dem Haus getrage hat.«

»Nein.« Darauf sind die Mädels erst einmal sprachlos.

»Der wird ihr doch nix getan habe?«, fragt Monika Besser und schlägt sich die Hand vor den Mund.

»Und was ist mit dem Mann, mit dem ich sie gesehen habe?«, fragt die sportliche Ruth.

»Welchen meinsch jetzt du, den großen Blonden oder den anderen Hübschen mit den grauen Schläfen?«

»Also ich bin mir 1.000 Prozent sicher, dass das der Typ war, der neulich hier im Garten gearbeitet hat«, flüstert die rothaarige Jutta, aber selbstverständlich kann ich sie hören.

»Na, auf jeden Fall hat diese Isabella wohl doch nicht bloß gekocht und geputzt. Soo viel verschiedene Männer, wie die offenbar kannte«, entrüstet sich Frau Möhrle. »Wahrscheinlich war ihr Mann doch nicht ganz zu Unrecht eifersüchtig.«

»Ja, und das ist dann gleich ein Grund, sie zu schlagen? Oder womöglich sogar … umzubringen?«, meint Ruth aufgebracht. »Also wirklich. Das kann doch nicht euer Ernst sein.«

»Nein, natürlich nicht. Aber vielleicht isch sie ihm mächtig auf der Nase herumgetanzt und das hat er sich nicht länger bieten lasse. Man weiß ja, wie manche Frauen so sind. Das wär doch zumindescht ein Motiv?«, mutmaßt Monika Besser.

Die Damen diskutieren erhitzt noch eine ganze Weile weiter und auch ich mache mir meine Gedanken dazu. Hat diese Jutta wirklich Christian mit Isabella im Café Aran gesehen? Immerhin trägt sie eine Brille, also ist ihr Sehvermögen vielleicht gar nicht so gut.

Und außerdem hat er mir doch erzählt, er kenne sie gar nicht und sei auch erst gegen Abend aus Stuttgart gekommen.

Der Mann im Aran wurde aber bereits am Nachmittag mit Isabella gesichtet.

Das muss eine Verwechslung sein.

Endlich hält der lang ersehnte Frühling Einzug am Bodensee. Wie in jedem Jahr ist es eine besondere Freude, die vielen Krokusse und Primeln zu sehen, die überall in den Gärten bunt vor sich hin leuchten und ihre Köpfchen Richtung Sonne recken.

Die ersten warmen Strahlen der Frühlingssonne tauchen den See in ein ganz besonderes Licht und locken jede Menge Spaziergänger ins Freie. In den zahlreichen Straßencafés auf der Uferpromenade sitzen Hunderte von Menschen mit großen Sonnenbrillen, die Zeitung lesen, sich unterhalten oder vor sich hin träumen. Die ersten Schiffe leuchten weiß auf dem tiefblauen See und auf der Uferpromenade hat die Stadtgärtnerei Tulpen und Narzissen in den schönsten Frühlingsfarben gepflanzt.

Das schöne Wetter macht auch mir richtig Lust, mein Heim zu verschönern, und ich schneide lange Zweige von der japanischen Kirsche ab, die ich zusammen mit anderen Zweigen von verschiedenen Bäumen im Garten in hohe Glas-Bodenvasen stelle, mit denen ich dann sowohl das Café als auch mein Wohnzimmer dekoriere. Emily kommt vorbei und schenkt mir selbst bemalte wunderschöne Ostereier, auf die sie mit Goldfarbe filigrane Muster gezeichnet hat.

»Emily, woher hast du nur all diese tollen Ideen?«, frage ich sie, als wir gemeinsam die Eier an die Zweige hängen. Darauf lächelt sie nur, doch ich weiß, dass sie sich über mein Kompliment freut. Emily ist gekommen, um mit mir gemeinsam Friedas Haus für den bevorstehenden Besuch meiner Mutter und ihres Bräutigams zu verschönern. Zum Glück ist das Haus mit seinen sieben Zimmern groß genug, so dass wir dort nicht nur Luise und Steve, sondern auch Steves Tochter Laura Ann mit ihrem Mann und ihren vier Töchtern unterbringen können.

Emily hat wunderschöne fliederfarbene Schals und Kissen für das Schlafzimmer, zu denen ich passende Bettwäsche besorgt habe, sowie erdbeerrotes Zubehör für das Wohnzimmer genäht. Wir rüsten uns mit allerlei Putzutensilien aus und machen erst einmal laut Friedas altes Radio an. Emily nimmt sich das Wohnzimmer vor, putzt die Fenster und hängt die neuen Gardinen auf und ich gehe mit einer Kiste nach oben, um Friedas persönliche Dinge wie die Fotos und die Briefe aus ihrem Nachttisch darin zu verstauen.

Als ich gerade dabei bin, den Schlafzimmerboden zu wischen, fällt mein Blick auf etwas Glitzerndes unter dem Bett. Was ist denn das? Kleine Swarovski-Steinchen, die in Regenbogenfarben schillern, glitzern unter dem dunklen Bett um die Wette. Was hat Frieda denn da Schönes verloren? Sie war nicht der Typ für Schmuck, sie trug höchstens einmal eine Perlen- oder ihre Bernsteinkette. Eher sehen die Steinchen aus wie die, die auf Isabellas Haarspange prangten. Aber das kann nicht sein. So etwas besaß Frieda doch gar nicht. Ich beschließe trotzdem, die hübschen Steinchen aufzubewahren, und stecke sie erst einmal in die Tasche meiner Jeans. Stunden später blitzt und blinkt das ganze Haus wie die Steinchen in meiner Tasche und Emily und ich sind stolz und zufrieden über unser Werk.

»Wie schön, dass endlich wieder Leben einzieht in das alte Haus«, sage ich zu ihr, als wir uns ermattet auf Friedas altes Biedermeiersofa fallen lassen.

»Ich glaube, Frieda würde sich freuen, wenn sie wüsste, dass außer Leben auch wieder Liebe und Glück in ihrem Haus vorherrschen werden«, antwortet sie.

»Ach, Emily, ich bin sicher: Sie weiß es«, lächle ich. »Sie kannte mich so gut und weiß darum, dass ich in ihrem schönen Haus niemanden wohnen lassen würde, der es nicht verdient.«

»Du vermisst sie wohl sehr?«, stellt Emily fest und legt den Arm um mich.

»Ja. Frieda war so ein wertvoller und lebenskluger Mensch. Sie wusste auf alle Fragen eine Antwort. Das fehlt mir unglaublich.«

»Ich verstehe dich. So jemanden gibt es selten«, meint Emily mitfühlend. »Jetzt musst du dir die Antworten selbst geben. Das ist nicht immer einfach.«

»Wem sagst du das? Ich habe schon manchmal mit den Fragen meine Probleme.«

Wir verabschieden uns lachend.

Emily hat es eilig, denn sie will unbedingt heute Abend zu einem Konzert von Thomas.

Sie will die Lakeboys überreden, auf der Hochzeit meiner Mutter zu spielen.

»Vielen Dank, Emily – für alles. Komm bald wieder«, bitte ich sie.

»Na klar komme ich bald wieder. Aber du wirst sehen, in wenigen Tagen wird hier Trubel genug sein. Warte, bis deine Mutter da ist mit den ganzen amerikanischen Verwandten.

Du wirst keine ruhige Minute mehr haben.«

Damit soll sie recht behalten. Doch wir haben alles so gründlich vorbereitet, dass ich mir keine Gedanken mache, dass irgendetwas nicht klappen könnte im Vorfeld der Hochzeit.

Als ich in den Vorgarten der ›Butterblume‹ einbiege, entdecke ich eine dunkle Gestalt im hinteren Teil des Gartens. Obwohl mein Herz laut klopft, rufe ich mutig: »Hallo!«

Die Person dreht sich um und ich erkenne den Mann dieser verschwundenen Isabella.

Was will denn der in meinem Garten? Als er mich sieht, dreht er sich sofort um, rennt quer über die Wiese, springt über den Gartenzaun und ist verschwunden.

Ich wünschte, ich hätte einen blutrünstigen Rottweiler, den ich ihm hinterherhetzen kann, aber da ist nur die kleine Jojo und die ist noch dazu im Haus.

Mit zitternden Händen suche ich in meiner Kommode nach der Visitenkarte von dem netten Kommissar. Ich kann nicht sagen, warum ich so zittere, ob vor Angst oder vor Wut. Was wollte dieser Kerl? Schon wenige Minuten später hält der Kombi von Herrn Harter in meiner Einfahrt.

Donnerwetter, er muss gleich nach meinem Anruf losgefahren sein.

Während wir durch den Garten laufen und ich ihm die Stelle zeige, wo ich diesen Grothe gesehen habe und von wo aus er, nachdem er mich sah, das Weite suchte, erzählt Herr Harter mir, dass er ohnehin in der Nähe war und bei mir vorbeischauen wollte.

»Sind Sie ganz sicher, dass der Mann in Ihrem Garten tatsächlich Herr Grothe war?«, fragt er, als wir nach der Gartenbegehung im Haus noch einen Kaffee zusammen trinken.

Mein Gott, was hat dieser Mann nur für schöne blaue Augen. Ich kann gar nicht mehr woanders hinsehen.

»Ja, natürlich.«

Das heißt, wenn ich es mir recht überlege, bin ich mir auf einmal gar nicht mehr so sicher.

Schließlich habe ich diesen Grothe nur einmal ganz kurz gesehen, am Zebrastreifen, noch dazu im Nebel. Aber ich war doch sofort, als ich diesen Mann erblickte, überzeugt, dass er es ist.

Komisch, dass ich jetzt ins Zweifeln komme.

Herr Harter spürt mein Zögern und tröstet mich: »Das kommt sehr häufig vor, dass man ins Grübeln kommt. Möglichweise war es ein anderer Mann und Sie haben nur an diesen Grothe gedacht, weil dieser schon einmal hier war. Andererseits spricht auch einiges dafür, dass er es tatsächlich war, vor allem sein plötzliches Verschwinden. Es könnte sein, dass er nach Spuren seiner verschwundenen Frau sucht. Vielleicht sogar nach ihr. Können Sie sich denken, warum? Hat sich Frau Grothe vielleicht doch öfter hier aufgehalten? Herr Grothe sagte doch aus, dass das Café ›Butterblume‹ das Stammlokal seiner Frau sei.« Herr Harter lächelt mich freundlich an.

Man kann gar nicht anders, man muss ihm einfach vertrauen und ihm alles erzählen.

Deshalb reagiere ich auch gleich: »Nein, ganz bestimmt nicht. Diese Isabella war nur einmal hier, ganz sicher. Sie wäre mir mit Sicherheit aufgefallen, wenn sie vorher schon mal als Gast in meinem Café gewesen wäre. Außerdem glaube ich nicht, dass sie so etwas wie ein Stammlokal hatte.«

»Wie meinen Sie das?«, fragt Herr Harter neugierig.

Ich erzähle ihm die Gerüchte, die im Café über die verschwundene Frau kursieren. Dass Isabella anscheinend von ihrem eifersüchtigen Ehemann regelrecht bewacht wurde und nicht einmal allein zum Kirchenchor durfte. »Herr Harter, stimmt es, dass die Polizei ein blutverschmiertes Handtuch bei den Grothes gefunden hat?«

Der Kriminalist lehnt sich zurück und verschränkt die Arme über der Brust. »Donnerwetter, Sie scheinen direkt am Herd der Gerüchteküche zu stehen.«

Ich muss lachen und erzähle ihm von den Damen, die sich regelmäßig über das Neueste vom Tage austauschen.

»Ich dachte mir schon, dass nicht Sie irgendwelche Gerüchte über andere verbreiten. Das passt nicht zu Ihnen.«

Mit diesen Worten blickt er mir tief in die Augen. »Deshalb kann ich es Ihnen auch anvertrauen: Es gibt in der Tat einige Anhaltspunkte, dass Isabella Grothe etwas zugestoßen sein könnte.«

Damit hat er nicht zu viel verraten, das wird ohnehin vermutet.

»Aber irgendeinen Grund muss Herr Grothe haben, warum er hier herumschnüffelt. Falls er es denn war heute in Ihrem Garten, woran ich allerdings keinen Zweifel hege. Nun, wir werden es schon herausfinden.«

»Es ist seltsam, aber es macht mir Angst, dass hier fremde Leute einfach so herumspazieren. Ich hatte vor Kurzem schon einmal so ein Erlebnis.«

Und ehe ich mich versehe, erzähle ich Herrn Harter von dem Abend, als ich Fieber hatte und mit der Taschenlampe im Garten unterwegs war, weil ich meinte, eine dunkle Gestalt zwischen den Bäumen erblickt zu haben.

Der Kommissar sieht mich auf einmal sehr ernst an und fragt: »Frau Winter, Sie wohnen doch hier allein mit Ihrer Tochter?«

Als ich bejahe, rät er mit seiner ruhigen und sonoren Stimme: »Sie sollten die nächste Zeit etwas vorsichtig sein. Wir haben zwar keinen konkreten Verdacht und es scheint auch nicht verständlich, warum sich hier jemand herumtreiben sollte. Aber Sie wohnen doch sehr abgelegen. Achten Sie darauf, dass alle Fenster und Türen geschlossen sind, insbesondere, wenn Sie unterwegs sind. Schließen Sie die Türen gut ab, auch die Kellertür, wenn Sie im Haus sind. Und vergessen Sie nicht: Sie können mich immer anrufen, bei Tag und auch bei Nacht. Ich gebe Ihnen meine private Handynummer, ich komme sofort zu Ihnen, wenn etwas sein sollte.«

Und mit diesen Worten blickt mir der attraktive Kommissar wieder tief in die Augen.

Bereits am nächsten Morgen ruft Herr Harter bei mir an, um mich zu beruhigen.

Er habe mit Herrn Grothe gesprochen und dieser habe tatsächlich zugegeben, gestern bei mir im Garten gewesen zu sein. Angeblich habe er Isabellas Handtasche gefunden und in dieser eine Visitenkarte der ›Butterblume‹ mit einer handschriftlich notierten Handynummer. Er nennt mir die Nummer und ich notiere sie gleich heimlich, obwohl sie mir völlig unbekannt vorkommt.

»Herr Grothe hat in Ihrem Garten offenbar nach weiteren Hinweisen auf den Verbleib seiner Frau gesucht, Frau Winter. Er erschrak, als er Sie kommen sah, und hat sich deshalb aus dem Staub gemacht. Natürlich ist er sich bewusst, dass sein Verhalten falsch war und er Sie erschreckt hat. Er hat uns versichert, dass er Sie nicht mehr belästigen wird. Er sei nur so verzweifelt und in großer Sorge um seine Frau, dass er sie überall suchen würde, vor allem an Orten, an denen sie sich zuletzt aufgehalten habe. Mit Ihrem anderen Erlebnis neulich Nacht hat er aber angeblich nichts zu tun. Das war vielleicht nur der Nebel, wie Sie bereits vermutet haben. Also keine Aufregung. Seien Sie dennoch bitte trotzdem vorsichtig und denken Sie an das, was ich Ihnen gesagt habe.«

In gewisser Weise tut mir dieser Grothe sogar leid, so blöd das klingen mag. Wie verzweifelt muss er sein, dass er auf eigene Faust nach Isabella sucht. Verhält sich so ein Mann, der seine Frau möglicherweise umgebracht hat?

Andererseits könnte es sein, dass dem tatsächlich so war und er jetzt die Spuren verwischen muss. Sagt man nicht immer, der Mörder kehre an den Ort seiner Tat zurück? Aber das würde bedeuten, dass Isabella hier …

Ich verbiete mir, diesen Gedanken zu Ende zu denken. Wahrscheinlich habe ich wirklich zu viele Krimis gesehen.

Die Handynummer, die auf der Visitenkarte stand, vergesse ich erst einmal wieder, doch am nächsten Tag rufe ich von meinem Festnetz, bei dem nicht die Nummer angezeigt wird, an.

Der Teilnehmer meldet sich, allerdings nicht mit seinem Namen, sondern nur mit einem kurzen »Hallo«. Seinen Namen braucht er allerdings gar nicht zu nennen, denn ich weiß auch so, wer es ist. Es ist Christians warme Stimme, die in meinem Ohr klingt.

6. Kapitel

Der Besuch

Natürlich melde ich mich nicht, sondern lege sofort auf. Ich muss mich erst einmal hinsetzen, denn ich kann nicht recht glauben, was ich gerade erlebt habe.

Mit Sicherheit weiß ich jetzt, dass Christian mich belogen hat, als er sagte, dass er diese Isabella Grothe nicht kenne. Warum hatte sie dann seine Handynummer, noch dazu notiert auf einer Visitenkarte der ›Butterblume‹? Was ist das überhaupt für ein Handy, von dem ich offenbar nicht die Nummer habe? Es muss sich um ein zweites Handy handeln und es sieht ganz danach aus, als habe mein Freund Geheimnisse vor mir.

Mir wird bewusst, dass es offenbar so manches gibt, was ich nicht von ihm weiß.

Als wir am Abend telefonieren, erzähle ich ihm von Isabellas Ehemann, der sich im Garten der ›Butterblume‹ herumtrieb, und vom Kommissar, der deshalb hier war.

Christian scheint ehrlich bestürzt und in großer Sorge um mich, doch als ich ihn noch einmal darauf anspreche, ob er Isabella vielleicht doch kenne, verneint er abermals.

So ein Heuchler.

Ich sage nichts von der Handynummer, doch ich bin mir sicher, dass er lügt.

Wer weiß, was er mir noch alles verheimlicht.

Obwohl mir diese Gedanken schwer auf der Seele liegen, werde ich abgelenkt durch den Besuch aus Amerika am darauffolgenden Tag. Wie Emily bereits richtig vermutete, stellen sie mein ganzes Leben auf den Kopf und ich habe auf einmal alle Hände voll zu tun.

Steve und sein Schwiegersohn George haben in Stuttgart am Flughafen zwei Mietwagen organisiert und sind damit auf dem Weg zum Bodensee. Als ich gerade dabei bin, lila und weiße Fliederzweige, die ich im Garten abgeschnitten habe, in kleine Tonvasen zu stellen und damit die Terrasse zu dekorieren, biegen sie laut hupend in den Hof der ›Butterblume‹ ein. Aus dem etwas größeren Auto klettern George und Steves Tochter Laura Ann, die ich bereits aus Detroit kenne und wegen ihres liebenswürdigen und ruhigen Wesens sehr schätze, sowie ihre vier quirligen, kleinen Mädchen, die gerade alle auf Amerikanisch durcheinanderschnattern. Aus dem anderen Fahrzeug steigen Steve und meine Mutter, die, dem Anlass und dem frühlingshaften Wetter entsprechend, in einem kunterbunten und groß geblümten Kleid und hochhackigen Schuhen steckt und kein bisschen nach einem Langstreckenflug aussieht.

»Majaaaaaaa«, begrüßt sie mich stürmisch und fällt mir um den Hals. Es tut so gut, sie zu sehen, und ihre fröhliche und positive Stimmung überträgt sich augenblicklich auf mich.

Nachdem wir uns alle herzlich begrüßt und auf der Terrasse der ›Butterblume‹ mit Tee und ›Überlinger Küsschen‹, Erdbeeren mit Schlagsahne sowie einigen Schinken-Sandwiches (kleiner Willkommensgruß an die Amerikaner) gestärkt haben, bringe ich die ganze Familie hinüber zu Friedas Haus.

Alle sind überwältigt von dem großzügigen alten Haus und den gemütlichen Zimmern, die Emily und ich so hübsch für sie hergerichtet haben.

Nach dem langen Flug wollen sie sich nun etwas ausruhen und heimisch werden, während auf mich bereits wieder jede Menge Arbeit wartet.

Da durch das wunderschöne Frühlingswetter bereits die ersten Osterurlauber am See sind, ist das Café jeden Tag recht voll, so dass ich auch ohne den Besuch schon kaum weiß, wo mir der Kopf steht. Natürlich tue ich dennoch in den nächsten Tagen mein Bestes, meine Mutter bei ihren Sightseeingtouren und der Hochzeitsplanung zu unterstützen. Sie hat eine Riesenliste erstellt, auf der alle Sehenswürdigkeiten und Schönheiten der Bodenseeregion vermerkt sind, die sie ihrem Liebsten und seiner Tochter mit Familie zeigen möchte. Natürlich rechnet sie fest mit meiner Unterstützung, die ich ihr gern zuteil werden lasse. Jedenfalls, soweit es meine Zeit erlaubt.

Nini ist in diesem Zusammenhang leider keine große Hilfe, denn sie arbeitet jeden Tag hart für ihr Abi und stöhnt über ihren Büchern, also kann ich sie nicht auch noch im Café einspannen oder als Touristenführer für die Verwandten. Abends falle ich todmüde ins Bett, doch nachts wache ich auf, weil mich Alpträume quälen, die mit Isabella, deren Mann und Christian zu tun haben. Obwohl mir der Trubel oft fast zu viel wird, tut es gut, meine Mutter in der Nähe zu haben. Sie sieht so glücklich und strahlend aus, dass man sie für noch jünger halten könnte als sowieso schon. Auf jeden Fall nicht für fast 70. Wieder einmal bemerke ich, welche Kraft die Liebe doch hat. Die Fröhlichkeit meiner Mutter ist geradezu ansteckend. Na ja, meistens jedenfalls, manchmal nervt sie auch ein bisschen. Und zwar dann, wenn sie morgens schon singend zur Tür hereingestürmt kommt und fragt:

»Liebes, was machen wir heute?«

Wenn sie nicht gerade mit Steve und seiner Familie irgendwo unterwegs ist, lässt sie es sich nicht nehmen, mir beim Backen für das Café zur Hand zu gehen. Oder sie bügelt Tischdecken, deckt die Tische gleich ein, nicht ohne vorher die Terrasse gekehrt zu haben. Natürlich möchte ich gar nicht, dass sie in ihrem Urlaub für mich arbeitet, aber sie besteht darauf. Ich habe das Gefühl, sie ist so glücklich, wieder einmal in der alten Heimat zu sein, und fühlt sich in Friedas Haus derart wohl, dass sie mir unbedingt etwas abgeben will von ihrem Glück.

»Ach, Maja. Ich wünschte, wir könnten für immer hierbleiben«, jubelt sie, als wir eines Abends in der kleinen Küche sitzen und Äpfel für die Apfel-Nuss-Seehupferl schälen. »Weißt du, Amerika ist ganz toll, alles ist so modern und groß. Und die Menschen sind wirklich freundlich. Aber der Bodensee ist etwas ganz anderes. Es ist in den vielen kleinen Örtchen mit den Kirchen, Marktplätzen und Fußgängerzonen einfach heimelig. So etwas kennen die da drüben doch gar nicht mit ihren riesigen Einkaufs-Malls. Und so richtig schick angezogen sind die amerikanischen Frauen auch nicht mit ihren ewigen Jeans und T-Shirts. Da gibt es hier schon wesentlich mehr Eleganz.« Na ja, ich weiß nicht recht. Wenn ich da so an manche deutschen Touristen in ihren Bermudas und Sandalen denke, fällt mir auch nicht gerade das Wort ›Eleganz‹ dazu ein. »Steve liebt auch alles hier, er ist und bleibt ein Deutschland-Fan«, lacht sie und zeigt auf ihren Zukünftigen, der gerade mit seinem weißen T-Shirt mit der Deutschland-Flagge in unserem Garten mit seinen Enkeltöchtern Federball spielt. »Am liebsten würde ich ihn überreden, für immer hierzubleiben. Was soll ich denn machen in Amerika? Weißt du, Maja, ich habe mir auch schon etwas überlegt. Hast du einmal daran gedacht, was aus Friedas Haus werden soll, wenn wir wieder abgereist sind? Es wäre doch schade, es leer stehen zu lassen. Wir fühlen uns ausgesprochen wohl darin. Und es bietet so viel Platz. Was würdest du davon halten, wenn wir so eine Art Bed&Breakfast-Pension dort eröffneten? Im Sommer kommen doch so viele Touristen an den See. Dann hätten wir beide, Steve und ich, noch ein bisschen was zu tun. Und wären in deiner Nähe. Zumindest den Sommer über. Das könnte doch eine super Ergänzung zu deinem ›Café Butterblume‹ sein.«

Offenbar hat meine Mutter schon einen richtigen Plan in der Tasche.

»Das ist eine großartige Idee«, antworte ich daher, obwohl ich mir gar nicht sicher bin, ob das mit der Pension so eine gute Idee ist. Immerhin habe ich inzwischen erfahren, dass das Leben in der Gastronomie aus harter Arbeit und wenig Freizeit besteht. Allerdings wäre es schön, die beiden bei mir in der Nähe zu haben.

»Meinetwegen könnt ihr so lange in Friedas Haus bleiben, wie ihr wollt, Mama, von mir aus für immer. Ich freue mich unendlich, dass ihr hier seid.«

»Wirklich? Oh, Maja, du bist so ein Schatz. Wenn du wüsstest, wie sehr ich dich vermisst habe.«

Und wenn sie wüsste, wie gut es mir gerade im Moment tut, meine Familie um mich herum zu haben. Menschen, denen ich vertrauen kann.

Weil im Café morgen Ruhetag ist, machen Nini, die sich einen Tag Lernpause verordnet hat, und ich mit den anderen einen kleinen Ausflug zu den Pfahlbauten nach Unteruhldingen. Diese kleinen Häuser, die auf Pfählen in den See gebaut wurden, sind Nachbauten von Originalhäusern, die tatsächlich in der Stein- und Bronzezeit auf Pfählen im Wasser standen. Sie sind einen Besuch wert. Man bekommt einen Eindruck davon, wie die Menschen 4000 bis 800 Jahre vor Christi Geburt am Bodensee gesiedelt haben. Irgendwie sehen die Häuschen im See so romantisch aus, obwohl das Leben zur damaligen Zeit sicher alles andere als romantisch war und die Menschen tagtäglich um ihr Überleben kämpfen mussten. Andererseits wird auch deutlich, dass die Familie zu jener Zeit einen starken Zusammenhalt bot und das Überleben sicherte. In unserer heutigen Single-Welt, in der viele alte Menschen in irgendwelche Heime abgeschoben werden, weil offenbar keiner mehr Lust und Zeit hat, sich um sie zu kümmern, kann man sich das gar nicht mehr richtig vorstellen.

Besonders die Amerikaner, Steve und seine Familie, sind begeistert von diesem Kulturgut. Voller Freude über den erholsamen Tag laden sie mich und Nini anschließend zum Essen in ein neues italienisches Restaurant ein. Es ist mit den dunklen Möbeln und tollen Lampen wunderschön und edel eingerichtet und befindet sich direkt an dem kleinen romantischen Hafen von Unteruhldingen. Bei den leckersten Mittelmeergerichten und erlesenem Wein erleben wir einen fröhlichen Abend, der mich von meinem Kummer und meinen Zweifeln an Christian ein wenig ablenkt. Als ich zur Toilette gehe, werde ich allerdings an der Bar aufgehalten.

»Guten Abend, schöne Frau.«

Diese schmierige Stimme kommt mir doch bekannt vor.

»Wie schön, Sie wiederzusehen.«

Das Vergnügen ist nun überhaupt nicht auf meiner Seite, denke ich im Stillen, sage jedoch laut: »Hallo, Herr Pacocini«, und dabei fällt mir ein, dass es vermutlich sein Lokal ist, welches hier in bester Lage am Hafen von Unteruhldingen liegt.

»Darf ich vorstellen: Das ist mein Neffe Giovanni. Giovanni, das ist Maja, Besitzerin der ›Butterblume‹ in Nußdorf, von der ich dir schon so viel erzählt habe.« Ich nicke diesem Giovanni kurz zu, der mich gerade von oben bis unten offenkundig mustert.

Wahrscheinlich versucht er insgeheim, das Schöne-Frau-Geschleime seines Onkels in Einklang mit meiner roten Jeans und dem weißen Blüschen zu bringen.

»Haben Sie einmal über mein Angebot nachgedacht?«

»Welches, Herr Pacocini?«

Darauf grinst er nur unverschämt und sieht mich herausfordernd an.

»Das Angebot, Ihnen zu helfen, wenn Sie einmal Probleme mit Ihrem Café haben sollten.«

Dieser unverschämte Kerl.

»Warum sollte ich Probleme haben mit meinem Café?«, frage ich zurück und spüre, wie kalte Wut in mir aufsteigt. Den Ramazotti, den er anschließend an den Tisch bringen lässt, lasse ich selbstverständlich stehen. Mag sein, dass er sich für den Allergrößten hält. Mich kann er jedenfalls nicht beeindrucken. Phh, Probleme. Das einzige Problem, das ich im Moment gerade habe, ist das, dass mich dieser arrogante Zwuckel wütend macht. In dieses Lokal gehe ich jedenfalls so schnell nicht wieder.

Als wir in die Seestraße zurückkehren, lassen Nini und ich uns von den anderen noch zu einem Schlummertrunk in Friedas Haus überreden, wo wir den Abend mit lustigen Erzählungen aus Detroit ausklingen lassen. Nahe der ›Butterblume‹ spüre ich sofort, dass etwas nicht stimmt. Es ist nur ein Gefühl und ich kann nicht einmal sagen, was anders ist als sonst. Doch als wir die Haustür aufschließen, sehe ich die Bescherung. Offenbar hat jemand die Terrassentür zum Gastraum eingeschlagen und ist in das Café eingebrochen. Ein seltsamer Geruch liegt in der Luft, eine Mischung aus Zigarettenrauch und irgendeinem süßlichen Herrenduft. Ich könnte schwören, dass ich diesen schon einmal gerochen habe, doch ich weiß im Moment nicht, wo. Wie ich auf den ersten Blick erkennen kann, fehlt nichts, doch es ist alles verwüstet. Stühle wurden umgeworfen, die schönen Gardinen heruntergerissen und ebenso die gemütlichen Kissen zerschlitzt. Gläser und

Geschirr liegen in einem Scherbenhaufen auf dem Boden, auch Emilys wunderschön bemalte filigrane Ostereier sind kaputt. Doch das ist alles nicht das Schlimmste. Wo ist Jojo? Normalerweise kommt sie uns entgegengerannt, um uns zu begrüßen. Kälte kriecht auf einmal unter meine Jacke. Einer inneren Eingebung folgend, gehe ich in die Küche, aber nicht, bevor ich nicht Nini ins Treppenhaus geschickt habe, um zu überprüfen, ob die Tür zu unserer Wohnung geschlossen ist. Als ich die Küche betrete, sehe ich sie. Die kleine Hündin liegt reglos auf dem Küchenboden inmitten von Erbrochenem. Sie atmet, allerdings ganz schwach und ich höre ihr kleines Herzchen kaum klopfen.

»Nini, komm schnell!«, rufe ich und hole eine Decke, in die wir den reglosen Hundekörper einwickeln. Nini ist genauso entsetzt wie ich und wir laufen sofort los, setzen uns ins Auto und fahren zum Tierarzt. Wir haben Glück, denn Dr. Wiedemann wohnt im Haus der Praxis in Überlingen und öffnet uns in Jogginghose die Tür. Ohne viel zu sagen, bittet er uns herein und beginnt mit der Untersuchung.

»Das sieht mir ganz nach einer Vergiftung aus«, stellt er fest, als ich ihm von den Umständen und dem Erbrochenen erzähle.

Wahrscheinlich hat Jojo das Leben gerettet, dass sie sofort alles ausgespuckt hat. Der Tierarzt vermutet, dass der oder die Einbrecher der zutraulichen Hündin etwas Leckeres zu fressen gegeben haben, damit sie ungestört ihr Werk vollenden konnten. Nachdem er Jojo ein paar Spritzen verabreicht und uns jede Menge Medikamente für sie gegeben hat, machen wir uns auf den Heimweg. Sie soll sich ausruhen und wird die nächste Zeit vermutlich nicht so viel fressen. Gut, das schadet der kleinen Wampe nicht. Dennoch zittern meine Hände stark, als wir die mittlerweile wieder etwas muntere

Jojo zurück ins Haus tragen. Habe ich mich die ganze Zeit zusammengerissen, breche ich beim Anblick des zerstörten Cafés in Tränen aus. Wer tut so etwas und warum? Vielleicht kann der Kommissar, Herr Harter, mir diese Frage beantworten, den ich sofort anrufe und der nur Minuten später zusammen mit ein paar Kollegen bei mir ist.

Doch anstatt mir mitzuteilen, wer für den Einbruch verantwortlich ist, stellt er die Frage: »Können Sie sich vorstellen, wer das gewesen sein könnte, Maja?« Dabei schaut er mich so mitfühlend an, dass ich am liebsten schon wieder in Tränen ausbrechen würde. Mir fällt auf, dass er mich zum ersten Mal Maja und nicht wie sonst Frau Winter nennt, und ich muss gestehen, dass mir das in dieser schrecklichen Situation einfach guttut.

»Ich habe keine Ahnung. Ich dachte, Sie könnten es mir sagen. Wer ist nur zu so etwas fähig?«, frage ich ihn verzweifelt.

»Das werden wir schon herausfinden. Ist Ihnen irgendetwas Merkwürdiges aufgefallen, als Sie das Haus betreten haben, Frau Winter?« Seine beruhigende Stimme ist Balsam für mein verletztes Gemüt. Ich erzähle von dem merkwürdigen Duft und dass ich diesen schon einmal gerochen habe, mich aber nicht erinnern kann, wo das war. Nachdem Herr Harter und seine Kollegen alles, auch die eingeschlagene Scheibe und den Garten, gründlich untersucht und einige Fotos und Abdrücke der Fußspuren im Garten gemacht und wir festgestellt haben, dass nichts fehlt (nicht einmal die Einnahmen von gestern sind aus der Schublade verschwunden), wiegt Herr Harter bedächtig den Kopf.

»Es sieht so aus, als wollte nur jemand etwas mutwillig zerstören. Oder es hat jemand etwas gesucht. Doch was – und vor allem, warum ausgerechnet bei Ihnen?« Herr Harter blickt sich grübelnd in der Gaststube um.

»Meinen Sie, dieser Grothe könnte schon wieder hier gewesen sein?« So langsam wird mir das alles richtig unheimlich.

»Ich weiß nicht …«, Herr Harter kräuselt nachdenklich die Stirn.

Obwohl er schon einige Falten in seinem Gesicht hat, sieht er unglaublich attraktiv aus.

Auf einmal bekomme ich Lust, mich in seine starken Arme zu flüchten, um dort Schutz und Trost zu finden. Was für ein verrückter Gedanke. Ich kenne den Mann doch kaum. Wahrscheinlich ist das nur die Aufregung. Vermutlich kann er meine Gedanken erraten, denn er legt mitfühlend seine Hand auf meine.

»Maja, ich weiß, dass das alles Ihnen unglaublich Angst machen muss. Aber ich glaube nicht, dass Herr Grothe noch einmal hier war. Ich habe ihm neulich deutlich gesagt, dass er sich von Ihrem Haus fernhalten muss. Ausschließen können wir es natürlich trotzdem nicht. Aber wir müssen auch andere Möglichkeiten in Betracht ziehen. Haben Sie vielleicht irgendwelche Feinde? Dieser Akt der Zerstörung sieht mir beinahe nach einer Racheaktion aus … oder vielleicht nach Neid?«

Spontan fällt mir die Drohung von diesem Pacocini wieder ein.

Aber so weit würde der doch nicht gehen, oder?

Als ich dem Kommissar davon erzähle, wiegt er abermals den Kopf.

»Wir werden dem Herrn mal unauffällig auf den Zahn fühlen. Aber soviel ich weiß, ist er ein integrer Geschäftsmann. Möglicherweise hat er dem einen oder anderen vielleicht eine Immobilie abgegaunert, aber mit der Polizei kam er meines Wissens noch nie in Konflikt. Das ist nicht sein Stil, sich die Hände schmutzig zu machen. Andererseits könnte er natürlich Helfer haben. Das Haus wäre prädestiniert für eine seiner Gaststätten und vielleicht denkt er, wenn Sie sich nicht mehr sicher fühlen, geben Sie auf.«

Ha, sonst noch was. Da kann er aber lange warten, dieser Herr Pacocini. So leicht lasse ich mich nicht vertreiben. Dafür habe ich zu sehr für meinen Traum gekämpft.

»Aber es könnte natürlich auch jemand völlig Fremder gewesen sein. Sozusagen ein ganz normaler Einbrecher, der, bevor er das Geld aus der Kasse fand, gestört wurde. Wir werden die Gegend im Auge behalten«, beschließt Michael Harter, »und des Öfteren eine Streife vorbeischicken. Vor allem nachts. Trotzdem bitte ich Sie um Vorsicht. Können Sie heute Nacht hierbleiben? Oder soll ich Ihnen ein Hotelzimmer in der Stadt reservieren?«

»Nein, vielen Dank.« Ich schüttele den Kopf. Ich lasse mich nicht vertreiben. »Meine Mutter und ihr zukünftiger Ehemann sowie seine Familie sind nur ein paar Häuser weiter. Ich kann sie rufen, wenn ich Angst habe.«

Obwohl ich todsicher weiß, dass ich genau das nicht tun werde.

Meine Mutter würde mich vermutlich erst richtig verrückt machen, wenn sie von dem Einbruch Wind bekäme. Sie hatte heute so einen schönen Tag und freut sich derart auf ihre Hochzeit, das will ich ihr beim besten Willen nicht kaputt machen. Vermutlich würde sie heute Nacht sonst auf meinem Sofa schlafen, um mich zu beschützen, und dadurch einen Hexenschuss oder sonst was bekommen. Das geht auf keinen Fall, so kurz vor der Hochzeit.

Herr Harter steht auf und sieht mir so tief in die Augen, dass mir ganz schwindelig wird: »Sie sind eine mutige Frau, Maja. Wenn Ihnen irgendetwas verdächtig vorkommen sollte oder Sie sich ängstlich fühlen, dann rufen Sie mich an. Ich bin immer für Sie da. Bei Tag und Nacht.«

Wie nett er doch ist. Obwohl ich mich etwas gestärkt fühle nach seinem Besuch, fühle ich Wut und Angst. Wut auf den oder die Einbrecher, die das schöne Interieur des Cafés so sinnlos zerstört haben. Und Angst, weil ich nicht weiß, wer das war und ob er oder sie nicht irgendwann wiederkommen. Das Schlimme ist, dass nicht nur die Saison unmittelbar vor der Tür steht, sondern in wenigen Tagen die Hochzeit stattfinden soll und ich schon wieder das Café schließen muss, um alles rechtzeitig in einen ordentlichen Zustand zu bringen.

Als Christian anruft, bin ich deshalb total fertig und erzähle ihm schluchzend, was passiert ist.

Nur zwei Stunden später steht er vor meiner Tür und nimmt mich wortlos in die Arme.

»Ach, Maja, es tut mir so leid. Ich bin sofort losgefahren, als wir aufgelegt haben. Ich konnte den Gedanken nicht ertragen, dass du und Nini ohne Beschützer seid, nach dem, was passiert ist. Ich wünschte, ich müsste dich nie mehr allein lassen.«

Es tut so gut, dass Christian bei mir ist. Habe ich ihm in den letzten Wochen auch misstraut und war wütend, dass er so wenig Zeit für mich hat, bin ich heute Nacht einfach nur glücklich, nicht ohne ihn schlafen zu müssen. Die ganze Nacht hält Christian mich in seinen starken Armen, doch ich träume wieder die schlimmsten Sachen. Von Männern, die nachts im Nebel durch den Garten laufen, Hexen, die mich an den Haaren ziehen, und dunklen Gestalten, die mein Café verwüsten. Der Höhepunkt meiner Alpträume ist jedoch eine Leiche, die an der Wasseroberfläche des Sees treibt und aussieht wie die verschwundene Isabella Grothe.

Bevor Christian am nächsten Morgen abfährt, weckt er mich zärtlich und sagt, er habe eine Überraschung für mich. Ich sehe schrecklich aus. Das muss der Traum sein, der mich die ganze Nacht gequält hat. Dennoch ziehe ich ein leichtes geblümtes Kleid an, denn es scheint ein wundervoller, sonniger Tag zu werden, binde meine Locken zusammen und trage etwas Make-up auf. Voilà, der Tag kann kommen. Die Schatten der Nacht sind verschwunden und das Leben geht weiter. Als ich nach unten komme, steht Christian in der Küche und packt einen Picknickkorb, in den er eine Thermoskanne mit Kaffee, Brötchen, Saft und etwas Obst legt.

»Christian, was hast du vor?«, frage ich neugierig. »Ich muss doch das Café aufräumen und putzen und …«

»Ja, das musst du. Aber das kannst du auch noch in zwei Stunden tun, wenn ich los muss. Wir beide machen jetzt ein kleines Picknick am See. Ich möchte dich so gern noch ein wenig für mich allein haben, bevor deine Gäste dich wieder mit Beschlag belegen«, antwortet er und sieht mir tief in die Augen. Dieser Blick hat mich von Anfang an willenlos gemacht und ich würde meinem Liebsten sogar folgen, wenn er mich jetzt bitten würde, ihn auf eine Eisscholle in der Arktis zu begleiten. Obwohl dieser heiße Blick die Eisscholle schmelzen würde, denke ich.

Vor dem Haus stehen zwei Fahrräder bereit, die Christian schon aus dem Schuppen geholt und von Spinnweben befreit hat. Er befestigt den Picknickkorb und es kann losgehen. In der herrlich frischen Morgenluft am See entlangzuradeln, ist unsagbar schön. Nach ungefähr einer halben Stunde hält Christian plötzlich an.

»Mir ist das perfekte Plätzchen für unser Picknick eingefallen«, lacht er und ich folge ihm blind, auch wenn uns der Weg auf einmal zurück durch die Stadt Überlingen führt. Zwischen den alten Häusern radeln wir ein kleines Gässchen hinauf und stehen unmittelbar vor dem Gallerturm. Der Blick von oben auf den See und das malerische alte Städtchen

Überlingen mit dem herrlichen Stadtgarten und dem Münster zu unseren Füßen ist überwältigend. Auf einem kleinen Plätzchen auf der Wiese unter einem Baum breitet Christian die mitgebrachte Decke aus.

»Versuche stets, ein Stückchen Himmel über deinem Leben freizuhalten.«

»Das ist schön, von wem ist das?«, frage ich Christian.

»Marcel Proust, leider beschränkt sich mein Wissen über ihn auf ein paar Zitate.«

So früh am Morgen ist keine Menschenseele weit und breit zu sehen. Wir lassen uns das Frühstück schmecken und schauen schweigend auf den ruhigen blauen See. Es gibt Momente im Leben, wo jedes Wort zu viel wäre und dieser Moment ist so einer. Ich bin froh, dass Christian das offenbar auch so empfindet und die Situation nicht mit Worten zerstören möchte. Obwohl gestern bei mir eingebrochen wurde, bin ich in diesem Augenblick unbeschreiblich glücklich.

»Maja …, ich … muss dir was sagen …«, beginnt Christian.

Doch ich möchte nicht, dass wir reden. Also nehme ich ihm sein Glas aus der Hand, ziehe ihn auf die Decke herunter und küsse ihn zärtlich. Meine Hand findet den Weg unter sein T-Shirt und streichelt zärtlich seinen Rücken. Auch Christian streichelt mich, erst ganz liebevoll mein Gesicht, dann meine Arme, um dann mein Kleid hochzuschieben und ganz sanft meinen Slip auszuziehen.

»Christian, was ist, wenn jetzt jemand kommt?«

Doch diesmal lässt er mich nicht reden, sondern verschließt meine Lippen mit einem leidenschaftlichen Kuss. Und als er sein T-Shirt über den Kopf zieht und ich seinen sexy Oberkörper betrachte und er schließlich seine Jeans öffnet, ist es mir mit einem Mal vollkommen egal, ob jemand vorbeikommen könnte. Ich habe nur einen Wunsch, ihn zu spüren, in mir, mich diesem unendlichen Gefühl hinzugeben, mich zu verlieren und eins zu sein mit ihm.

Später, als wir uns erschöpft in den Armen liegen und schon längst wieder angezogen sind, will ich wissen: »Christian, du wolltest mir vorhin etwas sagen. Was war das denn?«

»Es ist schon spät, Maja, wir sollten zurück. Ich muss nach Stuttgart und du in dein Café. Wir reden ein andermal, ja?«

Und mit diesen Worten streicht er mir zärtlich eine Strähne, die sich aus dem Zopf gelöst hat, aus dem Gesicht und küsst mich noch einmal auf die Nasenspitze.

Schweigend radeln wir zurück zur ›Butterblume‹. Als wir in der Stadt an einer Kreuzung stehen bleiben, fällt mir ein superschickes silbergraues BMW-Cabriolet ins Auge. Der Mann hinter dem Steuer ist um die 40 und sehr attraktiv mit seinem längeren gewellten Haar und der coolen Ray-Ban-Sonnenbrille. Das Mädchen neben ihm ist blutjung und bildhübsch.

Wieder einmal so ein junges Ding mit einem Mann, der viel älter ist, aber offenbar über Geld und Status verfügt, denke ich. Doch dann sehe ich genauer hin: Ich kenne sie. Es ist Franziska, deren rotes Haar in der Sonne leuchtet und die sich lächelnd zu dem Mann herüberbeugt, um ihn zu küssen. Gar so einsam scheint die Kleine also gar nicht zu sein. Aber warum kann ihr Freund nicht ein Junge in ihrem Alter sein? Sie hat es doch finanziell gar nicht nötig, sich mit einem Mann abzugeben, der ihre Jugend und Schönheit mit Geschenken und tollen Ausflügen in die High Society belohnt. Schließlich kommt sie aus gutem Hause. Aber vielleicht ist es gerade das, was sie anzieht. Noch zu Hause muss ich über diese seltsame Begegnung nachdenken.

Christian fragt besorgt: »Meine Süße, was soll die Sorgenfalte auf deiner Stirn? Ich dachte, es sei mir gelungen, dich wieder auf andere Gedanken zu bringen. Es ist der Einbruch, der dir Kummer bereitet, ja? Aber schau mal, so viel ist doch gar nicht zerstört. Ich bin sicher, das waren nur ein paar Burschen, die auf der Suche nach Geld waren, und als sie keins fanden, waren sie sauer und haben aus Frust für ein bisschen Unordnung gesorgt. Ganz bestimmt kommen sie nicht wieder. Dieser Kommissar hat doch angeboten, öfter eine Streife hier entlangfahren zu lassen, nicht wahr? Wenn du ängstlich bist, kannst du außerdem immer zu deiner Mutter und Steve hinübergehen. Und mich jederzeit anrufen, wenn etwas ist, hörst du? Dann komme ich, so schnell es geht.«

Liebevoll sieht Christian mich an, um mich dann noch einmal fest in die Arme zu nehmen. »Keine Angst, Liebling, ich bin immer bei dir, in Gedanken und auch sonst.«

Ein bisschen trösten mich seine Worte, wenn ich auch sehr traurig bin, dass er mich schon wieder verlassen muss. Als Christian längst fort ist, fällt mir ein, dass ich ihn heute fragen wollte, warum die verschwundene Isabella die Nummer zu einem Handy hatte, das offenbar ihm gehört, und was er mit ihr zu tun hatte.

7. Kapitel

Maiglöckchen-Hochzeit auf der Mainau

Obwohl ich mich so sehr darauf gefreut habe und das Wetter prachtvoll ist, kann ich Ostern in diesem Jahr kein bisschen genießen. Zu tief sitzt der Schock über den Einbruch in mein schönes Café.

Während die kleinen Mädchen von Laura Ann im Garten nach Ostereiern suchen und mir zum Trost kleine Blumensträuße pflücken, sind wir Erwachsenen vollauf damit beschäftigt, den Gastraum wieder einigermaßen in einen ordentlichen Zustand zu versetzen, so dass wir wenigstens am Ostermontag für die Gäste öffnen können.

Nicht nur, dass mir der wichtige Umsatz der anderen Feiertage, den ich so dringend brauchen würde, fehlt – es ist auch das unbehagliche und ängstliche Gefühl, das ich seit dem Einbruch ständig mit mir herumtrage. Ich kann dieses Bild, das sich uns neulich abends bot, als wir heimkamen, nicht vergessen. Vor allem der Anblick des kleinen leblosen Hundekörpers hat sich tief in mein Gedächtnis gebrannt. Zum Glück erholt sich meine Jojo zusehends und bettelt wieder ununterbrochen nach Essen – ein sicheres Zeichen, dass es ihr besser geht. Mit den vereinten Kräften der ganzen Familie und fleißigen Handwerkern, die sofort die kaputte Terrassentür reparieren, gelingt es uns recht schnell, zumindest annähernd die schöne und gemütliche Atmosphäre erneut herzustellen. Sogar ein Osterstrauß steht wieder in der Bodenvase, nur Emilys entzückende Ostereier fehlen daran und wurden durch ein paar gekaufte ersetzt. Gleich als ich am Ostermontag die Eingangstür aufschließe und ein großes Schild mit der Aufschrift ›Geöffnet‹ vor die Tür stelle, kommen die ersten Gäste herein. Es sind die BBP-Ladys, die bereits bestens über die Geschehnisse informiert sind.

»Sie Ärmschte. Wir haben g'hört, dass eingebrochen worden isch.«

Die Damen scheinen ehrlich betroffen.

»Aber man sieht ja gar nix. Wie haben Sie das so schnell wieder aufgeräumt?«

Ich erkläre den Damen, dass zwar einiges an Geschirr und Gläsern sowie Dekomaterial zerstört worden ist, das Mobiliar jedoch zum Glück heil geblieben ist.

»Ja, so eine Schande. Wer macht denn so etwas?«, fragt Veronika Möhrle.

Ihre Freundin Jutta macht ein ernstes Gesicht und flüstert ihr zu, kaum dass ich mich einen Meter vom Tisch entfernt habe, »also, ich weiß nicht recht, aber das kommt mir alles ein wenig komisch vor. Erscht verschwindet diese junge Frau ausgerechnet an dem Tag, als ich sie mit dem anderen Mann gesehen hab, dann isch genau der auf einmal hier im Garten. Und jetzt wird auch noch eingebrochen. Also, wenn ihr mich fragt, da stimmt was nicht. Aber ganz und gar nicht.«

Die anderen machen betretene Gesichter und mustern mich unauffällig.

Keine Ahnung, ob sie mich bemitleiden oder glauben, ich hätte vielleicht etwas mit den Vorgängen zu tun. Na super. Meine besten Kunden halten mich also möglicherweise für den Mitwisser eines Verbrechens. Zum Glück habe ich meine Familie, die mich unterstützt, so gut es geht. Meine Mutter und Steve sind ehrlich bestürzt.

»Ich hätte nicht gedacht, dass hier so etwas passiert«, sagt Steve in seinem unnachahmlichen amerikanischen Akzent. »In Detroit ja. Da passiert so etwas jeden Tag. Auch jeden Tag ein Mord. Aber hier?« Steve schüttelt den Kopf. »Das gibt es doch nicht.«

Vorsichtshalber verschweige ich den beiden das Verschwinden der jungen Isabella, das ebenfalls noch nicht aufgeklärt ist. Sie machen sich auch so schon Sorgen genug. Dabei sollen sie sich doch auf ihre Hochzeit freuen und sonst gar nichts. Der Einzige, der sich wieder einmal nicht um mich kümmert, ist Christian. Seit seinem letzten Kurzbesuch hat er sich nur kurz gemeldet und von viel Arbeit gesprochen. Als ob ich nur Däumchen drehen würde. Obwohl mein Freund versprochen hat, bei der Hochzeit dabei zu sein, höre ich in den Tagen davor überhaupt nichts von ihm, ich weiß nicht einmal genau, wann er kommt. Vermutlich wird er wieder einfach vor der Tür stehen, so wie immer. Ein bisschen nervt mich das schon. Zum einen würde es mir nach dem Einbruch so viel besser gehen, wenn ich ihn zumindest mental an meiner Seite wüsste. Zum anderen würde es natürlich auch die Hochzeitsplanung enorm erleichtern, wenn Christian ein paar Tage vorher hier wäre. Zumal ich gehofft hatte, dass er die Braut in die Kirche führen wird. Aber nicht einmal bei der Probe in der Kirche auf der Insel Mainau ist er dabei, so dass diesen Job Laura Anns Ehemann George übernimmt. Als wir das letzte Mal telefonierten, erzählte mir Christian, dass seine Exfrau Daniela anscheinend ein Problem und so etwas wie einen Burnout hätte. Seitdem hat er offenbar nicht einmal mehr Zeit für einen kurzen Anruf und ich habe ehrlich keine Lust, ihm ständig hinterherzutelefonieren. Schließlich weiß er genau, wann die Hochzeit stattfindet, und wird schon da sein.

Am letzten Tag vor dem großen Ereignis sind alle, Nini und mich eingeschlossen, unglaublich aufgeregt. Vor lauter Arbeit kam ich nicht einmal dazu, mich in Ruhe nach einem schönen Kleid umzusehen. Und das, obwohl ich doch so etwas wie die Brautjungfer sein soll. Insgeheim muss ich über den Ausdruck grinsen. Ich wollte mein schönes grünes Kleid, das so gut zu meinen grünen Augen passt, zu diesem Anlass tragen. Doch dann entdecke ich, als ich den Brautstrauß für meine Mutter im Blumenladen in Überlingen bestelle, direkt daneben in einer kleinen italienischen Boutique einen himmelblauen Traum aus Seide. Ausgerechnet in meiner Größe, rückenfrei, mit einem fantastischen Neckholder-Ausschnitt, der zwar zunächst hochgeschlossen, aber dennoch unglaublich sexy wirkt. Obwohl ich es mir nicht leisten kann, weil ich durch den Einbruch neues Geschirr, Gläser, Gardinen und Geschirr für das Café kaufen musste und keine Ahnung habe, ob und wann die Versicherung den Schaden bezahlen wird, kann ich nicht widerstehen und erstehe es.

Schließlich heiratet meine Mutter nur einmal. Hoffe ich wenigstens. Außerdem werde ich das Kleid auch gleich zu Ninis Abiball nächsten Monat tragen können, also lohnt sich die Investition.

Am Abend vor der Hochzeit sitzen wir Mädels alle auf der Terrasse der ›Butterblume‹ und freuen uns über unsere gelungenen Vorbereitungen. Die Männer, Steve und sein Schwiegersohn George, sind dabei, alle Autos zu waschen und mit Blumenschmuck zu versehen. Emily hat wunderschöne Maiglöckchen- und Mairöschen-Blumengestecke mitgebracht und gleich dekoriert. Zusammen mit den weißen Tischdecken und abwechselnd grün-weißen Servietten sowie Kerzen sieht es im Gastraum des Cafés traumhaft nach Frühling aus. Die beiden Bäumchen vor dem Haus haben wir mit weißen Schleifen verziert und ein großes Schild ›Geschlossene Gesellschaft‹ vor die Tür gestellt. Im Garten warten Stehtische mit weißen Hussen auf die Gäste, die alle ebenfalls liebevoll mit Mairöschen und Maiglöckchen geschmückt sind. Die Gläser sind gespült, das Besteck poliert, jede Menge Kuchen gebacken und einige Tische für das Buffet aufgebaut und dekoriert. Morgen wird der Partyservice ein nach unseren Wünschen zubereitetes deutsch-amerikanisches kalt-warmes Buffet liefern und Thomas und seine Lakeboys haben außer ihrem tollen Bar-Jazz auch noch Tanzmusik und sogar einen Hochzeitswalzer eingeübt. Es ist ein wunderschöner Frühlingsabend und wir sind glücklich, dass wir alles so kreativ und ansprechend vorbereitet haben, und stoßen schon einmal mit einem Gläschen Prosecco an. Erstaunlicherweise ist meine Mutter die Ruhe selbst, sie scheint sich richtig auf den morgigen Tag zu freuen. Gerade als wir uns alle verabschieden, piepst mein Handy. Während ich noch allen eine gute Nacht wünsche und winke, lese ich die SMS, die gerade hereingekommen ist.

›Liebste Maja, sei nicht böse – aber ich kann nicht kommen. Daniela geht es sehr schlecht.

Morgen mehr … Feiert schön, LG Christian.‹

Das glaube ich jetzt nicht. Wie kann er mir das antun? Ich spüre, wie mir das Blut vor Ärger zu Kopf steigt. Christian weiß genau, wie viel mir dieser Tag morgen bedeutet. Es handelt sich nicht um irgendeinen Gast aus dem Café, sondern um meine Mutter, die heiratet. Außerdem ging es doch auch mir in der letzten Zeit alles andere als gut. Aber anscheinend interessiert Christian das nicht. Es sieht so aus, als sei ihm seine Ex wichtiger als ich. Was denkt er sich, mir das auch noch per SMS mitzuteilen, dass er nicht dabei sein wird? Wie feige. Das soll er mir doch bitteschön sagen und vor allem erklären. Und ich hoffe für ihn, dass er eine gute

Begründung hat, als ich seine Nummer wähle. Doch offenbar hat Christian sein Telefon ausgeschaltet, denn nur die Mailbox geht an. Wütend werfe ich das Handy auf das Sofa. Am liebsten hätte ich es allerdings gegen die Wand geschmettert. Dieser Mistkerl. Vor lauter Aufregung schlafe ich die ganze Nacht fast gar nicht und sehe am nächsten Morgen entsprechend aus. Mit Hilfe von viel Make-up gelingt es mir, die Augenränder und das blasse Gesicht einigermaßen nett aussehen zu lassen, doch ich fühle mich elend und enttäuscht. Soll er doch das Händchen dieser Daniela halten, wenn sie Schnupfen hat. Das Wetter könnte schöner nicht sein, denke ich, als ich aus dem Fenster sehe. Der Himmel ist so strahlend blau wie das Wasser, auf dem sich weiße Schwäne und Segelboote deutlich abheben. Die Vögel zwitschern und im Garten leuchtet ein buntes Meer aus blühenden Blumen und Bäumen. Da ich schon früh auf bin, beschließe ich, noch kurz zu meiner Mutter rüberzulaufen, um zu sehen, ob sie so entspannt ist wie gestern Abend. Im Garten sehe ich Steve, der mit seinem dunklen Anzug und der Fliege ein umwerfend toller Bräutigam ist. Er sitzt geruhsam in dem Korbstuhl, auf dem Frieda immer saß, und raucht Pfeife. Um ihn herum hüpfen seine Enkelinnen, die kleinen Blumenstreu-Mädels, die mit ihren rosa Kleidchen und dem Blumenschmuck im Haar entzückend aussehen.

»Maja, guten Morgen. Wie schön, dass du kommst«, begrüßt Steve mich freundlich. »Da wird sich deine Mutter bestimmt freuen. Sie ist oben, um sich hübsch zu machen«, zwinkert Steve mir zu. »Als ob sie das müsste. Übrigens, du siehst auch bezaubernd aus. Was für tolle Frauen ihr doch seid.«

Als ich das Schlafzimmer betrete, sehe ich meine Mutter am Fenster stehen und träumerisch aus dem Fenster blicken.

»Maja. Ich wusste, du würdest kommen.«

»Alles in Ordnung, Mama?«

Meine Mutter sieht einfach reizend aus. Das pfirsichfarbene Kleid passt perfekt zu ihrem warmen Teint und das gekonnte Make-up lässt sie mindestens zehn, wenn nicht 15 Jahre jünger erscheinen. Wie die kleinen Blumenstreu-Mädchen hat auch sie sich ein Mairöschen in ihr Haar gesteckt, was neben einem Paar Perlen-Ohrringen der einzige Schmuck ist, den sie trägt.

»Ja, natürlich«, sagt sie, aber ich sehe ihr an, dass sie nun doch aufgeregt ist. »Es ist nur … Weißt du, Maja, es ist so ganz anders als bei meiner ersten Hochzeit mit deinem Vater damals.« Sie sieht wieder gedankenverloren aus dem Fenster. »Damals waren wir jung und verliebt und freuten uns auf ein Leben zu zweit. Wir wollten etwas Gemeinsames aufbauen, Kinder haben … Das haben wir auch alles geschafft. Und ich bin stolz darauf, vor allem auf dich, Maja. Aber dann, als dein Vater krank wurde … und mich zurückließ, da habe ich mich oft einsam gefühlt.«

Ich verstehe sie so gut, jetzt, wo auch meine Tochter kurz davor ist, aus dem Haus zu gehen.

»Und dann verliebte ich mich in Steve. Auf einmal war ich nicht mehr allein. Jetzt habe ich jemanden, der für mich da ist und um den ich mich kümmern kann. Wir verstehen uns mehr als gut und können noch so viele schöne Dinge miteinander erleben. Ich weiß nur nicht, wie viel Zeit uns noch bleibt.«

»Darüber mach dir mal heute keine Gedanken, Mama. Ich bin sicher, ihr beide werdet noch viele Jahre ein ausgefülltes Leben zusammen haben.«

Und das meine ich genau so, wie ich es sage. Die beiden harmonieren gut zusammen. Nie habe ich meine Mutter glücklicher gesehen als in den letzten Wochen an Steves Seite.

»Ja, alles könnte so schön sein«, sagt sie darauf.

»Könnte?«

»Ja, Maja, könnte. Wir sind sehr glücklich miteinander. Aber ich habe Angst davor, das alles hier hinter mir zu lassen.« Sie zeigt abwechselnd auf mich und den See.

»Wenn es mir nicht gelingt, Steve dazu zu überreden hierzubleiben, werde ich in Zukunft in Amerika leben. Schließlich entscheide ich mich mit dem heutigen Tag für ein Leben an seiner Seite.«

Ich sehe ihr an, dass sie zwar keine Zweifel an dieser Liebe hat, sie aber dennoch Ängste quälen, sie könnte am Ende eventuell doch die falsche Entscheidung getroffen haben.

»Ach, Mama. Vielleicht hättet ihr vorher einmal darüber sprechen sollen, wo ihr leben wollt?«, frage ich sie daher, obwohl ich sie nicht aufregen möchte.

Aber das Thema scheint ihr doch sehr wichtig zu sein.

»Das habe ich versucht, Maja. Ich weiß doch, dass man bei Männern nichts durch die Blume sagen soll, schließlich können sie nicht hellsehen. Also habe ich ihm den Vorschlag mit der Pension gemacht, sogar mehrfach. Steve sagt dann immer: »›Ja, klar, mein Schatz. Wir machen das schon. Es ist so toll in Deutschland und wir ziehen hierher‹ und so weiter. Aber wer weiß, ob er das wirklich so meint und wie es mal kommt. Ich kann mir nicht vorstellen, auf euch verzichten zu müssen, Maja.« In ihren Augen glitzern Tränen.

»Aber das musst du doch auch nicht, Mama.« Ich nehme sie ganz fest in den Arm, ohne Rücksicht darauf zu nehmen, dass unsere schönen Kleider verdrücken könnten.

»Jetzt pass mal auf: Da unten sitzt der bestaussehendste und netteste Bräutigam, den du dir vorstellen kannst, und freut sich auf seine zauberhafte Braut. Glaub mir, es wird ihn aus den Socken hauen, wenn er dich sieht. Verscheuche deine trüben Gedanken und freue dich über dein Glück. Ihr beide liebt euch doch und werdet sicher eine Lösung finden. Vielleicht könnt ihr in Zukunft halb in Deutschland, halb in Amerika leben. Wie wäre denn das? Und wir können uns doch auch besuchen, Detroit ist schließlich nicht am Ende der Welt. Bitte hör jetzt auf zu heulen, sonst verwischt dein tolles Hochzeits-Make-up.«

»Ach, Maja, du hast so recht. Was habe ich nur für eine kluge Tochter«, sagt meine Mutter und drückt mich ganz fest. »Dann suche ich jetzt meinen Groom und dann wird geheiratet.«

Wir haben verabredet, dass alle erst einmal zur ›Butterblume‹ kommen und sich dort versammeln, bevor wir gemeinsam nach Unteruhldingen zum Hafen fahren.

Nach und nach trudeln alle Verwandten und Freunde meiner Mutter ein und werden von Nini, Emily und mir mit Kaffee und Butterbrezeln versorgt. Nini sieht entzückend aus in ihrem himbeerfarbenen schulterfreien Kleid und wird, ebenso wie Emily, die ein silbergraues Seidenkleid mit dazu passenden Schuhen und Ohrringen trägt, von den Blicken aller anwesenden Männer verschlungen.

Als alle Gäste eingetroffen sind, fahren wir in einem Konvoi aus frisch gewaschenen und herausgeputzten Autos nach Unteruhldingen, wo bereits das kleine Schiff ›Milan‹ auf uns wartet. Die Überfahrt zur Insel Mainau geht viel zu schnell vorbei, denn bei diesem herrlichen Wetter ist es ein Traum, über den tiefblauen See zu gleiten.

In der Kirche wartet eine Überraschung auf uns. Auch hier hat Emily hinreißende Gestecke an den Kirchenbänken und am Altar vorbereitet.

Ihr Freund Thomas und eine Kollegin aus der Schule haben gemeinsam zwei Lieder einstudiert, ein englisches ›I believe my heart‹ von Duncane James & Keedie und das deutsche ›Das Beste‹ von Silbermond. Es gibt niemanden, der keine Träne vergießt, als die beiden sich das Eheversprechen geben und die Ringe anstecken.

Vor der Kirche werden erst einmal einige Fotos gemacht. Meiner Mutter sieht man an, dass sie sich wie im siebenten Himmel fühlt, sie übertrifft mit ihrem Strahlen sogar die vielen wunderschönen bunten Blumen der Insel Mainau. War sie heute früh noch so zweifelnd und ängstlich, so bin ich angesichts dieses Glücks doch der felsenfesten Überzeugung, dass sie die richtige Entscheidung getroffen hat.

Da ich ein wenig abseits stehe, um in Ruhe die vielen Hochzeitsgäste und Gratulanten betrachten zu können, bemerke ich ihn erst, als er direkt vor mir steht.

»Leon. Was machst du denn hier?«, frage ich überrascht.

»Ach, ich war gerade in der Gegend …«

Das kann er seiner Großmutter erzählen. Was macht er, bitte schön, an einem Samstagvormittag in der Gegend der Insel Mainau?

»… und da dachte ich, ich schau mal vorbei und gratuliere deiner Mutter und ihrem Mann.

Immerhin wäre sie beinahe meine Schwiegermutter geworden.«

Leon grinst verlegen.

»Wie geht es dir, Maja? Du siehst fantastisch aus.«

Anerkennend wandert sein Blick über mein schönes Kleid zu meinen hochgesteckten Locken.

»Du solltest nicht die Grundregel verletzen und schöner sein als die Braut.«

»Danke, Leon. Du siehst aber auch gut aus.«

Und das ist die Untertreibung des Jahrhunderts. Leon sieht unglaublich gut aus.

Sein Teint ist sonnengebräunt, was toll zu seinen grauen Schläfen passt. Er trägt einen perfekt geschnittenen dunklen Anzug und, wie immer, teure Schuhe.

Was für ein Gegensatz zu Christian, der, wenn er bei mir ist, fast nur in Jeans und Pulli herumläuft. Aber an den will ich gerade nicht denken. Zu tief sitzt die Enttäuschung darüber, dass er an diesem bedeutsamen Tag nicht gekommen ist. Noch dazu wegen seiner Exfrau.

»Tja, so eine Hochzeit ist schon etwas Schönes«, sagt Leon mit einem Blick auf die glücklichen Gesichter des Brautpaares. »Vor allem, wenn man die Richtige oder den Richtigen ausgewählt hat, stimmt's?«

»Da hast du recht. Ich freue mich auch so sehr für meine Mutter, dass sie noch einmal jemanden gefunden hat, der zu ihr passt.«

»Das Finden allein reicht nicht«, stellt Leon bedeutungsvoll fest. »Man muss sein Glück auch erkennen und festhalten. Das Glück ist flüchtig. Wenn man nicht aufpasst, dann entflieht es einem schneller, als man denkt.«

Darauf kann ich nicht antworten, denn ich weiß genau, was er meint. Es gab eine Zeit, da glaubten wir beide auch, wir seien glücklich. Doch wir verpassten die Chance, die wir hatten. Und als ich Christian kennenlernte, erkannte ich, was mir an Leons Seite gefehlt hatte, und trennte mich von ihm.

»Tja, also dann will ich mal wieder weiter, Maja. Ich wünsche euch allen noch einen wundervollen Tag«, verabschiedet sich Leon, noch bevor ich ihn fragen kann, ob er vielleicht mit uns und den anderen mit einem Gläschen Sekt anstoßen möchte, welches die netten Serviererinnen der ›Schwedenschenke‹ gerade herumreichen.

Leon zieht mich kurz an sich, gerade lange genug, um seinen Duft ›Dior Homme‹ zu riechen, den ich so sehr an ihm liebte. Und dann verschwindet er auch schon in der Menge der Hochzeitsgratulanten und lässt mich irritiert zurück.

Die ganze Überfahrt von der Insel Mainau zurück nach Unteruhldingen denke ich über diese Begegnung und das, was mir Emily vor Kurzem über Leon erzählt hat, nach. Kann es sein, dass dieser wohlhabende und gut aussehende Mann mir nachtrauert? Man sollte doch meinen, dass er sich die schönsten und reichsten Frauen auf dem Golfplatz oder sonstwo aussuchen kann. So blöd der Gedanke auch ist, er drängt sich mir trotzdem auf: Wäre ich noch mit Leon zusammen, hätte ich am heutigen Tag einen Partner an meiner Seite gehabt.

Zurück in der ›Butterblume‹, habe ich jedoch keine Zeit mehr, derartig unsinnige Überlegungen anzustellen, denn die Hochzeitsgesellschaft will zunächst einmal mit Kaffee und Kuchen versorgt werden.

Mein neuer Stiefvater Steve klopft an sein Glas und hält eine Rede auf Deutsch: »Meine liebe Luise, meine Frau. Als wir angefangen haben, uns Briefe zu schreiben, hätte ich niemals geglaubt, dass wir heute diesen schönen Tag zusammen mit unserer Familie erleben. Ich bin so froh, dass du nach Amerika gekommen bist, mich zu besuchen, und wir in Liebe gefallen sind. Das macht mich sooo glücklich. Ich liebe dich.«

Worauf meine Mutter aufsteht und auf Englisch antwortet: »My dear husband. I am also happy that we found each other. You are so wonderful and I will always love you.«

Die beiden küssen sich zärtlich und alle Hochzeitsgäste klatschen begeistert in die Hände.

Meine Mutter sieht mich erwartungsfroh an. Sie denkt doch nicht etwa, ich werde jetzt auch eine Rede halten, oder? Oh nein, das kann ich nicht.

Irgendetwas flüstert sie in Steves Ohr, denn nun sieht auch er hoffnungsvoll zu mir herüber.

Mir wird bewusst, dass es so etwas wie einen Brautvater oder eine Brautmutter nicht gibt. Verflixt, warum habe ich mir nicht vorher ein paar Gedanken darüber gemacht?

Aber weil ich sie nicht enttäuschen will, stehe ich auf und klopfe an mein Glas, in der Hoffnung, dass viele bereits wieder mit ihrem Kuchen, einem anregenden Gespräch oder dem Blick ins Dekolleté der Nachbarin beschäftigt sind.

Na gut, dann improvisiere ich eben ein bisschen, wird schon schiefgehen.

Ich beginne mit dem Spruch von Wilhelm von Schelling, den ich den beiden bereits in ihre Hochzeitskarte geschrieben habe: »Das ist das Geheimnis der Liebe, dass sie solche miteinander verbindet, deren jedes für sich sein könnte und doch nichts ist und sein kann ohne den anderen. Liebe Mama, lieber Steve, ich finde, dieses Zitat passt ganz besonders gut auf euch zwei. Ihr hattet beide ein eigenes gutes Leben, das euch ausgefüllt hat. Doch die richtige Erfüllung habt ihr erst gefunden, als das Schicksal euch zueinander geführt hat. Tausende von Kilometern und ein riesiger Ozean lagen zwischen euch. Doch die Liebe gab euch die Kraft und den Mut, dies zu überwinden. Solange ihr euch liebt und so glücklich seid wie am heutigen Tag, ist es ganz egal, ob euer Zuhause in Amerika oder in Deutschland sein wird. Alles Glück der Welt für euch.«

Ich hebe mein Glas und die anderen tun es mir nach. Wir trinken auf zwei Menschen, die sich noch einmal auf ein neues Leben einlassen.

Wie alle glücklichen Tage, geht auch dieser viel zu schnell vorbei. Am Abend bewundern alle das tolle Buffet, das der Partyservice geliefert hat, und hören begeistert die wunderbare Musik der Lakeboys dazu. Romantischer könnte die Stimmung nicht sein, denn die untergehende Abendsonne taucht den Himmel und den See in ein zauberhaft roséfarbenes Licht. Im Garten haben wir viele Fackeln aufgestellt sowie Lämpchen aufgehängt und es ist so warm, dass man noch wunderbar draußen sitzen kann. Die ersten Gäste haben, nachdem das Brautpaar den Tanz eröffnet hat, auf der Terrasse zu tanzen begonnen und Nini, Emily und ich kommen kaum noch nach, die Gläser aufzufüllen. Emily sieht mich dabei komisch von der Seite an und fragt dann, als wir gerade mal kurz allein in der Küche sind:

»Sag mal, Maja, ich wollte dich nicht gleich fragen, aber wo ist Christian denn eigentlich?«

»Ach, der«, schnaube ich wütend und werfe den Spüllappen in die Spüle. »Der kann mich mal.«

»Dacht' ich's mir doch, dass da was nicht stimmt bei euch. Was ist denn los?«, fragt Emily mitfühlend.

»Er hat mir gestern Abend per SMS mitgeteilt, dass er heute bei der Hochzeit nicht dabei sein kann. Und zwar nicht, weil er einen wichtigen Termin hat oder was er mir sonst immer erzählt, sondern weil es seiner Exfrau nicht gut geht. Emily, was sagst du dazu?«

»Hmmm, das kommt mir komisch vor. So wie ich Christian kenne, glaube ich nicht, dass er dir irgendetwas vormacht, um sich vor diesem Familienfest zu drücken. Er weiß, wie viel dir deine Mutter und der heutige Tag bedeuten. Also wird es schon wichtig sein, was ihn davon abgehalten hat. Habt ihr denn darüber gesprochen?«

»Nein, ich habe versucht, ihn zurückzurufen, aber sein

Handy war nicht an. Und danach habe ich mein Handy ausgemacht«, antworte ich, nach wie vor wütend.

Es sieht fast so aus, als hätte Emily auch noch Verständnis für Christian.

»Bestimmt hat er versucht, dich anschließend zu erreichen, Maja. Sieh doch mal nach.«

Emily zwingt mich, mein Handy zu holen und anzuschalten. Es sind tatsächlich acht verpasste Anrufe von Christian darauf.

»Ich habe aber keine Lust, mit ihm zu reden«, bocke ich, als Emily mich überreden will zurückzurufen.

Ich erzähle ihr, dass ich mich in letzter Zeit von Christian oft im Stich gelassen fühle und gar nicht mehr glaube, dass er eine ernste Beziehung mit mir führen will.

»Kennst du den alten Fassbinder-Film ›Angst essen Seele auf‹?«, fragt Emily mich da. »Man könnte das auch umwandeln in ›Misstrauen essen Liebe auf‹.«

Emily nimmt mich in den Arm, als sie bemerkt, dass mir die Tränen kommen.

Den ganzen Tag habe ich mich so zusammengerissen, dass niemand bemerkt, wie ich mich fühle, aber Emily hat gefühlt und ausgesprochen, was mir auf der Seele liegt.

»Hör zu, Maja, du liebst ihn doch, das weiß ich. Ich weiß nicht, was der Grund dafür ist, dass Christian heute nicht hier ist. Aber eines weiß ich: dass ihr miteinander reden müsst. Sonst geht vielleicht etwas kaputt, das sehr schön begonnen hat.«

Wir werden unterbrochen, weil jemand lautstark an die Tür hämmert. Können die denn nicht lesen? Draußen hängt doch das Schild: ›Geschlossene Gesellschaft‹.

Als ich ungehalten die Tür aufreiße und genau diesen Satz sagen will, blicke ich in die blauen Augen von Herrn Harter.

»Guten Abend, Maja. Wow. Wenn ich gewusst hätte, wie toll Sie heute Abend aussehen, wäre ich schon eher gekommen«, schmeichelt er mir. »Aber sagen Sie: Findet heute etwas Besonderes in Ihrem Café statt?«

»Ja, eine Hochzeit. Die meiner Mutter, um genau zu sein«, kläre ich Herrn Harter auf.

»Oh, dann will ich aber nicht stören. Ich komme ein andermal wieder.«

Ich habe keine Ahnung, warum ich das tue, vielleicht liegt es an dem leckeren Römfeld-Wein, der mich schon immer ein wenig leichtsinnig machte, oder an der Tatsache, dass mir ein Tanzpartner fehlt, jedenfalls bitte ich Herrn Harter herein.

Zunächst scheint es ihm gar nicht recht zu sein, aber dann finden wir beide uns auf der Tanzfläche wieder und es kommt mir so vor, als hätten wir schon immer zusammen getanzt.

Bei der wunderbaren Musik und der romantischen Stimmung komme ich endlich auf andere Gedanken und kann mit den anderen mitfeiern. Niemand scheint sich daran zu stören, dass auf einmal noch ein weiterer Gast dabei ist, und meine Mutter fragt mich nur kurz auf der Toilette, wer denn der gut aussehende Fremde sei, mit dem ich die ganze Zeit auf der Tanzfläche bin.

Ich stelle Michael, wie ich ihn inzwischen nenne, seitdem wir mit einem Gläschen Champagner angestoßen haben, als einen Bekannten vor und das scheint allen zu genügen. Mit seiner charmanten Art gewinnt Michael im Nu die Sympathie nicht nur der weiblichen Gäste.

»Warum bist du gekommen?«, frage ich ihn viel später, als wir eine kurze Tanzpause einlegen, um Luft zu schnappen.

»Ich wollte fragen, ob du den Einbruch gut verdaut hast, ob alles in Ordnung oder wieder etwas Ungewöhnliches passiert ist.« Nachdem ich Michael versichert habe, dass nichts mehr geschehen sei und sogar so etwas wie Normalität im Café eingekehrt ist, spricht er weiter, »außerdem wollte ich dir erzählen, wem das Handy gehört, dessen Nummer Isabella Grothe notiert hatte.«

Gut, das weiß ich schon. Aber das weiß Michael nicht, dass ich das weiß.

»Die Wahrheit ist aber: Ich glaube, ich wollte dich ganz einfach wiedersehen«, gesteht er da auf einmal.

Das macht mich jetzt aber reichlich verlegen, darum antworte ich schnell: »Aha. Und wem gehört das Handy?«

»Einem gewissen Christian Keller. Ich nehme mal an, du kennst ihn?«, fragt Michael und ich weiß nicht, ob wir uns jetzt privat unterhalten oder der Kommissar aus ihm spricht.

»Ja, natürlich kenne ich ihn. Das ist mein Vermieter.«

Und mein Freund, denke ich im Stillen. Aber ist er das noch? So ganz sicher bin ich mir auf einmal gar nicht mehr. Hätte mich ein Freund, nein, mein Freund, heute im Stich gelassen?

»Weißt du, warum diese Isabella die Handynummer von meinem Vermieter hatte?«, horche ich Michael neugierig aus.

So richtig rückt er nicht mit der Sprache heraus. Das darf er vermutlich nicht. Michael erzählt mir lediglich, er habe mit Christian, den er selbstverständlich Herrn Keller nennt, gesprochen und dieser habe ihm gesagt, Isabella hätte unlängst seinen juristischen Rat gesucht. Aha. So hat er das also hingestellt. Trotzdem ist mir nicht klar, warum Christian ihr diese Handynummer und nicht die seines Büros in Stuttgart gegeben hat. Das wäre doch naheliegend, wenn es um eine juristische Angelegenheit ging, oder?

»Was noch nicht geklärt werden konnte, ist die Frage, warum sich Isabella die Handynummer ausgerechnet auf einer Visitenkarte des Cafés ›Butterblume‹ notiert hatte und sieht mir tief in die Augen.

Sein Blick geht mir durch und durch.

Mit seinen blauen Augen scheint Michael auf den Grund meiner Seele blicken zu können und ich muss den Blick abwenden. Zu groß ist die Versuchung, mich heute nach der Enttäuschung über Christians Verhalten und dem ständig wachsenden Misstrauen ihm gegenüber in die starken Arme dieses Mannes zu flüchten.

»Das weiß ich auch nicht«, gebe ich daher zurück, um abzulenken, und bitte Michael, dass wir wieder hineingehen, weil mir angeblich kalt geworden sei. Dabei will ich nur nicht länger mit ihm allein sein, denn ich habe das Gefühl, dass er mich sonst gleich küssen wird.

Ich bin mir nicht sicher, ob es an dem Mix aus Wein und Champagner, der leisen Musik oder der romantischen Stimmung am See liegt, aber ich glaube, es hätte mir sogar gefallen.

8. Kapitel

Der Unfall

Natürlich rufe ich Christian nicht zurück und gehe auch nicht ans Telefon, als er die nächsten Tage immer wieder versucht, mich zu erreichen.

Auf der Mailbox meines Handys hinterlässt er folgende Nachricht: ›Maja, ich weiß, dass du enttäuscht bist, weil ich nicht zur Hochzeit kommen konnte. Glaub' mir, ich wäre schrecklich gern dabei gewesen. Aber ich hatte einen triftigen Grund, ich konnte nicht weg. Daniela geht es sehr schlecht, musst du wissen. Ich erzähle es dir einmal in Ruhe. Bitte rufe mich zurück.‹

Was ich garantiert nicht tun werde. Also wirklich. Daniela geht es sehr schlecht, aha. Was sollte ihn das überhaupt noch interessieren, wie es seiner Exfrau geht? Er hat doch jetzt eine neue Partnerin, oder etwa nicht? Sollte nicht diese Partnerin, also ich, ihm wichtiger sein als alles andere?

Inzwischen ist in der ›Butterblume‹ der Alltag zurückgekehrt. Erfüllt von den zauberhaften Erlebnissen und der unvergesslichen Hochzeit, freut sich das frischgebackene Ehepaar über die unbeschwerten Frühlingstage am Bodensee. Steves Tochter Laura Ann und ihre Familie fliegen zurück in die USA und meine Mutter übt sich in Überredungskünsten, für immer mit Steve in Deutschland zu bleiben.

Als ich gerade dabei bin, die Terrasse für die Nachmittagsgäste einzudecken, klingelt das Telefon. Zuerst kann ich gar nicht verstehen, wer dran ist. Ich höre nur ein ganz klägliches Wimmern, so, als ob jemand furchtbar weint. Dann endlich kann ich etwas verstehen. Zwischen heftigen Schluchzern vernehme ich eine Stimme.

»Maja … Es ist so … furchtbar … Du musst mir … helfen …«

»Emily? Bist du das?«

Ich kann die Stimme nicht richtig einordnen, weil die Anruferin so sehr weint.

»Ja, Maja …, du musst herkommen«, nur schwach dringen die gestammelten Worte an mein Ohr.

»Ganz ruhig, Emily. Was ist los?«

»Thomas …«, Emily muss den Satz schon wieder unterbrechen, »er hatte einen Unfall … mit dem Motorrad … auf dem Weg zur Arbeit … liegt auf der Intensivstation. Maja, bitte komm her.«

Sie ist so fertig, dass ich spontan frage: »Bist du im Krankenhaus?« und als sie bejaht: »Ich komme sofort.«

Ich werfe mir eine Jacke über, hänge ein Schild an die Tür ›Geschlossen‹ und sitze schon in meinem Mini und fahre los, Richtung Fähre. Im Rückspiegel sehe ich gerade noch die BBP-Ladys in die Einfahrt einbiegen. Schade, das wäre wieder ein toller Umsatz gewesen. Aber das ist egal. Emily braucht mich und das ist jetzt das Allerwichtigste.

Im Nu bin ich an der Fähre angekommen und warte nervös darauf, dass sie endlich ablegt.

Komisch, dass man immer glaubt, es ginge besonders langsam, wenn man es eilig hat.

Das Wetter ist heute nicht so schön wie gestern, doch ich gehe trotzdem an Deck, denn ich habe das dringende Bedürfnis nach der frischen Luft auf dem See.

Mein Gott, was mag nur passiert sein?

Emily hat sich furchtbar angehört, also muss es ein schlimmer Unfall gewesen sein.

Ich weiß, dass Thomas ein umsichtiger Motorradfahrer und kein Raser ist und hoffe so sehr, dass alles nicht so schlimm ist, wie es vielleicht anfänglich den Augenschein hat. Trotzdem kann ich es nicht fassen, wie schnell sich das Leben doch verändern kann: Gestern waren die beiden noch so glücklich und hielten sich verliebt in den Armen und heute ist ihre Welt komplett aus den Angeln gehoben.

Endlich komme ich am Krankenhaus an und laufe sofort zur Intensivstation. Im Flur sehe ich Leon sitzen, der eine völlig verzweifelte Emily liebevoll in den Armen hält.

Sie ist unfähig zu schildern, was geschehen ist, deshalb übernimmt Leon das für sie.

»Thomas hatte heute Morgen einen schweren Motorradunfall. Ein Autofahrer nahm ihm die Vorfahrt und Thomas stürzte. Anscheinend hat er ein Schädel-Hirn-Trauma. Genaues können die Ärzte noch nicht sagen.«

»Ist er bei Bewusstsein?«

Leon schüttelt den Kopf. »Nein, er liegt im Koma.«

Worauf Emily wieder laut zu schluchzen beginnt.

»Ich will zu ihm«, jammert sie. »Aber man lässt mich nicht. Nur die Angehörigen dürfen rein.«

Ich fühle mich so hilflos.

»Komm mal her«, kann ich nur sagen und Emily in die Arme nehmen.

Obwohl auch mir die Tränen kommen, soll sie sich ruhig an meiner Schulter ausheulen, so lange sie möchte.

Als dann mit sorgenvollen und ängstlichen Gesichtern Thomas' Eltern kommen, reden sie lange mit dem behandelnden Arzt. Gott sei Dank können sie Emily mit hinein zu ihrem Sohn nehmen. Wahrscheinlich würde sie sonst noch auf dem kargen Krankenhausflur durchdrehen.

Während die drei auf der Intensivstation sind, gehen Leon und ich in die Cafeteria.

Ganz selbstverständlich stellt er sich an und holt uns zwei Cappuccini.

»Möchtest du einen Schoko-Muffin?«, fragt er mich, als ich mich schon mal hinsetze. »Die magst du doch so gern.«

Aber ich kann nichts essen. Schweigend rühren wir in unseren Tassen. Seltsam, mir fällt auf, wie cremig der Schaum meines Cappuccinos ist. Wie kann ich jetzt an so etwas Banales denken?

Emilys Welt liegt gerade in Scherben und ich denke an Cappuccino-Schaum.

»Leon, was meinst du, hat Thomas eine Chance?«

Leon sieht mich traurig an. Auch ihn scheint das Schicksal seiner kleinen Schwester und ihres Freundes richtig mitzunehmen.

»Ich weiß es nicht. Ich glaube, das können zum gegenwärtigen Zeitpunkt nicht einmal die Ärzte sagen.«

»Das ist alles so schrecklich. Emily war gerade so glücklich mit ihrer gemeinsamen Wohnung, ihrem Studium – und vor allem mit Thomas«, sinniere ich.

»Ja, endlich hatte sie einen Sinn in ihrem Leben. Vorher lebte sie nur so in den Tag hinein.«

Dann sieht Leon mir fest in die Augen:

»Sie hat eben gemerkt, dass das Leben so viel schöner ist zu zweit. Ich wünschte, ich hätte das auch schon vorher erkannt.«

Es scheint nicht mehr um Emily zu gehen, sondern um uns. Da mir das unbehaglich ist, frage ich Leon, ob er nicht ein wenig mit mir spazieren gehen möchte. Ohne ein Wort zu sagen, laufen wir wenig später nebeneinander durch den

Park des Krankenhauses. Die Sonne scheint, die Vögel zwitschern, die Blumen blühen, als ob nichts geschehen wäre. Und doch hat sich für Emily heute Morgen alles verändert. Und für manch anderen vielleicht auch. Wie viel Leid doch der eine oder andere auf seinen Schultern trägt, während er diese schönen Wege im Park geht. Wenn er sie denn gehen kann. Manch einer besucht einen Familienangehörigen oder einen anderen Menschen, der ihm nahesteht, und weiß nicht, ob dieser eine Überlebenschance hat. Das gilt nicht nur für die vielen Unfallopfer, sondern auch für alle Krebspatienten oder andere Patienten mit schlimmen Krankheiten.

»Maja, ich muss so oft an dich denken. Du fehlst mir«, unterbricht Leon meine stillen Gedanken. »Ich weiß, es ist jetzt kein guter Zeitpunkt, aber wollen wir nicht mal wieder zusammen essen gehen? Irgendwo am See …«

»Danke, Leon, aber ich glaube, ich muss jetzt in erster Linie für Emily da sein. Außerdem habe ich momentan noch recht viel Trubel mit dem Café, meiner Mutter und so weiter«, antworte ich ausweichend. »Aber wir werden uns sicher die nächste Zeit öfter begegnen. Dann würde ich mich freuen, wenn wir wieder einen Spaziergang machen würden oder zusammen einen Kaffee trinken, ja?«

Ich sehe Leon an, dass er mit dieser Antwort nicht zufrieden ist. Er verabschiedet sich und ich gehe wieder nach oben.

Dort treffe ich auf den Rest der Römfeld-Familie, Emilys Mutter Katharina, wie immer superschick gekleidet und bestens frisiert, sowie ihren anderen Bruder Robert mit seiner Freundin Anouk. Es ist schön zu sehen, wie diese Familie, jetzt, wo es darauf ankommt, zusammenhält.

Kurz darauf kommt Emily aus der Station. Sie ist noch blasser als sonst, wirkt aber ein wenig ruhiger als vorhin. Ich vermute, dass man ihr ein Beruhigungsmittel gegeben hat.

»Emily, möchtest du nachher mit zu mir kommen?«, biete ich ihr an. Sie kann unmöglich allein bleiben in ihrem Zustand.

»Nein, ich bleibe bei Thomas. Aber danke, Maja, dass du hier bist.« In ihren Augen glitzern Tränen.

»Selbstverständlich holen wir Emily nachher zu uns auf das Weingut«, sagt Katharina bestimmt und hochnäsig wie immer. »Sie soll bei ihrer Familie sein. Das wird ihr guttun.«

Der Meinung bin ich zwar nicht unbedingt, doch ich möchte mich nicht einmischen.

»Emily, wenn etwas ist, du kannst mich anrufen oder zu mir kommen, hörst du? Bei Tag und Nacht. Ich bin immer für dich da.« Ich nehme sie fest in den Arm und flüstere ihr leise ins Ohr: »Und ich bete für Thomas. Er ist stark, er wird es schaffen.«

Und daran glaube ich auch ganz fest.

Bei den vielen Gesprächen mit Frieda habe ich viel gelernt. Mit das Wichtigste davon war:

Das Leben geht immer weiter. Egal, wie hart und unerbittlich das Schicksal zuschlagen mag: Es beginnt jeden Morgen ein neuer Tag. Wir können immer wieder neuen Mut, neue Hoffnung schöpfen, neu anfangen.

In den nächsten Wochen weicht Emily nicht von Thomas' Seite. Ich vermute, die Schwestern müssen sie nachts sogar aus dem Zimmer werfen, damit sie einmal nach Hause geht. Jeden Tag sitzt sie an seinem Bett, hält seine Hand, spricht mit ihm, liest ihm vor oder schmiedet Zukunftspläne, was sie alles Tolles machen werden, wenn er wieder gesund ist. Manchmal beschreibt sie ihm auch nur, was gerade draußen vor sich geht, wie das Wetter ist oder was sie beim Einkaufen erlebt hat. Jedenfalls erzählt sie mir das bei unseren täglichen Telefongesprächen. Als ich eines Abends nach meinem Spaziergang mit Jojo nach Hause komme, sehe ich eine kleine, zarte Gestalt auf der Treppe zu meiner Terrasse sitzen, die, komplett in Gedanken versunken, auf die Abendsonne blickt, die sich im Wasser spiegelt. Emily bemerkt mich erst, als ich direkt vor ihr stehe, und sieht mich kummervoll an. Ohne ein Wort zu sagen, nehme ich sie in die Arme und erschrecke, als ich bemerke, wie zerbrechlich sie geworden ist. Sie hat so viel durchgemacht in den letzten Wochen, kein Wunder, dass sie immer dünner wird.

»Komm erst mal rein«, sage ich und mache uns eine Riesenkanne Tee.

Um sie ein wenig abzulenken, plappere ich einfach drauflos und erzähle ein wenig vom Alltag im Café. Die BBP-Ladys waren heute wieder da und haben alles und jeden durchgehechelt. Die Nachbarin, die sich so selten die Haare färbt, so dass man den grauen Ansatz sehen kann, die Gymnastiklehrerin, die so arrogant tut und die anscheinend andauernd mit einem viel jüngeren Mann gesehen wird, weswegen sie vermutlich so viel Sport macht und seit Neuestem auf einmal eine bemerkenswert faltenfreie Stirn hat. Die Boutiquechefin, die sich ein neues Cabrio geleistet hat und auch noch zu einer Kreuzfahrt aufbrechen will, die Frau des Yachtclub-Präsidenten, die jetzt einsam und verlassen zu Hause herumheult, während ihr lieber Ehemann die junge Geliebte stolz überall herumführt. Und natürlich das Schicksal der bemitleidenswerten Isabella, die ganz offensichtlich furchtbar unter ihrem gewalttätigen Ehemann leiden musste.

»Nur gut, dass diese Ladys offenbar keine eigenen Sorgen haben«, fasse ich zusammen, während ich sie dazu dränge, ein besonders leckeres ›Überlinger Schokoküsschen‹ zu naschen.

»Essen und Trinken hält Leib und Seele zusammen.« Mit diesem von Frieda heiß geliebten, wahren Spruch lege ich es auf ihren Teller und entlocke Emily doch tatsächlich ein Lächeln. »Bei denen scheint alles glattzugehen. Sie haben keine finanziellen Nöte, ihre Kinder sind aus dem Gröbsten raus und haben ordentliche Berufe oder studieren etwas Sinnvolles, die Männer gehen nicht fremd und die Cellulitis-Behandlung scheint ihre einzige Sorge zu sein.«

»Meinst du wirklich?«, fragt Emily ungläubig.

»So oft, wie sie über das Thema Botox und Schönheitsbehandlungen sprechen, haben die anscheinend schon ein Problem, nämlich das Älterwerden. Und so ganz der Treue ihrer Ehemänner sicher scheinen sie sich auch nicht zu sein, sonst würden sie nicht so oft über die flatterhaften Männer in einem gewissen Alter sprechen, die sich eine junge Geliebte zulegen.«

»Da hört man doch unterschwellig die Angst heraus«, meint Emily, während sie, ein zufriedenes »Hmmm, göttlich« ausstoßend, das Küsschen verdrückt. »Hast du noch eins davon?«

Ich freue mich, dass ihr Appetit offenbar wiederkehrt, und hole gleich einen ganzen Teller Gebäck.

»Außerdem glaube ich, dass da vielleicht auch ein wenig Neid mit im Spiel ist. Die Boutiquebesitzerin belohnt sich für sechs Tage Arbeit die Woche mit einem schicken Cabrio und einer Kreuzfahrt. Die Gymnastiklehrerin legt sich einen jungen Liebhaber zu und hat offenbar regelmäßig Sex. Und was haben die BBP-Ladys? Ihre Gymnastikstunde. Männer, die nach der Arbeit golfen, Tennis spielen, Fahrrad fahren. Ihre Kinder gehen ihre eigenen Wege und brauchen sie nicht mehr. Also was tun sie? Statt sich ein sinnvolles Hobby zu suchen oder hin und wieder mal für alte Leute einzukaufen oder denen im Altersheim vorzulesen, schauen sie in den Spiegel, entdecken hier ein Fältchen und da ein Speckröllchen und um sich besser zu fühlen, hacken sie auf den anderen herum.«

»Emily, du hättest Psychologie studieren sollen.«

Sie lächelt.

»Nein, auf keinen Fall. Ich glaube, das würde mich nur herunterziehen, wenn ich ständig mit den Problemen anderer Menschen konfrontiert würde.«

Emily macht eine kurze Pause, dann sagt sie langsam: »Ach, Maja, es ist alles so ungerecht. Warum passiert uns das jetzt? Thomas und ich, wir waren so glücklich und hatten so viel vor. Und nun – ich weiß nicht, ob er überhaupt wieder aus dem Koma erwacht, und wenn ja, ob er jemals wieder der Alte oder ein Pflegefall werden wird.« Und mit diesen Worten fließen bei uns beiden die Tränen. Es gibt absolut nichts, was ich machen könnte, um sie in ihrem Kummer zu trösten.

Doch. Es gibt etwas …

»Emily, hör zu: Du bist eine starke Frau. Du kannst deinem Thomas ganz viel von deiner Stärke abgeben. Und, was das Wichtigste ist: Du liebst ihn. Thomas spürt diese Liebe und sie ist der Grund, warum er auf jeden Fall kämpfen wird, um wieder bei dir zu sein.«

»Wenn ich nur irgendwie helfen könnte, ich fühle mich so ohnmächtig«, schnieft sie.

»Aber das tust du ja bereits. Doch du musst auch an dich denken und schön essen, hörst du? Sonst kippst du demnächst aus den Latschen. Und wer soll dann jeden Tag im Krankenhaus bei Thomas sein?«

»Ich weiß, aber wenn ich nachts allein zu Hause bin, dann kommen diese Gedanken, das Bangen …«

»Und dann kommst du einfach her. Auch wenn es mitten in der Nacht ist. Hier findest du immer ein warmes Plätzchen, eine Umarmung und ein paar ›Küsschen‹ gibt's gratis dazu.«

In dieser Nacht schläft Emily mit Jojo zu ihren Füßen auf dem lila Sofa, was sie in den darauffolgenden Wochen noch einige Male wiederholen wird.

Tagsüber hat sie sich ganz gut im Griff. Sie wirkt zumindest so, als sei sie zu einem unerschütterlichen Optimismus übergegangen, obwohl Thomas' Zustand unverändert ist.

Ich glaube, sie redet sich inzwischen selbst ein, dass alles gut werden wird und Thomas schon bald das Krankenhaus verlassen kann. Nur in der Finsternis kommen die Ängste und dunklen Gedanken. So gut es geht, versuche ich, ihr Mut zu machen, wenn sie unvermittelt bei mir vor der Tür steht, oder halte sie nur tröstend im Arm, wenn die Tränen kommen.

Angesichts dieses schrecklichen Ereignisses habe ich beschlossen, nicht mehr länger böse mit Christian zu sein, auch wenn ich sein Verhalten nicht verstehen kann.

Und nachdem er so oft vergeblich bei mir angerufen hat, nehme ich eines Abends endlich einmal den Hörer ab.

»Maja, endlich«, höre ich ihn erleichtert sagen. »Es tut mir so leid, dass ich nicht bei der Hochzeit dabei sein konnte. Ich weiß, dass du deshalb böse mit mir bist, aber ich möchte dir alles erklären.«

»Was gibt es denn zu erklären? Jemand anderes war dir wichtiger als ich. Punkt«, sage ich ruhig.

Ganz so einfach will ich es ihm dann doch nicht machen.

»Mir war nichts anderes wichtiger, Maja. Aber ich möchte gern in Ruhe mit dir darüber reden. Es ist nicht einfach. Wahrscheinlich komme ich nächste Woche an den See, dann sprechen wir uns aus.«

»Wahrscheinlich? Wenn nicht wieder etwas anderes dazwischenkommt, meinst du«, antworte ich, schon wieder leicht gereizt. Will er jetzt eine Aussprache, um die Sache aus der

Welt zu schaffen, oder nicht? Vermutlich denkt er, ich sitze nur herum und warte darauf, dass er es endlich mal wieder für nötig hält, vorbeizuschauen. Mit meiner Beherrschung ist es vorbei.

»Ach, weißt du, Christian, mach dir mal keinen Stress. Ich habe sowieso viel um die Ohren im Moment. Wir werden uns schon irgendwann einmal wieder sehen. Mach's gut«, und mit diesen Worten lege ich auf. Ich zittere vor Wut. Ich vermisse Christian ganz schrecklich und könnte zurzeit weiß Gott seine starke Schulter zum Anlehnen gebrauchen. Aber seine Gleichgültigkeit und sein offenkundiges Desinteresse machen mich wahnsinnig.

Wenn ich das schon höre: ›Wahrscheinlich komme ich nächste Woche an den See‹ – also bitte.

Aufgebracht werfe ich den Putzlappen in die Spüle, mit dem ich gerade die Tische auf der Terrasse sauber gemacht habe. Auch heute war wieder unglaublich viel los und ich möchte jetzt nur noch ein schönes Schaumbad nehmen.

Da klingelt es Sturm an der Haustür. Nanu, wer kann das denn sein?

Nini ist bei Ben, um sich auf mein Anraten hin Mannheim und die Uni dort ein wenig näher anzusehen. Sie hat ihr Abi und somit den ganzen Lernstress erst einmal hinter sich und genießt die freien Tage bei ihrem Freund. Meine Mutter und Steve sind heute schon am Morgen zum Säntis, dem Hausberg vom Bodensee, aufgebrochen und wollten in St. Gallen in der Schweiz übernachten, um sich am nächsten Tag das nette Städtchen und die tolle Stiftsbibliothek, welche eine der größten und ältesten Klosterbibliotheken der Welt ist, anzusehen. Ich trockne die Hände ab und öffne die Tür. Draußen steht Leon, und als ich entdecke, was er dabei hat, falle ich ihm stürmisch um den Hals. Wir haben uns in der letzten Zeit ein paar Mal im Krankenhaus getroffen und ich habe ihm erzählt, dass ich Nini zum bestandenen Abitur gern ein eigenes kleines Auto kaufen möchte.

Schließlich muss sie mobil sein, wenn sie künftig in Mannheim leben wird.

Nun ja, ein kleines bisschen Egoismus ist schon auch dabei. Ich kann mir nicht vorstellen, dass sie bald nur noch zu Besuch herkommen wird, und hoffe insgeheim, mit dem kleinen Auto würden die Besuche nicht gar so spärlich ausfallen. Da ich nicht allzu viel Geld ausgeben wollte, von Autos keine Ahnung habe, von gebrauchten schon gar nicht, bot Leon mir an, ein wenig bei der Suche zu helfen. Es soll keine Klapperkiste werden, sondern ein hübsches Auto für ein hübsches Mädchen.

Leon steht neben einem knallroten VW Beetle Cabrio und grinst mich an. »Was sagst du dazu? Habe ich in Friedrichshafen entdeckt. Ein echtes Schnäppchen.«

»Leon, das ist ja sogar ein Cabrio. Das kostet doch sicher viel zu viel.«

Leon winkt ab.

»Ich kenne den Händler. Kann da noch ein bisschen was machen am Preis. Und vielleicht ein paar Kisten Römfeld-Wein drauflegen.«

Leon grinst mich schelmisch an. »Na, komm schon. Wir machen eine Probefahrt.«

Es macht unglaublich viel Spaß, mit diesem witzigen Auto am See entlangzufahren. Der Abend ist herrlich und ich spüre den warmen Fahrtwind auf der Haut und im Haar.

»Bist du sicher, dass der Wagen nicht viel zu teuer ist?«, frage ich.

Ich gebe zu, ich bin bereits verliebt in diesen süßen Wagen. Der rote Beetle wäre perfekt für Nini.

»Lass das mal meine Sorge sein – im Verhandeln bin ich gut, wie du weißt.« Leon grinst mich schelmisch an.

Gemeinsam fahren wir zum Verkäufer, Leon verhandelt tatsächlich wie versprochen und ich unterschreibe den Kaufvertrag. Ich freue mich so sehr darüber, vor allem freue ich mich auf Ninis Augen, die sie machen wird, wenn sie das Auto sieht.

Zu Hause fahren wir den Beetle in die zweite Garage, wo er auf seine neue Besitzerin warten wird. Jetzt fehlt nur noch eine große Schleife, die zwischen der Weihnachtsdekoration schnell gefunden ist, und von uns beiden auf dem schicken Auto angebracht wird. Plötzlich kann ich es gar nicht mehr abwarten, dass Nini nach Hause kommt.

»Danke, Leon. Nini wird sich riesig freuen«, sage ich, als Leon sich verabschiedet.

Er winkt ab. »Habe ich gern getan. Ein Autokauf ist für uns Männer doch wie Schuhe kaufen für euch.« Er bleibt stehen und ich glaube, er erwartet, dass ich ihn auf ein Glas hereinbitte.

Obwohl ich, ehrlich gesagt, nicht gern einsam sein möchte, tue ich ihm den Gefallen nicht.

Ich habe die unbestimmte Ahnung, es würde nicht so gut sein, wenn wir jetzt allein wären.

Unter Umständen könnten die alten Gefühle wieder aufflammen, insbesondere, weil ich mich von Christian derart vernachlässigt fühle. Also umarme ich Leon kurz, bedanke mich noch einmal und wünsche ihm eine gute Nacht. Weil der Abend so schön ist, hole ich mir ein Glas Wein und gehe mit Jojo noch einmal hinaus. Ich setze mich auf den Steg und betrachte den Sternenhimmel und die vielen Lichter am anderen Ufer. An einem solchen Abend sollte man nicht ohne seinen Liebsten sein, es ist so romantisch. Zu meinen Füßen plätschert das Wasser, der Mond scheint und in der Ferne sehe ich ein kleines Boot. Ich vermisse Christian ganz schrecklich und würde ihn am liebsten anrufen.

Da höre ich ein Geräusch. Was ist das? Ich drehe mich um. Doch der Garten liegt ruhig und dunkel da wie immer. Wahrscheinlich ist es nur Jojo, die ein paar Meter von mir entfernt im Gras herumschnüffelt. Meine Nerven spielen mir einen Streich. War alles ein bisschen viel in letzter Zeit.

Da ist es wieder. Ich höre ganz deutlich ein lautes Rascheln, das aber nicht aus Jojos Richtung kommt. Es wird ein Kätzchen oder ein Igelchen sein, denke ich, bin aber nicht überzeugt.

Auf einmal habe ich so ein Gefühl, als ob mich jemand beobachtet. Ich bekomme Angst. Vielleicht treibt sich dieser Grothe wieder hier herum oder der unbekannte Einbrecher. Möglicherweise sind die beiden auch ein und dieselbe Person? Ich stehe auf, nehme mein Weinglas und gehe auf das Haus zu. Und habe das unbestimmte Gefühl, dass mir jemand dabei zusieht.

Die vielen dunklen Bäume, der Mondschein. Mir wird auf einmal schwindelig. So viel habe ich doch gar nicht getrunken, aber plötzlich dreht sich alles um mich. Danach ist alles dunkel. Als ich wieder zu mir komme, blicke ich in Leons Gesicht.

»Maja? Ist alles in Ordnung?«

»Leon, was machst du denn hier?« Ich fühle mich total benommen.

»Ich bin umgekehrt, weil ich etwas vergessen hatte. Aber als ich auf das Haus zukam, hörte ich im Garten ein Geräusch, und dann sah ich dich. Du bist getaumelt und auf einmal umgekippt. Was war denn los?«

Ich stehe auf. Mir ist ein bisschen schummerig.

»Keine Ahnung. Mir wurde auf einmal schwindelig und dann weiß ich nichts mehr.«

»Hört sich nach einem Kreislaufproblem an. Hast du so was öfter?«

»Nein, das war das erste Mal. Aber ich bin vielleicht ein bisschen schnell aufgestanden.«

Dass ich mir vor Angst beinahe in die Hose gemacht hätte, erwähne ich besser nicht.

»Maja, Maja, du machst Sachen. Ich wusste doch, dass es nicht gut ist, dich allein zu lassen. Komm, ich bringe dich ins Haus.«

Es tut gut, dass Leon da ist. Ich erzähle ihm von dem Einbruch im Café und dass ich seitdem ein wenig ängstlich bin. Darauf bietet er mir großzügig an, in dieser Nacht bei mir zu bleiben.

Obwohl Nini nicht da ist, schlage ich sein großherziges Angebot aus. Auch wenn sich Christian nicht um mich kümmert, so ist das noch lange kein Grund, mich in die Arme meines Ex zu flüchten.

Nichtsdestotrotz bin ich dankbar, dass Leon das ganze Haus inklusive Garten unter die Lupe nimmt und alle Fenster und Türen schließt. Er geht erst, nachdem ich ihm hunderttausend Mal versichert habe, dass ich gut allein sein kann und keine Angst mehr habe. Und es mir wieder gut geht. Und selbstverständlich sofort anrufen werde, falls irgendetwas sein sollte. Na, da habe ich schon zwei Männer, die ich anrufen kann, ihn und den netten Michael Harter. Das ist doch beruhigend.

Als Leon gegangen ist, fällt mir ein, dass er mir gar nicht gesagt hat, was er vergessen hatte und warum er noch einmal wiedergekommen ist.

9. Kapitel

»Misstrauen essen Liebe auf.«

In dieser Nacht schlafe ich furchtbar schlecht. Genau genommen kann ich erst einschlafen, nachdem ich alle Türen dreimal abgeschlossen und einen großen Löffel Baldrian genommen habe. Nicht nur, dass ich mich immer noch einsam und ängstlich fühle, auch meine Gefühle fahren schon wieder Achterbahn.

Ich liebe Christian, doch er ist nie für mich da.

Und Leon? Offenbar hat er noch Interesse an mir, sonst würde er sich nicht so um mich kümmern.

Aber es macht doch keinen Sinn, die alte Beziehung neu aufleben zu lassen.

Wäre es das Richtige mit uns beiden gewesen, dann hätte ich mich doch wohl kaum in einen anderen verliebt?

Am nächsten Morgen wache ich auf und fühle mich wie gerädert.

Das Wetter hat sich über Nacht verändert und ein starker Wind treibt schwere Wolken über den dunklen See. So lieblich der See bei schönem Wetter ist, mit den weißen Schaumkronen und den grauen Wellen sieht er heute aus wie das Meer, dunkel und unergründlich. Am anderen Ufer blinkt die Sturmwarnung heftig und es ist kein einziges Boot zu sehen. Dabei war es doch gestern noch so angenehm. Kein Wunder, dass mein Kreislauf verrückt spielt. Mir ist total schlecht und ich kriege beim besten Willen nichts herunter, nicht einmal Kaffee. Dabei muss ich fit sein, schließlich bin ich heute wieder allein im Café. Emily besucht Thomas jeden Tag im Krankenhaus und gibt ihm Kraft durch ihre Anwesenheit. Nini ist noch bei Ben und meine Mutter in der Schweiz, also kann ich von keiner Seite Hilfe erwarten. Ausgerechnet heute fühle ich mich so mies wie noch nie.

Weil das Gejammer nichts hilft, rappele ich mich auf und stelle erst einmal das Radio an. Die Musik beflügelt mich sofort und schon wenig später bin ich doch tatsächlich in der Lage, das Café zu öffnen, obwohl mir immer noch richtig übel ist. Irgendwie können mich heute nicht einmal die BBP-Ladys aufmuntern, die am Vormittag nach ihrer Gymnastikrunde hereinschneien und das Aktuellste vom Tage zum Besten geben. Dabei sehen sie alle so tiptop geföhnt und gestylt aus, dass ich mich frage, ob sie überhaupt bei der Gymnastik waren.

Wie immer gibt Frau Möhrle auch heute den Ton an: »Weiß man schon was Neues von dieser Isabella?«, fragt sie in die Runde.

Die anderen schütteln den Kopf. Umso besser, kann Frau Möhrle doch ihre eigenen Neuigkeiten zum Besten geben.

»Also, ich hab noch mal mit meiner Frisörin geschwätzt.« Und dabei schüttelt sie ihr frisch getöntes und geföhntes Haupt.

»Und die hat erzählt, dass ihre Schwägerin mit der Frau Steinle geschwätzt hat und die hat g'sagt, dass die Isabella sich im letschte Sommer und Herbscht öfter mal ausm Haus geschliche hat, vermutlich, wenn der Alte seinen Rausch ausg'schlafe hat. Des hätt sie aus'm Fenschter beobachtet. Und sie hätt sie nie zrückkomme sähe, bis auf einmal, als Frau Steinle net schlafe konnt und bei Vollmond ausm Fenschter g'sähe hot. Da isch die Isabella erscht heimkomme. Also hat sie doch en Liebhaber g'habt.«

»Dann wird sie mit dem auf und davon sei«, sagt Monika Besser. »Oder der Alte hat se doch umgebracht, weil er ihr drauf gekommen isch. G'walttätig wie der immer war, wär des doch kein Wunder. Der hat doch nicht seelenruhig zugeschaut, wie sie mit einem anderen abhaut.«

»Das ist interessant«, meint Ruth Müller. »Im letzten Sommer hat Isabella sich aus dem Haus geschlichen. Dann war das also ihr Liebhaber, der hübsche Blonde, mit dem ich sie im Kanu gesehen habe.«

»Oder es war der andere. Mit dem ich sie im Aran g'sähe hab«, meint Jutta, »und der neulich hier im Garten war.« Ihre Stimme wird plötzlich leise.

Sie meint Christian. Meinen Christian. Aber warum soll denn Christian der Liebhaber von Isabella sein? Immerhin haben wir uns doch im letzten Sommer ineinander verliebt. Allerdings gab es da auch eine gewisse Zeit Funkstille zwischen uns. Ob er damals etwa etwas mit Isabella angefangen hat? Zugegeben, sie ist eine überaus hübsche Frau. Möglich wäre es. Er wäre nicht der einzige Mann, der zweigleisig fährt. Ich fühle den Stachel der Eifersucht an mir nagen. Habe ich mich gerade eben ein bisschen besser gefühlt, wird mir jetzt schon wieder schlecht. Warum kann ich Christian nicht vertrauen?

›Misstrauen essen Liebe auf‹, hat Emily frei nach dem Fassbinder-Film gedichtet. Und sie hat vermutlich recht. Wenn ich so weitermache, wird unsere Liebe kaputtgehen. Und das, obwohl ich nicht einmal sicher weiß, ob Christian überhaupt etwas mit dieser Isabella und ihrem Verschwinden zu tun hat. Also gehe ich mutig an den Tisch der Damen und sage laut: »Wenn Sie von dem Mann sprechen, den Sie neulich im Garten gesehen haben, dann meinen Sie wahrscheinlich Herrn Keller. Und dieser ist nicht nur der Eigentümer des Hauses, sondern zufälligerweise auch mein Freund.« Und dabei sehe ich besonders diese Jutta selbstbewusst an. »Und es sollte mich doch sehr wundern, wenn er der Liebhaber dieser Frau Grothe wäre.«

Darauf sind die Damen so verdutzt, dass sie sich mit »Ja, wir meinen ja bloß ... Niemand von uns denkt, dass er etwas mit dem Verschwinden zu tun hat ...« und so weiter herausreden.

Sofort, als ich nach meiner kurzen Rede den Tisch verlassen habe, beginnen sie verlegen über ein neues Thema zu reden. Anscheinend gibt es Neuigkeiten vom Yachtclub-Präsidenten, der seiner jungen Geliebten zuliebe jetzt sogar aus dem Segelclub austreten will.

»Die arme Marlies. Aber so geht's halt, wenn man nicht auf die Männer aufpasst. Ich bin soo froh, dass mein Hubert nicht so isch. Also dem tät ich aber auch die Henne rein, wenn der so was tät«, ereifert sich diese Jutta.

Was für ein Glück, dass in ihrer Familie offenbar alles Friede-Freude-Eierkuchen ist, denke ich. Vermutlich traut sich der liebe Hubert auch gar nicht aufzumucken oder sonst irgendeine außereheliche Aktivität zu pflegen, die nichts mit dem Baumarkt oder dem Tennisclub zu tun hat. In diesem Moment kommt auch schon Hubert um die Ecke, um seine Jutta abzuholen.

Bevor ich ihn fragen kann, ob er vielleicht auch etwas trinken möchte, wirft ihm seine Angetraute einen wütenden Blick zu.

»Das wird aber auch Zeit«, begrüßt sie ihn mürrisch. »Wo warsch du? Wir wollten doch noch in das Gartencenter. Das macht doch sonscht zu.«

Betreten sieht Hubert von einer BBP-Lady zur nächsten. Dass er – der ein erfolgreicher Ingenieur ist – sich von seiner Ehefrau vor den anderen so anzicken lassen muss, scheint ihm nicht zu gefallen. Aber vermutlich ist er es gewohnt, denn er lächelt sie freundlich an.

»Das reicht allemal noch. Im Getränkemarkt war so viel los an der Kasse«, verteidigt er sich pflichtschuldigst.

»Hasch du an den Holundersekt gedacht?«, fragt Jutta scharf.

Erschrocken schlägt Hubert sich die Hand vor den Mund.

»Sag nicht, du hasch ihn vergessen? Wir sind doch heut Abend eingeladen bei Berchers und Maria trinkt den immer so gern. Oh, Männer. Wenn man nicht alles selbst macht«, und mit diesen Worten gehen die beiden unter ihrem Geschimpfe aus der Tür. Die anderen Damen bezahlen grinsend für Jutta mit und verabschieden sich auch. Kaum sind sie draußen, ist mir auf einmal so schlecht, dass ich mich erst mal übergeben muss. Was, wenn die Damen recht haben mit ihren Vermutungen? Wenn Christian Isabellas Liebhaber war oder ist, dann ist sie vielleicht mit ihm auf und davon. Und er hat nur noch hin und wieder bei mir vorbeigeschaut, um kein Misstrauen zu wecken. Sollte Isabellas Mann dahintergekommen sein und sie getötet haben, weil er sie nicht gehen lassen wollte, dann kommt Christian deshalb nicht zurück, weil er sich schuldig fühlt.

Oh Gott, egal, welche Möglichkeit ich in Betracht ziehe, es ist immer furchtbar.

In diese Überlegungen platzt Michael Harter, der mir wieder einmal tief in die Augen blickt und mich mit den erfreulichen Worten begrüßt: »Du siehst ja schrecklich aus, Maja.«

Danke, das weiß ich selbst.

»Ich war gerade in der Gegend und dachte, ich schau mal vorbei. Du hast doch sicher einen Cappuccino für mich?«

»Natürlich, so viel du willst. Ich habe so viel Cappuccino, dass ich ihn sogar verkaufen muss.«

»Alles in Ordnung, Maja?«, fragt Michael fürsorglich. »Du wirkst ein bisschen angespannt, wenn ich das mal so sagen darf.«

»Nein, nein, es ist alles okay«, beeile ich mich zu versichern. »Es war nur ein bisschen viel Stress in letzter Zeit. Die Hochzeit, der Einbruch ... Apropos, habt ihr da irgendetwas herausgefunden?«

Dafür ist die Polizei doch schließlich da. Oder soll ich nach dem Täter suchen? Schlimm genug, dass ich glaube, dass mein Freund etwas mit dem Verschwinden einer vermissten jungen Frau zu tun hat. Oh je, ich bin alles andere als gut drauf.

»Ich fürchte, nein, Maja. Leider haben die Spuren, die wir untersucht haben, zu keinem konkreten Ergebnis geführt. Aber eines ist sicher: Zu Herrn Grothe gehören die Fußabdrücke nicht, er hat viel größere Füße.«

Michael zieht die Stirn wieder einmal zweifelnd in Falten, was seinem guten Aussehen aber in keinster Weise Abbruch tut.

»Ehrlich gesagt, wüsste ich auch nicht, warum er eine derartige Verwüstung anrichten sollte. Er vermisst seine Frau und forscht nach ihrem Verbleib, sucht nach möglichen Spuren, aber mutwillige Sachbeschädigung ist nicht sein Ding. Da steckt etwas anderes dahinter und ich werde schon herausfinden, was oder wer – versprochen, Maja.«

Als ich Michael kurz darauf hinausbringe, sehe ich Nini auf die ›Butterblume‹ zulaufen.

Die wird gleich Augen machen. Ich freue mich so, sie zu sehen.

»Hi, Mami. Da bin ich wieder«, ruft sie fröhlich.

»Hallo, Maus«, begrüße ich sie und drücke sie erst mal fest. »Wie war's denn in Mannheim?«

»Du, das ist ein echt nettes Städtchen. Und die Uni gefällt mir super gut.«

»Und Ben? Habt ihr euch gut vertragen?« Ich erinnere mich noch an den kleinen Streit, den die beiden hatten, als Nini wegen des Abis so angespannt war.

»Alles bestens«, lacht meine Tochter. »Ehrlich gesagt, wäre ich am liebsten dort geblieben. Das heißt, ich freu mich natürlich, dass ich wieder bei dir bin, aber …«

»Ich weiß schon, was du meinst, Süße. Ist doch schön, dass ihr euch so gut verstanden habt. Du, Nini, kannst du mir bitte schnell aus der hinteren Garage den Besen holen? Ich möchte gern die Terrasse fegen.«

»Besen? Welchen Besen denn? Wir haben doch einen Besen im Keller.«

»Nein, ich meine den einen roten, du weißt schon, der ist in der Garage.«

Nini sieht mich verständnislos an, aber trottet ab und sucht den roten Besen. Natürlich wird sie gar keinen Besen dort finden, sondern stattdessen …

»Mama. Was ist das denn für eine geile Karre?«, höre ich sie kurz darauf rufen.

»Deine«, sage ich nur. »Dein Geschenk zum bestandenen Abi. Damit du mich in Zukunft am Bodensee besuchen kannst und nicht auf den Zug angewiesen bist.«

»Ach, Mami, ich weiß gar nicht, was ich sagen soll.«

In Ninis Augen glitzern Tränen. Sie ist überwältigt, das sehe ich.

»So was Tolles können wir uns doch eigentlich gar nicht leisten.«

»Doch. Leon hat einen Superpreis ausgehandelt.«

»Leon? Habe ich da irgendwas verpasst?«

»Nein, du hast nichts verpasst«, gebe ich zurück. »Wir

haben uns ein paar Mal bei Emily im Krankenhaus getroffen und kamen ins Gespräch. Ich erzählte ihm, dass ich dir gern ein kleines Auto kaufen würde, und er bot an, mir behilflich zu sein. Das ist alles.«

»Wirklich?« Nini zieht fragend eine Augenbraue hoch. »Gar kein kleines bisschen Sex mit dem Ex?«

»Nini. Wo denkst du hin? Ich bin doch mit Christian zusammen«, sage ich entrüstet.

Im Moment habe ich überhaupt keinen Sex, weder mit dem Ex noch mit irgendjemandem sonst, denke ich.

»So, so. War aber länger nicht da, dein Christian, oder?«

»Willst du nicht eine kleine Probefahrt machen?«, schlage ich vor, um Nini abzulenken, und winke mit dem Autoschlüssel. »Aber denke daran: Schöööön vorsichtig fahren, nicht telefonieren am Steuer oder SMS schreiben oder so etwas, ja?«

Nini schnappt sich lächelnd den Autoschlüssel: »Keine Sorge, Mami, mein Leben ist mir wichtig, ich hab' schließlich noch einiges vor damit. Und auf dieses Auto werde ich supergut aufpassen.«

Ich hole schnell den Fotoapparat und mache ein Foto von meiner hübschen Tochter in ihrem knallroten Auto, wie sie winkend die Seestraße entlangfährt. Dann ist es auch bereits wieder Zeit, sich an die Arbeit zu machen.

Am darauffolgenden Wochenende findet der große Abiball im Kursaal von Überlingen statt. Das Ereignis, worauf alle Schülerinnen und Schüler seit Wochen und Monaten hingearbeitet haben. Heute wird ihre Leistung belohnt und das viele Lernen hat endlich ein Ende. Bevor wir losfahren, nehme ich Nini beiseite und drücke ihr etwas in die Hand.

»Noch ein Geschenk, Mami? Du hast mir doch schon den Beetle gesponsert«, fragt sie verwundert.

Als sie es auswickelt, sehe ich Tränen in ihren Augen glitzern.

Es ist ein Fotoalbum, das ihre ganz persönliche Geschichte erzählt.

Nini sieht sich als Baby, als Kleinkind mit Schwimmflügeln im Freibad, an ihrem ersten Schultag mit der Zuckertüte und dem roten Schulranzen mit den kleinen weißen Hunden darauf. Bei den Hausaufgaben in der Küche und auf einer Fahrradtour mit mir in Salem. Bei der Omi im Garten. Beim Spielen mit ihren Barbie-Puppen. Unter dem Weihnachtsbaum mit der Blockflöte. Am Tag, als sie aufs Gymnasium kam, an ihrer Konfirmation in der Kirche. Mal mit mir, mal mit ihren Freundinnen, mal mit kurzen, mal mit langen Haaren.

»Ach, Mami …«, schnieft sie, »ich weiß nicht, was ich sagen soll.«

»Am besten nichts«, ich nehme sie in die Arme. »Meine Kleine, ich bin unheimlich stolz auf dich. Du bist so ein wunderbares Mädchen und jetzt hast du auch noch so ein tolles Abitur gemacht.«

»Jetzt hör aber auf. Sonst hab ich mich umsonst so lange geschminkt. Außerdem müssen wir los.« Sie hat recht. Wir sind schon spät dran, aber ich kann mir nicht helfen, heute Abend bin ich ganz fürchterlich sentimental.

Wie schnell ist doch die Zeit vergangen, seitdem sie ein kleines Mädchen war. Und nun ist sie bereits mit der Schule fertig und wird bald das Haus verlassen, um in einer anderen Stadt ein neues Leben anzufangen, ohne mich. Ob es allen Eltern am heutigen Abend so geht und sie wehmütig sind, dass ihre Kinder nun erwachsen sind und bald den ersten Schritt in ein eigenes Leben gehen werden? Ich bin ganz gerührt, als ich die zahlreichen hübschen jungen Mädchen und Männer sehe, die sich zur Feier des Tages alle ordentlich in Schale geworfen haben. Auch Nini und ich haben Stunden gebraucht, um uns herauszuputzen, und tragen die neuen Kleider von der Hochzeit meiner Mutter. Während wir vor dem Kursaal im Kurgarten mit den schönen großen Bäumen stehen und ein Gläschen Prosecco trinken, betrachten wir die vielen reizenden Abendkleider und Frisuren der Mädchen. Jede ist auf ihre eigene Weise die Schönste am heutigen Abend und alle, auch die jungen Männer in ihren ungewohnt eleganten Anzügen und Schuhen, sind stolz auf sich und strahlen nur so vor Glück. Am deutlichsten ist die Veränderung bei Franziska sichtbar, die gerade in einem traumhaften bodenlangen, eisblauen Chiffonkleid aus dem silbergrauen BMW-Cabriolet steigt, in dem ich sie vor Kurzem schon einmal gesehen habe. Ihr langes rotes Haar ist kunstvoll aufgesteckt, was ihren langen Hals noch schwanenhafter aussehen lässt. Die Veränderung ist nicht auf den ersten Blick zu erkennen. Ihre Figur ist dünn wie eh und je, beinahe kommt sie mir noch magerer vor als sonst, aber das kann auch an dem langen Kleid liegen. Es ist vielmehr ein inneres Leuchten, das alles andere überstrahlt, so dass jeder zu ihr herübersehen muss. Das Unglaublichste aber ist ihr Lächeln, welches jegliche Traurigkeit aus ihrem Gesicht verbannt zu haben scheint.

»Sag mal, Nini«, frage ich, als ich bemerke, dass auch sie ihre Freundin erstaunt betrachtet. »Wer ist eigentlich dieser Mann in dem Cabrio, mit dem Franziska gerade gekommen ist?«

»Hmmmm, sieht aus wie der Achim Klein. Ich wusste gar nicht, dass die beiden zusammen sind.«

»Achim wer?« Sollte ich den etwa kennen?

»Achim Klein. Der Chef der ›AK Stores‹«, erklärt Nini.

»Ach der«, antwortete ich, obwohl ich keine Ahnung habe, von wem sie spricht.

»›AK Stores‹, Mami. Das sind die Läden hier am See, die die angesagten Jeans Labels wie Seven, Diesel, Armani, Rock&Republic, J Crew und so weiter verkaufen. Es gibt in Überlingen einen, in Konstanz, in Friedrichshafen, in Singen und vermutlich in noch mehr Städten.«

Jetzt dämmert es mir. Auch wir waren zwar schon oft in diesen Läden, haben jedoch nur einmal im Schlussverkauf einen Gürtel für Nini dort gekauft. Gürtel und Taschen sowie andere ausgewählte Accessoires und Designer-Oberteile gibt es dort nämlich auch, alle superschick und schweineteuer, versteht sich. Und das ist also der Chef dieser Läden? Kein Wunder, dass er so stylisch aussieht. Attraktiv, aber auch ein bisschen arrogant.

»Franziska hat mir gar nicht gesagt, dass sie den näher kennt. Ich weiß nur, dass er sie mal gefragt hat, ob sie an einer Modenschau für ihn mitlaufen will. Darauf war sie unheimlich stolz und hat danach noch weniger gegessen.«

»Aber der ist doch einiges älter als sie?«, frage ich leicht irritiert.

»Kann schon sein, aber mit den Jungs in unserem Alter konnte sie noch nie etwas anfangen. Jedenfalls fand sie die blöd und kindisch«, sagt Nini schulterzuckend, während wir in den Saal hineingehen. Wir sitzen am Tisch mit Franziska und ihren Eltern und freuen uns über die vielen abwechslungsreichen Reden, vor allem der Schüler, das anspruchsvolle und unterhaltsame Rahmenprogramm und das leckere Buffet. Der einzige Wermutstropfen ist, dass ein richtiges Gespräch mit den Eltern von Franziska nicht recht in Gang kommen mag. Franziskas Mutter ist eine superdünne (Aha. Deshalb isst auch ihre Tochter nichts.) und leider ziemlich blasiert wirkende Dame, die in ihrem schwarzen Kleid und mit den herabhängenden Mundwinkeln etwas Depressives hat und sich nicht einmal von der guten Laune und der tollen Stimmung der jungen Leute um sie herum anstecken lässt. Sie scheint nicht einmal Lust zu haben, mit ihrem Mann zu sprechen, geschweige denn, mit uns allen diesen denkwürdigen Tag zu feiern. Als die Schüler zum letzten Mal ihre Zeugnisse überreicht bekommen, muss ich schlucken, um ein Tränchen zu verdrücken. Wie glücklich sie aussehen, so voller Erwartung und Hoffnung auf all das Neue in ihrem Leben.

»Sind Sie auch so stolz auf Ihre Tochter heute?«, frage ich Franziskas Mutter, während ich versuche, mit meinen mageren Fotokünsten diese denkwürdigen Momente für die Ewigkeit einzufangen.

»Na ja …«, gibt sie mit einem schmallippigen Lächeln und einem kurzen Seitenblick auf ihre Tochter zurück. »Stolz ist vielleicht zu viel gesagt. Gut, ja, sie hat ihr Abitur bestanden, aber der Abschluss hätte doch besser sein können. Damit wird sie es nicht weit bringen.«

Franziska, die diese Worte gehört hat, schaut betreten auf ihre schmalen Füße, die in wunderschönen silberfarbenen Riemchenpumps stecken und die ihr vermutlich ihr Freund Achim Klein aus seinem Laden geschenkt hat. Wie kann diese Frau nur solche Worte vor ihrer Tochter wählen, an ihrem Abend, der für die Kleine doch ein unvergesslicher werden soll. Ich bin empört. Und habe auf einmal gar keine Lust mehr auf eine Unterhaltung mit dieser Frau, sondern drehe ihr den Rücken zu und wende mich wieder den Schülern zu, die gerade auf der Bühne das Lied ›Time to say goodbye‹ anstimmen. Der Abend vergeht wie im Flug und endet in ausgelassener Stimmung auf der Tanzfläche. Nini und ihre Freunde wollen noch ein wenig weiterfeiern, doch ich bin todmüde und möchte nur noch in mein gemütliches Bett. Zu Hause erwartet mich eine Überraschung: Leise Musik erklingt aus dem Wohnzimmer und ich sehe ungefähr eine Million Teelichter brennen.

»Christian.«

Warum taucht der Kerl immer so überraschend auf? Kann er nicht einmal vorher anrufen? Ich weiß nicht, ob mein Herz vor Wut oder Freude darüber, dass er da ist, so laut klopft.

»Du kommst spät, aber dafür siehst du absolut hinreißend aus, wenn ich das mal so sagen darf«, lächelt Christian und zieht mich in seine Arme.

»Entschuldigung, dass ich nicht früher nach Hause kommen konnte. Heute war Ninis Abiball«, fauche ich vorwurfsvoll.

Wenn er sich mehr um mich kümmern würde, wüsste er das.

»Ach. Was du nicht sagst«, grinst er mich an.

In dieses unverschämte Grinsen habe ich mich schon bei unserer ersten Begegnung verliebt.

»Könnte es vielleicht sein, dass ich deshalb den weiten Weg hierhergefahren bin, um diesen wundervollen Moment mit euch beiden Hübschen zu teilen?« Und mit diesen Worten zieht er ein kleines türkisfarbenes Päckchen hinter seinem Rücken hervor, unverkennbar von Tiffany's. »Es sollte eine Überraschung werden. Aber ich kam wie üblich zu spät in Stuttgart los und dann war auch noch Stau auf der Autobahn. Als ich ankam, wart ihr schon im Kursaal und alle schon drin. Ich wollte nicht hereinplatzen und die Veranstaltung stören, also beschloss ich, hier auf euch zu warten. Aber natürlich bin ich nicht nur deshalb gekommen.« Christian zaubert noch ein weiteres kleines türkisfarbenes Päckchen hinter seinem Rücken hervor. »Sondern, um etwas mit dir zu klären und mich bei dir zu entschuldigen.« So leicht lasse ich mich aber nicht wieder einfangen.

»Da bin ich mal gespannt. Du teilst mir per SMS mit, dass du nicht zur Hochzeit meiner Mutter, die mir zufälligerweise sehr viel bedeutet, kommen kannst, weil es deiner Exfrau nicht gut geht, und erwartest dafür allen Ernstes Verständnis? Was bedeute ich dir eigentlich?«

Wütend schleudere ich meine Pumps von den Füßen. Die können zwar nichts dafür, aber haben mir schon den ganzen Abend wehgetan.

»Sehr viel, Maja. Mehr, als du wahrscheinlich ahnst.« Er zieht mich an sich. »Mach doch mal das Päckchen auf.«

Als ob ich mich von Schmuck beeindrucken lasse. Andererseits, so ein Tiffany-Päckchen habe ich noch nie von jemandem bekommen. Ehrlich gesagt, habe ich sogar noch nicht einmal eins aus der Nähe gesehen. Neugierig, wie ich nun einmal bin, löse ich die weiße Schleife und öffne den kleinen türkisfarbenen Karton.

Darin liegt das schönste Armband, das ich je gesehen habe. Lauter kleine silberne Kugeln, an denen ein silbernes Herz befestigt ist, auf welchem in altmodischer Schrift geschrieben steht: ›I love you forever‹. Obwohl mein Herz angesichts dieser Botschaft noch stärker klopft, bin ich noch nicht bereit, wieder einzulenken.

»Der Satz ist wahr«, beteuert Christian und sieht mich liebevoll an.

»Soso, und trotzdem verbringst du lieber Zeit mit deiner Exfrau als mit mir?«

»Maja, ich glaube, ich muss dir das in Ruhe erklären.« Christian zieht mich auf das Sofa hinunter und legt den Arm um mich.

»Ich habe dir doch von Daniela erzählt. Sie ist unglaublich tüchtig und sehr erfolgsorientiert, aber in letzter Zeit fiel mir auf, dass ihr ein Fehler nach dem anderen passierte. Sie erschien komplett unvorbereitet zu Terminen oder vergaß sie sogar ganz. Klienten beschwerten sich bei mir, weil sie offenbar wichtige Unterlagen verbummelte, so dass sie keine Einreisegenehmigung bekamen oder Prozesse verloren. Ich beschloss, sie ein wenig zu beobachten, und stellte fest, dass sie offenbar ein nicht unerhebliches Problem mit Tabletten hatte. Die ganze Zeit schon hatte sie, um den Stress auszuhalten, irgendwelches aufputschendes Zeug genommen. Als unsere Ehe in die Brüche ging und der Typ, wegen dem sie mich verlassen hatte, sie anschließend im Stich ließ, kamen noch Beruhigungs- und Schlaftabletten hinzu. Ihr ganzes Leben war aus der Spur geraten. Da musste ich mich doch um sie kümmern.«

»Ich wiederhole das jetzt mal: Sie hat dich wegen eines anderen Mannes verlassen und als der sie nicht mehr wollte und sie deswegen anfing, sich Tabletten einzuwerfen, fühltest du dich für sie verantwortlich? Sehe ich das richtig?«

Christian sieht mich irritiert an.

»Ja, irgendwie schon. Am Tag vor der Hochzeit deiner Mutter, als ich meine Sachen gepackt hatte und auf das Taxi wartete, das mich zum Flughafen bringen sollte, bekam ich einen Anruf aus dem Krankenhaus. Offenbar hatte Daniela eine Überdosis Schlaftabletten genommen und es ist bis heute nicht geklärt, ob es ein Versehen oder Absicht war. Offenbar hatte sie meine Fürsorge falsch verstanden und sich erneut Hoffnungen gemacht. Nachdem ich ihr gesagt hatte, ich würde zu dir fliegen, um mit euch groß Hochzeit zu feiern, war sie wohl sehr unglücklich.«

»Ach, sie war unglücklich und da konntest du sie auf einmal nicht mehr allein lassen?«

Mich macht das unglaublich wütend. Bei allem Mitgefühl für die arme Daniela, die nicht nur ein Tablettenproblem hat.

Wahrscheinlich hat sie schon immer ihren Willen durchgesetzt, so auch diesmal. Fest entschlossen, dass niemand ihr ihr kleines Spielzeug Christian wegnehmen dürfe, griff sie kurzerhand zu einer bewährten List, wohl wissend, dass der charaktervolle Christian sie auch diesmal nicht im Stich lassen würde. Dann schon lieber mich.

»Hast du dir schon mal überlegt, welche Gefühle das bei mir ausgelöst haben könnte?«, frage ich ihn daher.

»Aber Maja, dir geht es doch gut. Ihr wart voller Freude auf die Hochzeit, die ganze Familie zusammen, in absoluter Hochstimmung. Dagegen die arme Daniela, allein und mit einem ausgepumpten Magen im Krankenhaus.«

»Die aaaaarme Daniela«, äffe ich ihn nach.

Offenbar ist es ihm piepegal, wie ich mich fühle. Taucht mit einem gekauften Armband auf, nachdem er mich im Stich gelassen hat, und denkt, damit könne er alles aus der Welt schaffen. Um dann morgen, nach einem kleinen Schäferstündchen mit mir, wieder eiligst mein Bett zu verlassen, um zu der armen Daniela zu eilen. Wer bedeutet ihm nun wirklich etwas?

»Maja, es ist mir, offen gestanden, ein Rätsel, warum du so wenig Mitgefühl für sie empfindest.«

So langsam wird Christian auch wütend. Offenbar hat er eine andere Reaktion auf sein Tiffany-Armband und sein Gesäusel erwartet.

»Wahrscheinlich bist du eifersüchtig …«

»Eifersüchtig? Ich? Nein, ich habe es nur satt, dass du hereingeschneit kommst, wenn es dir gerade passt. Dass dir meine Gefühle und Sorgen und Nöte offenbar völlig egal sind. Und du ständig zwischen zwei Welten, der einen in Kanada und der anderen am Bodensee, hin und her pendelst, wie es für dich am praktischsten ist. Und dich dabei zum

Affen deiner Exfrau machst, die wahrscheinlich bereits längst mit einem anderen nebenbei angebändelt hat und dich nur braucht, weil sie weiß, dass sie, im Gegensatz zu mir, immer auf dich zählen kann.«

»Maja, jetzt beruhige dich doch mal. Ich habe dir gesagt, dass ich dich liebe. Aber ich kann nicht immer auf dem Bänkchen mit dir am Bodensee sitzen und die Sterne zählen. Versteh das doch bitte und verhalte dich nicht so kindisch.«

»Ach, so siehst du das also? Ich verhalte mich kindisch? Nun, wenn das mit uns für dich nicht mehr ist als Sterne zählen und eine kleine Abwechslung von deinem ach so anstrengenden Leben, dann entbinde ich dich hiermit davon. Dann brauchst du dir in Zukunft keinen Stress mehr zu machen und die teuren Flüge zu buchen und das alles, sondern kannst immer Danielas Händchen halten und in Kanada oder Stuttgart oder sonst wo bleiben. Ich brauche dich nicht. Und möchte auch nicht vor dem Telefon sitzen und warten, dass du gerade mal Zeit findest, mich anzurufen. Oder vor der Tür stehst. Ich komme jedenfalls hervorragend ohne dich klar.« Und mit diesen lauten und deutlichen Worten werfe ich ihm, vor Wut zitternd, das neue, teure Armband vor die Füße.

»Ist das dein Ernst, Maja?«

»Und ob das mein Ernst ist. Es ist besser, wenn du jetzt gehst.«

Christian sieht mich einen Augenblick lang mit einer Mischung aus Wut und Enttäuschung an, dann nimmt er seine Jacke und verlässt wortlos das Haus.

Es dauert eine Ewigkeit, bis das Zittern aufhört, dann erst kann ich alle Kerzen auspusten und mich in den Schlaf weinen.

10. Kapitel

Nicht jedes Gras kann man wachsen hören.

Man sagt, sobald der Körper zur Ruhe kommt, beginnt das Herz zu denken. Wie wahr das doch ist. Ich finde keine Ruhe in dieser Nacht und grübele ständig über das Geschehene nach. Habe ich mich richtig verhalten? Schließlich ist Christian doch extra gekommen, um sich mit mir auszusöhnen. Und hat noch Geschenke für Nini und mich mitgebracht. Wie konnte ich mich nur so gehen lassen? Andererseits hat er mich in der letzten Zeit viel zu viel allein gelassen. Um sich um die Frau zu kümmern, von der er geschieden ist.

Und dann ist da noch diese Sache mit der verschwundenen Isabella.

Welche Rolle spielt er dabei und was bedeutet die Tatsache, dass sie kurz vor ihrem Verschwinden noch mit ihm telefoniert hat?

Wie auf ein Stichwort klingelt mitten in der Nacht das Telefon. Zunächst beschließe ich, es klingeln zu lassen, doch dann entscheide ich mich anders.

Bestimmt ist es Christian, der mir sagt, dass wir uns doch wieder vertragen sollen. Oh Gott, bitte lass es so sein. Mir tut das alles auch so leid.

Doch als ich abnehme, wird auf der anderen Seite nach einer kurzen Pause aufgelegt.

Seltsam. Das würde Christian niemals tun, da bin ich mir ganz sicher.

Das gleiche Spiel wiederholt sich in dieser Nacht noch einige Male, und zwar immer dann, wenn es mir gerade gelingen will, in einen unruhigen Schlaf zu fallen.

Schließlich schalte ich mein Handy aus und ziehe den Stecker vom Festnetz.

Dennoch bin ich am nächsten Morgen wieder einmal total gerädert. Glücklicherweise ist heute Ruhetag im Café und ich kann ein wenig länger liegen bleiben. Mir ist schon wieder total schlecht, mein Kreislauf scheint zu spinnen. Das ist auch kein Wunder, bei dem Chaos, das ich angerichtet habe.

Beim Frühstück gebe ich Nini die kleine Tiffany-Schachtel mit dem Geschenk, das Christian für sie zum bestandenen Abitur gekauft hat.

Auch Nini ist noch ein wenig müde von der Abifeier gestern Abend, strahlt aber über das ganze Gesicht, als ich ihr das Präsent aushändige.

»Wow. Von Tiffany. Noch nie hat mir jemand etwas von Tiffany geschenkt. Das ist aber lieb von Christian. Wo ist er überhaupt?«, fragt sie, während sie das weiße Schleifchen abtüddelt.

»Äh, er musste schon wieder ganz früh weg. Du weißt ja, er hat viel zu tun.«

Nini sieht mich zweifelnd an. Sie kennt mich gut genug, um zu wissen, dass irgendetwas vorgefallen sein muss.

»Alles in Ordnung, Mami?«, fragt sie vorsichtig.

»Klar. Nun mach das Päckchen schon auf.«

Schnell stehe ich auf, um das Geschirr abzuräumen, damit sie nicht sieht, dass mir die Tränen kommen.

In dem kleinen Karton liegt eine silberne Halskette mit einer silbernen Taube. Sie ist wunderschön. Begeistert legt Nini sie sich gleich um.

»Wann kommt er wieder? Ich muss mich doch bedanken«, ruft sie aus dem Flur, wo sie das Schmuckstück vor dem Spiegel an ihrem Hals betrachtet.

»Bald«, antworte ich ausweichend, da ich ihr nicht sagen kann, dass ich ihm heute Nacht zu verstehen gegeben habe, ich wolle ihn nicht wiedersehen. Vermutlich ist er nach Stuttgart zurückgefahren oder vielleicht schon auf dem Weg zum Flughafen nach Kanada.

Ich mache mein Handy wieder an, um nachzusehen, ob er vielleicht angerufen und eine Nachricht hinterlassen hat, doch da ist nichts. Da ich ziemlich fertig bin und außerstande, irgendeine sinnvolle Arbeit anzufangen, beschließe ich, mit dem Fahrrad von Nußdorf nach Überlingen zu radeln.

An der schönen Promenade werde ich mir ausnahmsweise einmal selbst einen schönen Cappuccino genehmigen und mich mit dem Blick auf den herrlichen See, die vielen Boote und Touristen ein wenig von meinem Kummer ablenken.

Ein probates Mittel gegen Stress und Ärgernisse jeder Art.

Am Zeitungskiosk kaufe ich eine Zeitung und setze mich damit in ein Café.

Nach kurzer Zeit lege ich sie jedoch beiseite, ist es doch zu interessant, die vielen Menschen zu beobachten, die auf der blumengeschmückten Promenade gemütlich vor sich hin promenieren.

Auf einmal fällt mein Blick auf einen gut gekleideten Mann in einem hellen Anzug und teuren Schuhen. Pacocini. Ist ja klar, dass er sich hier aufhält, schließlich besitzt er eines der schönsten Lokale in Überlingen, da muss er sicher nach dem Rechten sehen.

Tatsächlich beobachte ich ihn, wie er sein Restaurant ansteuert und in vorderster Reihe Platz nimmt. Zum Glück sitze ich im Lokal nebenan und glaube nicht, dass er mich bemerken kann. Dennoch setze ich vorsichtshalber meine Sonnenbrille auf.

Vor sich hat er jede Menge Unterlagen und sieht sehr geschäftig aus, wie er ständig das Handy am Ohr hat und nebenbei vor sich hin kritzelt. Anscheinend hat er eine Verabredung. Ob er gerade ein neues Restaurant plant? Die Papiere auf dem Tisch vor ihm könnten darauf hindeuten. Und dann sehe ich etwas, das mir das Blut in den Adern gefrieren lässt.

Seine Verabredung erscheint, gibt ihm die Hand und setzt sich ihm gegenüber. Leider mit dem Rücken zu mir, so dass ich ihn nicht genau erkennen kann. Aber er sieht aus wie jemand, der mir ziemlich vertraut ist – Christian. Das muss ich mir genauer ansehen. Schnell winke ich den Kellner heran und bezahle meinen Cappuccino. Dann schleiche ich mich an den großen Blumenkübeln vorbei bis vor das Restaurant. Hoffentlich können sie mich nicht sehen.

Ich muss unbedingt noch näher ran.

Diese blöde Palme ist total im Weg. Beim Versuch, sie beiseitezuschieben, steche ich mir einen Zweig direkt ins Auge. Na ja, nicht direkt, sonst wäre ich jetzt vermutlich blind. Also knapp daneben, aber der Schmerz ist höllisch und treibt mir die Tränen in die Augen. Doch nicht nur der Schmerz bringt mich zum Weinen. Ich habe genug gesehen. Es ist tatsächlich Christian, der in Pacocinis Restaurant mit ihm zusammensitzt. Und das kann nur eines bedeuten: Nach dem Streit mit mir gestern Abend wird er die ›Butterblume‹ an Pacocini verpachten. So unauffällig wie möglich drücke ich mich an den Blumen vorbei, laufe zu meinem Rad und radle traurig nach Hause zurück.

Am Nachmittag ruft Christian zweimal auf meinem Handy an, doch ich nehme nicht ab. Ich habe genug gesehen und weiß jetzt, dass er sich mit diesem zwielichtigen Pacocini eingelassen hat. Stattdessen tippe ich mit vor Wut zitternden Fingern eine SMS mit dem Wortlaut:

›Lass mich bitte in Zukunft in Ruhe. Alles Gute für dich und die arme Daniela – Maja‹

und schicke diese, noch bevor ich es mir anders überlegen kann, gleich ab.

Wie kann er nur. Bestimmt hat ihm dieser Pacocini ein Spitzenangebot für die ›Butterblume‹ unterbreitet. Da Christian sowieso so gut wie nie hier ist, hat er doch gar keinen Nutzen von diesem schönen Haus. Und die Pacht, die ursprünglich für die ›Butterblume‹ vorgesehen war, ist lächerlich gering. Dabei durfte ich sie bis jetzt nicht ein einziges Mal bezahlen. Und zwar nur aus dem einzigen Grund: Weil wir ein Paar waren. Waren.

Der Gedanke, dass dies jetzt Vergangenheit ist und ich nicht so ganz unschuldig daran bin, ist das Schlimmste für mich.

Wie soll es denn jetzt weitergehen?

Ich denke an Frieda und daran, dass die kleine Ostfriesin alle Schmerzen, egal ob körperlicher oder seelischer Art, mit einer guten Tasse Tee kuriert hat und bereite mir gleich eine ganze Kanne von dem köstlichen Getränk.

Dann nehme ich meine Lieblings-Rosentasse und setze mich damit auf die Terrasse.

Wie himmlisch ruhig es doch ist, besonders, wenn keine Gäste da sind.

Wie lange werde ich noch hier sitzen und den Blick auf den See und die Berge genießen können? Der Gedanke, vielleicht bald ausziehen zu müssen, zerreißt mir das Herz.

Wenn Christian die ›Butterblume‹ an diesen schmierigen Paccini verkauft oder verpachtet, dann wird hier schon sehr bald ein weiterer Edelitaliener entstehen, der, wie alle seine Lokale am See, in der Saison Tausende von Touristen anlocken wird.

»Hallo, Maja«, unterbricht eine Stimme meine Gedanken.

»Michael. Das ist eine Überraschung. Wieso kommst du durch den Garten?«

Ich freue mich richtig, den netten Kommissar zu sehen.

»Nun, da heute Ruhetag ist, ich aber dachte, dass du eventuell doch zu Hause sein könntest, war es ein Versuch. Ich möchte dich aber nicht überfallen. Wenn ich störe, dann gehe ich wieder«, strahlt Michael mich an.

»Aber nein, du störst nicht, ich freue mich. Komm die Treppe herauf. Möchtest du eine Tasse Tee mit mir trinken?«

Ehrlich gesagt, war ich selten derart froh über eine überraschende Ablenkung wie heute.

»Tee? Bei dieser Wärme wäre mir etwas Kaltes lieber, ein Wasser oder eine Apfelschorle vielleicht.«

Michael sieht heute wieder großartig aus. Er trägt Jeans und ein hellblaues Hemd, was ganz fantastisch zu seinen schönen blauen Augen passt.

»Ist alles in Ordnung, Maja?«, fragt er besorgt. »Du siehst ein wenig blass aus heute.«

»Ich bin nur hundemüde, das ist alles. Schlecht geschlafen heute Nacht. Wahrscheinlich ist Vollmond oder so was.«

»Keine besonderen Vorkommnisse? Keine Schatten im Garten?«

»Höchstens unter den Augen«, scherze ich, doch habe ich das Gefühl, ihm nichts vormachen zu können.

»Bleib sitzen, Maja. Wenn du erlaubst, gehe ich in deine Küche und hole mir mein Wasser. Ich muss sowieso mal zur Toilette.«

Als er kurze Zeit später wiederkommt, hat er nicht nur einen Krug mit eiskalter Apfelsaftschorle auf dem Tablett stehen, sondern auch noch zwei Teller mit Himbeer- und Zitronen-Küsschen.

»Toll machst du das. Also, wenn du einmal den Job wechseln möchtest, hätte ich da was für dich«, sage ich lächelnd.

Da fällt mir ein, dass ich das Café vielleicht gar nicht mehr so lange haben werde, und Traurigkeit überkommt mich.

»Danke, vielleicht komme ich einmal darauf zurück«, antwortet Michael grinsend. »Diese leckeren kleinen Kekse haben mich so angelacht, als ich in deiner Küche stand. Und ich hatte den Eindruck, sie könnten auch dir nicht schaden. Du wirkst nämlich ein wenig … gestresst. Geht es dir wirklich gut, Maja?«

Am liebsten würde ich ihm mein Herz ausschütten. Und ich glaube, das könnte ich auch. Michael scheint ein Mann zu sein, dem man vertrauen kann. Ganz im Gegensatz zu Christian. Ich verdränge jedoch den Gedanken an ihn und lächle Michael an. »Danke, ja, es ist alles in Ordnung. Es war nur alles ein bisschen viel in letzter Zeit. Die viele Arbeit mit dem Café, der Trubel mit meiner Mutter und ihrer Hochzeit, der Einbruch in die ›Butterblume‹ und dann hatte der Freund meiner besten Freundin einen schweren Unfall und liegt seitdem im Koma. Sie ist immer bei ihm im Krankenhaus und ich würde ihr natürlich gern viel mehr helfen, doch ich weiß nicht, wie. Außerdem fällt es mir auch schwer, Nini loszulassen. Ich weiß, sie wird bald nach Mannheim gehen, um ein Studium anzufangen, und mich allein zurücklassen. Das ist alles nicht so einfach für mich.«

»Donnerwetter. Das sind in der Tat ganz schön viele Baustellen für so ein zartes Persönchen wie dich«, antwortet Michael mitfühlend.

Und dabei habe ich ihm von meinem privaten Kummer mit Christian noch gar nichts erzählt.

»Obwohl Loslassen eigentlich weniger schwerfällt als festhalten, kostet es uns Menschen doch viel mehr Kraft.« Bei diesen Worten blickt Michael gedankenverloren über den See. »Wir wollen immer gern, dass alles so bleibt, wie es ist. Weil alles Neue unbekannt und fremd ist. Und das Alte gewohnt und vertraut. Doch nicht jede Veränderung ist schlecht. Manchmal ist das Neue viel schöner oder zumindest anders schön. Man muss sich nur darauf einlassen und darf nicht am Alten und an der Vergangenheit festhängen, dann birgt das Leben viele Überraschungen.« Dann meint er: »Ich kann mir denken, dass es dir nicht leichtfällt, Nini gehen zu lassen, und du sehr an ihr hängst. Aber sie wird ihren Weg schon machen. Sie ist ein kluges und schönes Mädchen und wird gern zu ihrer wundervollen Mutter und in ihr schönes Zuhause am See zurückkehren. Was deine Freundin und den tragischen Unfall angeht, denke ich, auch sie weiß, dass du in Gedanken bei ihr und ihrem Freund bist und sie jederzeit zu dir kommen kann. Das ist im Moment das Wichtigste für sie, mehr erwartet sie nicht von dir und mehr kannst du auch nicht tun. Deine Mutter und ihr Mann sind ein ganz tolles Paar, sie sind glücklich und haben eine gute Zeit vor sich. Um sie musst du dir auch keine Gedanken machen. Und der Einbruch. So etwas kommt häufiger vor, als du denkst. Sobald die Einbrecher merken, dass nichts zu holen ist, suchen sie das Weite. Das ist zwar ärgerlich, aber du brauchst keine Angst zu haben, ich denke nicht, dass sich das wiederholen wird.«

»Ach, Michael. So, wie du das sagst, klingt alles nicht mehr so dramatisch, und es geht mir gleich viel besser«, bedanke ich mich bei ihm für die tröstenden Worte. »Das mit den Veränderungen ist wahr, das habe ich selbst schon öfter erfahren.«

Schließlich steht es in jedem Selbsthilfe-Ratgeber und ist Thema in beinahe jeder Frauenzeitschrift.

»Aber es ist verdammt schwer umzusetzen, weißt du. Besonders, wenn man keinen Einfluss auf die Veränderung hat.«

Michael atmet tief durch und seufzt dann leise: »Wem sagst du das?« Dabei blickt er wieder melancholisch auf den See.

»Entschuldige, wenn ich frage, aber das klingt fast so, als hättest du auch eine Veränderung erfahren, die du nicht wolltest?«, versuche ich, behutsam zu ergründen, was er meint.

»Das kann man so sagen, Maja.«

Und dann sieht er mich fest an.

»Im letzten Jahr ist meine Frau gestorben. An Krebs.«

An der Art, wie er das sagt, kann ich erkennen, wie viel Schmerz er noch immer in sich trägt.

»Es kommt jeden Tag vor, hunderttausendfach. Und doch ist es etwas ganz anderes, wenn es einen selbst betrifft.«

Ich muss an Emily denken, die gerade im Krankenhaus sitzt und dafür betet, dass ihr Thomas wieder gesund wird und sie eine gemeinsame Zukunft haben werden.

»Nur ein halbes Jahr zuvor hatte sie die Diagnose erhalten: Gebärmutterhalskrebs. Mit 49. Stefanie hat sehr gesund gelebt, nie geraucht, viel Sport gemacht. Wir waren fassungslos, konnten es nicht glauben. Warum ausgerechnet sie? Ein lebensfroher Mensch, so voller Energie, die sich darauf freute, dass wir bald mehr Zeit füreinander haben würden, dass ich nur noch ein paar Jahre im Dienst zu sein brauchte. Wir wollten reisen, die Welt entdecken. Ein halbes Jahr später war sie tot.« Michael versagen die Worte. Und es gibt nichts, absolut nichts, was ich sagen könnte, um ihn zu trösten. Darum lege ich nur die Hand auf seine und drücke sie fest. »Oft hat sie davon geredet, dass sie so gern einmal mit mir nach Island möchte. Warum nur habe ich ihr diesen Wunsch nie erfüllt? Immer war mir etwas anderes wichtiger. Der Job, der Hausbau. Meistens hat es nur für Italien gereicht. Wie gern würde ich mit ihr nach Island fahren, aber es geht nicht mehr, es ist zu spät.« Michael holt tief Luft. »Alle sagen, das Leben geht weiter. Und das tut es auch. Es ist nur nicht mehr so bunt wie früher.«

»Doch, Michael, das ist es«, betone ich und zeige ihm den blauen Himmel, die weißen Wolken, die roten Rosen, die direkt vor uns blühen. »Eines Tages wirst du auch die schönen Dinge des Lebens wieder sehen können. Du musst dir nur Zeit geben. Ich weiß, es klingt blöd, aber dieser alte Spruch, dass die Zeit alle Wunden heilt, an dem ist etwas dran.«

Oh Gott, wie banal sich das anhört. Angesichts dieser Geschichte kommen mir meine eigenen Sorgen so unwichtig vor.

Auf einmal steht Michael auf. »Bevor wir in Selbstmitleid zerfließen, möchte ich dir etwas zeigen. Kommst du mit?«

»Wohin denn?«

»Ich möchte dir eine Stelle zeigen, die Stefanie besonders liebte. Auf der Insel Reichenau. Am Ende der Insel kann man einen wunderbaren Spaziergang machen und anschließend dort in der ›Sandseele‹, einem kleinen Restaurant am Campingplatz, den Sonnenuntergang beobachten. Der ist filmreif.« Und ein kleines Lächeln ist auf sein Gesicht zurückgekehrt.

»Da musst du mich nicht lange überreden. Aber warte mal, Reichenau sagtest du? Ich glaube, ich kenne die Stelle. Ich war noch nie da, aber meine Mutter kennt sie, glaube ich, und liebt sie auch. Sie hat sogar ein Bild dort gemalt.«

»Wirklich? Wo hängt es? Kann ich es einmal sehen?«

»Natürlich. Das Bild hängt zwar in Ninis Zimmer, aber sie hat ganz bestimmt nichts dagegen, wenn ich es dir kurz zeige.«

Wir nehmen unsere Gläser und Teller mit hinein und gehen nach oben in Ninis Zimmer, wo das Bild direkt neben dem Fenster hängt, weil dort das beste Licht ist.

Meine Tochter hat das Bild von ihrer Omi zum Geburtstag bekommen, zum 16. Es zeigt einen wunderschönen Sonnenuntergang am Südufer der Insel. Man sieht den Untersee, das Schweizer Ufer und die Halbinsel Höri.

»Wow. Das ist genau die Stelle, die ich meine«, stellt Michael anerkennend fest. »Ich wusste gar nicht, dass deine Mutter so toll malen kann. Das Bild hätte ich am liebsten auch.«

»Ich kann sie mal fragen, ob sie dir vielleicht so ein ähnliches malen kann, wenn du möchtest«, antworte ich.

Das wird sie sicher gern tun, vor allem, wenn ich ihr von Michaels Schicksalsschlag erzähle.

»Ach, Maja, das wäre wunderbar. Würdest du das tun? Sie soll mir nur den Preis nennen.«

Ich weiß auch so, ohne meine Mutter zu fragen, dass sie niemals etwas verlangen würde.

»Na, prima. Dann möchte ich da jetzt aber auch gern hin. Wenn ich schon frei habe heute. Sollen wir?«

Mit diesen Worten gehe ich bereits zur Tür.

Michael blickt immer noch fasziniert auf das Bild und kommt mir rückwärts nach.

Dabei stolpert er über Ninis Badetasche, die wieder einmal mitten im Zimmer liegt, und strauchelt.

»Hoppla, nicht fallen«, ich halte ihn fest.

Doch die Tasche fällt um und der ganze Inhalt purzelt heraus.

Ein Badetuch, in das ein nasser Bikini eingewickelt ist, ein Kosmetiktäschchen, die neueste Ausgabe der ›Glamour‹ und eine kleine Tüte mit …

»Das sieht aus wie Gras«, Michael grinst. »Raucht deine Tochter hin und wieder einen Joint?«

»Um Gottes willen, nein. Natürlich nicht, ich meine, das wüsste ich.«

»Ich glaube, die wenigsten Eltern wissen das«, antwortet Michael.

»Hilfe, das ist doch strafbar und du bist bei der Polizei. Werden wir jetzt bestraft?«

Ich bin total durcheinander. Was in aller Welt soll das denn jetzt? Ist mein Leben nicht schon kompliziert genug?

»Also, so wenig, wie das ist«, Michael prüft das kleine Säckchen, »gibt es da keine Anzeige für euch. Ich gehe jetzt mal davon aus, dass die Sache einmalig und zum Eigenverbrauch bestimmt ist und nicht auf dem Schulhof verkauft wird. Aber es wäre nicht schlecht, du würdest ein klärendes Gespräch unter Frauen mit deiner Tochter führen. Ob das wirklich eine einmalige Sache war. Schließlich wirst du nicht wollen, dass Nini regelmäßig einen Joint raucht.«

»Wo denkst du hin? Nini ist doch keine Drogenabhängige. Sie verachtet Drogen aller Art. Ich verstehe das alles nicht. Sie raucht nicht einmal Zigaretten, trinkt höchstens mal ein Gläschen im ›Galgen‹. Also, die kann sich auf was gefasst machen«, schimpfe ich empört.

»Warte, Maja. Das musst du vorsichtig angehen. Mit Beschimpfungen und Verboten erreichst du gar nichts. Das wirst du als gute Mutter sicher wissen.«

Pah, als ob ich das nicht tatsächlich selbst wüsste.

»Hör zu, Maja, wir stellen die Tasche jetzt wieder hin und machen unseren Spaziergang wie geplant. Das wird dich auf andere Gedanken bringen und dein Gemüt etwas abkühlen. Und heute Abend oder morgen früh redest du ganz in Ruhe mit Nini, okay?«

Michael sieht mir fest in die Augen.

»Okay?«

»Na gut.«

Ich atme tief durch. Was für ein Tag. Ich bin noch wütend und gleichzeitig enttäuscht, sowohl von Christian als auch von Nini. Doch etwas Ablenkung wird mir wahrscheinlich guttun und deshalb schnappe ich meine Strickjacke, steige in Michaels alten Geländewagen und fahre mit ihm am See entlang Richtung Insel Reichenau.

Leider scheint das Wetter umzuschlagen. Die ganze Zeit schien die Sonne von einem wolkenlosen Himmel und der See ruhte in tiefem Blau. Doch schon während unserer Fahrt Richtung Konstanz frischt der Wind auf und treibt große Wolken über den Himmel. Auch das Wasser hat sich verändert und weiße Schaumkronen hüpfen auf den Wellen. Aber noch scheint die Sonne und lässt das viele Grün rings um den See satt und saftig erscheinen. Auch die Starkwindwarnung ist bereits im Einsatz. Da so eine Sturmböe am See völlig überraschend auftreten und teilweise meterhohe Wellen hervorrufen kann, müssen die Wassersportler, insbesondere ortsunkundige, rechtzeitig gewarnt werden. Ich bin froh, dass ich die Strickjacke dabei habe, denn als wir aussteigen, merke ich, dass es bereits ein wenig kühler geworden ist. Doch ich liebe diesen Wind, er wird meine trüben Gedanken und Gefühle hoffentlich vertreiben. Schweigend gehen Michael und ich am Seeufer nebeneinander her, jeder für sich in seine Gedanken versunken. Ihn beschäftigen sicher die Erinnerungen an Stefanie, während mich der Gedanke an das gefundene Haschischpäckchen nicht loslässt. Seit wann kommt Nini auf solche

Gedanken? Niemals hätte ich so etwas auch nur für möglich gehalten. Wir haben doch so ein gutes und vertrauensvolles Verhältnis, warum hat sie mir nichts davon erzählt? Andererseits hat Michael gesagt, dass die wenigsten Eltern eingeweiht sind, dass ihre Kinder hin und wieder einen Joint rauchen. Aber ob es nur hin und wieder ist? Und was, wenn sie auch noch andere Rauschgifte konsumiert? Sagt man nicht immer, Hasch sei oft die Einstiegsdroge? Vielleicht steckt dieser Ben dahinter. Ja, so wird es sein. Ich kenne ihn gar nicht gut. Natürlich ist er häufig bei uns und hat sich bis jetzt von seiner netten und liebenswürdigen Seite gezeigt. Aber würde das nicht jeder tun?

»Maja, du bist total in Gedanken«, lacht Michael. »Schau nur, wie schön es hier ist.«

Er hat recht: Es ist traumhaft.

Wir stehen vor der ›Sandseele‹, der Gaststätte des Campingplatzes am Südufer der Insel.

»Was hältst du von einem leckeren Salat mit Fischknusperle? Komm, ich lade dich ein.«

Mit diesen Worten zieht er mich bereits um die Ecke, weil er auf der gemütlichen Terrasse ein schönes, windgeschütztes Tischchen für uns erspäht hat. Nun sitzen wir praktisch in der ersten Reihe direkt am See und können den herrlichen Ausblick und die wunderbare Abendstimmung genießen. Es ist recht einfach hier, aber die ganze Atmosphäre ist herrlich entspannt und man spürt, dass die Gastgeber ihre Arbeit mit viel Liebe und Freude am Umgang mit Menschen betreiben. Während Michael sich kurz entschuldigt, um für uns das Essen am Tresen zu holen, denke ich über den Abend im letzten Sommer nach, als ich mit Leon in diesem französischen In-Lokal auf der Reichenau war. Welch ein Unterschied zu hier. Dort war alles so unterkühlt und satt wurde man auch nicht. Ich weiß nicht einmal, ob es noch existiert. Michael kehrt mit zwei Gläsern eisgekühlter Weißweinschorle mit Zitronenscheibe zurück und holt uns anschließend noch zwei Teller mit lecker aussehenden kleinen Fischknusperle und hausgemachtem Kartoffelsalat. Außerdem hat er einen kleinen Teller mit frischem Reichenauer Salat mitgebracht. Welch köstliches Mahl. Ich bin so froh, dass Michael da ist. Mit seiner ruhigen und entspannten Art erscheint er mir gerade heute, da ich so viel Aufregung erlebt habe, wie der sprichwörtliche rettende Engel. Ich fühle mich in seiner Gegenwart wohl und kann mich so geben, wie ich bin. Völlig egal, dass ich so gut wie nicht geschminkt bin, die alten Jeans und eine Strickjacke trage und meine Locken vom Wind total zerzaust sind. Wie ein altes Ehepaar sitzen wir plaudernd auf den Gartenstühlen und genießen zufrieden unsere Mahlzeit.

Als wir später nach Hause fahren, geht es mir schon viel besser. Die Stunden mit Michael haben mir gutgetan. Zum Abschied streicht er mir sanft übers Haar und bedankt sich für den schönen Nachmittag. Eigentlich müsste ich mich bei ihm bedanken, denn er hat es geschafft, meine Stimmung aufzuhellen.

Doch kaum, dass ich mich von ihm vor der ›Butterblume‹ verabschiedet habe, wird mir schon wieder so schlecht, dass ich es gerade noch ins Haus schaffe, bevor ich mich übergeben muss.

Vielleicht habe ich zu viel gegessen. Der Kartoffelsalat war zwar superlecker, aber doch recht üppig, dazu der viele Salat und die Fischknusperle, von denen ich sogar noch eines von Michaels Teller stibitzt habe.

Oder der ganze Ärger ist mir auf den Magen geschlagen.

Ja, so wird es sein.

Ich lasse mir erst einmal ein schönes Schaumbad ein und beschließe, es mir anschließend mit einer Kanne Tee und einer Wärmflasche auf dem Sofa kuschlig zu machen. Draußen ist es ungemütlich geworden und es hat zu regnen angefangen.

Wo Nini nur bleibt?

Das warme Wasser und der duftende Schaum tun nicht nur meinem Körper gut, sondern trösten auch meine Seele. Es wird schon alles nicht so schlimm sein, beruhige ich meine Nerven. Da klingelt das Telefon. Zunächst will ich es klingeln lassen, schließlich liege ich in der Wanne und habe keine Lust herauszusteigen und alles nasszutropfen.

Doch es hört nicht auf zu klingeln, also scheint es wohl wichtig zu sein. Vielleicht ist es Nini … oder Christian, der sich mit mir aussprechen will.

Seufzend verlasse ich den duftenden Schaum und hülle mich in ein Handtuch.

Natürlich vergeht eine Weile, bis ich das schnurlose Telefon (in Ninis Zimmer) endlich gefunden habe, doch das Klingeln will nicht aufhören.

Als ich mich mit meinem Namen melde, entsteht an der anderen Seite ein kurzes Schweigen, dann höre ich ein Klicken und der Anrufer legt auf.

Unheimlich, genau wie in der letzten Nacht.

11. Kapitel

Gerüchte und Missverständnisse

»Mama, du tropfst mein ganzes Zimmer voll«, beschwert sich Nini, die gerade klitschenass von dem plötzlichen Regen vor mir steht und mich vorwurfsvoll ansieht.

»Entschuldige bitte, dass ich dein Zimmer volltropfe«, antworte ich gereizt. »Das hätte ich nicht müssen, wenn du das Telefon einmal an seinen Platz im Flur zurücklegen würdest und ich es nicht immer suchen müsste, wenn es klingelt.«

»Oh, sorry, kann schon sein, dass ich es vergessen habe. Als ich heute Nachmittag kurz heimkam, um meine Badetasche zu holen, hat Franziska angerufen und anschließend musste ich gleich weg.«

Die Badetasche. Auf einmal ist die ganze Wut wieder da und alles, was ich mir so schön für das Gespräch mit Nini zurechtgelegt hatte, ist weg.

Stattdessen frage ich süffisant: »Und? War es schön am See? Hab ihr euch das Gras schmecken lassen?«

In der Minute, als die Fragen aus mir herausplatzen, weiß ich, dass es ein Fehler war, so mit der Tür ins Haus zu fallen. Doch es ist zu spät. Wie heißt es so schön: Drei Dinge kann man nicht zurückholen: die Zeit, die verpasste Gelegenheit und das unbedacht gesprochene Wort.

»Waaaaas?«

Nini starrt mich verständnislos an. »Was meinst du, Mami?«

»Ich glaube, du weißt sehr genau, was ich meine, Nini.«

»Wovon redest du?«, antwortet sie, jetzt auch leicht gereizt. »Was ist denn überhaupt los?«

»Ich meine das Haschisch, das in deiner Badetasche war.«

Nini wird knallrot und sagt kein Wort.

»Ich muss zugeben, ich bin sehr enttäuscht von dir«, schimpfe ich weiter.

Das trifft es nicht ganz. In Wirklichkeit habe ich eine Scheißangst, meine einzige Tochter könnte in schlechte Kreise geraten und ein Drogenproblem bekommen. Gerade jetzt, wo sie meinen Fittichen entwachsen und auf eigenen Beinen stehen will.

»*Du* bist enttäuscht?«, antwortet Nini da auf einmal hitzig. »Frag mich mal. Was schnüffelst du eigentlich in meinen Sachen herum?«

Und bevor ich dazu komme zu erzählen, wie die Tasche um und das Haschisch herausfiel, holt Nini richtig aus: »Aber statt mich einmal zu fragen, was das sein könnte oder wo das herkommt oder wem das Zeug vielleicht gehört, ziehst du lieber deine eigenen Schlüsse. Doch dazu müsstest du dir zur Abwechslung mal ein bisschen Zeit für deine Tochter nehmen. Die du nie hast, weil ständig andere Sachen wichtiger sind als ich. Das Café und Oma und Christian ...«, schreit sie mich an.

»Nini, das ist jetzt ungerecht. Außerdem lenkst du vom Thema ab. Also, was ist das für Zeug und wo kommt das her?«, brülle ich zurück.

»Weißt du was? Ich habe überhaupt keinen Bock, dir das zu erzählen. Nicht, nachdem du mich verdächtigst, dass ich diejenige bin, die es raucht. Also wirklich. Dass du so wenig Vertrauen zu mir hast.«

Voller Wut holt Nini ihre große Reisetasche unter dem Bett hervor und beginnt, wahllos irgendwelche Klamotten aus dem Schrank hineinzustopfen.

Was hat sie vor? Ein Gefühl der Panik macht sich in mir breit.

»Nini, hör mal, lass uns doch in Ruhe darüber reden«, versuche ich daher einzulenken.

»Nicht, solange du so drauf bist«, wirft sie mir vor. »Weißt du, dass du nur noch schlechte Laune verbreitest? Das ist nicht zum Aushalten. Kein Wunder, dass sich Christian auch nicht mehr blicken lässt.«

»Nini, wo willst du denn hin? Bleib doch hier«, versuche ich einzulenken.

»Nen Scheiß mach ich. Ich fahre dorthin, wo man mich versteht.« Und mit diesen Worten knallt sie die Eingangstür zu und braust mit ihrem roten Beetle davon. Barfuß stehe ich im Bademantel im strömenden Regen vor dem Haus, blicke ihr nach und es ist mir vollkommen egal, dass ich dabei nass bis auf die Haut werde.

Was ist nur los mit mir, dass ich offenbar alle Menschen, die mir lieb und teuer sind, in die Flucht schlage?

Ausgerechnet am nächsten Morgen, als ich mich, wie es nicht anders zu erwarten war, übernächtigt und schlecht fühle, ist die Hölle los im Café.

Eine große Gruppe von österreichischen Fahrradfahrern reist bereits zum Frühstück an und ich komme kaum mit dem Zubereiten von Cappuccino, Milchkaffee und Tee hinterher, ganz zu schweigen davon, dass ich sie nebenbei auch noch bedienen muss. Und neue Seehupferl, Erdbeerkuchen und Überlinger Küsschen backen.

Zu allem Überfluss schneien auch noch die BBP-Ladys wieder herein, doch heute habe ich beim besten Willen keine

Zeit, ihren neuesten Storys und Gerüchten Gehör zu schenken.

Während ich zwischen der Küche, dem Gastraum und der Terrasse hin und her flitze, schnappe ich nur Wortfetzen auf. Anscheinend geht es mal wieder um den Yachtclub-Präsidenten, der mit seiner jungen Geliebten auf dem Weinfest in Salem gesehen wurde und der seine Verliebtheit öffentlich zur Schau stellt.

»Des isch doch e Schand«, höre ich Veronika Möhrle seufzen und ihr großer Busen wogt in einem viel zu engen fliederfarbenen Oberteil. »Die arme Marlies. Ich hab gehört, die muss jetzt arbeiten gehen, damit sie ihre Miete zahlen kann. Und der macht sich ein schönes Leben mit dieser Schlampe.«

»Na ja, ob es eine Schlampe ist, können wir so nicht sagen«, meint daraufhin die ruhige Ruth, die heute ein weißes Sommerkleid trägt und darin sehr jugendlich wirkt. »Natürlich ist es nicht in Ordnung, einer anderen den Mann wegzunehmen, aber vielleicht ist das gar nicht so eine Bettgeschichte, sondern die beiden haben sich verliebt?«

»Awa, Schmarren. Des sind eindeutig die Hormone, die bei dem verrücktspielen. Wahrscheinlich die Midlife Crisis oder so was«, weiß Veronika.

»Ja, des kommt halt dabei raus, wenn man nicht auf seinen Mann aufpasst«, ereifert sich die rothaarige Jutta, deren nicht allzu langen Beine heute in weißen Bermudas stecken, zu dem sie ein rotweiß geringeltes T-Shirt trägt, was mich an ein Faschingskostüm erinnert.

»Also mein Hubert, der würde sich so was niiiie erlauben. Man muss den Männern nur genug Arbeit auftragen, dann haben sie gar keine Zeit für so ein Techtelmechtel. Auch in der Freizeit, immer eine Beschäftigung geben wie Rasen mähen, Getränke holen, das Auto waschen und so weiter. Da kommen sie schon nicht auf dumme Gedanken. Dem würde ich auch was erzählen. Und wenn ich die Marlies wäre, ausziehen würde ich den bei einer Scheidung, bis aufs Hemd. Von wegen selbst arbeiten müssen und der vergnügt sich. Also, geht's noch?«

Und so tönt es weiter. Ich höre nur noch mit halbem Ohr hin, weil ich überall gleichzeitig gerufen werde.

Hellhörig werde ich nur noch einmal, als es wieder um die verschwundene Isabella geht.

Offenbar sind neue Informationen aufgetaucht, nach denen Isabella wohl ein jahrelanges Martyrium hinter sich hatte. Dieser Ronny Grothe scheint sie demnach recht häufig geschlagen zu haben, jedenfalls wurde sie oft mit blauen Flecken gesehen. In der Öffentlichkeit trat sie nett und freundlich auf, hatte jedoch etwas Zurückhaltendes und Ängstliches an sich.

»Warum bleibt eine Frau bei so einem Mann, wenn der sie nur schlecht behandelt und schlägt? Noch dazu so eine Hübsche. Also ich versteh' das nicht, ich hätte den verlassen, schon längst«, regt Veronika sich auf. Ihr sonst so freundliches Gesicht ist vor Wut knallrot.

»So einfach ist das manchmal nicht«, gibt die sinnierende Ruth zu bedenken. »Ich habe da einmal einen ganz interessanten Artikel in der ›emotion‹ darüber gelesen. Anscheinend kommt Gewalt in der Ehe auch in der heutigen Zeit gar nicht so selten vor. Es sind auch nicht immer die ungebildeten oder hässlichen Frauen, die bei so einem Mann bleiben, sondern oft gerade die, die an jedem Finger zehn haben können. Schlagen ist ein Zeichen von Schwäche. Und vielleicht fühlt sich bei einer solchen Frau ein labiler Mann unterlegen. Er fühlt sich nur dann stark, wenn er sie demütigen oder körperlich verletzen kann, so blöd, wie sich das vielleicht anhört.«

»Trotzdem. Ich würd' dem den Kochtopf über den Kopf schlagen und abhauen.« Auch Jutta ist der Meinung ihrer Freundin Veronika.

»Das ist für manche Frauen eben nicht so einfach. Zum einen haben sie oft niemanden, dem sie sich anvertrauen können oder mögen, der sie auffängt, moralisch und finanziell unterstützt«, zitiert Ruth wieder den Artikel. »Immerhin verwenden sie ihre ganze Kraft darauf, den Schein nach außen zu wahren. Insgeheim glauben viele sogar, es sei alles ihre Schuld, und wenn sie sich nur mehr Mühe gäben, würde das nicht noch einmal vorkommen. Zumal solche Männer, nachdem sie die Frau misshandelt haben, oft fürchterlich reumütig sind und das Blaue vom Himmel versprechen, so dass die Frau glaubt, es würde alles wieder gut ...«

»Und das geht so lange gut oder vielmehr nicht gut, bis ein anderer auftaucht. Also, ich glaub ja, dass diese Isabella einen anderen kennengelernt und der Ronny das herausgefunden hat. Dann hat er sie totgeschlagen oder mit dem Messer erstochen oder sonst was und die Leiche in den See geworfen. Den hat er am Campingplatz direkt vor der Tür.«

Veronika macht eine bedeutungsvolle Pause.

»Na, das wird die Polizei schon herausfinden«, antwortet Jutta. »Ich konnte denen jedenfalls erzählen, dass ich die Isabella am Tag, als sie verschwunden ist, im Café Aran gesehen hab'. Mit einem anderen Mann, der dann später hier im Garten war.« Sie senkt verschwörerisch die Stimme, so dass ich nichts mehr verstehen kann.

Mit kleinen Väschen, die ich mit Rosen aus dem Garten bestückt habe, schleiche ich näher an ihren Tisch heran, in der Hoffnung, erneut Gesprächsfetzen aufzuschnappen.

Und tatsächlich kann auch Veronika etwas Neues von der Nachbarin der Grothes zum Besten geben. Diese hat wohl der Frisörin von Veronika erzählt, dass sie die verschwundene Isabella einige Male mit einem anderen Mann in einem fremden Auto gesehen habe, in einem alten Volvo.

Ich atme tief durch. Also muss es ganz offensichtlich Christian gewesen sein. Leider kann ich nicht weiter zuhören, da die Fahrradtruppe mich zum Zahlen ruft und ich auf die Terrasse hinausmuss.

Kaum sind sie gegangen, setzt sich eine neue Gruppe, bestehend aus einigen Wanderern, an die frei gewordenen Tische und will sogleich die Bestellung aufgeben.

Ich muss erst das Geschirr abräumen. Auf dem Weg in die Küche rufen die BBP-Ladys ebenfalls: »Zahlen.«

In der Küche stelle ich das Geschirr ab, mache die Tür hinter mir zu und schreie ganz laut: »Aaaaaaaaaaaaaaaaaa aaaaahhhhhhhhhh.«

Dann gehe ich mit einem Lächeln wieder hinaus, begrüße die neuen Gäste und frage:

»Was kann ich für Sie tun?«

Als ich in die Küche zurückkomme, steht meine Mutter an der Geschirrspülmaschine und räumt das Geschirr ein.

Sie sieht sehr hübsch aus in ihrer himmelblauen Bluse und der weißen Hose.

»Guten Morgen, Liebes«, begrüßt sie mich strahlend. »Als ich hereinkam, hörte ich einen Schrei in der Küche. Ich dachte, es sei etwas passiert.«

»Nein, nein, es ist nichts«, beruhige ich sie.

Doch sie blickt nur auf das Chaos um uns herum und krempelt schon die Ärmel hoch.

»Gib mir mal das Telefon.«

Spontan ruft sie ihren Steve an und flötet, dass sie ihren geplanten Ausflug auf den Nachmittag verschieben müssten, weil ihre Tochter unbedingt Hilfe brauche.

»Mama, das möchte ich nicht. Genieße deinen Urlaub und geh mit Steve …«

»Papperlapapp. Wo soll ich anfangen?«

Und mit Mamas Hilfe flutscht auf einmal alles. Zu zweit geht eben die Arbeit viel schneller von der Hand und im Nu sind die Tische abgeräumt, das Geschirr in der Maschine und Kaffee gekocht. Nebenbei backen wir ein paar leckere Beeren-Mascarpone-Seehupferl.

Jetzt, wo Nini nicht da ist, merke ich, wie viel sie mir immer geholfen hat. Und das, ohne sich je darüber zu beklagen. Wie soll ich nur alles ohne sie schaffen? Sie fehlt mir so sehr. Und unser Zwist liegt mir ganz schwer im Magen. So sehr, dass mir schon wieder schlecht ist. Wahrscheinlich habe ich bereits ein Magengeschwür durch den ganzen Ärger.

Nachdem ich am Nachmittag meine Mutter endlich zu ihrem Steve geschickt und ihr versichert habe, dass ich nun ganz sicher allein klarkomme, nehme ich mir vor, nach Feierabend und meiner kleinen Abendrunde mit Jojo Nini anzurufen und mich mit ihr auszusprechen.

Wie gut es tut, nach diesem anstrengenden Tag ein wenig an die frische Luft zu kommen.

Auch Jojo genießt unseren Weg am Seeufer und springt freudig um mich herum. Zum Glück hat ihr kleiner Hundemagen die Vergiftung am Abend des Einbruchs gut überstanden.

Noch immer fühle ich mich ängstlich, wenn ich daran zurückdenke. Auch wenn Michael versucht hat, mir die Furcht zu nehmen, so habe ich doch seitdem ein seltsames Gefühl, besonders, wenn ich allein zu Hause bin.

Auch diese mysteriösen Anrufe geben mir zu denken. Wer kann das nur sein? Dass sich jemand so häufig verwählt, noch dazu mitten in der Nacht, kann ich mir nicht denken.

Leider kann ich mich nicht mit Nini aussprechen, denn ihr Handy ist aus. Bestimmt ist sie bei Ben und immer noch sauer auf mich. Vielleicht habe ich ein klitzekleines bisschen überreagiert. Aber ich bin nun einmal allein für sie verantwortlich und habe Angst um sie. Das versuche ich ihr in wenigen Worten zu sagen, die ich ihr auf die Mailbox spreche. Anschließend falle ich in einen unruhigen Schlaf, der so lange vom Klingeln des Telefons unterbrochen wird, bis ich den Stecker herausziehe. Denn es ist sowieso wieder niemand dran.

In den nächsten Tagen bin ich heilfroh, dass meine Mutter in meiner Nähe ist und mir zur Hand gehen kann. Nachdem Nini immer noch fort, Emily fast nur im Krankenhaus ist und die Touristen in Scharen an den See kommen, würde ich die Arbeit allein niemals schaffen.

Am Samstagmorgen bereite ich gerade einen Blaubeerkuchen mit Frischkäsecreme zu, als Nini plötzlich vor mir steht.

Ohne ein Wort zu sagen, fällt sie mir um den Hals.

»Es tut mir so leid«, sagen wir beide gleichzeitig und drücken uns fest.

Wir haben schon so viel gemeinsam durchgestanden, da wird uns diese Sache doch nicht auseinanderbringen.

Ich erzähle Nini, wie es dazu kam, dass das Haschisch aus ihrer Badetasche fiel, und dass ich mir von diesem Moment an unglaublich viel Sorgen um sie gemacht habe.

»Ich weiß, Mami«, versichert sie. »Aber du hättest dir doch denken können, dass das Zeug nicht mir gehört.«

»Gedacht habe ich mir das schon, aber dann fiel mir nur noch Ben ein. Und dieser Gedanke gefiel mir ganz und gar nicht.«

Dass der Kommissar Michael erwähnte, dass die Eltern nie wissen oder denken, ihre Kinder könnten Rauschgift nehmen, erwähne ich erst einmal nicht.

»Und da hast du gedacht, es wäre doch keine so gute Idee, wenn ich zu Ben ziehe, stimmt's? Ach, Mami. Ben hasst das Zeug, sogar noch mehr als ich. Wir trinken mal ein Bierchen oder ein Gläschen Aperol Sprizz, wenn wir ausgehen. Und wenn's lustig ist, dann können es auch mal ein paar mehr werden. Aber du kannst mir glauben, mit Haschisch haben wir nichts am Hut.«

»Und wo kam das Beutelchen dann her?«

So ganz überzeugt hat sie mich noch nicht. Doch es tut gut, dass sie da ist. Dass wir in unserer kleinen Küche zusammen sind und sie mit ihren vertrauten Händen die Blaubeeren auf den Kuchen legt.

»Franziska.«

»Franziska?«

Mir fällt das melancholische Wesen wieder ein, welches hierher zum Lernen kam. Und nie, absolut nie auch nur ein Krümelchen unserer herrlich leckeren Dinge zu sich genommen hat.

»Ja, Franziska. Ich hab' dir ja erzählt, wie streng ihre Eltern sind. Sie kümmern sich einen Dreck um sie und erwarten immer nur, dass sie funktioniert. In der ganzen Zeit vor dem Abi hat sie mir ständig was vorgeheult, dass ihre Eltern erwarten, dass sie einen sehr guten Abschluss macht. Sie soll an irgendeiner Elite-Uni studieren, wo Franziska aber gar nicht hin will. In dieser Zeit fing das an, dass sie öfter mal einen Joint rauchte. Weil ihre Eltern aber schon ausrasten, wenn sie ab und zu eine Zigarette raucht oder gar Alkohol trinkt, fing sie an, das Zeug in meinen Taschen zu verstecken. Sie wusste, dass du mir vertraust und mir nicht hinterherschnüffelst. Ich glaube, sie beneidet mich um das Verhältnis, das wir beide haben. Das ist nämlich etwas ganz Besonderes.«

Nini umarmt mich noch einmal und gibt mir einen Kuss.

»Somit bestand also keine Gefahr, entdeckt zu werden. Ich hab' zwar ein paar Mal versucht, ihr das auszureden, aber ohne Erfolg. Ehrlich gesagt, bin ich ganz happy, dass sie keine härteren Sachen nimmt.«

»Denkst du, dass dieser Typ dahintersteckt? Der mit dem tollen BMW, meine ich?«

Insgeheim bin ich erleichtert, dass das Zeug nicht Nini oder Ben gehört. Auch wenn ich es schrecklich finde, dass die kleine Franziska Probleme hat.

»Du meinst Achim Klein? Nein, das glaube ich nicht. Ich habe ihn inzwischen kennengelernt und finde ihn ganz nett. Also, klar ist er viel zu alt für sie, aber das ist ihre Sache. Vielleicht kümmert er sich einfach um sie. Und außerdem steht sie auf das High- Society-Leben, das er ihr bieten kann, mit schön essen gehen und teure Clubs besuchen, verreisen, Geschenke und so. Aber mit Drogen hat der nix am Hut. Das ist eher so ein richtiger Gesundheitsfreak, geht joggen und ernährt sich vernünftig. Wahrscheinlich, damit er jung bleibt«, grinst Nini. »Vielleicht könnte er sie sogar beeinflussen, dass sie das Zeug lässt. Aber ich glaube, der weiß das gar nicht. Jedenfalls hat sich Franzi angeblich nur mir anvertraut, und ich möchte ihr Vertrauen jetzt nicht missbrauchen und hinter ihrem Rücken mit ihm reden, verstehst du?«

Klar verstehe ich das. Dann wäre das oberste Gebot der Freundschaft verletzt und das Vertrauen missbraucht.

»Mach dir keine Sorgen, Mami. Ich glaub', sie hat das nur gebraucht, um hin und wieder den Stress auszuhalten. Das wird jetzt sicher aufhören, schließlich haben wir das Abi in der Tasche.«

Ganz überzeugt bin ich nicht davon. Wenn Franziskas Eltern so hohe Ansprüche an ihre Tochter stellen, wird der Leistungsdruck beim Studium nicht kleiner, sondern größer.

Nini steckt sich eine Blaubeere in den Mund.

»Mami, du hast doch sicher nichts dagegen, wenn ich dir heute im Café helfe?«, grinst meine Tochter schelmisch. »Heute Abend wollen wir dann mit Bens Freund Marco ein Stückchen auf den See rausfahren und dort seinen Geburtstag feiern. Er hat ein kleines Motorboot und wir machen ein Picknick an Bord und gehen ein bisschen schwimmen.«

»Das klingt ganz toll.«

Ich bin so glücklich, dass zwischen Nini und mir wieder alles in Ordnung ist. Auch meine Mutter wird froh sein, dass sie den heutigen Tag mit ihrem Liebsten verbringen kann.

Traurig bin ich nur, wenn ich daran denke, dass auch Christian und ich im letzten Jahr eine kleine Bootstour mit Picknick und Schwimmen unternommen haben und ich mich dabei rettungslos in ihn verliebte.

12. Kapitel

Die Leiche am Teufelstisch

Spät am Abend, als ich gerade dabei bin, auf dem Sofa einzudösen, klingelt wieder einmal das Telefon. Insgeheim hoffe ich noch immer, es könnte Christian sein, der mir seine Liebe beteuert und sich mit mir vertragen will.

Doch als ich abnehme, höre ich nur ein komisches Rauschen und dann eine dünne Stimme:

»… Leiche treibt im Wasser, … Polizei rufen.« Dann bricht die Verbindung ab.

Da es sich nach Ninis Stimme anhörte, rufe ich sie sofort an, doch es meldet sich nur die Mailbox.

Anschließend klingelt es noch einmal und als ich rangehe, wird wieder aufgelegt.

Was war das mit einer Leiche, die im Wasser treibt? Und wer soll jetzt die Polizei rufen?

Ich bin äußerst beunruhigt und rufe deshalb Michael an.

Obwohl es schon spät ist, geht er gleich ans Telefon und ich erzähle ihm von dem mysteriösen Anruf.

Nur einige Minuten darauf steht er vor meiner Tür.

Dass ich eine alte Jogginghose trage und noch Reste der Anti-Age-Maske im Gesicht habe, wird mir erst bewusst, als er mich leicht irritiert betrachtet.

»Oh, Michael. Danke, dass du so schnell gekommen bist. Warte bitte einen klitzekleinen Moment, ja?«

Während sich Michael auf mein lila Sofa setzt, ersetze ich in Windeseile die Jogginghose durch eine Jeans, wische die

Maskenreste ab und binde meine Locken zusammen. Dass ich jetzt ungeschminkt bin, kann ich nun auch nicht mehr ändern. Nur etwas Gloss auf die Lippen, das muss reichen.

Als ich gerade dabei bin, Michael von dem mysteriösen Anruf zu erzählen, klingelt das Telefon erneut. Diesmal kann ich besser verstehen: Es ist tatsächlich Nini, die aufgeregt berichtet, auf dem See treibe eine Leiche. Sie kann mir gerade noch sagen, wo sie sich befinden, nämlich am Teufelstisch in der Nähe der Marienschlucht, da reißt das Gespräch ab.

»Komm, wir fahren sofort hin«, entscheidet Michael und schon sind wir unterwegs.

Während der Fahrt ist mein Begleiter sehr nachdenklich, dann sagt er plötzlich:

»Maja, es gibt etwas, das du noch nicht weißt. Als dieser Ronny Grothe seine Frau als vermisst meldete, deutete er an, sie könnte sich etwas angetan haben. Angeblich sei sie schon längere Zeit sehr depressiv gewesen.«

Ha. Depressiv. Dass ich nicht lache. Sie war kreuzunglücklich mit diesem Kerl an ihrer Seite.

»Und er habe, als sie an dem bewussten Tag nicht nach Hause kam, ein wenig in ihrer Nachttischschublade herumgekramt. Dort hätte er mehrere leere Packungen mit Schlaftabletten gefunden. Das Merkwürdige sei gewesen, nicht die Packungen waren leer und die Tabletten einzeln herausgetrennt, so als ob jeden Abend jemand eine nimmt, sondern der komplette Inhalt mitsamt der Verpackungseinheit fehlte. Er war in Sorge, sie könnte sich umgebracht haben.«

»Denkst du das auch, Michael?«

»Hmmm, ich weiß nicht. Es wäre eine Möglichkeit, denn sie war, was kein Geheimnis ist, sehr unglücklich in ihrer Ehe mit Ronny. Möglich wäre allerdings auch, dass er ihr etwas zugefügt haben könnte und mit den Schlaftabletten nur von sich ablenken wollte. Wie auch immer, ohne Leiche können wir nicht ermitteln. Weder, ob es sich um Mord, noch, ob es sich eventuell um Selbstmord handelt. Nun, vielleicht kommen wir heute Abend einen Schritt weiter.«

Michael stellt den Wagen auf dem Parkplatz zur Marienschlucht in Langenrain ab. Die Gegend ist so ganz anders als die liebliche Bodenseelandschaft sonst. Fast hat man den Eindruck, irgendwo in Schottland gelandet zu sein, mit den bewaldeten Hügeln und den wildromantischen Wegen. Bewaffnet mit einer Taschenlampe und dem Handy, über das Nini uns genaue Anweisungen gibt, wo sie sich befinden, machen wir uns auf den Weg Richtung See. Zu blöd, dass es bereits stockdunkel ist und man kaum sehen kann, wo man hintritt. Der urige Weg zwischen den hohen Felswänden ist schmal und verschlungen und unter uns rauscht der Bach, der in den See fließt. Sonst ist alles totenstill.

Oh Gott, ich muss an die Leiche denken, die die Jugendlichen gesehen haben. Ob das die verschwundene Isabella ist?

Mir fällt das Gespräch der BBP-Ladys aus dem Café wieder ein. Was, wenn es so war? Sie einen Liebhaber hatte? Womöglich Christian? Vielleicht war sie so unglücklich, dass sie sich mit den Schlaftabletten das Leben nahm? Oder Ronny hat alles herausgefunden. Gewalttätig, wie er ist, ist er vielleicht komplett durchgedreht und hat sie tatsächlich ermordet, um sie anschließend in den See zu werfen. Die Strömung könnte sie Richtung Wallhausen getrieben haben.

Oder er hat die Leiche gleich auf ein Kanu, das man am Campingplatz ausleihen kann, gepackt und ist damit über den See gerudert. In der Hoffnung, dass sie dort, am Teufelstisch, nicht so schnell auftauchen wird. Bei dem Teufelstisch handelt es sich um eine Felsformation im See, eine Felsnadel, die vor der Steilwand vor Wallhausen liegt. Er hat einen

Durchmesser von circa 15 Metern und liegt, je nach Wasserstand, etwa anderthalb Meter unter der Wasseroberfläche. Rings um den Teufelstisch fällt die Wand fast senkrecht bis in circa 90 Meter Tiefe ab. Weil es dort in der Vergangenheit viele tödliche Tauchunfälle gab, existiert seit einigen Jahren ein generelles Tauchverbot an dieser Stelle.

Natürlich ranken sich viele Gerüchte um diesen etwas unheimlichen Ort. Zum Beispiel existiert die Sage, dass in der Tiefe riesengroße Welse, fast schon Seeungeheuer, leben, die die armen verunglückten Taucher auffressen, weshalb diese nie an die Seeoberfläche zurückkehren.

»Maja, hörst du das?«, unterbricht Michael die unheimliche Stille.

Als wir uns dem Seeufer nähern, höre ich tatsächlich Stimmen.

Es sind die jungen Leute auf dem Motorboot, die sich mit Michaels Kollegen von der Wasserschutzpolizei, die Michael von unterwegs angerufen hatte, lautstark unterhalten.

»Wir haben ein bisschen gefeiert, aber keine Drogen genommen. Im Ernst, wir sind sogar ziemlich nüchtern«, höre ich Ben, noch bevor ich ihn sehen kann.

»Eigentlich wollten wir schwimmen gehen«, sagt ein Freund von ihm darauf. »Und dann haben die Mädels auf einmal herumgekreischt: ›Iiiiihhh, da schwimmt was. Da ist eine Leiche oder so.‹«

»Eine Leiche oder so, aha«, antwortet Michaels Kollege gerade, als wir ankommen und uns kurz vorstellen. »Und wo ist die Leiche oder so jetzt, wenn ich mal fragen darf?«

»Das wissen wir nicht. Wir sind ein wenig abgetrieben, aber die Leiche kann auch abgetrieben sein, was weiß denn ich? Auf jeden Fall ist es stockdunkel und wir haben auf einmal nichts mehr gesehen.«

Die jungen Leute sind aufgeregt und reden alle durcheinander. Nachdem sie noch einmal haarklein erläutert haben, wo sie was gesehen haben wollen, und ihre Personalien angegeben haben, fährt die Wasserschutzpolizei langsam davon, nicht ohne ihre großen Leuchten einzusetzen, um den See um den Teufelstisch herum genauestens nach einer Leiche abzusuchen.

Michael und ich, die an Bord geklettert sind, fahren hinterher und unterhalten uns ein wenig mit den Jugendlichen.

»Mami, du kannst dir nicht vorstellen, wie gruselig das war«, sagt Nini mit großen Augen. Doch, das kann ich gut. Ich bekomme jetzt noch eine Gänsehaut, wenn ich mir die gespenstische Stelle vorstelle. Auch ohne Leiche sieht es hier nicht gerade gemütlich aus.

Die hohen, dunklen Bäume, die Stille ringsum, nur das Mondlicht leuchtet schwach auf den dunklen See.

Es ist nichts zu sehen, keine Leiche, nicht einmal ein Fisch.

Ehrlich gesagt, kann ich den Teufelstisch bei der Dunkelheit kaum erkennen.

»Bestimmt habt ihr euch getäuscht«, meint Michael, um die Jugendlichen zu beruhigen. »In der Dunkelheit nimmt man Dinge oft anders wahr, als sie tatsächlich sind.«

So ganz überzeugt scheint Nini aber nicht zu sein.

»Möchtest du mit uns mit dem Auto nach Hause fahren?«, frage ich sie daher.

»Nein, nein, lass mal. Ich fahre mit den anderen zurück. Uns ist der Spaß am Feiern jetzt auch vergangen. Wir kommen dann gleich nach«, antwortet sie, während wir wieder zur Anlegestelle zurückfahren.

»Wenn aber noch was ist, dann ruf mich gleich an, ja?«, verabschiede ich mich.

»Oder mich«, ergänzt Michael und steckt den Jungs noch seine Karte zu, bevor wir uns wieder auf den Heimweg machen. Höchste Zeit, dass ich nach diesem aufregenden Abend endlich ins Bett komme. Denn morgen ist mein Geburtstag – und zwar mein 40..

Ausgerechnet heute lacht die Sonne und ich kann mich nicht einmal darüber freuen, denn das bedeutet wieder viel Arbeit im Café.

Da ich andere Sorgen habe, brauche ich mich nicht darüber zu grämen, 40 zu werden, wie so viele das tun. Warum eigentlich? Ich finde, dass das ein ganz tolles Alter ist.

Schon früh stehen meine Mama und Steve vor der Tür, beladen mit einem riesengroßen Sommerblumenstrauß und einer wunderschönen Bluse, die sie aus Amerika für mich mitgebracht haben.

Auch Nini hat eine Überraschung für mich: Sie hat Konzertkarten für ein Konzert von Katie Melua im Oktober in Mannheim für mich gekauft.

»Damit du mich auf jeden Fall dort besuchen kommst. Dann machen wir beide uns einen schönen Mädelsabend«, lacht sie, als sie mir die Karten überreicht.

Sogar Emily kommt vor dem Besuch im Krankenhaus vorbei, mit selbst hergestellten Perlmutt-Ohrringen.

Blass und klein sieht sie aus und schrecklich unglücklich, obwohl sie ihre Sorgen hinter einer Maske aus starren Gesichtszügen und einem Lächeln, das wie hingetackert wirkt, verbirgt.

Ich freue mich so sehr, sie zu sehen, dass mir die Tränen kommen.

Natürlich kann sie nicht lange bleiben, da sie wieder zu Thomas will. Ich traue mich nicht, sie zu fragen, wie es ihm geht, das sehe ich auch so an ihren Augen. Dennoch beteuert sie, dass es ihr gut gehe, und verspricht, bald wieder vorbeizukommen und ein bisschen mehr Zeit mitzubringen.

Als ich sie zur Tür bringe, kommt gerade ein Blumenbote und überreicht mir einen wunderschönen Strauß mit roten Rosen und einer Karte, auf der steht: ›Alles Liebe zum Geburtstag. Christian.‹ Nicht mehr.

Mein Herz klopft so laut, dass man es wahrscheinlich noch in Konstanz hören kann.

Was soll das? Kann er nicht wenigstens anrufen? Oder erwartet er, dass ich das jetzt tue, um mich für den blöden Blumenstrauß zu bedanken? Da kann er lange warten. Ich kann auch stur sein, oh ja.

Wie erwartet, ist bei dem schönen Wetter viel Betrieb auf der Terrasse. Doch Nini und meine Mutter weigern sich hartnäckig, mich zu verlassen, bevor ich abgeschlossen habe. Auch danach wollen sie partout nicht gehen und bestehen auf einem Gläschen Prosecco auf der Terrasse, zu dem ich mich widerstrebend überreden lasse. Als sie danach immer noch sitzen bleiben, werde ich kribbelig. Ich gähne demonstrativ und schlage vor, dass es jetzt Zeit zum Schlafengehen wäre.

»Wir lassen dich doch an deinem Geburtstag nicht allein«, protestieren sie einhellig.

Doch ich schiebe meine Mutter zur Tür hinaus.

»Nach der letzten Nacht und dem heutigen Tag bin ich total fix und fertig, Mama. Glaub mir, ich mache mir nur noch einen Tee und hüpfe kurz in die Wanne. Dann ab aufs Sofa und danach direkt ins Bett. Aber ich danke euch beiden, dass ihr den ganzen Tag hier wart. Das Feiern holen wir nach, wenn das Café Ruhetag hat, einverstanden?«

Und somit braucht auch Nini kein schlechtes Gewissen zu haben, wenn sie den schönen Sommerabend mit ihren Freunden am See ausklingen lassen möchte.

Als beide gegangen sind und ich gerade auf dem Weg in mein Bad bin, klingelt es an der Tür.

Vielleicht hat eine der beiden etwas vergessen, denke ich und öffne.

Aber vor der Tür steht Leon, der doch tatsächlich singt:

»Happy birthday to you …«

Leon mag ein guter Winzer sein und ein noch besserer Kaufmann, nur singen kann er definitiv nicht, weshalb ich herzhaft lachen muss.

»Danke, Leon, dass du an meinen Geburtstag gedacht hast.«

»Wie könnte ich nicht? Schließlich waren wir drei Jahre zusammen.«

Er wedelt mit zwei Karten, die er in der Hand hält.

»Hast du Gäste oder kann ich dich entführen?«

Ich bin todmüde und möchte nur noch schlafen. Und traurig sein, weil Christian nicht angerufen, sondern nur Blumen geschickt hat. Andererseits – die Karten machen mich nun wirklich neugierig.

»Lass mal sehen.«

Aber Leon versteckt sie hinter dem Rücken.

»Was ist, kommst du mit?«

Ich zögere immer noch.

Der Gedanke an ein heißes Bad und mein gemütliches Sofa ist so verführerisch.

Aber warum eigentlich nicht mitgehen? Es ist mein 40. Geburtstag und ich bin allein. Warum soll ich auf dem Sofa sitzen und Trübsal blasen?

»Gib mir eine Minute«, entscheide ich mich deshalb schnell, damit ich es mir nicht anders überlegen kann, und flitze nach oben, um mich rasch in ein hübsches Sommerkleid zu werfen.

Nur fünf Minuten später stehe ich, mit etwas ›Soir de Lune‹ besprüht und kirschrotem Lippenstift bestückt, in meinem roten Kleid vor ihm.

»Kann losgehen.«

Und in der nächsten Minute sind wir bereits mit seinem neuen silbergrauen Porsche am See entlang unterwegs.

Als wir in Immenstaad am Hafen ankommen, erblicke ich Leons Überraschung.

Hier liegt die ›Hohentwiel‹, der wohl schönste historische Schaufelraddampfer, den der Bodensee je gesehen hat. Auf dem laut Fachpresse am besten restaurierten Dampfschiff Europas erinnern die wertvollen Hölzer wie Mahagoni, Teak und Kirschbaumholz an Deck und das wunderschöne restaurierte Interieur an glanzvolle Zeiten.

Als wir an Bord gehen, erklingt leise Musik und Leon führt mich zu einem ganz in Weiß gedeckten Tisch.

»Darf ich dich zum Captain's Dinner einladen, meine Teure?«, scherzt er.

»Aber Leon, das kann ich doch nicht annehmen, das ist doch viel zu teuer«, antworte ich, überrascht und gleichzeitig entzückt.

Wenn ich das gewusst hätte, hätte ich etwas anderes angezogen.

»Oh doch, das kannst du«, lacht Leon. »Wenn wir auch kein Paar mehr sind, so sind wir doch gute Freunde, nicht wahr?«, und blickt mir dabei tief in die Augen.

Das sieht mir nun nicht gerade nach einem freundschaftlichen Blick aus. Aber das mit uns ist doch Vergangenheit.

Und wie sagt das Sprichwort: Man soll nicht zweimal in denselben Fluss steigen. Oder so ähnlich.

Allerdings muss ich zugeben, dass mir dieser Geburtstagsabend ganz außerordentlich gut gefällt. Das Gourmetmenü ist köstlich. Es besteht aus einem bunten Sommerblütensalat mit Langostinos, geschmolzenem Ziegenkäse und weißem Pfirsich vorweg, indischem Gewürz-Stubenküken mit Taboulé, Ananas und Tandoori-Joghurt als Hauptspeise und gebackenem Schokoladen-Ingwer-Flan mit warmen Basilikum-Erdbeeren. Ich weiß nicht, wann ich das letzte Mal etwas derart Leckeres gegessen habe. Leon erweist sich wieder einmal als charmanter Gesellschafter und bringt mich mit seinen Geschichten zum Lachen. Natürlich erzählt er eine Menge vom Weingut, das ist nun einmal sein Leben. Doch erstaunlicherweise spricht er auch viel von seiner kleinen Schwester Emily.

»Weißt du, Maja, ich bin dir so dankbar. Ich glaube, ohne dich wäre Emily immer noch so ein verkorkster Hippie.«

Das kann er jetzt unmöglich witzig finden. Emily hat ihre Vorliebe für indische Hippieklamotten und strähnige Haare doch schon eine Weile abgelegt und ist jetzt eine sehr stilbewusste junge Frau geworden.

»Apropos: Was hat Nini eigentlich vor nach der Schule? Vielleicht kann ich etwas für sie tun.«

»Vielen Dank, aber das brauchst du nicht, Leon. Nini hat sich in Mannheim an der Uni beworben, um zu studieren.«

»Mannheim? Um Gottes willen, was will sie denn daaa.«

Er scheint ehrlich entsetzt.

»München, Hamburg – ja. Aber *Mannheim*?«

»Na ja, ich glaube, da spielt ein gewisser Ben eine nicht unerhebliche Rolle, der ebenfalls dort studiert.«

Leon zieht fragend eine Augenbraue hoch.

»Aha, Ben. Wer ist denn das? Was macht sein Vater und was studiert er, wenn ich fragen darf?«

»Soviel ich weiß, will er Lehrer werden.«

In Leons Gegenwart traue ich mich kaum zu ergänzen: »Für Biologie.«

»Ein Biolehrer. Ich fass es nicht. Ein Beamter. Der Weg in die gesicherte Armut.«

Das macht mich aber nun richtig wütend.

»Lehrer ist ein sehr ehrenwerter Beruf, lieber Leon. Und Ben ist ein äußerst kluger und verantwortungsbewusster junger Mann. Was sein Vater macht, weiß ich gar nicht, das interessiert mich auch nicht«, schnaube ich.

»Das sollte es aber. Immerhin geht es um deine Tochter. Du willst doch für sie sicher das Beste. Und wie soll ein Beamter denn anständig für sie sorgen können? Ehrenwerter Beruf – wenn ich so was schon höre. Da kann sie sich gleich einen suchen, der Bienen züchtet oder in Afrika eine Missionarsstation leitet.«

Also das ist doch die Höhe. Diese Arroganz habe ich schon immer an Leon gehasst.

»Auch das wäre sicher mindestens so ehrenwert wie Wein anzubauen, oder nicht?«

Was bildet er sich nur ein? Wo wäre er denn, wenn nicht sein Vater ihm das erfolgreiche Weingut hinterlassen hätte?

»Glaubst du denn im Ernst, dass so ein Lehrer deine Tochter jemals im Leben zu einem solchen Dinner auf einem derartigen Schiff einladen kann?«

»Ach, und warum nicht? Außerdem wird Nini auch studieren und kann es sich vielleicht selbst leisten, wenn sie mit dem Studium fertig ist. Vielleicht braucht sie dann gar keinen Mann, der sie dazu einlädt, oder kann ihn dazu einladen.«

Ich mag den Rest des leckeren Schokokuchens gar nicht mehr essen, sondern feuere wütend die Gabel auf den Teller.

»Na toll. Da hast du ihr was Schönes beigebracht. Und was will sie studieren? Philosophie oder Soziologie wahrscheinlich oder irgend so einen anderen nutzlosen Käse, wie ich deine Tochter kenne.«

»Wirtschaftswissenschaften nennt sich der nutzlose Käse, den meine Tochter studieren möchte, die du im Übrigen genauso wenig kennst wie deine eigene Schwester.«

Ich knalle die Serviette auf den Teller und marschiere zur Toilette, wo mich mein knallrotes, wütendes Gesicht im Spiegel erwartet. Dass Leon jedes Mal einen schönen Abend kaputt machen muss. Auf einmal fällt mir wieder ein, warum ich mich von ihm getrennt habe, und ich bin heilfroh, dass die ›Hohentwiel‹ kurz darauf den Hafen wieder anläuft. Die Stimmung ist dahin und die Heimfahrt verläuft schweigend.

Dennoch verabschiede ich mich höflich von Leon, indem ich mich tausend Mal bei ihm für diese tolle Geburtstagsüberraschung bedanke. Immerhin hat er nicht nur viel Zeit, sondern auch viel Geld geopfert, um mir eine Freude zu machen. Weil ich immer noch so aufgeregt bin, kann ich nicht schlafen und gehe stattdessen in den Garten. Gedankenverloren setze ich mich auf den kleinen Steg, denke an den Abend auf dem wunderschönen Schiff ›Hohentwiel‹ und betrachte Christians kleines, altes Segelboot ›Sommerwind‹. Welch ein Unterschied zu dem herrschaftlichen Ambiente eben. Und doch hätte ich den Abend viel lieber mit Christian auf dieser kleinen Nussschale verbracht, mit etwas Baguette und Wein und Weintrauben, wie an dem Abend, als wir vor Langenargen den Anker warfen und uns verliebten. Seit Wochen hat er sich nicht gemeldet und er fehlt mir so sehr. Was ist nur mit uns geschehen? Wir waren doch so glücklich und verliebt. Misstrauen essen Liebe auf, hat Emily gesagt. Habe ich durch mein Misstrauen alles kaputt gemacht? Aber warum spricht er nicht mit mir? Mein Stolz ist zu groß, um ihm nachzulaufen. Sanft spiegelt sich das Mondlicht im Wasser. Jetzt erst fällt mir auf, wie hell der Vollmond den See bescheint. Komisch, dass ich das an Bord der ›Hohentwiel‹ gar nicht bemerkt habe. Weil es noch so schön warm ist, streife ich mein Kleid und die Unterwäsche ab und lasse mich nackt in das kühle Wasser gleiten. So ein Bad im Mondschein ist nicht nur herrlich erfrischend, sondern auch unglaublich romantisch und macht meinen Kopf augenblicklich wieder frei. Was rege ich mich so auf? Über Leon brauche ich mich nicht mehr zu ärgern, schließlich sind wir nur noch gute Freunde und die dürfen auch einmal anderer Meinung sein. Und Christian? Pah. Wenn er der Auffassung ist, dass ihm das alles hier, das wunderschöne alte Haus, das Segelboot, der traumhafte See, na ja, und ich natürlich, so wenig bedeuten, dass er darauf verzichten kann – bitte schön. Dann viel Glück mit Daniela oder Isabella oder wem auch immer und wo auch immer.

13. Kapitel

»Nie mehr allein«

Am nächsten Morgen ist mir wieder so schlecht, dass ich gar nicht aufstehen mag. Mit letzter Kraft schleppe ich mich ins Bad und übergebe mich. Was ist denn nur los mit mir? So viel habe ich gestern Abend doch gar nicht gegessen und schon gar nicht getrunken. Das wird nur der Stress der vergangenen Zeit sein, es war alles ein bisschen viel, versuche ich mich zu beruhigen. Doch aus dem Spiegel blicken mir trübe Augen und ein käseweißes Gesicht entgegen. Kein Wunder, dass ich kein Glück mit den Männern habe. Bei dem Aussehen könnte ich selbst davonlaufen. Komisch ist das schon, dass mir ständig übel ist. Wenn es nun ein Magengeschwür ist? Oder gar Schlimmeres? Bei der vielen Arbeit im Café kann ich mir nicht erlauben, krank zu sein.

Schnell schlüpfe ich in ein paar bequeme Jeans und radele zu Dr. Krüger im Ort, in der Hoffnung, dass ich Glück habe und gleich drankomme. Nachdem ich ihm die Symptome geschildert und eine Blut- sowie eine Urinprobe abgegeben habe, sieht mich der alte Dr. Krüger ernst an und fragt: »Frau Winter, wann hatten Sie denn Ihre letzte Periode?«

Meine letzte was? Moment mal, das war, als Christian hier war … oder? Aber das ist schon eine Weile her, also kann das nicht stimmen. Ehrlich gesagt, weiß ich es nicht soo genau, um nicht zu sagen, gar nicht, und blicke Herrn Dr. Krüger hilflos an.

»Ähmmmmm, lassen Sie mich nachdenken …«, beginne ich zögernd.

Herr Krüger nickt bedächtig mit dem Kopf.

Und nach einer eingehenden Untersuchung sagt er freundlich: »Herzlichen Glückwunsch, Frau Winter. Sie sind in der 7. Woche.«

»Waaaaaaaaas?«

Ich falle fast vom Stuhl.

Ich bin … waaaaas?

»Das kann unmöglich sein. Ich nehme doch die Pille.«

Wobei, wenn ich so darüber nachdenke…

Vielleicht war es doch etwas leichtsinnig, wie ich in den letzten Monaten mit der Einnahme derselben umgegangen bin. Hin und wieder habe ich sie schlicht und ergreifend vergessen, weil ich nach einem langen Arbeitstag im Café kaum imstande war, mir die Zähne zu putzen. Auch das Abschminken habe ich oft genug unter den Tisch fallen lassen, was, wie jede Frau weiß, der Schönheit nicht gerade förderlich ist. Allerdings kommt mir dieses Versehen im Vergleich zu der Neuigkeit, die mir der Doktor gerade mitgeteilt hat, geradezu lächerlich vor. Wie konnte ich nur so dumm sein? Eine erwachsene Frau wie ich?

Nini hätte ich dafür eine ordentliche Standpauke gehalten.

So oft, wie ich die Pille vergessen oder zu spät eingenommen habe, hätte schon längst ›etwas passieren‹ können. Vielleicht konnte ich mich auch nur deshalb in Sicherheit wiegen, weil ich im Unterbewusstsein dachte, ich sei ohnehin schon zu alt, um schwanger zu werden?

Wie blöd von mir. Oh Gott, lass das nicht wahr sein … Ich bin 40 und schwanger.

Als hätte Dr. Krüger meine Gedanken erraten, sagt er: »Machen Sie sich mal keine Gedanken, Frau Winter. Sie gelten zwar als Spätgebärende, aber medizinisch gesehen, ist das heute doch alles gar kein Problem mehr.«

Seine Worte nehme ich nur noch zur Hälfte wahr. Ich denke die ganze Zeit, wie das nur passieren konnte. Das Picknick mit Christian. Etwas anderes fällt mir nicht ein. Obwohl, es könnte rein theoretisch auch vorher schon passiert sein, wenn ich an unsere leidenschaftlichen Nächte denke. Herr Dr. Krüger dreht sich um, geht zu einem Sideboard und drückt mir allerhand Informationen über das werdende Leben in die Hand. Als ob ich das alles nicht schon wissen würde. Ich habe schon ein Kind und zwar seit 18 Jahren.

Vermutlich habe ich gerade so etwas wie ein Déjà-vu-Erlebnis. Oder ich liege noch in meinem Bett und träume.

»Wenn das erste Vierteljahr herum ist, hört das mit der Übelkeit von allein auf.« Übelkeit? Ach richtig, deshalb bin ich hier. Ich hätte längst selbst darauf kommen können, dass ich schwanger sein könnte, schließlich habe ich diesen Zustand schon einmal erlebt. Allerdings war mir bei Nini damals nie schlecht, versuche ich, mich irgendwie vor mir selbst zu verteidigen.

»Gönnen Sie sich etwas Ruhe und kommen so in zwei bis drei Wochen wieder. Frau Winter? Ist alles in Ordnung? Soll ich Ihnen ein Taxi rufen lassen?«

Herr Dr. Krüger wundert sich vermutlich, warum ich so verwirrt bin.

»Nein, nein, alles in Ordnung. Vielen Dank.« Ich verabschiede mich von dem freundlichen Doktor. Er kann schließlich nichts dafür, dass mein Leben ein einziges Chaos ist.

Die Sache mit dem Baby macht es nicht gerade leichter.

Was soll ich denn jetzt bloß tun?

Es heißt, ein Spaziergang in der Natur hilft der Seele zu atmen. Und da mir genau das und frische Luft schon immer geholfen haben, setze ich mich auf mein Rad und radle zum Hafen nach Überlingen. Ohne zu überlegen, stelle ich es am

Hafen ab und steige auf das Schiff nach Wallhausen. Wie herrlich sich der warme Fahrtwind auf der Haut anfühlt. Wie so oft, empfinde ich große Dankbarkeit, in dieser traumhaften Landschaft, in der so viele Menschen Urlaub machen, leben zu dürfen.

Überlingen wird kleiner und es kommt mir so vor, als ob auf einmal auch meine Sorgen kleiner werden.

»Ganz ruhig bleiben, Maja«, rede ich mit mir selbst und bemerke erst dann, dass mich eine ältere Dame auf meiner Bank misstrauisch beäugt. Vermutlich denkt sie, ich sei nicht ganz dicht, und um diesen Verdacht noch zu untermauern, lächele ich sie schief an.

Okay, ich bekomme ein Kind. Soll ich den Gedanken an eine Abtreibung ins Auge fassen? Doch bereits in dem Moment, in dem ich daran denke, verwerfe ich diesen unwiderruflich.

Niemals. Ein Kind von meiner großen Liebe Christian, das könnte ich nie und nimmer abtreiben lassen. Auch zur Adoption würde ich es niemals weggeben.

Also gibt es nur eine Möglichkeit, wenn ich mich nicht deshalb in den See stürzen möchte – die Dame neben mir erwartet vermutlich eine derartige Aktion. Sie lässt mich nicht aus den Augen, was von mir hin und wieder mit demselben schiefen Lächeln belohnt wird: Ich bekomme das Kind.

Das kleine Schiff legt in Wallhausen an und ich beschließe, ein wenig am See spazieren zu gehen und zu überlegen, was zu tun ist. Mein Weg führt mich zu dem wunderschönen Strandbad in Dingelsdorf, wo ich mir einen Cappuccino und eine Butterbrezel kaufe und mich damit unter die hohen, schattigen Bäume setze.

Es ist so friedlich hier, einfach dazu einladend, alle Sorgen und Probleme zu vergessen. Auf der anderen Seite ist Überlingen im Sonnenlicht zu sehen, doch ich kann es gar nicht richtig genießen, denn es geht mir so viel durch den Kopf. Zudem denke ich an die viele Arbeit, die im Café auf mich wartet. Ich bin so in Gedanken versunken, dass ich das Pärchen, das neben mir auf einer Decke liegt, gar nicht bemerke. Doch dann höre ich eine Stimme, die ich kenne, auch wenn sie gerade sehr leise und zärtlich spricht. Neugierig werfe ich einen Blick auf die beiden, die sich gerade tief in die Augen blicken und sich zärtlich küssen.

Fast könnte man neidisch werden, so entrückt sehen sie aus. Und doch gönne ich ihnen ihr Glück, selbst wenn es nicht sein darf. Ich kenne sie: Es ist die ruhige, sanfte Ruth und der Mann an ihrer Seite ist – Hubert. Der Mann der übellaunigen und ständig lästernden Jutta. Ich kann mir das Lachen nicht verkneifen und verschlucke mich an meiner Brezel, als mir Juttas Satz ›So geht es halt, wenn man nicht auf die Männer aufpasst.‹ einfällt. Offenbar hat sie wohl doch nicht genug auf Hubert aufgepasst. Oder die ganze Zeit die junge Konkurrenz gefürchtet, während die Gefahr in Gestalt der reifen Ruth, die sogar noch ein paar Jährchen älter ist als sie selbst, direkt vor ihrer Nase war. Deshalb hat Ruth auch neulich den Yachtclub-Präsidenten verteidigt, jetzt fällt es mir wieder ein. Von wegen, es könnte auch Liebe sein, die ihn mit der neuen Partnerin verbindet. Auch das ist keine Bettgeschichte, das sehe ich. Die beiden halten sich so still an den Händen, das sieht mir nach ernsten Gefühlen aus. Sie wirken so verliebt, dass sie mich nicht einmal bemerken. Jedenfalls, bis ich mich ein zweites Mal an meiner Brezel verschlucke und einen Hustenanfall bekomme.

Ruth blickt ängstlich in meine Richtung, denn sie hat mich erkannt.

Doch ich tue so, als würde ich ganz woanders hinsehen, wische mir die Brezelkrümel von meiner Jeans, drehe mich um und schlage den Rückweg zum Schiff ein. Aber jedenfalls weiß ich nun, warum Ruth so ausgeglichen und glücklich im Café war. Sie ist verliebt und wird geliebt, das ist offensichtlich. Wenn ich auch für Untreue üblicherweise kein Verständnis habe, so muss ich doch sagen, dass ich in diesem Fall sogar Hubert verstehen kann. Seine Frau ist nun wirklich eine Keifliese, die ihre Nase in alle Dinge steckt, die sie nicht das Geringste angehen. Immer mit dem erhobenen Zeigefinger und mit der Gewissheit, dass ihr sämtliche Missgeschicke natürlich niiie passieren könnten. Nett war sie nicht zu ihrem Hubert. Der musste spuren wie ein dressierter Hund. Also war es nur eine Frage der Zeit, dass er irgendwann auszubrechen versuchte. Es ehrt ihn sogar, dass er sich keine Jüngere gesucht hat, sondern offenbar Wert auf Herz und Hirn statt auf Busen und Po zu legen scheint. Bestimmt haben die beiden nie im Leben damit gerechnet, dass sie schon so früh am Morgen jemand von der anderen Seite des Sees ertappt. Doch von mir wird kein Mensch etwas erfahren. Mir hat dieser kleine Ausflug jedenfalls ausgesprochen gutgetan und ich habe mich wieder so weit im Griff, dass ich gleich nach meiner Rückkehr das Café aufmachen kann.

Heute kann ich die vielen fröhlichen Gäste jedoch nur schwer ertragen. Ich möchte allein sein und darüber grübeln, wie es jetzt weitergehen soll. Doch dazu komme ich nicht, denn viel zu viele froh gestimmte Radfahrer und Spaziergänger wollen den herrlichen Sommertag auf unserer Terrasse genießen. Nini hilft fleißig in der Backstube und zaubert massenhaft Brombeer-Vanille-Seehupferl und Pistazien- und Rosen-Küsschen sowie zwei große Bleche Apfel- und Pflaumenkuchen, so dass wir bereits für den kommenden Tag bestens gerüstet sind.

»Weißt du was, Mami? Du bist noch kein einziges Mal mit mir in meinem Beetle mitgefahren. Was hältst du von einer kleinen Spritztour am See entlang?«, fragt sie, als wir das Café aufgeräumt und abgeschlossen haben. Irgendwie habe ich das Gefühl, dass Nini mit mir reden will. In Ruhe. Ohne den ganzen Heckmeck. Also stimme ich zu, auch wenn ich todmüde bin und nachdenken wollte.

»Super Idee. Lass uns doch nach Langenargen fahren und dort am See ein Eis essen gehen. Der Abend ist so schön.« Unterwegs ist Nini seltsam in sich gekehrt. Normalerweise ist sie lebendig und aufgekratzt und erzählt mir tausend Sachen von Ben oder ihren Freundinnen. Ich mache ihr Komplimente über ihre Fahrweise, denn sie steuert den kleinen Beetle ruhig und sicher durch den dichten Urlaubsverkehr am See entlang. Früher saß sie auf dem Beifahrersitz und ich musste fahren, denke ich stolz. Wie groß mein kleines Mädchen doch geworden ist, fällt mir auf, während ich sie heimlich von der Seite betrachte. Ihre blonden Haare hat sie hochgesteckt, lange silberne Ohrringe baumeln an ihren Ohren. Obwohl sie nur Jeans und ein weißes T-Shirt trägt, wirkt sie schon richtig erwachsen. Wie eine angehende Studentin. In Langenargen haben sogar noch die Geschäfte geöffnet. Die Ladeninhaber haben sich eine lange Einkaufsnacht einfallen lassen. Diese Idee finden offensichtlich nicht nur die vielen Urlauber gut, denn wir haben Mühe, einen Parkplatz zu finden.

»Schau mal, Mami. Das ist auch einer der ›AK-Stores‹. Sollen wir mal reingehen?«

Nini wartet die Antwort gar nicht erst ab, sondern stöbert bereits die Regale durch.

Eine jugendliche Elfe mit hellblondem Bubikopf, in knackengen Jeans und einem vanillegelben Spitzen-Oberteil, spricht uns an.

»Hi. Kann ich was für euch tun? Oder wollt ihr euch erst mal umschauen?«, fragt sie, die Lässigkeit in Person.

Ich bin hocherfreut. Offenbar hält sie mich noch nicht für eine alte Schachtel, denn sonst würde sie uns nicht duzen, oder? Eine gefühlte Sekunde später erscheint sie mit einem Biker-Jäckchen in hellem Türkis und wedelt damit vor Ninis Nase herum.

»Schau mal, das haben wir heute hereinbekommen. Aus Italien, ist das nicht toll?«

Nini bekommt große Augen.

»Wow.« Zögernd nimmt sie das Stück in die Hand.

»Einfach mal überziehen. Könnt ich mir super vorstellen zu deinem blonden Haar.«

Während Nini sich von allen Seiten in dem riesengroßen Spiegel betrachtet, schlendert die Elfe zu mir herüber.

»Für dich hab ich auch ganz was Schönes. Schau mal …«

Sie zeigt mir ein undefinierbares Etwas in Dunkelgrau. Größe XXL, schätze ich mal. Was, um Himmels willen, soll das sein? Eine Decke?

»Du, das ist 100 Prozent Leinen. So eine lässige Jacke trägt man jetzt in Italien. Kannst du zu allem kombinieren. Über ein Kleid, eine Leinenhose und ein Top ziehen, zu jeder Gelegenheit passend. Kannst du auch mal ins Konzert anziehen oder so.«

Also wirklich. In diesem Teil würde ich nicht einmal unsere Rosenhecke schneiden. Geschweige denn in ein Konzert gehen, nicht einmal ins Altersheim. Wer trägt denn so etwas?

Sie sieht meinen zweifelnden Blick und meint lässig: »Einfach mal überziehen«, während sie zu Nini hinüberschlendert. Diese scheint ganz verliebt in die Jacke zu sein, doch ich bemerke ihren verstohlenen Blick auf das Preisschild. Schon hat sie das Stück wieder ausgezogen.

»Wir nehmen sie«, sage ich zu der Verkäuferin.

»Du, das machst du richtig. 99 Euro ist doch auch geschenkt für so ein klasse Teil«, antwortet diese und ist auf dem Weg zur Kasse.

»Kein Wunder, dass der Chef so einen schicken BMW fahren kann«, flüstere ich Nini zu.

»Mama, lass das mal, ich brauch die Jacke doch gar nicht. Die ist doch viel zu teuer«, will Nini mich auf dem Weg zur Kasse bremsen.

»Quatsch. Du hast mir sooo viel geholfen, und zwar nicht nur heute, liebes Töchterlein.«

Es tut so gut, ihr auch einmal eine Freude zu machen, dass ich darüber sogar dieses dunkelgraue Leinen-Monster vergesse, welches die Verkäuferin mir andrehen wollte.

Wir stöbern noch durch die ›Buch-Kunst-Galerie Jäger‹, wo wieder die tollsten Bilder ausgestellt sind und die neuesten Schmöker darauf warten, in der Hängematte verschlungen zu werden. Ich frage mich, wann ich das letzte Mal in Ruhe ein Buch gelesen habe.

Ich sehne mich danach, auf meiner Terrasse zu liegen und mal gar nichts zu tun. Nur zu lesen. Gerade will ich die Abteilung ›Schwangerschaft und Geburt‹ ansteuern, als mir einfällt, dass Nini von meinem Glück noch nichts weiß.

»Lass uns noch ein bisschen Parfum ausprobieren«, freut sich diese gerade.

Doch auch die Verkäuferin in der Parfümerie kann mich heute nicht zum Kauf motivieren. Sie ist ein faltenfreies Wesen Ende 20, das mir doch tatsächlich, während Nini die neuesten Düfte ausprobiert, das aktuellste Jugendlichkeitsserum von Dior aufschwatzen will.

»Also bei *Ihren* Augenschatten. Da ist das der Retter in der Not.«

Meine Augenschatten sind entstanden durch viel zu viel Arbeit, zu wenig Schlaf und dem schwärenden Misstrauen meinem Liebsten gegenüber. Und schwanger bin ich auch noch. Da braucht es schon einen anderen Retter in der Not. Schlaf zum Beispiel.

Ich ziehe Nini aus dem Laden.

»Komm, lass uns ein Eis essen gehen. Genug geshoppt für heute.«

Wir haben Glück und finden ein Plätzchen in einem netten Biergartenlokal direkt am Hafen. Entspannt und zufrieden genießen wir die besondere Atmosphäre mit dem Blick auf das schöne Schloss Montfort. Die Sonne steht schon tief und taucht den Himmel über den nahen Bergen in eine orange-rosa Farbsinfonie. Das Schiff ›Bayern‹ verlässt gerade den Hafen und gleitet über das tiefblaue Wasser. Schweigend betrachten wir diese wundervoll friedliche Szene. Wie oft werden wir noch einen solch schönen und ruhigen Abend zusammen verbringen können?, denke ich, auf einmal seltsam traurig. Der Sommer neigt sich dem Ende zu und somit rückt Ninis Studienbeginn näher. Während wir unser Eis löffeln, spreche ich Nini direkt an: »Sag mal, Maus, du wolltest doch nicht nur eine Spritztour mit deinem Auto mit mir machen. Irgendetwas brennt dir doch auf der Seele, stimmt's?«

Nini rührt ihr Eis zu Brei und vermeidet, mich anzusehen.

»Ach, Mami. Du kennst mich einfach zu gut«, seufzt sie.

»Was ist denn los, heraus mit der Sprache.«

Wieder seufzt Nini, dann sagt sie: »Ich weiß auch nicht, was mit mir los ist. Ich habe mich doch so gefreut, dass es mit dem Studienplatz in Mannheim geklappt hat. Und dass ich dann bei Ben wohnen kann und wir zusammen sind. Aber auf einmal weiß ich gar nicht mehr, ob das alles so richtig ist. Ich mag ihn schon, aber dann werden wir auf einmal immer zusammen sein, jeden Tag und jede Nacht. Ich bin mir gar nicht sicher, ob ich das so will. Und ob ich dann noch Zeit für mich haben werde und für meine Freunde und für dich. Verstehst du das?«

Nini blickt mich hilflos an.

»Und ob ich das verstehe. Das ist total normal.«

Ein Spruch von Victor Hugo fällt mir ein: ›Die Zukunft hat viele Namen: Für die Schwachen ist sie das Unerreichbare, für die Furchtsamen das Unbekannte, für die Mutigen die Chance.‹

Mein kleines Mädchen hat Bange vor dem Unbekannten. Ist es doch das erste Mal, dass sie ihr vertrautes Nestchen, in dem sie sich so geborgen fühlt, verlassen wird.

»Sag mal, Nini, bist du dir denn sicher, dass die Uni Mannheim die richtige ist für dich? Die Verbindung zu Ben könntest du auch aufrechterhalten, wenn du hier bleibst und beispielsweise in Konstanz studierst. Dann könntet ihr euch nach wie vor am Wochenende sehen und du könntest noch ein Weilchen bei mir leben.«

Insgeheim hoffe ich, sie wird die ganze Sache abblasen und in Nußdorf in der ›Butterblume‹ wohnen bleiben.

»Nein, das ist es nicht. Die Uni ist großartig und Ben auch. Es fällt mir nur so schwer, das alles hier«, sie zeigt auf den See und die Berge, die im Abendrot leuchten, und auf mich, »zu verlassen. Eigentlich will ich gar nicht weg.«

»Aber Nini, du verlässt das doch nicht. Das hier wird deine Heimat bleiben. Und bei mir wirst du immer dein Zuhause haben, das weißt du. Es ist nicht für immer. Aber das Studentenleben und die Erfahrung in der neuen Stadt werden dein Leben bereichern, glaub' mir.« Bei diesen Worten bricht es mir fast das Herz, denn am liebsten möchte ich etwas ganz anderes sagen, nämlich: Bleib. Ich habe auch Angst, dass sie vielleicht nach dem Studium nicht zurückkommen wird. Weil sie mit Sicherheit in der großen Stadt beruflich ganz andere Möglichkeiten haben wird als hier. Und doch weiß ich, dass ich sie gehen lassen muss.

Deshalb fahre ich mit aufgesetzter Munterkeit fort, »wenn du dir sicher bist, dass dein Weg nach Mannheim führt, dann gehe ihn. Und komme bitte, so oft es geht, nach Hause.«

Nini blickt mich aus ihren großen blauen Augen an.

»Es fällt mir auch so schwer, weil ich weiß, dass du dann allein bist, Mami«, sagt sie leise.

Allein. Das ist das Stichwort.

»Ähmmmm, Nini, wo du es gerade ansprichst. So ganz allein werde ich in Zukunft wohl nicht mehr sein.«

»Was? Zieht Christian etwa zu dir? Habt ihr euch endlich versöhnt?«

Ich habe das Gefühl, dass Nini dieser Gedanke erleichtert. Vermutlich hat sie mich schon als einsame, alte Frau gesehen, die ihren Frust in Alkohol ertränkt.

»Na ja, nicht so ganz. Es ist eher so, dass ich …« Oh Gott, wie sag ich das jetzt nur? »… ich meine, dass du … ein Geschwisterchen bekommst.«

Jetzt ist es raus. Puh.

Nini starrt mich ungläubig an, offensichtlich zweifelnd, mich richtig verstanden zu haben.

»Was? Du bist … Neee, oder?«

»Schwanger. Ja, genau.«

Zur Bekräftigung nicke ich heftig mit dem Kopf.

»Also, das glaub ich jetzt nicht«, prustet Nini los. Lachend steht sie auf und umarmt mich. »Entschuldige, Mami, du denkst bestimmt, dass ich dein Problem nicht ernst nehme, aber es ist absolut verrückt.«

»Was ist daran so verrückt?«, frage ich sie, obwohl ich

zugeben muss, dass die Situation in der Tat ein wenig ungewöhnlich ist. Ich sitze vor meiner erwachsenen Tochter und gestehe ihr, dass ich schwanger bin.

»Meinst du, weil ich schon so alt bin?«, frage ich vorsichtig.

»Mami. Alt bist du nun wirklich nicht. Nicht einmal Omi ist alt. Komm mal her.« Sie drückt mich fest an sich. »Du bist die tollste und beste Mutter, die man sich nur denken kann. Das warst und bist du für mich und wirst das auch für das Baby sein. Weißt du eigentlich, wie lange ich mir eine Schwester oder einen Bruder gewünscht habe? Und jetzt, wo ich ausziehe? Oh, Mami, das ist aber ein ganz schlechtes Timing.«

»Wem sagst du das? Ich weiß nicht, wie ich das alles bewältigen soll«, seufze ich.

Doch Nini lächelt immer noch.

»Also, ich weiß nicht, was ich sagen soll. Aber ich freu mich. Sogar riesig. Klar könnten die Umstände einfacher sein. Aber vielleicht ist genau jetzt der richtige Zeitpunkt, wo ich an die Uni gehe und ausziehe, damit du nicht so allein bist, Mami. Hast du daran schon einmal gedacht?«

Ich hole tief Luft und sage: »Mag sein, aber ich weiß im Moment nicht, was ich tun soll.«

»Ich nehme mal an, Christian ist der Papa, oder?« Nini sieht mich fragend an. »Was sagt er denn dazu?«

»Ähmm, er weiß es noch gar nicht«, antworte ich kleinlaut.

»Au weia. Dann wird es aber Zeit, dass ihr beide mal ein kleines Gespräch führt, oder? Ich weiß nicht, was da los war bei euch, aber so ein Streit lässt sich doch sicher aus dem Weg räumen.«

»Es war nicht nur ein Streit, Nini. Ich vertraue Christian nicht. Aber das ist unerlässlich in einer Partnerschaft.«

Und dann erzähle ich ihr von Daniela, Christians Exfrau, und seinem ganzen komischen Verhalten, den seltsamen

Anrufen, bei denen immer aufgelegt wird, und meinem ständigen Misstrauen. Von meinem Wutanfall, bei dem ich ihm das Tiffany-Armband vor die Füße warf. Und seinem Gespräch am nächsten Tag mit dem schmierigen Pacocini.

»Ach, ich weiß nicht. Vielleicht interpretierst du da auch etwas hinein, was in Wirklichkeit ganz anders ist«, tröstet mich Nini. »Ich finde, ihr solltet dringend miteinander reden. Manchmal ist man so in seiner eigenen Sichtweise gefangen, dass man die Wahrheit nicht erkennt.«

Meine schlaue Tochter, kein Wunder, dass sie den begehrten Studienplatz bekommen hat.

»Hör zu. Ich habe eine Idee. Du fährst morgen nach Stuttgart und überraschst Christian. Geh mit ihm was Schönes essen, rede mit ihm. Und dann wirst du sehen, wie er reagiert.«

»Und das Café? Ich kann morgen unmöglich weg.«

»Oh doch. Du kannst und du musst. Mach dir keine Sorgen um die ›Butterblume‹ – noch bin ich da und Omi auch. Deine Probleme sind jetzt viel wichtiger.«

Auf der Heimfahrt bin ich es, die still vor sich hin aus dem Fenster träumt.

Nini wirkt nach unserem Gespräch erleichtert, ja, sogar richtig glücklich.

Sie scheint sich auf ihr Geschwisterchen zu freuen und denkt sich bereits Namen aus. Im Gegensatz zu mir macht sie sich schon ernsthafte Gedanken, wo das Baby schlafen soll. Das Gästezimmer könnten wir wunderbar in ein Kinderzimmer umgestalten. Emily wird uns sicher gern dabei helfen.

Die Frage ist nur, ob und wie lange wir in der ›Butterblume‹ bleiben können.

Alles hängt von dem Gespräch morgen mit Christian ab.

14. Kapitel

»Schlaflos am Bodensee«

Ich habe mich entschlossen, mit dem Zug nach Stuttgart zu fahren. Erstens ist die Verbindung gut, zweitens erspare ich mir den Stress auf der Autobahn und drittens kann ich dabei noch ein bisschen nachdenken. Oder ein Schläfchen halten. In der Nacht habe ich nämlich kein Auge zugetan. Zum einen, weil wieder das Telefon geklingelt hat und aufgelegt wurde.

Wer kann das nur sein, der mich derart ärgern will? Zum anderen haben mich natürlich die Gedanken an Christian wachgehalten. Wie soll ich das Gespräch nur beginnen?

Hallo, Christian, ich war gerade zufällig in Stuttgart und da dachte ich: Hey, warum schaust du nicht mal bei Christian herein? Blöd. Oder: Christian. Ich muss mit dir reden. Wir müssen dringend etwas klären. Noch blöder. Am besten, ich mache es so, wie Nini gesagt hat. Ich frage ihn, ob er Lust hat, mit mir eine Kleinigkeit essen zu gehen. Genau. Wie alte Freunde oder so. Ich kann mich bei der Gelegenheit für meinen Wutausbruch mit dem Armband entschuldigen. Und ihm erklären, wie es dazu kam. Unter anderem könnte ich beiläufig die Kleinigkeit erwähnen, dass ich von ihm schwanger bin. Hmm, so werde ich es machen.

In Stuttgart angekommen, verlässt mich jedoch der Mut. Was für eine Schnapsidee. Was will ich überhaupt hier? Hätte *er* nicht schon längst zu mir kommen müssen?

Stundenlang stöbere ich durch die schönen Geschäfte der Königsstraße, ohne irgendetwas zu sehen. Ich trinke einen

Cappuccino am Schlossplatz und betrachte die jungen Mütter mit ihren Kinderwagen. Alle sehen so glücklich aus, dass ich automatisch lächeln muss. Der Gedanke, dass in meinem Bauch ein kleines Leben heranwächst, erscheint mir im Moment noch total unwirklich. Trotzdem kann ich nicht widerstehen und kaufe bei H & M zwei Paar Babyschühchen. Auf dem einen steht: ›I love Mum‹ und auf dem anderen: ›I love Dad‹. Am späten Nachmittag finde ich endlich den Mut, die Kanzlei anzusteuern. Doch Christians Sekretärin erzählt mir, der Chef sei gerade weg. Immerhin scheint sie mich beziehungsweise meinen Namen inzwischen zu kennen, denn sie rückt bereitwillig seine Privatadresse heraus. Mir wird bewusst, dass ich noch nie in Christians Wohnung in Stuttgart war. Warum nicht? Gut, er kam immer zum See, wenn er Zeit hatte. Hatte er in Stuttgart zu tun, war ich meist im Café beschäftigt. Außerdem ist er wiederholt in Kanada. Er wohnt in der Neuen Weinsteige, und obwohl die Sekretärin mir die Busverbindung genannt hat, gönne ich mir den Luxus eines Taxis. Ehrlich gesagt, bin ich durch das viele Herumlaufen ganz schön müde. Der Taxifahrer hält vor einem Jugendstilhaus mit grandiosem Stadtblick und fragt mich, ob er warten solle. Wo denkt er hin? Ich habe die Absicht, bis morgen früh zu bleiben. Jedenfalls, wenn es gut läuft. Nini ist informiert. Ich habe sie lediglich gebeten, der Omi nicht den wahren Grund meines Stuttgart-Ausflugs zu nennen. Ich möchte ihr gern selbst von der Schwangerschaft erzählen.

»Donnerwetter. Nicht schlecht für eine Stadtwohnung, in der man sich nur selten aufhält«, staune ich, als ich das perfekt restaurierte und gepflegte Treppenhaus betrete.

Vor der Tür atme ich erst einmal tief durch. Vor allem, weil ich den Fahrstuhl links liegen ließ und durch das Treppensteigen außer Atem bin.

»Ganz ruhig bleiben, Maja«, ermahne ich mich selbst zur Ruhe und drücke auf den Klingelknopf.

Eilige Schritte nähern sich und es wird geöffnet. Doch es ist nicht Christian, der mir gegenübersteht, sondern das schönste Wesen, das ich je gesehen habe. Gut, das ist jetzt vielleicht übertrieben, aber sie sieht schon verdammt gut aus.

»Hallo?« Sie schaut mich fragend an.

Sie ist ungefähr Mitte 30, hat langes, glänzendes hellblondes Haar und allerhöchstens Größe 36, die in einem hautengen schwarzen Seidenjersey-Kleid hervorragend zur Geltung kommt.

Ihr Blick wandert von meinem Scheitel bis zu meiner Ballerina-Sohle. Ich wünschte, ich hätte etwas anderes angezogen als die weiße Jeans und das einfache hellrote Blüschen. Neben ihr komme ich mir vor wie eine Landpomeranze.

»Was kann ich für Sie tun?«, fragt sie lächelnd und entblößt derart weiße Zähne, dass man geblendet wird. Dieses Aussehen hat ein Vermögen gekostet, das steht fest.

»Ähm, ich ... wollte zu Christian ..., Herrn Keller, meine ich«, stammele ich hilflos daher.

»In welcher Angelegenheit?«, will sie wissen, und das Lächeln ist schon nicht mehr ganz so breit und diesmal ohne Zähne.

»In einer privaten«, antworte ich.

Warum bittet sie mich nicht einfach herein?

»Wie ist denn Ihr Name?«

Nachdem ich ihn ihr genannt habe, ist ihr Lächeln auf einmal ganz verschwunden.

»Und mit wem habe ich es zu tun?«, frage ich daher.

»Daniela Keller. Worum geht es denn, Frau Winter?«

Wusste ich's doch. Das konnte nur diese superperfekte Daniela sein.

Ich bin mir ganz sicher, dass sie auch weiß, wer ich bin, und mich am liebsten auf der Stelle wieder loswerden möchte. Aber so leicht lasse ich mich nicht von ihr abwimmeln.

»Das würde ich Christian gern persönlich sagen«, antworte ich, so ruhig es meine Verfassung gerade zulässt.

»Das ist jetzt aber ganz schlecht. Christian und ich haben es nämlich sehr eilig. Wir haben Premierekarten für ›Don Quijote‹ beim Staatstheater. Ich würde sagen, er ruft Sie morgen an, aber da fliegen wir leider schon wieder zeitig zurück nach Kanada.«

Das Lächeln ist wieder da. Allerdings in einer heimtückischen und hässlichen Variante, die sie nicht gerade hübscher macht.

»Glauben Sie mir, ich wäre nicht gekommen, wenn es nicht wirklich wichtig wäre«, erwidere ich fest und bestimmt. Ohne Lächeln, das hat sie verspielt.

Sie seufzt und verdreht die Augen, während sie ihr Haar lässig nach hinten wirft und sich nur halbherzig umdreht.

»Na gut, wenn es denn so wichtig ist. Schatz. Kommst du mal bitte?«

Nach kurzem Lauschen sagt sie jedoch: »Hören Sie? Christian duscht. Wie gesagt, wir haben es sehr eilig. Aber ich werde ihm gern ausrichten, dass Sie vorbeigekommen sind. Er wird Sie dann sicher zurückrufen. Und jetzt entschuldigen Sie mich bitte.« Und damit will sie mir die Tür vor der Nase zuschlagen. Das glaub ich jetzt nicht. ›Schaaaaaatz?‹

Wie kann sie nur Schatz sagen zu *meinem* Christian? Obwohl – mein Christian. Ist er das überhaupt noch? Oder sollte ich besser sagen: War er das jemals? Ich streife das Tiffany-Armband ab und drücke es dieser blöden Daniela in die Hand. »Hier. Das geben Sie Christian bitte. Mit einem schönen Gruß von mir. Und viel Spaß im Ballett und in Kanada.«

Ich drehe mich um, damit sie nicht sieht, dass mir die Tränen kommen, und haste eilig die Treppe hinunter. Wenn ich jetzt hinfalle, verliere ich vielleicht das Baby, und das ist dieser Mistkerl nun wirklich nicht wert. Wütend gehe ich auf die Straße zurück. Was nun? Das Taxi ist natürlich weg, also bleibt mir nichts anderes übrig, als zur Bushaltestelle zu laufen und von dort aus mit dem Bus zum Hauptbahnhof zurückzufahren. Unterwegs trete ich gegen einen Zaun. Aua. Das hab ich nun davon. Der Zeh wird sicher blau. Trotzdem fühle ich mich danach besser. Dieser Blödmann. Wie kann er mir das nur antun. Wahrscheinlich ist er schon lange wieder mit ihr zusammen. Und sie lachen sich halb tot über mich. Wie konnte ich nur so blöd sein? So blöd. Blöder als blöd. Sicher wird er mir nun auch die ›Butterblume‹ wegnehmen, jetzt, wo er wieder mit ihr zusammen ist.

Obwohl, sie sagte doch, sie würden nach Kanada zurückfliegen. Also wohnen sie jetzt endgültig dort. Dann könnte ich eigentlich in der ›Butterblume‹ bleiben. Wenn ich sie weiter pachten darf und nicht dieser affige Pacocini. Der zahlt sicher wesentlich mehr als ich. Aber so schnell lasse ich mich dort nicht vertreiben. Das steht fest. Dafür habe ich für meinen Traum vom ›Café Butterblume‹ zu hart gekämpft und gearbeitet. Meine Stimmung wechselt auf der Heimfahrt zwischen Wut und Enttäuschung. Noch nie in meinem ganzen Leben habe ich mich so schrecklich gefühlt. Ich habe Christian geliebt. Ihm vertraut. Mein Herz und meine Zukunft in seine Hände gelegt. Und was hat er damit gemacht? Gespielt. Die ganze Zeit wahrscheinlich schon. Und dann diese arrogante Kuh. Selbst schuld, wenn er sich mit der einlässt, viel Spaß auch. So oft ich auch versuche, an etwas anderes zu denken, es gelingt mir nicht. Das süffisante Grinsen dieser Daniela will mir nicht aus dem Kopf gehen. Nini stellt keine Fragen, als ich nach Hause komme. Sie sieht an meinem Gesicht, was los ist.

»Reden?«, fragt sie mitfühlend.

»Morgen, ok?«, bringe ich nur heraus.

Ich brauche erst einmal frische Luft und schnappe die Hundeleine und Jojo. Bei einem kleinen Spaziergang an meinem geliebten See werde ich schon wieder zur Ruhe kommen.

Es hilft nichts, es muss irgendwie weitergehen.

Gut, ich habe es zumindest versucht. So gern hätte ich mit Christian eine kleine Familie aufgebaut. Aber es hat nicht sollen sein. Was würde Frieda jetzt sagen? ›Kopf hoch, Mädel. Brust raus. Und Arschloch zum Deibel.‹ Genau so werde ich es machen.

Die frische Luft hat mir gutgetan. Es ist noch spätsommerlich warm, aber bei Weitem nicht mehr so heiß wie an den vergangenen Tagen. Ich nehme mir ein Gläschen Maracujasaft und setze mich einen Augenblick auf den Steg. Das Wasser kühlt meine Beine und auch mein Gemüt, als Michael durch den Garten kommt.

»So lässt sich's leben«, scherzt er und strahlt mich an.

Ich lächle ein wenig schief zurück, froh, den netten und angenehmen Kommissar zu sehen, der mir inzwischen ein Freund geworden ist.

»Maja, wenn ich dich lächeln sehe, geht mir das Herz auf.«

»Danke für die Blumen«, freue ich mich über das Kompliment. Wenn er wüsste, wie sehr ich das gerade brauchen kann. »Was führt dich zu mir, Michael?«

»Das sagte ich doch schon: dein Lächeln.«

Hoppala, das sieht mir jetzt aber schon ein wenig nach

einem Flirtversuch aus. Und das kann ich im Moment nun überhaupt nicht brauchen …

»Aber natürlich nicht nur. Ich wollte dir und Nini etwas mitteilen, was euch sicher interessieren dürfte. Ich war heute in Wallhausen …« Michael setzt sich neben mich auf den Steg und spricht weiter. »Die Wasserschutzpolizei hat dort einen leeren Tauchanzug gefunden, der ans Ufer gespült worden ist. Er war voller Wasser gelaufen und …«

Ich verstehe nicht ganz, warum er mir das erzählt. Was interessiert mich ein Tauchanzug, ob leer oder voller Wasser?

»Jedenfalls glauben wir, dass das die ›Leiche‹ war, die Nini und ihre Freunde neulich nachts am Teufelstisch gesehen haben.«

Michael macht eine bedeutungsvolle Pause.

»Wir vermuten, dass ein Taucher irgendwo in der Nähe des Teufelstischs getaucht ist und seinen Tauchanzug an Land an einem Baum zum Trocknen aufgehängt hat. Dann hat der Wind das Teil ins Wasser befördert, es hat sich voll Wasser gesaugt und trieb an der Wasseroberfläche. Im Dunkeln kann man so etwas schon ganz gut mal für eine Leiche halten.«

»Und der Taucher hat nicht gesagt, dass sein Anzug fehlt, weil er dort hätte gar nicht tauchen dürfen. Richtig?«

»Genau, Maja. Es hat sich bis jetzt jedenfalls niemand gemeldet, der so ein Stück vermisst. Aber siehst du: Das ist doch mal eine erfreuliche Nachricht. Keine Leiche, kein Mord. Warum schaust du dann trotzdem so ernst?«

Diesem Mann kann ich einfach nichts vormachen. Natürlich bin ich froh, dass es keine richtige Leiche gibt. So ganz beruhigen kann er mich jedoch noch nicht.

»Diese Isabella wird immer noch vermisst, nicht wahr?«, frage ich daher neugierig.

»Oder gibt es neue Erkenntnisse?«

»Leider nein. Es ist durchaus möglich, dass sie sich nur abgesetzt hat, aber es könnte natürlich genauso gut ein Verbrechen vorliegen. In Friedrichshafen ist letzte Woche eine junge Frau verschwunden, die äußerlich sehr viel Ähnlichkeit mit Isabella Grothe hat. Es könnte natürlich ein Täter sein, der es auf diesen Frauentyp abgesehen hat. Oder ihr Mann hat tatsächlich etwas mit ihrem Verschwinden zu tun. Maja, was ist los?« Mir ist auf einmal schon wieder schwindelig und schlecht. Dieser blöde Kreislauf aber auch.

Na ja, der heutige Tag hatte es in sich. »Ich glaube, wir wechseln lieber das Thema«, sagt Michael fürsorglich. »Ich wollte euch auch nur die freudige Nachricht überbringen.«

»Ist schon gut, Michael. Alles okay, wirklich. Es war nur ein langer Tag heute.«

»Kann ich dir irgendetwas Gutes tun? Ein Glas Wein vielleicht?«, fragt er und streicht mir über das Haar.

In diesem Moment tut es gut, dass er da ist. Und ich kann nicht anders. Ich muss ihm alles erzählen. Michael ist einer der wenigen Menschen, die mir ansehen, dass etwas nicht in Ordnung ist, und das, obwohl wir uns noch gar nicht lange kennen. Vermutlich hängt das mit seinem Beruf zusammen und er kann zwischen den Zeilen lesen.

»Nein …, keinen Wein bitte.«

Ich brauche Michael nur anzusehen und habe das Gefühl, er weiß es.

»Du bekommst ein Kind?«, fragt er erstaunt.

Ich nicke und endlich kann ich die Tränen fließen lassen, die ich den ganzen Tag so mühsam zurückgehalten habe. Wortlos nimmt mich Michael in die Arme und ich heule an seiner Schulter, bis diese ganz nass ist.

»Aber Maja, das ist etwas ganz Wunderbares. Ich freue mich so für dich.«

»Du freust dich?«

Ich kann es nicht fassen. Weiß er denn nicht, wie alt ich bin und in welcher Lebenssituation?

»Ja, und wie. Ein Kind, das ist das Schönste und Beste, was einem im Leben passieren kann.«

Ich denke an Nini und ihr wunderbares Lachen, ihre Schönheit, ihre Intelligenz. Er hat so recht.

»Weißt du, Stefanie und ich haben uns Kinder gewünscht. Aber es wollte nicht klappen. Das kann man ja nicht so einplanen wie einen Autokauf.«

Wem sagt er das.

»Wir waren uns selbst genug. Wir hatten uns immer etwas zu sagen und haben viel gemeinsam unternommen. Und doch denke ich so oft, wenn wir eine Tochter oder einen Sohn hätten, dann wäre ich jetzt nicht allein. Und ich würde durch sie oder ihn immer an Stefanie erinnert.«

Nun ist es an mir, Michael zu trösten.

»Das wirst du auch so, Michael. In der Sandseele zum Beispiel.«

»Ach, Maja, wie machst du das nur? Du verstehst es doch immer, mir einen anderen Blickwinkel aufzuzeigen. Du hast ja so recht, ich danke dir. Es gibt wenige Menschen, mit denen ich so wie mit dir reden kann. Aber zurück zu dir, Maja. Warum bist du denn so unglücklich über diese Schwangerschaft?«

»Ach, ich weiß nicht, wie ich das alles bewältigen soll, so ganz allein. Das Café und die viele Arbeit damit und …«

»Aber du bist nicht allein. Du hast doch Nini …«

»… die jetzt ein Studium in Mannheim beginnt.«

»Ja und? Du schaffst das schon, Maja. Es ist toll, dass du selbstständig bist. Im Winter kannst du getrost ein paar Wochen zumachen und im Sommer stellst du jemanden ein.«

So, wie er das sagt, klingt es ganz einfach.

»Was ist mit dem Vater des Babys?«, fragt Michael vorsichtig.

»Ach der, der kann mir gestohlen bleiben.«

Wieder schütte ich Michael mein ganzes Herz aus. Ich weiß nicht, warum ich ein solches Vertrauen zu ihm habe, aber es tut gut, sich alles von der Seele zu reden. Ich erzähle ihm von Christian und dem Streit, den wir hatten. Und dass seitdem Funkstille herrscht zwischen uns.

Dem Misstrauen, das ich hatte, vor allem seit dieser Handynummer-Sache mit der verschwundenen Isabella.

»Die Tatsache, dass die beiden Kontakt hatten, beweist weder, dass sie ein Verhältnis hatten, noch, dass er etwas mit ihrem Verschwinden und schon gar nicht mit einem eventuellen Gewaltverbrechen zu tun haben könnte. Maja, du musst unbedingt mit ihm reden. Er ist immerhin der Vater deines Kindes. Und das muss er wissen. Vielleicht könnt ihr eure Missverständnisse ausräumen und wieder zueinander finden. Das wäre im Hinblick auf eure Zukunft das Beste.«

Ich seufze.

»Das habe ich auch gedacht, aber es sollte nicht sein.«

Und dann bekommt Michael den Rest der Geschichte zu hören.

Ich rede von Stuttgart und der schönen Daniela. Von ihrem herablassenden Getue und dem ›Schatz‹-Gerufe.

»Ach, du Arme«, sagt Michael. »Trotzdem hast du nicht selbst mit ihm gesprochen, oder? Vielleicht war er gar nicht da und sie hat nur geblufft.«

»Warum sollte sie das tun? Und das Geräusch der Dusche habe ich gehört. Nein, nein, er war da. Und sie auch. In seiner Wohnung, während er geduscht hat. Das sagt doch alles. Mich können die jedenfalls nicht länger verscheißern. Ich will in meinem Leben nichts mehr mit ihm zu tun haben. Höchstens schriftlich.«

»Maja, jetzt bleib mal ganz cool.«

»Das bin ich doch. Supercool. Ich schaff das auch allein. Wie bisher alles in meinem Leben.«

Michael lacht.

»Du bist süß, wenn du so trotzig bist. Und du bist eine starke Frau. Ich habe keinerlei Zweifel, dass du das allein schaffst. Aber wenn du in irgendeiner Form Hilfe benötigst, bin ich gern für dich da.«

»Danke, Michael. Du tauchst immer gerade dann auf, wenn ich einen Freund brauche. Wie kommt das nur?«

»Das spüre ich«, erklärt er lächelnd und wischt mir die letzte Träne aus dem Gesicht.

Er küsst mich zum Abschied zart auf die Wange und fährt mit einem traurigen Lächeln in seinem alten Geländewagen davon.

15. Kapitel

»Wildrosengeheimnisse«

Gestärkt durch das Gespräch mit Michael, gehe ich zu Friedas Haus hinüber, um meiner Mutter die freudige Mitteilung zu machen, dass sie noch einmal Oma wird.

Sie sitzt in dem Korbstuhl unter dem Apfelbaum, in dem Frieda immer saß, und blickt träumerisch auf den See. Ich wundere mich, dass sie nicht ihre Malsachen vor sich hat, denn die Szene vor den blühenden Hortensien hat etwas unglaublich Romantisches. Auch von ihrem Liebsten ist weit und breit keine Spur zu sehen, was mich überrascht.

In der letzten Zeit habe ich die beiden Jungvermählten nämlich nur im Doppelpack erlebt. Jedenfalls, wenn mir meine Mama nicht gerade im Café geholfen hat.

»Hallo, Mama. Wo ist dein Herzallerliebster?«, begrüße ich sie darum.

»Maja, Liebes. Wie schön, dass du kommst.«

Irgendetwas ist anders an ihr als sonst. Das sehe ich ihr sofort an. Das junge Glück wird sich doch wohl nicht gestritten haben?

»Steve ist im Haus. Er muss dringend ein paar E-Mails schreiben, weißt du. Möchtest du etwas trinken, Liebes? Oder essen? Du siehst blass aus.«

Mamas Fürsorge tut gut, egal, wie alt man ist.

»Nein, nein, ich wollte dich nur besuchen. Und ein bisschen mit dir unter dem schönen Apfelbaum sitzen.«

Statt einer Antwort lächelt meine Mutter nur gedankenverloren.

»Maja, es ist gut, dass du gekommen bist. Ich muss dir nämlich etwas sagen.«

Die Art, wie sie das sagt, lässt auf einmal alle Alarmglocken bei mir läuten. Meine Mutter sprüht sonst geradezu vor guter Laune und positiver Energie, jedoch heute scheint sie seltsam geknickt.

»Maja, es tut mir so leid, aber wir reisen ab.«

Das ist ein Schock.

Natürlich wusste ich, dass die beiden nur wegen der Hochzeit gekommen waren und nun fast den ganzen Sommer hier verbracht haben. Aber ich habe mich so daran gewöhnt, dass sie da sind, dass es für mich zu einer Selbstverständlichkeit wurde und ich den Gedanken, sie könnten zurück in die Staaten fliegen, komplett verdrängt habe.

»Ich wünschte, wir könnten hierbleiben.«

Irgendwie habe ich das Gefühl, meine Mama wird gleich in Tränen ausbrechen. Und auch ich habe auf einmal einen Kloß im Hals.

»Aber weißt du, Steve hat Heimweh. Er redet ständig davon, dass er sich um sein Haus kümmern muss und um Onkel Joe, um Laura Ann und die Girlies, und nicht den ganzen Tag nur herumsitzen, Däumchen drehen und den Rasen mähen kann.«

Sie fährt fort: »Steve liebt das alles auch hier, euch, den herrlichen See und Deutschland im Allgemeinen. Aber sein Lebensmittelpunkt ist eben in Detroit. Und somit auch meiner, denn ich bin seine Frau und habe bei der Hochzeit versprochen, ihm zu folgen. Ob mir das gefällt oder nicht.«

»Ach, Mami.«

Ich kann ihr jetzt unmöglich von meiner Schwangerschaft erzählen. Es ist schon schwer genug für sie, das sehe ich. Da will ich ihr Herz nicht noch schwerer machen.

»Was ist denn aus dem Gedanken mit der Bed & Breakfast-Pension geworden? Konnte sich Steve dafür nicht erwärmen?«

»Doch, natürlich. Wir haben jeden Tag davon geträumt und geplant. Bestimmt würden die Leute gern in diesem schönen Haus direkt am See ihre Ferien verbringen. Und bei dir in der ›Butterblume‹ Kaffee trinken und Seehupferl essen. Auch Steve war ganz begeistert von der Idee, weil er dann auch eine Aufgabe hätte. Doch je mehr Zeit verging, desto mehr spürte ich, dass er stiller wurde. Zuerst wollte er nicht mit der Sprache heraus und da habe ich es ihm auf den Kopf zugesagt: ›Steve, du willst nach Hause, stimmt's?‹ Und er hat nur genickt.«

Meine Mama seufzt.

»Ich liebe ihn, Maja. Und ich kann es nicht sehen, dass er unglücklich ist. Weißt du, ich war so lange ohne Partner und hätte nie zu hoffen gewagt, noch einmal das Glück der Liebe erleben zu dürfen. Deshalb kann ich ihn auch nicht allein zurückgehen lassen, Maja. Auch wenn es mir das Herz bricht, von euch wegzumüssen. Das verstehst du doch, oder?« Ich nehme ihre Hand, die nach dieser emotionalen Rede ein bisschen zittert.

»Aber sicher verstehe ich dich, Mami. Ich würde es ganz genauso machen.«

Würde ich das wirklich? Wenn Christian von mir verlangen würde, mit ihm nach Kanada zu gehen, zum Beispiel…, könnte ich aus Liebe zu ihm das alles hier verlassen? So ganz sicher bin ich mir auf einmal selbst nicht mehr. Aber hat nicht Frieda so oft zu mir gesagt, dass man immer seinem Herzen folgen muss? Hat sie nicht auch ihre Heimat aufgegeben, um zu ihrer großen Liebe an den Bodensee zu kommen? Schließlich war das damals eine Riesenentfernung und erforderte mit Sicherheit jede Menge Mut.

»Weißt du, Mami, wenn ich daran denke, wie glücklich du in den letzten Monaten warst…«, sage ich daher. »Nicht nur an dem Tag, an dem dir Steve auf der Mainau den Ring an den Finger gesteckt hat. Auch in solch banalen Situationen, wenn ich euch beide beim Abendbrot gesehen habe, dann weiß ich, dass du mit ihm gehen musst. Selbst wenn ich dich am allerallerliebsten hierbehalten möchte. Und ich dich jeden einzelnen Tag vermissen werde.«

Mein Herz ist unendlich schwer, doch ich meine jedes einzelne Wort so, wie ich es sage.

»Wir haben das schon einmal überstanden. Es gibt Telefon und E-Mails und, hey, Detroit ist nicht das Ende der Welt. Es gibt einen Flughafen und wir können uns besuchen.«

Meine Mama nickt. Sie sieht immer noch traurig aus, doch sie lächelt. Meine Worte scheinen sie bestärkt zu haben, das Richtige zu tun.

»Versprich mir, dass du uns bald besuchen kommst. Und im Frühling kommen wir wieder und wer weiß? Vielleicht wird das doch noch was mit der Bed & Breakfast-Pension?«

Aber wer kann schon sagen, was im nächsten Frühling sein wird …

Im Moment weiß ich selbst nicht einmal, wie mein Leben weitergehen soll. Ohne Nini und meine Mama kann ich das alles jedenfalls unmöglich schaffen.

»Maja, nun schau nicht so traurig. Wir werden uns wiedersehen. Bald, ja?«

Meine Mutter steht auf und nimmt mich in die Arme. Dann können wir beide die Tränen nicht länger zurückhalten. Denn keiner von uns weiß, wann wir uns wiedersehen werden.

Auf dem Heimweg bin ich so in Gedanken versunken, dass ich erst kurz vor der ›Butterblume‹ bemerke, dass da jemand ist. Jojo hat wie immer die Nase am Boden und schnüffelt nach anderen Hunden. Schöner Wachhund. Ich sehe ganz deutlich einen Lichtschein, wie von einer Taschenlampe, über den Rasen gleiten.

Der könnte auch mal wieder gemäht werden. Seltsam, dass mir das jetzt in dieser Situation gerade einfällt. Wer soll das in Zukunft machen, wenn Steve nicht mehr hier ist? Ich ziehe Jojo hinter einen parkenden Van, die das Ganze mit einem Knurren beantwortet. Wahrscheinlich denkt sie, ihr Frauchen spinnt so langsam. Versteckt sich vor ihrem eigenen Zuhause.

Da ist es wieder. Ein Lichtschein gleitet durch die Wildrosenhecke.

Was ist das? Und vor allem: Wer ist das?

Schon wieder Einbrecher? Ich fühle kurz, ob mein Handy noch in der Tasche ist, und wähle Michaels Nummer.

»Michael. Da ist jemand in meinem Garten«, flüstere ich.

»Maja? Kannst du bitte etwas lauter sprechen? Ich verstehe dich nicht.«

»Nein, kann ich nicht. Da ist jemand.«

Das Licht flackert noch eine Weile in der Hecke herum und dann bewegt es sich auf einmal Richtung Straße.

»Psst«, versuche ich, Jojo zu beruhigen, die schon wieder ein leichtes Knurren von sich gibt, und verstecke mich noch weiter hinter dem Van.

Das Licht irrt genau in unsere Richtung – und dahinter erscheint …

»Herr Grothe.«

Mutig trete ich mit Jojo hinter dem Van hervor, in der festen Gewissheit, immer noch Michael am Handy zu haben.

»Was machen Sie in meinem Garten?«

Ronny Grothe blickt mich total verdattert an. Er will sich umdrehen und abhauen, doch so leicht kommt er mir nicht davon. Ich halte ihn an der Jacke fest, völlig den Gedanken verdrängend, dass er als gewalttätig gilt.

»Halt, halt. Erst mal sagen Sie mir bitte, was Sie hier verloren haben.«

»Verloren? Als ob Sie das nicht wüssten. Meine Frau natürlich.«

»Ach, und Sie glauben, Sie finden diese in meiner Rosenhecke?«, frage ich wütend.

»Blödsinn. Natürlich nicht. Aber hier war sie nun mal zuletzt, und da habe ich auch ihre Haarspange gefunden. Vielleicht ist da noch mehr, irgendwas, das mir sagt, wo zum Teufel sie ist.«

Fast tut er mir leid. Dieser grobschlächtige Typ, der auf den ersten Blick ziemlich brutal wirkt, ist verzweifelt.

»Jeder denkt, ich habe sie umgebracht«, bricht es aus ihm heraus. »Sie doch auch, stimmt's? Aber das habe ich nicht. Glauben Sie mir. Ich will nur wissen, wo sie ist, verdammt noch mal.«

Mein Gott, der Typ ist echt fertig.

»Ich weiß, ich habe Fehler gemacht. Ich wünschte, ich könnte das rückgängig machen. Ich will nur wissen, ob sie noch lebt und wo sie ist … und ob es ihr gut geht. Verstehen Sie das?«

Irgendwie schon. Ich habe zwar immer noch eine Stinkwut, dass sich dieser Ronny heimlich in meinem Garten herumtreibt. Aber ich kann auch verstehen, dass ihn diese Ungewissheit, wo seine Frau geblieben ist, kaputt macht. Zumal nicht gerade wenige Leute ihn für einen Mörder halten.

»Hören Sie, ich kann verstehen, dass Sie alles daransetzen, Ihre Frau zu finden. Aber ich wäre Ihnen sehr dankbar, wenn Sie das in Zukunft nicht mehr in meinem Garten tun würden, okay? Sie haben mich nämlich zu Tode erschreckt. Und hören Sie bitte mit diesen Anrufen auf.«

»Anrufen? Welchen Anrufen? Ich habe Sie noch nie angerufen, ehrlich nicht.«

»Ach, tun Sie doch nicht so. Hören Sie damit auf und alles ist gut.«

»Soll das heißen, dass Sie nicht die Polizei rufen?«

»Nein, obwohl ich der Meinung bin, Sie sollten die Polizei nach Ihrer Frau suchen lassen und nicht selbst diesen Job übernehmen.«

Wie auf ein Stichwort tauchen auf einmal Scheinwerfer auf und Michaels Geländewagen biegt um die Ecke. Ich hatte ganz vergessen, dass er noch an meinem Handy war.

Als ich mich wieder umdrehe, ist Ronny Grothe in der dunklen Nacht verschwunden.

»Maja, was ist los?«

Wieder einmal bin ich so froh, dass Michael da ist. Ich bitte ihn herein und erzähle ihm in wenigen Worten bei einer Tasse Tee, was passiert ist.

»Dieser Grothe«, knurrt Michael.

»Der kann was erleben. Er hatte versprochen, er würde sich von hier fernhalten.«

»Lass mal gut sein, Michael«, beruhige ich *ihn* zur Abwechslung einmal.

»Dieser Grothe ist ein ganz armer Mann …«

»Maja, du bist zu gut für diese Welt. Da kommt dieser Kerl spätabends, taucht mit der Taschenlampe in deinem Garten auf und erschreckt dich zu Tode und du nimmst ihn auch noch in Schutz. Kannst du mir das erklären?«

»Es ist nur so ein Gefühl. Aber ich kann mir nicht helfen, er tut mir leid. Ich glaube nämlich, dass er zutiefst verzweifelt ist. Seine Frau ist verschwunden. Die er geliebt hat. Und zu allem Überfluss glauben alle, dass er etwas damit zu tun hat, dass er sie vielleicht getötet hat. Aber ich glaube das nicht. Er weiß genau, dass er sie schlecht behandelt hat. Vermutlich hatte er Angst, sie zu verlieren, und hat sie deshalb auch eingesperrt. Bestimmt bereut er auch, dass er gewalttätig war. Ich will sein Verhalten in keinerlei Weise in Schutz nehmen, denn ich halte es für höchst verwerflich, wenn man andere Menschen, noch dazu die, die man vorgibt zu lieben, derart behandelt. Aber ich glaube nicht, dass es ihn zu einem Mörder macht.«

»Maja, Maja.« Michael schüttelt den Kopf. »Du bist eine sehr ungewöhnliche Frau, weißt du das? Jede andere würde herumkreischen und den Typen anzeigen. Und du versuchst zu ergründen, warum er sich so verhalten hat.«

Ich muss lächeln.

»Er ist ein armer Mensch und gestraft genug, finde ich. Ich glaube, er hat in meiner Rosenhecke nur nach irgendetwas gesucht, das beweisen könnte, dass Isabella noch am Leben ist. Oder jemand anderes etwas mit ihrem Verschwinden zu tun hat.«

»Du hast recht, liebe Maja, ich denke im Übrigen genauso wie du. Meine Erfahrung in vielen Jahren bei der Kripo sagt mir, dass Ronny kein Mörder ist. Er macht sich wichtig und spielt den starken Mann, insbesondere, wenn Alkohol im Spiel ist. Aber Mord? Das ist nicht sein Ding. Außerdem wissen wir gar nicht, dass Isabella tatsächlich nicht mehr am Leben ist. Obwohl …«, Michael macht eine bedeutungsvolle Pause,

»... es schlechte Nachrichten von der vermissten jungen Frau aus Friedrichshafen gibt. Sie ist leider tot. Ihre Leiche wurde in Fischbach in der Nähe des Strandbads an Land gespült.«

Erschrocken halte ich die Hand vor den Mund. Das sind in der Tat keine guten Nachrichten.

»Oh Gott. Ist sie ... Ich meine ... wurde sie ...«

»Zum gegenwärtigen Zeitpunkt können wir leider noch nicht sagen, ob es sich um einen Unfall, Selbstmord oder Mord handelt«, sagt Michael leise.

»Also weiterhin schön aufpassen, auf dich, auf Nini und das Kleine«, grinst Michael und zeigt auf meinen Bauch.

»Keine Sorge. Ich passe schon auf. Und dann habe ich noch einen Wachhund und dich. Wenn ich daran denke, wie schnell du heute hier warst«, lache ich zurück, auch wenn mir schon ein wenig mulmig ist. Schließlich werde ich bald mit Jojo ganz allein hier sein. Jetzt, wo auch Steve und meine Mama wieder abreisen.

»Da ist noch etwas, Michael, was ich dir schon lange erzählen wollte.«

Michael lehnt sich zurück und hört mir ruhig zu.

»In den letzten Wochen klingelt in der Nacht des Öfteren mein Telefon. Sobald ich rangehe, wird aufgelegt. Meinst du, das könnte auch dieser Ronny sein? Ich habe ihn darauf angesprochen, aber er streitet es ab.«

Michael runzelt die Stirn.

»Ehrlich gesagt, glaube ich das nicht. Er mag ein grober Klotz sein, aber das sieht mir eher nach Psychoterror aus. Und das ist nun gar nicht sein Stil. Nein, da muss jemand anderer dahinterstecken. Aber das werde ich schon herausbekommen.«

In der Nacht wache ich mehrfach auf. Diesmal allerdings, weil starker Regen gegen das Fenster prasselt und es draußen so sehr stürmt, dass ich Angst habe, die Äste der hohen Bäume könnten brechen. Ich stehe ein paar Mal auf und sehe aus dem Fenster. Wie aufgewühlt und dunkel das Wasser ist. Hell blinkt nur die Sturmwarnung, die ich sogar von meinem Zimmer aus sehen kann.

Am nächsten Morgen ist die Luft rein und klar. Es hat aufgehört zu regnen und der Sturm hat sich gelegt. Jedoch sind tatsächlich einige kleinere Äste abgebrochen und der Wind hat viele Blüten und Blätter auf die Terrasse geweht.

Verschlafen, wie ich bin, wische ich die Tische auf der Terrasse ab, in der Hoffnung, dass die gerade herauskommende Sonne den Rest des Trocknens erledigen wird und die ersten Gäste noch ein wenig auf sich warten lassen.

Doch offenbar ist die Gymnastikstunde der BBP-Ladys bereits zu Ende, denn sie kommen gerade in dem Moment um die Ecke, als ich die Kaffeemaschine eingeschaltet habe.

»Gibt's heut keine Vanille-Küsschen?«, fragt die rothaarige Jutta angesäuert.

»Guten Morgen, die Damen«, antworte ich betont freundlich.

»Wir haben heute besonders leckere Cassis-Küsschen. Ich hole Ihnen sofort ein paar.«

Dann höre ich beim Hineingehen, wie diese Jutta ihren Freundinnen zuraunt:

»Also jetzt schaut euch mal an, wie die Terrasse aussieht. Könnt' die da nicht mal ein wenig fegen? Das ist ja unmöglich. Da mag man sich gar nicht hinsetzen.«

Oh ja, meine Liebe, ich weiß, warum dein Mann fremdgeht, denke ich im Stillen und mache in Seelenruhe die Cappuccini der Damen fertig.

Auf einmal steht die blonde Ruth neben mir.

»Ich nehme schon mal zwei Tassen mit raus«, lächelt sie mich freundlich an. »Nach dem Sturm haben Sie ganz schön aufzuräumen, nicht wahr?«

Ich lächle zurück.

»Was ich noch sagen wollte …« Sie dreht sich noch einmal um, bevor sie wieder zu den anderen nach draußen geht. »Danke … für neulich. Sie wissen schon.«

Ich nicke nur und lächle.

Sie kann sich darauf verlassen, dass kein Wort über diesen Tag in Wallhausen je über meine Lippen kommen wird.

16. Kapitel

Das Seenachtsfest

Schon eine Woche später heißt es Abschied nehmen von meiner Mutter und Steve.

Ich habe ihr immer noch nicht gesagt, dass ich ein Baby bekomme, weil ich weiß, dass es ihr den Abschied nur umso schwerer machen würde. Oder sie vielleicht sogar deshalb hierbleiben würde. Und das möchte ich auf keinen Fall. Sie soll in Ruhe mit ihrem Mann mitgehen und nicht den Ehefrieden bereits jetzt gefährden.

Außerdem kann ich ihr auch noch am Telefon davon erzählen, wenn sie wieder in Amerika ist.

»Maja, mein Liebes. Pass auf dich auf«, sagt sie zum Abschied, als wir uns umarmen. »Arbeite nicht zu viel. Ich bin zwar unglaublich stolz auf dich und das, was du in dieser kurzen Zeit erreicht hast. Aber pass auf, dass es dir nicht über den Kopf wächst, hörst du? Sonst kommst du zu mir, wenn du Erholung brauchst.«

»Ich pass schon auf mich auf, Mama. Dir brauche ich das nicht zu sagen: Du hast ja jetzt jemanden, der auf dich aufpasst«, antworte ich mit einem Blick auf Steve, der gerade liebevoll den Arm um sie legt.

»Ich werde deine Himbeer-Mandel-Seehupferl soo sehr vermissen. Und erst die Karamell-Vanille-Küsschen. Hmmmm … Sag mal, Liebes? Naschst du eigentlich selbst davon? Es kommt mir so vor, als hättest du ein klitzekleines bisschen zugelegt, aber das kann auch täuschen. Steht dir jedenfalls gut.«

Wir drücken uns alle noch mal ganz fest, dann biegt der Mietwagen der beiden um die Kurve und weg sind sie.

Wie war das noch mal? Das Loslassen der Menschen, die wir lieben, tut am meisten weh und ist doch am wichtigsten für unsere Entwicklung. Also krempele ich die Ärmel auf und mache weiter, auch wenn der Abschiedsschmerz widerlich ist. Heute ist Ruhetag in der ›Butterblume‹ und somit kann ich in Ruhe in Friedas Haus nach dem Rechten sehen. Meine Mutter hat, wie ich es erwartet hatte, alles sauber und ordentlich hinterlassen und sogar die Bettwäsche abgezogen und schon in die Waschmaschine gesteckt. Was soll nun aus diesem schönen Haus werden? Es wäre fantastisch geeignet für eine Bed & Breakfast-Pension, wie die beiden es angedacht hatten. Ich beschließe, den Gedanken ein wenig im Auge zu behalten. Schließlich weiß ich noch gar nicht, ob und wie es mit der ›Butterblume‹ weitergehen wird. Christian hat sich nach meinem Besuch in seiner Wohnung in Stuttgart nicht ein einziges Mal gemeldet. Seine Exfrau hat ihm sicher erzählt, dass ich da war. Wie konnte ich mich nur so täuschen in ihm. Hat ihm das alles mit mir so wenig bedeutet? Am liebsten würde ich ihm sagen, was für ein Blödmann er ist. Aber das lässt mein Stolz nicht zu. Am allerbesten wäre, ich würde die ›Butterblume‹ aufgeben und in Friedas Haus einziehen. Allein schaffe ich die Arbeit mit dem Café sowieso nicht und dann mit einem Baby? Ausgeschlossen.

Doch das Leben versteht es immer wieder, uns zu verblüffen. Es gibt Momente, in denen man glaubt, die Welt geht unter. Doch dann geschieht etwas Neues und auf einmal weiß man, wie es weitergeht. Als ich mit einem in Friedas Garten abgeschnittenen Strauß Hortensien nach Hause zurückkomme, erwartet mich dort nämlich eine Überraschung.

Auf den Treppenstufen sitzt Emily und lacht mir entgegen.

»Ich dachte schon, du kommst nicht mehr. Ausgerechnet heute, wo ich einen Cappuccino mit dir trinken will, ist Ruhetag.«

»Emily. Wenn du wüsstest, wie schön es ist, dich zu sehen«, umarme ich meine Freundin herzlich. Ich spüre, dass etwas anders ist als in der letzten Zeit, wenn wir uns gesehen haben:

Es ist der Ausdruck in ihrem Gesicht.

»Emily?«

Emily nickt und die Tränen laufen ihr über ihr kleines, zartes Gesicht.

»Er ist aufgewacht«, flüstert sie.

»Jetzt wird alles gut. Oh Süße, du weißt nicht, wie glücklich mich das macht. Ich habe so sehr für euch gebetet.« Nun kommen auch mir die Tränen.

»Ich weiß, Maja. Und das hat auch was genutzt, siehst du.«

Blass sieht sie aus, noch dünner als sonst und angegriffen. Die vergangene Zeit war hart für sie und hat sie verändert. Aber dieses kleine Persönchen war die ganze Zeit über so was von stark und konnte sogar etwas von ihrer Kraft weitergeben an den Mann, den sie von ganzem Herzen liebt. Ohne dabei selbst aus der Kurve zu fallen. Das ist mehr als bewundernswert und ich sage es ihr.

»Vor uns liegt noch ein langer Weg. Aber ich weiß, er wird es schaffen«, lächelt Emily, die ich gerade mit ein paar Orangenblüten-Küsschen versuche, wieder aufzupäppeln.

»Ja, mit deiner Hilfe.«

Ich freue mich so für meine Freundin.

»Maja, ich weiß, ich habe dich auch vernachlässigt in der letzten Zeit. Aber es gab für mich nichts Wichtigeres als Tom, verstehst du das?«

»Na, hör mal. Das ist doch klar. Ich habe eher Grund, ein

schlechtes Gewissen zu haben, weil ich mich so gar nicht um dich kümmern konnte. Aber das Café …«

»Wie läuft es denn so?«, unterbricht mich Emily interessiert.

»Echt super. Nur ist es manchmal ein bisschen viel für mich. Vor allem jetzt, da meine Mutter wieder in die Staaten zurückgeflogen ist und Nini bald ihr Studium in Mannheim beginnt.«

»Na, wunderbar. Jetzt hast du mich. Ich werde in Zukunft ganz bestimmt wieder viel mehr Zeit haben. Und glaub mir, ich bin soo froh, wenn ich mal etwas anderes sehe als das Krankenhaus.«

»Emily, das möchte ich nicht. Du hast mit Tom sicher viel zu tun und …«

»Keine Widerrede. Ich helfe dir und damit basta. Meine größte Sorge war, dass Tom nicht aus dem Koma erwachen würde. Ich stand in den letzten Wochen komplett neben mir. Aber jetzt ist alles verändert. Natürlich werde ich ihn weiterhin jeden Tag besuchen, sonnenklar. Aber ich bin auch ganz froh, wenn ich für ein paar Stunden mal etwas Abwechslung und ein bisschen Leben um mich habe.«

»Ach, Emily, wenn du wüsstest, dass du heute genau zum richtigen Zeitpunkt gekommen bist. Ich war schon kurz davor, das alles aufzugeben.«

»Was? Aber warum denn? Das ›Café Butterblume‹ war dein Traum. Und du hast soo hart dafür gekämpft, Maja. Da kannst du nicht einfach aufgeben.«

»Ich weiß, ich hänge auch ganz furchtbar an allem hier. Aber es haben sich eben ein paar Sachen ergeben, die es sehr schwer machen für mich weiterzumachen.«

»Sachen? Was haben sich denn für Sachen ergeben? Mir scheint, ich war schon länger nicht mehr hier.«

»Ich bekomme ein Kind, Emily. Von Christian. Und mit Christian ist es aus. Verstehst du jetzt, dass ich Angst habe, das alles nicht allein zu schaffen?«

Emily sieht mich ungläubig an.

»Du bekommst ein Kind? Mensch, Maja, das ist wunderbar.«

Sie nimmt mich in die Arme.

»Und jetzt? Was ist aus der Maja ›Ich schaffe das alles mit links und ihr könnt mich mal kreuzweise und spiralförmig‹ geworden? Doch nicht etwa ein kleiner, zimperlicher Angsthase.« Emily blickt mich herausfordernd an. »Schau mal, du hast mit dem Café etwas ganz Tolles geschaffen und das aus eigener Kraft.«

»Na ja, nicht ganz. Wenn ich dich und Frieda nicht gehabt hätte … und Nini …«

»Genau, und Nini. Das ist nämlich deine Tochter, falls du's vergessen haben solltest. Auf die du, nebenbei bemerkt, stolz sein kannst. Die du ganz allein zu dem fantastischen Mädchen gemacht hast, das sie heute ist. Und warum solltest du das nicht noch einmal schaffen? Mit dem Café und deiner Selbstständigkeit ist das Leben doch viel einfacher, als wenn du dich für einen fremden Chef abrackern müsstest. Ich helfe dir dabei, versprochen. Und jetzt hol mal deinen inneren Schweinehund wieder heraus und sei ein bisschen mutig«, grinst sie. »Wir werden das Kind schon schaukeln, ja?«

Es geht nicht anders: Emilys Glück und die wiedergewonnene Lebensfreude übertragen sich automatisch auf mich.

Offenbar begeistern sich alle derart für dieses kleine Wesen, das da in mir heranwächst, dass auch ich beschließe, mich ab jetzt von Herzen darauf zu freuen und nicht mehr länger zaghaft und unglücklich zu sein. Emily hat so recht: Ich habe es schon einmal allein geschafft und werde es auch diesmal hinkriegen.

Am späten Nachmittag, als Emily schon längst wieder weg ist, widme ich mich meinen Zuckerbäcker-Tätigkeiten. Ich liebe es, in der Küche herumzuwerkeln, dabei kann man so schön seinen Gedanken nachhängen. Sogar Gartenarbeit hat manchmal etwas Meditatives, finde ich. Ich bin gerade dabei, Äpfel für Apfel-Ingwer-Seehupferl zu schälen, als Leon hereingestürmt kommt.

»Genug gearbeitet für heute, schöne Frau. Ich entführe dich jetzt.«

Ich kann nicht anders, ich muss mich über Leons Spontanität freuen.

»Leon, ich kann mich nicht entführen lassen, ich bin eine schwer arbeitende Frau«, lache ich.

»Das sehe ich. Aber irgendwann muss auch mal Pause sein. Und es heißt Ruhetag, weil die Arbeit an diesem Tag ruhen soll. Zieh dir was Hübsches an und komm mit.«

Damit geht es schon los. Was könnte ich Hübsches anziehen, was in Leons Augen bestehen kann? Da kommt nur ein sexy Outfit in Frage, doch sexy, das bin ich im Moment einfach nicht. Außerdem hat meine Mutter recht: Ich habe tatsächlich etwas zugelegt.

Aber das ist mein gutes Recht, schließlich bin ich schwanger.

Eigentlich habe ich keine Lust, mit Leon auszugehen. Andererseits wäre die Alternative, wieder einen einsamen Abend zu Hause zu verbringen.

»Wo möchtest du denn hingehen?«, frage ich Leon.

»Zum Seenachtsfest nach Konstanz.«

Au weia. Dort wird die Hölle los sein.

»Leon, ich kann nicht. Ich muss morgen wieder früh raus und das wird mir dann zu spät«, versuche ich, ihn abzuwimmeln.

»Nur bis zum Feuerwerk. Danach fahre ich dich gleich wieder heim, versprochen.«

So wie er mich bittet, kann ich ihm das nicht länger abschlagen.

»Na gut.«

Damit ist das Outfit-Problem aber noch nicht gelöst. Natürlich kann ich Leon auch nicht stundenlang warten lassen. Also entscheide ich mich kurzerhand für eine längere, bestickte und etwas weiter geschnittene Tunika in braun-goldenen Tönen und braune Leggins. Dazu stecke ich mir die Locken ein wenig nach oben und stibitze aus Ninis Schmuckschatulle lange goldene Ohrringe. Fertig. Sieht doch gar nicht so schlecht aus. Leon allerdings hat offenbar etwas anderes erwartet, mehr so in die Femme fatale-Richtung. Jedenfalls sagt er kein Wort, wenigstens auch kein abfälliges, sondern zieht nur fragend eine Augenbraue hoch.

Kaum sitzen wir im Auto, bereue ich auch schon meine Entscheidung.

Leon hat sich nämlich entschlossen, die Strecke hinten herum über den Bodanrück nach Konstanz zu fahren und fährt mal wieder viel zu schnell den Berg hinauf.

Mein armes Baby, denke ich, hoffentlich wird es nicht allzu sehr durcheinandergeschüttelt.

»Was ist eigentlich mit Nini? Ist sie noch mit diesem Loser zusammen?«, fragt Leon unterwegs.

»Wenn du mit Loser den netten zukünftigen Biolehrer Ben meinst, der vielleicht auch einmal deine Kinder unterrichten wird, dann ja.«

Unglaublich, dass er es diesmal in weniger als einer halben Stunde geschafft hat, mich wütend zu machen.

Erwartungsgemäß sind in Konstanz unglaublich viele Menschen unterwegs. Das Wetter macht wunderbar mit, die Sonne strahlt vom wolkenlosen Himmel. Zum Glück können wir Leons Porsche vor dem Haus abstellen, in dem Emily und Tom wohnen. Von dort aus sind es nur wenige Schritte in die Stadt und zum Hafen.

»Kommt Emily auch mit?«, frage ich, als wir nach der rasanten Fahrt endlich anhalten.

Im Stillen wünschte ich, ich könnte mich ausklinken und den Abend auf ihrem hübschen Balkon verbringen.

»Keine Ahnung«, brummt Leon.

Wie kann man sich nur so wenig für seine Schwester interessieren? Ob er schon weiß, dass Tom aus dem Koma aufgewacht ist?

Wir schlendern durch die Menge die Uferpromenade entlang. Es gibt unglaublich viele Stände mit Leckereien, Wein, Cocktails und anderen Getränken, dazu wird man auf sechs Live-Bühnen auf unterschiedlichste Weise musikalisch unterhalten. Unterwegs treffen wir auf Gaukler, Stelzenläufer, Feuerartisten, Fahnenschwinger und bestaunen den Kunsthandwerkermarkt. Auf einmal bemerke ich, dass ich hungrig bin, und lasse mich gern von Leon zu einem Flammkuchen einladen. Den dazu passenden Wein lehne ich jedoch ab.

»Den kannst du nachher noch bei uns am Stand trinken«, verspricht Leon.

Ich hätte es wissen müssen, dass mir der Römfeld-Clan heute nicht erspart bleibt. Doch ich habe mich darauf eingelassen, also muss ich da jetzt durch. Zum Glück habe ich mich wenigstens mit dem Flammkuchen vorher gestärkt, wer weiß, ob ich hinterher noch etwas essen kann. Am Stand der

Römfelds erwartet uns tatsächlich die ganze liebe Familie. Bis auf Emily, die wahrscheinlich bei Thomas im Krankenhaus ist. Robert und Anouk machen einen verliebten Eindruck. Seltsam, die beiden zusammen zu sehen. Im letzten Jahr noch war ich so eifersüchtig auf sie, weil ich dachte, sie würde sich an meinen Leon heranschmeißen. Dabei hatte sie die ganze Zeit den bodenständigen Robert im Auge. Ich muss zugeben, dass Anouk absolut bezaubernd aussieht. Sie trägt ein wunderschönes schwarz-rotes Etuikleid aus Seide, was an ihrer zarten Figur süß aussieht. Und ihre neue Frisur, ein Bubikopf, wirkt très française und steht ihr ausnehmend gut. Es fühlt sich seltsam an, der Familie gegenüberzutreten, nachdem wir kein Paar mehr, sondern nur noch gute Freunde sind. Lange Zeit hatte Katharina Angst, ich könnte in diese großartige Familie einheiraten und sie müsste ihr Vermögen mit mir teilen. Dieser Schicksalsschlag blieb uns beiden zum Glück erspart.

Katharina gibt mir unentschlossen die Hand. Vermutlich fragt sie sich gerade, ob und warum sie den Kontakt zu mir aufrechterhalten soll, wo ich doch ihren wundervollen Sohn und damit die Aussicht auf eine glänzende Zukunft an seiner Seite auf dem Weingut ausgeschlagen habe. Wie üblich, ist sie auch heute perfekt frisiert und hat ihr Outfit auf den wunderschönen Sommerabend abgestimmt. Ihr edles Leinenkleid in Silbergrau passt perfekt zu ihrem hellblonden Bob und die Kette an ihrem Hals ist mit Sicherheit nicht aus Silber, sondern aus purem Weißgold.

»Nun, Maja …«, beginnt sie ein Gespräch.

Was ihr vermutlich schwerfällt, denn bei ihren Lieblingsthemen Golf und Charity kann ich nicht mitreden.

»… wie lebt es sich denn so … als … Wirtin?«

Als Wirtin? Da muss ich erst mal tief Luft holen. Wirtin –

das klingt so nach Gasthof Traube und ich stehe im Dirndl hinter dem Tresen und zapfe Bier.

»Danke, sehr gut, Katharina«, lächle ich darum so selbstbewusst, wie es nur geht, zurück.

»Mein Café …«, und ich betone das Wort Café, »… ist sehr hübsch geworden und wird von vielen Menschen sehr gern besucht. Du solltest es dir vielleicht einmal ansehen? Ich würde mich freuen.«

»Nun ja«, weicht sie aus. »Im Prinzip sehr gern, aber du weißt ja, ich habe sehr viel zu tun.«

Oh ja, ich weiß. Die Golfrunden, der Frisör, die Kosmetikerin, die Shoppingtouren – das alles erfordert nun mal seine Zeit.

Darum strahle ich sie an. »Natürlich, liebe Katharina. Nun, da ich ebenfalls selbstständig bin, weiß auch ich meine kostbare Freizeit besonders zu schätzen.«

Damit habe ich ihrer guten Laune endgültig den Todesstoß versetzt. Wie kann ich es wagen, mich mit ihr auf eine Stufe zu stellen? Ihre Lippen werden so schmal wie ein Bindfaden.

»Nun, Maja, das kann man wohl nicht so ganz vergleichen.«

Wie recht sie doch hat. Mein armseliges Leben als Wirtin kann natürlich in keinster Weise mit ihrem anstrengenden Dasein als Weingutbesitzerin mithalten. Doch bevor ich darauf antworten kann, hat sie sich bereits entschlossen, das Gespräch nicht länger fortzusetzen, und schwebt nach einem kurzen Nicken in meine Richtung wieder zu den wirklich wichtigen Menschen an ihrem Stand. Ich sehe ihr nach und bewundere ihre fabelhafte Rückseite und ihre schmale Figur. Dennoch lässt auch diese kurze Begegnung mit ihr wieder einmal kein gutes Gefühl bei mir zurück. Ich atme tief durch und bin froh, dass Katharina nicht meine Schwiegermutter geworden ist. Also war es doch die richtige Entscheidung, mich von Leon zu trennen. Denn sonst wäre es meine Pflicht, heute neben ihr zu stehen und weiter zu lächeln. Immer in dem Bewusstsein, dass ich sowieso nicht gut genug wäre, weder für ihren Sohn noch für das Weingut. Obwohl, vielleicht wäre sie anders zu mir, wenn ich tatsächlich Leons Frau geworden wäre. Nein, ich glaube nicht. Ich muss an einen Satz denken, den ich vor Kurzem gelesen habe: ›Es gibt Menschen, die einen Raum erhellen können, sobald sie ihn betreten.‹ Bei anderen ist es genau umgekehrt: Sie können selbst an einem strahlenden Tag die Sonne verschwinden lassen. Die Sonne ist auch ohne Katharinas eisiges Verhalten inzwischen verschwunden und das bedeutet, dass das großartige Feuerwerk, auf das alle Besucher warten, in Kürze beginnen wird. Leon nimmt mich an der Hand und zieht mich zum Wasser. Über uns funkeln die Sterne und dann fallen sie auf einmal in allen Farben vom Himmel. Dazu erklingt so wundervolle Musik, dass man die ganze Welt um sich herum vergisst und nur noch den bunten und strahlenden Himmel betrachtet. Ich bin so vertieft in dieses fantastische Feuerwerk, das über eine halbe Stunde dauert und vom gegenüberliegenden Kreuzlinger Feuerwerk abgelöst wird, das mindestens genauso schön ist, dass ich gar nicht bemerke, dass Leon den Arm um mich gelegt hat. Als die letzten ›Sterne‹ vom Himmel fallen, dreht er mich zu sich und sieht mir tief in die Augen. »Maja, du weißt nicht, wie sehr ich dich vermisst habe, jeden einzelnen Tag, jede Stunde. Wir hatten doch eine gute Zeit, du und ich. Sollen wir es nicht noch einmal miteinander versuchen?«

»Ach, da seid ihr. Wir haben euch schon überall gesucht. Kommt, wir wollen etwas bekanntgeben.«

Noch nie im Leben habe ich mich so gefreut, Robert und Anouk zu sehen, wie in diesem Moment. Ich hätte nicht gewusst, was ich Leon antworten soll. Dafür überraschen Robert und Anouk mit der Ankündigung, noch in diesem Jahr heiraten zu wollen. Der gute Robert hat sich dafür etwas ganz Besonderes einfallen lassen: Eine Trauung im Zeppelin hoch über dem See. Ich freue mich für die beiden, denn ich habe das Gefühl, dass sie glücklich miteinander sind.

Leon hält sein Versprechen und fährt mich anschließend nach Hause. Vor der ›Butterblume‹ macht er den Motor aus und beteuert noch einmal: »Maja, was ich vorhin gesagt habe, das habe ich auch so gemeint. Ich weiß nicht, was bei uns schiefgelaufen ist. Aber du fehlst mir. Mein Wunsch wäre, dass wir wieder zusammenkommen.«

Oh Gott, wie komme ich da nur wieder heraus?

Ich atme tief durch. »Leon, ich muss dir was sagen. Du bist ein echt toller Mann und immer noch sehr wichtig für mich. Aber ich bekomme ein Kind. Von Christian.«

Ich sehe ihm an, dass das ein echter Schock für ihn ist.

»Bist du … seid ihr zusammen?«

Ich schüttele den Kopf. »Nein, nicht mehr. Aber das Baby möchte ich behalten.«

Leon nickt.

»Verstehe. Gut, das ist jetzt starker Tobak.« Er zögert kurz, dann spricht er weiter: »Na ja, das ist natürlich nicht so einfach. Trotzdem: Mein Angebot steht. Ich will dich zurück, Maja. Du müsstest natürlich dein ›Café Butterblume‹ aufgeben und zu mir ziehen. Aber ich würde für dich und das Baby sorgen, auch wenn es nicht meines ist.«

Donnerwetter, damit habe ich nicht gerechnet. Das würde natürlich eine gesicherte Existenz für uns bedeuten. Und ist es nicht unglaublich großherzig von Leon, dass er mich zurückhaben will, auch wenn ich ein Kind von einem anderen Mann erwarte? Das muss doch echte Liebe sein von seiner Seite.

Sicher wäre es klug und vernünftig, für mich und mein Baby auf eine sichere Zukunft zu bauen. Mein Leben wäre in vielerlei Hinsicht eine Sahnetorte, wenn ich zu Leon auf das Weingut ziehen würde. Aber ich müsste alles aufgeben, selbst meinen Butterblumentraum.

Wenn ich's mir recht überlege, mag ich gar keine Sahnetorte. Ich esse viel lieber Pflaumenkuchen. Oder Seehupferl.

›Liebe fühlt man im Herzen‹, hat Frieda einmal zu mir gesagt. ›Denke nicht daran, was vernünftig ist, sondern daran, was dich glücklich macht.‹

Leon beugt sich zu mir herüber und küsst mich.

Und ich fühle absolut nichts. Ich liebe Leon nicht. Und darum kann ich auch unter keinen Umständen zu ihm zurück.

»Leon, ich fühle mich sehr geschmeichelt und bin dir auch sehr dankbar für alles. Du bist mir immer noch sehr wichtig, aber …«, stammele ich hilflos daher.

»Psssssst.« Leon legt mir einen Finger auf den Mund. »Lass dir Zeit, Maja, und überlege es dir in Ruhe.«

17. Kapitel

»Die geheimnisvolle SMS«

Der Sommer geht zu Ende am Bodensee und verabschiedet sich wie in jedem Jahr leise und in zarten, sanften Farben. Nicht mehr lange und leuchtende Herbsttöne werden die vielen Obstbäume in einen Indian Summer verwandeln. Morgens und abends liegt jetzt schon ein leichter Nebelhauch auf dem See, der den Blick verzaubert und einen träumen lässt. Oft sitze ich nach Feierabend noch lange, in eine warme Decke gehüllt, auf der Terrasse oder dem Steg, sprachlos über die Schönheit und Stille der Natur. Schon bald, wenn es kühler wird, werden die Feriengäste weniger werden. Noch sind die Tage herrlich warm und voller Heiterkeit. Hoffentlich werden wir noch lange die Terrasse mit dem schönen Blick genießen und Zwiebelkuchen und Suser darauf anbieten können.

Nini und Ben haben sich für ein paar Tage nach Paris verabschiedet. Sie wollen ein wenig Zeit zusammen verbringen, bevor für beide der Ernst des Lebens und das Studium beginnt.

Ich freue mich so für sie, denn bis jetzt hat Nini noch nicht viel vom Sommer gehabt, da sie mir so häufig im Café geholfen hat.

»Au revoir, Mamili. Soll isch dir vielleischt etwas mitbringen? Ein paar Macarons vielleischt?«, fragt sie lachend, während sie ihren Koffer in Bens alten Fiat hievt.

»Non, merci, Mademoiselle. Das können wir doch viel besser. Kommt ihr denn nach Paris noch einmal zum See?«

»Natürlich, Mami – ich muss doch ein paar Sachen holen für unsere gemeinsame Wohnung.«

An der Art, wie sie das sagt, erkenne ich, dass sie sich sehr darauf freut, mit Ben zusammenzuwohnen.

»Aber ich komme nicht nur deswegen, sondern natürlich hauptsächlich deinetwegen. Und außerdem wegen Franziska.«

Ninis Freundin Franziska liegt seit ein paar Tagen im Krankenhaus. Sie ist beim Weinfest in Meersburg zusammengeklappt. Zuerst dachten alle, sie hätte vielleicht ein bisschen viel getrunken. Aber im Krankenhaus stellte man fest, dass sie seit längerer Zeit nicht zu viel getrunken, sondern viel zu wenig gegessen hatte. Ihre Essstörungen müssen dringend behandelt werden, doch zuvor muss sie einige Tage im Krankenhaus bleiben, damit sie wenigstens etwas aufgepäppelt wird und ihr Kreislauf stabil bleibt. Für ihre Eltern ist dies natürlich kein Grund, den wohlverdienten Urlaub an der Côte d'Azur abzubrechen. Sie haben Franziskas Mädchenzimmer in der elterlichen Villa bereits mit neuen Möbeln in ein unpersönliches Gästezimmer verwandelt, wie ich von Nini weiß. Schließlich braucht Franziska es der Meinung der Eltern nach nicht mehr, da auch sie schon bald ein Studium beginnen wird, und zwar in München, genau, wie die Eltern es sich gewünscht hatten. Ob das auch Franziskas Wunsch ist, bezweifle ich. Wer allerdings nicht von ihrer Seite weicht und jeden Tag an ihrem Krankenhausbett sitzt, in dem sie blass und zart und ungeschminkt liegt, ist Achim Klein. Der oberflächliche Typ mit seinem schicken BMW scheint bei Weitem nicht so oberflächlich zu sein wie ihre Eltern und hat vor, mit Franziska nach dem Krankenhausaufenthalt ein paar Tage ans Meer zu fahren, wo sie sich richtig erholen soll. Ganz ohne Stress und Leistungsdruck. Und Drogen.

»Kommst du klar ohne mich?«, fragt Nini zum hundertsten Mal.

»Ja, sicher, meine Kleine.«

»Kleine? Das muss ein Irrtum sein. Das Kleine ist doch jetzt da drin«, lacht Nini und drückt mich noch einmal stürmisch zum Abschied. Um sie brauche ich mir zum Glück keine Sorgen zu machen. Der ruhige und verantwortungsbewusste Ben wird mein Töchterlein gut beschützen und wieder heil nach Hause bringen, das steht fest. Auch sie braucht sich nicht um mich zu sorgen. Emily hilft mir, wie versprochen, viel im Café und dafür bin ich ihr unendlich dankbar.

Für sie scheint es tatsächlich eine willkommene Abwechslung zu sein, denn sie blüht von Tag zu Tag mehr auf. Nicht nur, weil die Gesundheit Toms große Fortschritte macht. Auch der Kontakt mit den vielen Gästen tut ihr gut und die leckeren ›Überlinger Küsschen‹ und ›Seehupferl‹ scheinen eine großartige Wirkung auf Leib und Seele zu haben. Außerdem habe ich eine Aushilfe eingestellt, die fantastisch zu uns passt. Es ist Ruth, die eines Tages bei einem Besuch nach der Gymnastikstunde spontan fragte, ob ich nicht hin und wieder etwas Hilfe benötigen könnte. An diesem Tag war wieder die Hölle los und ich wusste nicht, was ich zuerst machen sollte.

Also antwortete ich: »Gern. Wenn Sie mögen, können Sie gleich hierbleiben.«

Und sie blieb. Ihren eigenen Worten zufolge war es ihr ohnehin zu langweilig, zur Gymnastik zu gehen und über andere Leute abzulästern. Also krempelte sie die Ärmel hoch, räumte Tische ab und bediente die Kaffeemaschine, als hätte sie ihr Leben lang nichts anderes getan. Das Thema ›Hubert‹ schneidet sie bei mir allerdings nie an, worüber ich nicht böse bin. Schließlich ist das ganz allein ihre Privatsache. Ich habe genug mit meinem eigenen Privatleben zu tun.

Zum Glück lässt Leon mich in Ruhe. Er versteht, dass ich momentan erst einmal zu mir selbst finden muss, mit der Schwangerschaft und allem. Jedenfalls konnte ich ihm das so vermitteln.

Dennoch tut er mir gut und ich freue mich, wenn er spontan vorbeikommt oder mich zu einem schönen Essen ins ›Rosmarin‹ oder ein anderes schönes Lokal einlädt. Meine Gefühle für ihn sind allerdings rein freundschaftlicher Natur und ich glaube nicht, dass sich daran etwas ändern wird. Ich kann mir beim besten Willen nicht vorstellen, die ›Butterblume‹ aufzugeben, auch wenn ich mich in den Abendstunden häufig einsam fühle. Allerdings schwindet das Gefühl der Einsamkeit allmählich. Mehr und mehr beginne ich mich auf das kleine Wesen zu freuen, das da in mir heranwächst.

Emily und ich haben das Gästezimmer ausgeräumt und helltürkis gestrichen. Es könnte sich ein kleines Mädchen oder ein kleiner Junge darin wohlfühlen. Ruth kann mir von ihrer Nichte eine kleine weiße Babywiege borgen. Noch wird sie dort benötigt, aber bis es bei mir so weit ist, ist deren Baby schon zu groß dafür. Einen Kinderwagen hat die Omi in Amerika versprochen. Sie war ein bisschen böse, dass ich ihr vor ihrer Abreise nichts von der Schwangerschaft gesagt hatte. Doch sie versteht, dass ich sie nicht unnötig belasten wollte, und verspricht, spätestens im Frühling mitsamt Ehemann und Kinderwagen wieder da zu sein.

Also geht es mir gut, meistens jedenfalls. Nur in der Nacht quälen mich Ängste, ob und wie ich alles bewältigen soll. Glücklicherweise haben die unheimlichen Anrufe aufgehört, jedenfalls so gut wie. An einem wunderschönen Spätsommerabend liege ich nach einem heißen und wie üblich anstrengenden Tag gemütlich auf dem Sofa, Jojo zu meinen Füßen, als es auf einmal stockduster im Zimmer wird. Der Himmel ist unversehens kohlrabenschwarz und man kann die andere Seite des Sees nicht mehr sehen, Himmel und Wasser scheinen zu verschmelzen. Die Starkwindwarnung ist bereits in vollem Gange und es beginnt zu tröpfeln. Das sieht nach Gewitter aus. Es war aber auch unerträglich schwül heute. Widerstrebend stehe ich von meinem gemütlichen Plätzchen auf und räume auf der Terrasse die Polster der Stühle herein. Dann sorge ich dafür, dass alle Stühle und Schirme fest stehen. Die Palmen- und anderen Blumentöpfe stelle ich sicherheitshalber unter das Dach. Ich schaffe es gerade noch, mit allem fertig zu werden, als es zu blitzen und zu stürmen beginnt. Nichts wie rein ins Haus. Jojo freut sich überschwänglich. Mein kleiner Wachhund fürchtet fast nichts so sehr wie Gewitter. Allerdings muss Jojo noch ein kleines Pfützchen machen. Ausgerechnet jetzt. Ich lasse sie nur schnell in den Vorgarten, bei dem Wetter wird sie schon nicht weglaufen. Doch Jojo schnuffelt und schnuffelt in der Rosenhecke herum und kommt ewig nicht zurück.

»Jojo, hierher«, rufe ich laut. Doch Jojo kommt nicht unter der Hecke hervor. Es bleibt mir nichts weiter übrig, ich muss doch die Leine nehmen und sie dort wegzerren.

Was hat sie denn da? Das sieht wie ein Foto aus, ein Ultraschallfoto. Komisch, wie kommt das jetzt unter die Hecke? Also, von meinem Baby ist das nicht, das weiß ich sicher. Schließlich liegt das auf meinem Nachttisch. Was die Leute alles so in fremde Gärten werfen, das ist doch wirklich unglaublich. Jetzt aber schnell zurück ins Haus. Bevor ich es mir jedoch endlich wieder auf meinem geliebten Sofa gemütlich machen kann, piepst mein Handy. Das wird eine SMS von Nini aus Paris sein, denke ich und freue mich, dass sie offenbar gut angekommen sind. Jedoch ist die Nummer unterdrückt und ich lese eine geheimnisvolle Botschaft:

›Komm bitte sofort in den Goldbacher Stollen. Es geht um unser beider Glück.‹

Was soll das denn? Ich verstehe nur Bahnhof. Ich kenne den Goldbacher Stollen nur vom Hörensagen und bin nie dort gewesen. Er befindet sich ausgangs Überlingen kurz vor dem Ortsteil Goldbach auf der anderen Seite der Bahnlinie in der Nähe des Campingplatzes.

Ich weiß nur, dass nach der Bombardierung der Friedrichshafener Industrieunternehmen, die im Zweiten Weltkrieg Rüstungsgüter herstellten (wie Luftschiffbau Zeppelin, Maybach, Dornier und Zahnradfabrik), ein unterirdisches Stollensystem angelegt wurde, um die Rüstungsgüter weiterhin produzieren und vor Bomben schützen zu können. Aus diesem Grund wurden rund 800 Häftlinge aus dem KZ Dachau geholt, die gegen Ende des Zweiten Weltkrieges in Goldbach ein rund vier Kilometer langes Stollensystem aus dem Melassefelsen ausgraben mussten. Den Aushub aus dem Berg schütteten sie in den Bodensee; auf ihm wurde später der Überlinger Campingplatz errichtet. Es ist die Rede davon, dass mindestens 200 Häftlinge die katastrophalen Arbeitsbedingungen nicht überlebten. Heute dienen diese Höhlengänge als Winterlager für Boote oder als Gedenkstätte, in welcher Führungen stattfinden. Es geht um unser beider Glück? Das klingt aber theatralisch. Wer schreibt denn so etwas? Es gibt nur einen, der dafür infrage kommt. Christian. Vielleicht hat er ein neues Handy? Was soll ich jetzt tun? Ehrlich gesagt, habe ich keine Lust, bei diesem Wetter das Haus zu verlassen. Ich schnappe die Fernbedienung und zappe lustlos durch die Programme. Dann mache ich den Fernseher wieder aus und gehe in die Küche, um mir ein Glas Saft zu holen. Es geht um unser beider Glück. Wer, um Himmels willen, ist denn mit ›unser beider‹ gemeint? Verflixt, diese blöde SMS lässt mir keine Ruhe. Nervös laufe ich im Zimmer auf und ab und schaue immer wieder aus dem Fenster, um den Sturm draußen zu beobachten. Der See, der heute Nachmittag noch so ruhig und lieblich blau vor sich hinleuchtete, hat sich in ein dunkles, wildes Monster verwandelt. Die gegenüberliegende Seite ist wieder mal nicht mehr zu sehen, See und Himmel scheinen ineinander überzugehen. Unser beider Glück?

Ich halte es nicht mehr aus, schubse Jojo vom Sofa, die sich sehr wahrscheinlich gerade fragt, ob ihr Frauchen vollkommen übergeschnappt ist, und trete nur zwei Minuten später in Regenjacke, Turnschuhen und mit der völlig verdatterten Hündin ins Freie.

»Auf geht's, Jojo. Es geht um unser beider Glück.«

Und mit diesen Worten sitzen wir beide im Auto und fahren Richtung Goldbach. Ich muss verrückt sein, denke ich, als ich sehe, wie sich die Bäume im Sturm hin und her bewegen. Außer uns ist so gut wie keine Menschenseele unterwegs. Kurz vor Goldbach fahre ich ganz langsam. Da. Vor dem Gasthof ›Felsenkeller‹ ist der Eingang. Ich stelle den Mini ab und trete mit Jojo in den Regen hinaus. Mein Handy befindet sich in der einen Tasche des Regenmantels, so dass ich jederzeit Michael anrufen könnte, und eine kleine Taschenlampe in der anderen.

Eine schwere Eisentür ist direkt in den Felsen eingelassen, das scheint der Eingang zu sein. Ich versuche sie zu öffnen, doch nichts tut sich. Das war klar. Vermutlich hat sich jemand einen Spaß mit mir erlaubt und man kann gar nicht hinein, nur zu Führungen. Bevor wir zum Auto zurückgehen, versuche ich es noch einmal ... mit viel Kraft. Da, sie bewegt sich und geht tatsächlich ein Stückchen auf. Das Erste, was ich in diesem düsteren Stollengang bemerke, ist: Es ist bitterkalt. Nach der Schwüle heute komme ich mir vor, als sei ich mitten im Winter gelandet. Es gibt zwar eine schwache Beleuchtung an den Wänden, ich beschließe jedoch, zusätzlich die Taschenlampe einzuschalten. Diese verbreitet allerdings auch kein allzu helles Licht. Ich leuchte Jojo kurz an und bemerke, dass die kleine Hündin zittert wie Espenlaub. Super Wachhund. Gut, wir gehen einmal um die Kurve, denke ich, und dann drehen wir um. Es war ohnehin eine Schnapsidee, hierherzukommen. Wegen einer SMS, das darf man niemandem erzählen. Zaghaft bewegen wir uns einige Meter tiefer in den Stollen hinein. Wenn ich mir vorstelle, dass Menschen hier arbeiten mussten, noch dazu KZ-Häftlinge, deren Leben ohnehin ein Martyrium war und die entsprechend geschwächt waren. Kein Wunder, dass so viele gestorben sind. Als wir um die Kurve biegen, entdecke ich, dass es mehrere verzweigte Gänge in verschiedene Richtungen gibt. Also, das ist mir zu unheimlich. Auf dem Fuß drehe ich mich mit Jojo um und will zurück in Richtung des Ausgangs.

Da zieht mich jemand am Ärmel um die Ecke.

»Aaaaaaahhhh«, schreie ich entsetzt, drehe mich um und blicke in das bildhübsche Gesicht der verschwundenen Isabella.

»Psssst. Nicht so laut«, flüstert sie.

»Isabella«, entfährt es mir.

»Was, zum Teufel, machen Sie denn hier? Sie haben mich zu Tode erschreckt.«

Isabella macht ein schuldbewusstes Gesicht.

»Oh nein, ich wollte Sie nicht erschrecken. Wirklich nicht. Ich wollte Sie nur allein sprechen und sichergehen, dass uns niemand sieht.«

»Ausgerechnet hier?«

»Ja, natürlich. Hier ist doch außer uns keiner, oder?«

Außer dem kleinen, zitternden Hund natürlich.

Sie grinst.

»Wissen Sie eigentlich, dass Sie alle Welt sucht? Beziehungsweise glaubt, Sie seien tot?«, frage ich sie wütend.

»Ja, das heißt, nein, natürlich nicht. Ich lebe, wie Sie sehen.«

»Das sehe ich. Können Sie mir das erklären?«

»Natürlich. Deshalb bin ich hier«, antwortet sie friedfertig. »Die Sache ist die… Wie fange ich am besten an?«

»Hören Sie …«, unterbreche ich sie, »… können wir das Gespräch nicht woanders fortsetzen, wo es nicht so affenkalt ist? In meinem Auto zum Beispiel oder bei mir zu Hause?«

»Nein«, entfährt es ihr. »Viel zu gefährlich.«

Ich sehe in ihren Augen, dass sie Angst hat. Angst, entdeckt zu werden.

»Isabella, was ist los? Und was hat das alles mit mir zu tun?«

»Gut, Maja, ich erzähle es Ihnen, von Anfang an. Auch wenn es kalt ist. Aber Sie müssen unbedingt die ganze Geschichte hören. Sie kennen meinen Mann Ronny?« Als ich nicke und kurz erwähne, er habe sie schließlich in meinem Garten mehrmals gesucht, fährt Isabella fort:

»Am Anfang waren wir echt glücklich. Aber schon bald merkte ich, dass Ronny sich angewöhnte, mit den Gästen zu trinken. Und später auch alleine. Wenn er getrunken hatte, war er nicht mehr er selbst. Er trank sowohl im Sommer, wie gesagt, mit den Gästen, als auch im Winter, wenn wir keine Einnahmen hatten. Irgendeinen Grund fand er immer.

Dann suchte er Streit. Einmal hatte ich nicht richtig geputzt. Ein andermal einen Gast zu sehr angelächelt. Als ihm das erste Mal die Hand ausrutschte, glaubte ich noch an ein Versehen. Zumal er sich gleich am nächsten Tag entschuldigte und versprach, er würde es nie wieder tun. Doch er tat es immer wieder. Wie gesagt, es genügte der kleinste Anlass. Irgendwann hörten sogar die Entschuldigungen auf.«

Isabella senkt den Blick und macht eine kurze Pause.

»Ich dachte jedes Mal, wenn ich mir nur mehr Mühe gäbe und ihn nicht wütend machte, dann würde alles wieder gut. So wie am Anfang. Doch es wurde nur noch schlimmer. Ich habe irgendwann aufgehört zu leben und nur noch funktioniert. Aus lauter Angst, irgendeinen Fehler zu machen. Und dann, im letzten Sommer, waren da drei Männer im Urlaub. Sie kamen aus Kanada und waren auf Europatour mit dem Wohnmobil. Sie wollten nur ein paar Tage bleiben, aber es gefiel ihnen so gut, dass daraus ein paar Wochen wurden. Na ja, der eine von ihnen kam jeden Tag einen Kaffee trinken und eine Zeitung kaufen und so. Am Abend, wenn Ronny wieder mit dem Trinken beschäftigt oder schon eingeschlafen war, dann haben wir uns manchmal unterhalten oder auch einmal einen Spaziergang gemacht.«

»Oder vielleicht einmal eine kleine Kanutour?«, frage ich sie und denke dabei an den hübschen, blonden Mann, mit dem Ruth sie im letzten Sommer gesehen hatte.

»Ja, genau. Woher wissen Sie das? Wie auch immer. Ich weiß nicht, wie ich das sagen soll, aber …«

»Sie haben sich verliebt.«

»Genau. Natürlich hat Ronny gemerkt, dass etwas anders ist. Und er hat mich noch mehr eingesperrt und geschlagen als sonst. Doch ich habe mich immer öfter weggeschlichen, zu David. Er gab mir all das, was ich so lange vermisst hatte. Vertrauen, Liebe, Zärtlichkeit. Können Sie das verstehen?«

Oh ja, und wie ich das kann. Die arme Isabella.

»Als er nach Hause zurück musste, war es, als ob jemand das Licht in meinem Leben ausgeknipst hätte. Es war so schrecklich. Der Herbst kam und die Launen von Ronny wurden immer unerträglicher. David und ich hielten heimlich Kontakt über ein Geheim-Handy und manchmal schrieb ich ihm eine E-Mail aus dem Internet-Café. Es war für uns beide nicht nur eine Affäre, sondern echte Liebe. Kurz vor Weihnachten mietete er sich in einem kleinen Hotel in Ludwigshafen ein und ich konnte tatsächlich einen Arzttermin erfinden und ihn einmal dort besuchen. Nur ein einziges Mal, doch wir wussten, dass wir zusammengehören. Bei dieser Begegnung planten wir, dass ich nach Kanada nachkommen sollte. Wir wussten nur noch nicht, wie wir das anstellen könnten. Ronny hätte mich nie und nimmer gehen lassen. Ich hatte so Angst, dass er mich umbringen würde, zumal er gesagt hat: ›Wenn du mich verlässt, dann töte ich dich. Ein anderer kriegt dich nicht.‹

Als David wieder zu Hause war, bemerkte ich, dass unsere kleine Begegnung im Hotel nicht ohne Folgen geblieben war. Ich bin schwanger.« Das Ultraschallbild.

»Also mussten wir uns beeilen. Ich wollte nicht als Touristin nach Kanada reisen und nach drei Monaten wieder zurück müssen. David fand heraus, dass es einen Anwalt gab, der sich auf Einwanderungsrecht in Kanada spezialisiert hatte. Christian Keller, der auch noch ein Büro in Stuttgart hat und Eigentümer eines schönen, gelben Hauses in Nußdorf ist.«

Isabella grinst.

»Können Sie sich den Rest denken?«

Na ja, irgendwie macht das Ganze jetzt schon einen Sinn. Nun weiß ich wenigstens, warum die beiden Kontakt hatten. Hätte er mir davon erzählt, wäre ich auch nicht so misstrauisch gewesen.

»Christian hat alles für mich geregelt. Er hat mich sogar mit nach Kanada genommen. Vorher musste er allerdings unbedingt zu Ihnen. Ich habe zu Hause eine günstige Gelegenheit abgepasst und bin gegangen. Da Christian aber unbedingt noch bei Ihnen bleiben wollte, habe ich mich solange in diesem anderen Haus bei Ihnen in der Nachbarschaft versteckt.«

Friedas Haus. Die Swarovski-Kristalle in Friedas Schlafzimmer, die waren also tatsächlich von Isabellas Haarspange. Wenn ich es mir recht überlege, dann passt das doch ganz gut. Auch Frieda hatte vor vielen Jahren den Mut, zu ihrer großen Liebe aufzubrechen und ihre Heimat und ihr altes Leben hinter sich zu lassen. Sie hätte bestimmt volles Verständnis für Isabella gehabt.

»Warum hat er mir nur nichts davon gesagt?«, grübele ich.

»Ich habe Christian regelrecht angefleht, dass er niemandem verraten soll, wo ich bin. Auch Ihnen nicht. Ich hatte solche Angst, dass ich zurück müsste. Sie glauben ja nicht, wie glücklich ich jetzt bin, und dieses Glück möchte ich nie, nie mehr im Leben aufgeben. Ich hatte solche Angst, dass Ronny mich verfolgen würde, dass ich sogar eine falsche Spur gelegt habe. Ich habe alle Packungen Schlaftabletten, die ich noch hatte, gesammelt. Schlafen konnte ich schon lange nicht mehr und habe da manchmal ein wenig nachgeholfen. Dann habe ich noch ein paar Packungen dazugekauft, alle leer gemacht und diese leeren Packungen in meiner Nachttischschublade deponiert. Ich dachte, da würde Ronny zuerst nachsehen, um mir nachzuspionieren. Ich hoffte, wenn er sie fände, würde er vielleicht glauben, ich hätte mir irgendwo im Wald das Leben genommen. Geheult habe ich schließlich oft genug, um als depressiv zu gelten. Auf jeden Fall würde mir das genug Zeit geben, um in Ruhe zu verschwinden. Was mir auch gelang.«

»Und warum sind Sie jetzt hier?«, frage ich neugierig.

»Ich musste noch einmal zurück. David will mich heiraten, damit unser Baby von Anfang an in einer richtigen Familie aufwächst. Christian meint, das mit der Scheidung von

Ronny würden wir in Kanada hinbekommen. Doch ich brauche meine Papiere dazu, Geburtsurkunde, Heiratsurkunde und so weiter. Also flog ich noch einmal nach Deutschland und kam heute nach Überlingen zurück. Ich habe den ganzen Tag gewartet, bis Ronny seinen Rundgang auf dem Campingplatz macht. Bis er bei dem Sturm alles überprüft hat und die Kanus sicher im Schuppen sind, vergehen so etwa 20 Minuten. Es war ein Risiko, aber ich habe sie.«

Isabella schwenkt euphorisch die Papiere in ihrer Hand.

»Dann schlich ich wieder hinaus und hörte im Gastraum ein paar Leute reden. Die gleichen, die jeden Abend da sitzen und ihr Bierchen trinken und über Gott und die Welt schwatzen. Jedenfalls kriegte ich mit, wie der eine sagte, Ronny könne froh sein, dass ich weg wäre.

Die Neue in der Küche würde viel besser kochen und sauberer putzen als ich. Und außerdem sei ihr Hintern viel besser als meiner, und so, wie sie auf Ronnys Schoß sitzen würde, würde sie ihm wohl auch im Bett zu Diensten sein. Na ja, Männergeschwätz eben. Jedenfalls wollte ich schon weitergehen, als der andere darauf antwortete, ich sei sowieso eine Schlampe gewesen und dass jeder das wüsste und dass ich mit allen möglichen Männern im Bett war und sogar der Wirtin der ›Butterblume‹ den Kerl ausgespannt hätte. Diese Beziehung hätte ich auch kaputt gemacht, der Freund von ihr hätte sie schwanger sitzen lassen und so weiter. Ich habe dann nicht mehr zugehört, weil ich dachte, das ist doch alles dummes Geschwätz von ein paar Alkis. Aber dann dachte ich, ich will nicht zurückfliegen und das auf mir sitzen lassen. Maja, das ist nicht wahr. Christian hat mir nur geholfen abzuhauen. Wir hatten nichts miteinander, das müssen Sie mir glauben.«

»Das tue ich, Isabella. Sie sind ein guter Mensch und ich gönne Ihnen Ihr Glück von Herzen.

Dass es mit Christian und mir aus ist, dafür können Sie nichts. Das hat andere Gründe ...«

»Ja? Nun, das tut mir leid. Aber ich bin froh, dass es nicht mit mir zusammenhängt. Wissen Sie, ich möchte nicht mein Glück auf dem Unglück anderer aufbauen. Da könnte ich nicht froh werden. Ist es denn tatsächlich zu Ende mit Ihnen beiden? Er hat doch immer so lieb von Ihnen gesprochen.«

»Ja, hat er das? Hmm, kann schon sein. Aber er ist wieder mit seiner früheren Frau zusammen und ...«

»Mit der Blonden aus der Kanzlei? Sind Sie sicher? Das kann ich mir gar nicht vorstellen. Die haben sich neulich ziemlich heftig gestritten. Jedenfalls habe ich das unfreiwilligerweise mitbekommen, als ich in seinem Büro war wegen der Scheidung. Komisch. Sagen Sie, stimmt das? Bekommen Sie auch ein Kind?«

Isabella sieht mich neugierig an.

Ich nicke und sie lächelt.

»Von Christian?«

Wieder nicke ich nur.

»Es geht mich nichts an, aber meinen Sie nicht, Sie sollten vielleicht doch noch einmal mit ihm sprechen? Weiß er denn, dass er Vater wird? Ich könnte mit ihm reden, wenn ich ihn sehe.« Sie runzelt fragend die Stirn.

»Schon gut, Isabella. Aber das brauchen Sie nicht.«

Also, das wird mir nun doch zu privat. Ist ja schön und gut, dass sie ihr eigenes Leben jetzt auf der Reihe hat, aber um meines kümmere ich mich dann doch lieber selbst.

»Ich danke Ihnen sehr, dass Sie gekommen sind. Auch wenn es ein etwas ungewöhnlicher Ort war.«

Wir müssen beide grinsen.

»Ich weiß, es kommt Ihnen jetzt abwegig vor, aber sollten Sie Ihrem Mann nicht mitteilen, wo Sie sind?«, fällt mir spontan ein. »Gut, er hat sich falsch verhalten, keine Frage. Aber ich glaube, er bezahlt gerade dafür und macht sich große Sorgen. Vielleicht schicken Sie ihm ein kleines Lebenszeichen?« Dabei denke ich an das verzweifelte Gesicht von Ronny Grothe vor meiner Rosenhecke.

»Ich weiß nicht, ich fürchte, dass er nach Kanada kommen und mich holen will.«

Donnerwetter, Isabella scheint immer noch eine Heidenangst vor ihm zu haben.

»Er wird doch durch den Scheidungsantrag erfahren, dass ich weg bin. Das muss genügen. Hoffentlich lässt er mich dann endgültig in Ruhe, wenn er die Scheidungspapiere erhält.«

Vielleicht hat sie recht. Auch Ronny wird darüber hinwegkommen. Möglicherweise hilft ihm die tolle Aushilfe mit dem netten Hintern dabei. Hoffen wir nur, dass er etwas aus der Sache gelernt hat und sie besser behandeln wird als Isabella.

»Darf ich Sie noch mit zu mir nehmen, damit Sie sich ein wenig aufwärmen können? Sie können auch gern bei mir übernachten.«

Wieder lächelt Isabella.

»Danke, das ist sehr nett. Aber das ist mir dann doch zu gefährlich. Außerdem wartet David an der Ecke der Straße im Mietwagen auf mich. Wir wollen heute noch nach Stuttgart und fliegen gleich morgen früh zurück.«

»Alles Gute für Sie.«

Ich nehme Isabella in die Arme und drücke sie fest.

»Ich wünsche Ihnen alles Glück der Welt.«

»Für Sie auch. Vielleicht sehen wir uns einmal wieder, obwohl, nein, ich denke, eher nicht.«

Dann schlägt sie die Kapuze ihres schwarzen Anoraks hoch, schiebt die schwere Eisentür auf und verschwindet in der dunklen, stürmischen Nacht.

18. Kapitel

»Der Liebesbrief«

Irgendwie schaffe ich es, in diesem Unwetter nach Hause zu kommen.

Ich fahre so langsam es geht, denn ich kann kaum etwas erkennen. Der Scheibenwischer tut zwar sein Bestes, doch der Regen prasselt so stark, dass er nicht hinterherkommt. Außerdem ist unglaublich viel Wasser auf der Straße und es stürmt noch dermaßen, dass ich Angst habe, Äste könnten auf meinen kleinen Mini fallen und mich mitsamt dem Baby erschlagen.

Zu Hause mache ich mir erst einmal eine heiße Milch mit Honig und denke an das seltsame Gespräch mit Isabella. Hoffentlich erzählt sie Christian nicht, dass ich von ihm schwanger bin. Das fehlt mir gerade noch. Dass er aus Mitleid zu mir zurückkommt. *Wenn* er zurückkommen und die großartige Daniela deshalb verlassen würde. Andererseits: Was wäre, wenn sie recht hätte und er vielleicht gar nicht mit ihr zusammen ist? Ich die ganze Sache komplett falsch eingeschätzt hätte? Aber ich habe sie doch in seiner Wohnung gesehen und sie sagte, er sei unter der Dusche und sie wollten zusammen zum Ballett gehen. Wenn ich es mir recht überlege, muss das nicht unbedingt heißen, dass sie wieder zusammen sind. Auch wenn es merkwürdig ist. Allerdings hat mich auch Michael gefragt, ob ich mit Christian persönlich gesprochen hätte. Nein, denn ich bin gleich wütend nach Hause gefahren. Was hätte ich denn tun sollen? Mich hinter einem Baum verstecken und darauf warten, dass sie beide das Haus verlassen, um ihnen dann in den Weg zu treten und theatralisch zu sagen: ›Christian, ich muss mit dir reden.‹?

Keine gute Idee.

Wenn ich nun aber durch mein Misstrauen und meine Eifersucht selbst schuld wäre, dass unsere Beziehung kaputt gegangen ist? Es ist zwar abwegig, aber doch immerhin möglich, dass ich vielleicht ein klitzekleines bisschen überreagiert habe. Immerhin habe ich auch die Situation mit Christian und Isabella komplett falsch eingeschätzt. Es könnte sein, dass vielleicht die Hormone ihren Teil dazu beigetragen haben. Sagt man nicht immer, Schwangere seien besonders empfindlich? Hm, sollte ich vielleicht wirklich mit ihm reden? Das würde bedeuten, dass ich noch einmal nach Stuttgart fahren muss. Um dann wieder in das feixende Gesicht dieser Daniela zu schauen? Niemals. Und ihn anrufen? Nein, das kann ich auch nicht. Das lässt mein Stolz nicht zu.

Vor lauter Gegrübel finde ich in dieser Nacht wieder keinen Schlaf. Doch als ich am nächsten Morgen aufwache, ist mein Verstand so klar wie die Luft auf der Terrasse der ›Butterblume‹.

Liebevoll betrachte ich das alles und denke an den Moment, als ich das Haus zum ersten Mal sah. Es gibt Orte, die die Seele berühren, und dieser hier ist so ein Ort. Das schöne alte Haus, der wundervolle Garten mit der Rosenhecke und dem Bootssteg, an dem die ›Sommerwind‹ liegt. Mein Zuhause. Ich möchte es um keinen Preis der Welt aufgeben. Und ich möchte auch nicht, dass es mit Christian endgültig zu Ende ist. Ich muss mit ihm reden. Die Frage ist nur: Wie stelle ich das an?

Ach, Frieda, was soll ich nur tun?, denke ich wie so oft in den vergangenen Monaten.

›Höre auf dein Herz. Nur das kann dir die richtige Antwort geben. Und wenn du ehrlich bist, hat es das doch schon längst getan.‹

Vermutlich werde ich langsam verrückt, denn ich höre Friedas Stimme genauso klar, als wenn sie jetzt neben mir säße in ihrem geblümten Kleid, mit ihrer schmalen Hand, die ihre Teetasse hält, und ihrem feinen Gesicht, das mich dabei anlächelt.

Und auf einmal weiß ich genau, was ich tun muss. Ich denke an die Briefe in Friedas Nachttisch, die mit dem Seidenbändchen zusammengehalten wurden und so wichtig für sie waren, dass sie sich nie davon getrennt hätte.

Dann gehe ich ins Haus, um Papier und Stift zu holen und mir eine gute Tasse Tee zu machen.

›Lieber Christian‹, fange ich an, doch die ersten Blätter wandern in den Papierkorb. Irgendwie kommt mir alles so blöd vor, so banal, was ich von mir gebe.

›Ich sitze auf der Terrasse der ›Butterblume‹ und betrachte dein Segelboot.

Wie gern würde ich jetzt mit dir an Bord gehen und die idyllische Stimmung auf dem See genießen. Wir könnten wieder nach Langenargen segeln und dort in einer Bucht ein Picknick machen – wie im letzten Jahr. So viel ist seitdem geschehen.

Weißt du noch, wie du mir sagtest, du würdest gern mit mir in der ›Butterblume‹ leben? Und dass du dich freuen würdest, wenn vielleicht ein kleines Mädchen mit Zöpfen mit dem Hund im Garten spielen oder ein kleiner Junge mit dir segeln würde? Wir könnten diesen Traum leben, lieber Christian, denn ich bekomme ein Kind von dir. Ich weiß, ich habe mich kindisch und dumm verhalten und möchte mich dafür entschuldigen. Mein blöder Stolz hielt mich davon ab, dies schon früher zu tun.

Doch ich hoffe, dass es noch nicht zu spät ist.

Ich würde mich freuen, wenn du bald einmal zum See kommen würdest.

In Liebe, Maja‹

Gut, der Brief ist nicht so schön wie der, den Frieda von Hermann bekommen hat.

Aber er spiegelt meine Gefühle wider und die Wahrheit. Nun ist es an ihm, sich zu äußern. Bevor ich es mir anders überlegen kann, ziehe ich meine Schuhe an und fahre den Brief zur Post.

In den folgenden Wochen ist die Spannung kaum auszuhalten. Jeden Tag gehe ich zum Briefkasten, um nachzusehen, ob Christian mir auf meinen Brief geantwortet hat. Doch abgesehen von Rechnungen, Werbung und einer hübschen Karte, auf der der Eiffelturm zu sehen ist, finde ich nichts. Auch mein Handy bleibt stumm, nicht einmal eine SMS kommt von ihm.

In den ersten Tagen kann ich mir fest einbilden, er habe den Brief noch nicht erhalten oder sei vielleicht weiterhin in Kanada. Doch nach ein paar Wochen ist mir klar, dass er, selbst wenn er zwischendurch in Kanada war, inzwischen längst in Stuttgart zurück sein müsste und somit in den Besitz des Briefes gelangt sein sollte.

Die Erkenntnis trifft mich hart: Christian will mich nicht mehr sehen. Dieser Schmerz zerreißt mir buchstäblich das Herz. Nächtelang weine ich mich in den Schlaf. Ich stelle mir die Frage, ob ich alles kaputt gemacht habe. Oder er schlicht und ergreifend eine andere vorzieht. Ich fühle mich schlecht und kann kaum essen und schon gar nicht schlafen, weswegen ich aussehe wie ein Gespenst. Doch irgendwann, nach einer gefühlten Ewigkeit und vielen Tränen, verdrängt auf einmal Wut das Gefühl der Trauer.

Okay. Es tut zwar noch höllisch weh, aber wenigstens weiß ich jetzt, woran ich bin. Ich finde es zwar unmöglich, dass er mir nicht einmal zwei Zeilen dazu schreiben kann, aber wenn ihm sogar das zu viel ist, auch gut. Ich werde schon darüber hinwegkommen. Sagt man nicht immer, dass die Zeit alle Wunden heilt? Schließlich gibt es noch etwas anderes im Leben als Männer. Von meiner wundervollen Tochter einmal abgesehen und dem Baby, auf das ich mich immer mehr freue, habe ich auch noch meine Freunde und meine Arbeit.

Jetzt, da die Saison langsam vorüber ist, kann ich mich wieder viel mehr den Gästen und neuen Ideen für Seehupferl widmen.

Ruth ist mir eine wichtige Stütze geworden und scheint sehr viel Freude an ihrer Tätigkeit zu haben. Nötig hätte sie es nicht, arbeiten zu gehen, denn ihr vor einigen Jahren verstorbener Mann hat ihr ein schönes Häuschen hinterlassen und sie entsprechend abgesichert. Doch da sie über sehr viel Zeit verfügt, kommt sie gern in die ›Butterblume‹. Ich habe den Verdacht, dass sie sogar so manche Stunde gar nicht aufschreibt. Hin und wieder unterhalten wir uns auch über private Dinge. So habe ich inzwischen erfahren, dass die Sache mit ihr und Hubert in der Fasnachtszeit ihren Anfang nahm. Sie begegneten sich bei einem Narrentreffen und aus einem kleinen Flirt wurde echte Liebe.

Allerdings ist Ruth sehr unglücklich darüber, dass Hubert keine klaren Verhältnisse schaffen will, um für immer fest mit ihr zusammen sein zu können.

»Ich bin doch kein Betthäschen«, hat sie sich neulich ereifert, und das will bei der ansonsten so stillen und besonnenen Frau etwas heißen.

»Weißt du, Maja, am Anfang war das Heimliche sehr aufregend, aber so langsam belastet es mich sehr. Besonders wegen Jutta. Ich mochte sie zwar wegen ihrer besserwisserischen und herrischen Art noch nie besonders und außerdem finde ich es auch nicht gut, wie sie mit Hubert umgeht, aber das Ganze ist trotzdem nicht recht. Ich komme mir so schäbig und schuldig vor ihretwegen. Hubert sagt zwar, dass seine Ehe schon lange kaputt sei und nur noch auf dem Papier bestehe, aber dann kann er sie doch auch beenden, oder etwa nicht?«

Ich sage ihr nicht, dass ich erst kürzlich gelesen habe, dass sich die wenigsten Männer für die Geliebte entscheiden, sondern fast immer bei der Ehefrau bleiben. Das ist schließlich wunderbar: Man hat seinen sicheren Hafen und trotzdem das Bauchkribbeln für die besonderen Stunden.

»Irgendwann wird er schon eine Entscheidung treffen müssen«, tröste ich sie daher. »Spätestens dann, wenn seine Jutta etwas mitbekommt. Die Welt ist klein am Bodensee.«

Der Sommer verabschiedet sich mit warmen Tagen und milden Temperaturen und geht in einen ebenso sonnigen und freundlichen Herbst über. Die Blätter der vielen Obstbäume leuchten in den herrlichsten Farben, von hellem Gold bis zu flammendem Rot. Die Nächte sind bereits reichlich kühl, doch ich schlafe immer noch bei offenem Fenster. Ich liebe es, das Mondlicht zu sehen, das sanft zu mir ins Zimmer scheint, auch wenn ich dann noch schlechter schlafen kann.

Die Schwangerschaft und die Arbeit im Café erschöpfen mich. Doch auch, wenn mein Körper müde ist, kommt mein Geist nicht zur Ruhe und es fällt mir oft schwer einzuschlafen. Als ich wieder einmal stundenlang Schäfchen gezählt habe und endlich in einen unruhigen Schlummer gefallen bin, klingelt das Telefon. Oh nein, bitte nicht. Ich ziehe das Kissen über meinen Kopf. Ich will schlafen. Doch es klingelt und klingelt und klingelt. Also stehe ich schweren Herzens auf und nehme den Hörer ab.

»Lass mich endlich in Ruhe, du kranker Idiot«, brülle ich wütend hinein.

»Maja?«

Ich höre eine männliche Stimme, die nicht zu Christian gehört. Auch nicht zu Leon oder Michael.

»Ja?«, frage ich vorsichtig.

»Hier ist Steve. Maja, entschuldige bitte, wenn ich dich geweckt habe. Aber es geht um deine Mutter. Ich dachte, du solltest es erfahren …«

Irgendetwas in seiner Stimme bewirkt, dass ich eine Gänsehaut bekomme.

»Was ist los, Steve?«, frage ich und muss mich setzen.

»Deine Mutter … ihr Herz …«

Oh nein, bitte nicht. Bitte, bitte, nicht auch noch das. Meine Mutter hatte vor Jahren einen schweren Herzinfarkt und musste sich anschließend einer Bypass-Operation unterziehen.

»Was ist mir ihr?«, bringe ich gerade noch so heraus.

»Maja, es ist alles so weit okay. Sie ist im Krankenhaus. Die Ärzte sagen, es sei nur eine kleine Herzattacke, aber ich dachte, du solltest es wissen.«

Steve klingt verzweifelt.

»Ich komme sofort.«

Bevor Steve noch darauf antworten kann, habe ich bereits aufgelegt und am Laptop einen Flug für den kommenden Tag gebucht.

Am nächsten Morgen rufe ich zuerst meinen Arzt an, der mir grünes Licht für den Flug gibt, und dann Emily und Ruth, die in meiner Abwesenheit den Laden schmeißen sollen. Auch Nini verspricht, am Wochenende hier zu sein, und somit ist wenigstens ein Problem gelöst. Vor meiner Abreise nach Stuttgart zum Flughafen telefoniere ich noch einmal mit Steve, der versucht, mich zu beruhigen, und versichert mir, meine Mutter würde im Krankenhaus bereits Scherze machen und mit den jungen Ärzten flirten. Doch ich muss mich mit eigenen Augen davon überzeugen, dass es ihr wirklich gut geht, und fahre voller Angst und Sorge los.

19. Kapitel

»Wann reißt der Himmel auf?«

Obwohl die Ferienzeit schon längst vorbei ist, herrscht immer noch reges Treiben am Flughafen und ich frage mich, wo die ganzen Leute herkommen. Die Schlange am Check-in-Counter ist ewig lang, doch irgendwann habe ich es geschafft, meinen Koffer aufzugeben, und beschließe, vor dem Boarding in Ruhe einen Kaffee trinken zu gehen. Gar nicht so einfach, denn alle Lokale sind voll und selbst in den Gängen drängen sich die vielen Reisenden. Deshalb sehe ich ihn auch erst, als es schon zu spät ist, um auszuweichen. Ich senke den Kopf und betrachte meine Schuhe, in der Hoffnung, er bemerke mich nicht. Mein Herz klopft so laut, dass ich Angst habe, man könnte es hören.

»Hallo, Maja.«

Diese Stimme, dieses Lächeln. Meine Knie sind auf einmal so weich, dass ich glaube, jede Minute umzukippen. Inständig hoffe ich, dass er mir nicht die Hand geben will, denn diese ist schweißnass.

»Oh, Christian, hallo, was machst du denn hier?«

Was für eine blöde Frage. Statt einer Antwort blickt er mir nur tief in die Augen. Blass sieht er aus und überarbeitet. Er hat tiefe Schatten unter den Augen und abgenommen hat er auch, seine Hose schlottert nur so um ihn herum.

»Wie geht es dir, Maja?«, fragt er und ich höre, im Innern völlig aufgewühlt, seine vertraute Stimme, die auch nicht gerade fest ist.

»Tja, wie soll es mir schon gehen?«

Sein Blick wandert von meinem Gesicht über meinen Körper und bleibt an der kleinen Kugel hängen, die mittlerweile unübersehbar ist.

»Oh, ich verstehe …«

»Christian? Hier bist du.« Hinter ihm taucht auf einmal Daniela auf. Sie sieht genauso toll aus wie beim letzten Mal, als ich sie gesehen habe. Natürlich sind ihre Haare, im Gegensatz zu meinen wilden Locken, tipptopp geföhnt und ihr Designer-Kostüm sitzt wie maßgeschneidert an ihrer schmalen Figur. Sie hat sogar Schuhe mit hohen Absätzen an und balanciert gerade zwei Coffee-to-Go-Becher durch die Menge. Natürlich ist es ihr gelungen, trotz der vielen drängelnden Menschen noch vor dem Abflug einen Kaffee zu organisieren.

Mich völlig ignorierend, will sie Christian wegziehen.

»Tja, dann: Herzlichen Glückwunsch«, sagt dieser gerade und etwas Trauriges scheint in seiner Stimme mitzuschwingen.

Herzlichen Glückwunsch. Mehr hat er mir nicht dazu zu sagen? Das muss man sich mal vorstellen.

»Nun, die Tatsache, dass ich ein Kind bekomme, sollte keine Überraschung für dich sein. Immerhin habe ich es dir schon vor Wochen in einem Brief mitgeteilt«, sage ich darum leicht angesäuert.

»Brief? Welcher Brief?« Christian ist irritiert.

»Christian. Würdest du jetzt bitte kommen? Unser Flug wurde schon zweimal aufgerufen, wir müssen unbedingt zum Gate.« Danielas Stimme wird schrill und sie zieht heftig an seinem Arm.

»Maja, welcher Brief? Ich habe keinen Brief von dir bekommen.«

Was für ein Lügner. Und feige noch dazu. Es ist doch offensichtlich, dass er wieder mit Daniela zusammen ist und sie jetzt gemeinsam irgendwohin fliegen, vermutlich nach Kanada in ihre gemeinsame Kanzlei. Oder vielleicht ist dieses hübsche Pärchen auch gerade auf dem Weg in den Urlaub, um sich von den vielen Strapazen zu erholen.

»Lass dich nicht aufhalten, Christian. Ich wünsche euch alles Gute.« Und dann drehe ich mich um und verschwinde hastig in der Menschenmenge, damit die beiden meine Tränen nicht sehen können. Verflucht, warum muss er mir ausgerechnet hier begegnen? Ausgerechnet heute, wo ich ohnehin schon in Sorge um meine Mutter bin?

Mir fällt das Lied von Silbermond ein, das ich auf dem Weg hierher im Auto gehört habe. ›Wann reißt der Himmel auf, auch für mich?‹

Wenigstens befinde ich mich kurze Zeit später wirklich im Himmel, über den Wolken jedenfalls. Im Flugzeug komme ich ein wenig zur Ruhe und kann beim Blick über die watteweichen Wolkenberge meine Gedanken besser sortieren.

Am Flughafen in Detroit werde ich bereits von Steve erwartet. Auch er sieht sehr blass und übernächtigt aus.

»Danke, Maja, dass du gleich gekommen bist.« Herzlich nimmt er mich in die Arme. »Möchtest du dich erst zu Hause etwas ausruhen und frisch machen oder sollen wir gleich ins Krankenhaus fahren?«

Ausgeruht habe ich mich im Flugzeug lange genug. Ich möchte gern sofort zu meiner Mama.

Zum ersten Mal habe ich die ganze Tragweite der Lage erfasst: Es ist nicht nur so, dass wir uns nicht mal eben auf eine Tasse Kaffee oder Tee sehen und uns über lange Phasen nur über das Telefon oder per E-Mail nahe sein können. Wenn einmal eine ernste Situation eintritt, so wie jetzt, braucht man zu lange, um zueinanderzukommen. Am liebsten würde ich sie daher gleich wieder mit nach Hause nehmen.

Doch ›nach Hause‹ – wo ist das denn? Ich meine natürlich den Bodensee damit. Doch ihr Zuhause ist hier, bei ihrem Mann, in diesem fremden Land.

»Wie geht es ihr?«, frage ich Steve auf der Fahrt.

»Du kennst deine Mutter. Sie sagt, sie fühlt sich pudelwohl und will unbedingt heute noch entlassen werden«, grinst Steve. »Aber die Ärzte wollen sie noch ein bisschen zur Beobachtung dabehalten. Sie hat mir einen ganz schönen Schrecken eingejagt neulich abends. Auf einmal ist sie in der Küche umgekippt. Sie sagte zwar, das sei nur die Hitze vom Kochen, aber so heiß war es gar nicht in der Küche.«

Ich kann mir gut vorstellen, wie aufgeregt Steve war. Aber so, wie ich ihn mittlerweile kenne, weiß ich, dass er alles tun würde, um ihr zu helfen. Dennoch ist es schwer für mich, dass ich im Ernstfall nicht für meine Mutter da sein kann. Ich sehe Steve an, dass er weiß, wie ich empfinde, und mich deshalb auch sofort angerufen hat.

»Maja. Schön, dass du da bist. Wenn ich gewusst hätte, dass es so leicht ist, dich wieder zu uns zu locken, dann hätte ich schon viel früher einen Schwächeanfall vorgetäuscht«, begrüßt meine Mutter mich lachend. In ihrem quietschgelben Nachthemd und mit dem blauen Band im Haar sieht sie überhaupt nicht krank aus. Natürlich hat sie auch etwas Lippenstift aufgelegt.

»Steve, sei so lieb und hol mal bei einer der Schwestern eine Vase, ja?«, begrüßt sie ihren Schatz, der natürlich ein Rosensträußchen in der Hand hält, welches er auf dem Weg noch schnell gekauft hat.

Meine Mutter zieht mich, kaum dass Steve den Raum verlassen hat, zu sich herunter und flüstert mir zu: »Hol mich hier raus. Mir geht's gut, wirklich. Steve macht sich viel zu viel Sorgen um mich, das ist doch gar nicht nötig. Nur, weil mir einmal schwarz vor Augen geworden ist.«

»Mama, ich hole dich hier raus, versprochen. Aber erst möchte ich ein paar Worte mit dem Doktor wechseln, ja?«

»Weißt du, diese Krankenschwestern, die sprechen so schnell und ich verstehe die meistens nicht. Und das Frühstück – eine einzige Katastrophe, sag ich dir. Ich kann dieses labbrige Weißbrot nicht mehr sehen, da kriegt man Verstopfung.«

Trotz aller widrigen Umstände muss ich lachen. Das ist meine Mutter, wie sie leibt und lebt.

Später setze ich mein Vorhaben in die Tat um und spreche mit dem behandelnden Arzt, der dabei missmutig ein paar Papiere auf seinem Schreibtisch sortiert.

Irgendwie habe ich das Gefühl, dass es ihm piepegal ist, ob meine Mutter nun noch länger im Krankenhaus bleibt oder nicht. Er weist mich lediglich auf ihre Krankheits-Vorgeschichte hin. Da meine Mutter einige Bypässe hat, wäre es sinnvoll, nach dem Schwächeanfall mehrere Untersuchungen mit ihr durchzuführen.

»Was soll das? Ein EKG kann auch der Hausarzt machen, dann kann ich wenigstens zu Hause schlafen«, antwortet meine Mutter, als ich ihr von dem Gespräch mit dem Arzt erzähle.

Ihre Entscheidung steht fest und so kann sie am selben Tag noch auf eigene Verantwortung mitsamt ihren Blumensträußchen mit uns nach Hause fahren.

Obwohl ich einigermaßen beruhigt bin, beschließe ich, noch ein paar Tage in Detroit zu bleiben, um meiner Mutter ein wenig zur Hand zu gehen. Das ist jedoch nicht nötig, denn Steve kümmert sich mehr als rührend um sie.

An meinem letzten Abend sitzen wir draußen im Garten

und beobachten die Fyer-Flyers, eine Art Glühwürmchen, die jeden Abend in der Dunkelheit leuchten. Ich gehe hinein, um ein paar Gläser und etwas Limonade zu holen, und blicke aus dem Küchenfenster. Steve und meine Mutter sitzen zusammen im Garten, lachen, völlig zufrieden mit sich und der Welt. Er hält ihre Hand und streicht ihr mit der anderen liebevoll über das Haar. Diese Geste, die so viel Liebe ausstrahlt, rührt mich zu Tränen. Vor Kurzem habe ich einen schönen Spruch gelesen:

›Das große Glück der Liebe besteht darin, Ruhe in einem anderen Herzen zu finden.‹

Das ist es, was ich will.

»Kann ich dich wirklich allein lassen oder machst du wieder irgendwelchen Blödsinn?«, frage ich meine Mutter zum Abschied.

»Allein? Ich bin doch nicht allein, Schatz«, lächelt sie.

»Mir scheint, ich muss mir mehr Sorgen um *dich* machen«, und dabei streicht sie liebevoll über meinen Bauch. »Willst du nicht vielleicht doch zu Leon zurückgehen?«

Ich habe meiner Mutter kurz erzählt, was mit Christian geschehen ist und dass Leon mir angeboten hatte, für mich zu sorgen, wenn ich die ›Butterblume‹ aufgäbe und zu ihm auf das Weingut zöge.

»Es wäre eine große Sorge weniger für mich, wenn ich wüsste, dass du gut versorgt und aufgehoben bist.«

Ich weiß, dass sie nur das Beste für mich will. Statt einer Antwort drücke ich sie fest.

»Ach, Mama. Ich kann ganz gut allein für mich sorgen. Pass lieber auf dich auf. So schnell kann ich mir nämlich nicht schon wieder ein Ticket in die USA leisten, weißt du. Außerdem würde ich vielleicht gern einmal woanders Urlaub machen«, scherze ich zum Abschied.

»Ruf an, wenn was ist, ja?«, mahne ich Steve zum Abschied, der mich auch noch einmal herzlich umarmt.

Er hält den Daumen hoch und dann verabschiede ich mich winkend und gehe durch die Taschenkontrolle.

Zu Hause erwarten mich ein blitzsauberes Café, mehrere Bleche Zwiebelkuchen und eine gutgelaunte Emily, die mit Nini gerade in der Gaststube leuchtende Herbstgestecke aus dunkelroten Dahlien, Blättern und Beeren auf den Tischen verteilt.

Obwohl ich todmüde bin, erzähle ich den beiden bei Kaffee und Butterbrezeln von meiner Reise. Dass ich Christian mit Daniela am Flughafen getroffen habe, verschweige ich allerdings.

Nini berichtet von der Parisreise mit Ben und von ihrer gemeinsamen Wohnung, in der sie sich schon richtig heimisch fühlt.

»Kommst du uns bald einmal besuchen, Mami?«, fragt sie freudestrahlend.

»Natürlich, bald. Ich bin doch schon ganz gespannt auf euer Zuhause.«

Auch Emily strahlt und sieht in ihrer erdbeerroten Bluse und der schwarzen Jeans richtig hübsch aus. Nach alldem, was sie durchgemacht hat, tut es so gut, sie derart gut gelaunt und glücklich zu erleben. Voller Euphorie erzählt sie von den großen Fortschritten, die Thomas' Gesundheit täglich macht. Vieles fällt ihm noch schwer, doch er kann schon wieder allein essen und auch das Laufen klappt dank des täglichen Übens und der Gymnastik schon sehr gut. Zum Glück muss er viele Dinge wie Sprechen, Lesen und so weiter nicht mühsam neu lernen. Lange kommen wir jedoch nicht dazu, unsere kleinen privaten Geschichten auszutauschen, da die BBP-Ladys unter großem Gelächter das Café betreten.

Den ganzen Sommer haben sie sich äußerst selten hierher verirrt und ich vermute sehr stark, dass sie ihre Fitnessaktivitäten nach draußen verlegt hatten und es vorzogen, auf dem Tennisplatz oder im Strandbad ihren Cappuccino zu trinken.

Nun, da der Sommer zu Ende ist, scheinen sie jedoch ihr Stammcafé wiederentdeckt zu haben, was mich sehr freut, da ich auf diesen Umsatz nur ungern verzichtet hätte. Kaum dass sie sich gesetzt haben, ist bereits wieder eine lebhafte Unterhaltung im Gange.

»Sagt mal, habt ihr mal wieder was von der verschwundenen Frau vom Campingplatz g'hört?«, fragt Veronika.

Insgeheim bin ich gespannt, was die Gerüchteküche hergibt.

»Wenn ihr mich fragt, lebt die nimmer«, meint die rothaarige Jutta.

»Die hot ihr Mann in de See g'worfe.«

»Ach, ich weiß nicht. Da wär' doch irgendwann eine Leiche angetriebe. Und die Polizei hat anscheinend auch keinen Anhaltspunkt dafür g'habt, dass ihr Mann etwas damit zu tun habe könnt«, antwortet Veronika.

»Also, ich weiß nur, dass ihr Mann sich wohl sehr schnell getröschtet hat. Seine neue Bedienung scheint aus Oschteuropa zu komme, Polen oder Tschechien oder Russland, dem Akzent nach. Jedenfalls sind die zwei seeeeeeehr vertraut. Ha, ma weiß ja, wie die Männer so sind«, meint Monika Besser.

Ach ja, und wie sind die Männer denn so? Das wüsste ich doch zuu gern und ich schleiche deshalb um den Tisch der Damen herum.

»Hoffen wir mal, dass er die besser behandelt als die andere. Obwohl, die sieht mir so aus, als würd' sie zurückschlage, wenn er ihr was dät«, lacht Veronika.

»Na ja, so gaaaaanz unschuldig war die Isabella wohl nicht, dass dieser Ronny immer so austickt isch. Bei ihre Männerg'schichte. Immerhin hat sie ihn betroge«, erklärt Jutta mit vorwurfsvollem Gesichtsausdruck.

Ich denke mir meinen Teil und bin nur froh, dass Ruth heute nicht hier ist. Ob diese Jutta ahnt, dass ihr Mann eine Affäre hat, noch dazu mit einer ihrer Freundinnen?

Jedenfalls tut sie so, als ob sie alles wüsste, und hat doch in Wirklichkeit keine Ahnung. Innerlich muss ich grinsen, denn sie vermutet ein Crime de passion, ein Verbrechen aus Leidenschaft, dabei erfreut sich die gute Isabella bester Gesundheit und erlebt gerade das Glück ihres Lebens. Jedenfalls fühle ich mich nicht dazu berufen, das mir Anvertraute preiszugeben. Schon gar nicht an Leute, die ständig mit dem erhobenen Zeigefinger herumwedeln. Dann schon eher an Michael.

20. Kapitel

Geständnisse und Wahrheiten

Gerade heute, als ich an ihn denke, biegt der freundliche Kommissar in den Hof der ›Butterblume‹ ein, als ich dabei bin, das Café abzuschließen und noch einen kleinen Abendspaziergang mit Jojo zu machen.

Der Abend ist mild, doch es liegt bereits ein leichter Nebel auf dem See, wie ein Hauch, ganz sanft und zart. Die tief stehende Abendsonne scheint silbern auf dem Wasser, was beinahe mystisch wirkt.

Lange haben Michael und ich uns nicht gesehen. Er hatte drei Wochen Urlaub und war verreist und anschließend war ich in Detroit.

»Michael, wie schön, dich zu sehen.«

Auch er freut sich offensichtlich und wir umarmen uns wie alte Freunde.

»Wo warst du so lange?«

»Das wird dich überraschen – in Island.«

Ich kann kaum glauben, was er da sagt. Hatte er mir nicht erzählt, es sei immer der Traum seiner verstorbenen Frau gewesen, dorthin zu reisen? Und dass er sich schuldig fühle, weil er ihn ihr nie erfüllt hat?

Fragend sehe ich ihn an.

»Ich musste dorthin. Für sie, weißt du. Irgendwie habe ich mich ihr dort nahe gefühlt. Ich weiß nicht, ob du das verstehst. Ich konnte auch nicht nach Italien fahren und einen Urlaub verbringen, wie wir es so oft gemeinsam getan haben.

Also habe ich spontan einen Flug nach Reykjavik gebucht. Findest du das verrückt?«

»Aber nein, gar nicht. Ich finde den Gedanken sogar wunderschön«, antworte ich.

»Ich wollte gerade einen Spaziergang mit Jojo machen, der Abend ist so schön. Möchtest du vielleicht mitkommen und mir von deiner Reise erzählen? Nur mal so nebenbei, auch ich habe etwas Aufregendes zu berichten.«

»Wenn das so ist, bin ich natürlich dabei«, lacht Michael.

Er sieht großartig aus heute Abend. Entspannt, der Urlaub hat ihm gutgetan. Der leichte blaue Pullover, den er trägt, steht ihm jedenfalls ausnehmend gut und betont seine starken Schultern.

Schnell gehe ich ins Haus und hole meine Jacke, während Michael draußen mit Jojo auf mich wartet. Der Anblick der beiden Freunde im Garten hat etwas Verlässliches und Gutes, das meine Stimmung sofort hebt.

Wir beschließen, den schönen Weg am See entlang, Richtung Unteruhldingen, zusammen zu gehen.

»Weißt du eigentlich, warum ich überhaupt gekommen bin?«, fragt mich Michael lächelnd. »Ich habe gute Nachrichten für dich.«

»So?«, ich bin neugierig. »Ich dachte, du wolltest mir nur von Island erzählen.«

»Das auch, natürlich. Aber ich dachte, es interessiert dich vielleicht zuerst, wer in die ›Butterblume‹ eingebrochen ist.«

»Nein. Sag bloß, ihr habt endlich den Einbruch aufgeklärt.«

Ich bleibe stehen. Mein Herz klopft.

»Ja, endlich. Es mag vielleicht keine allzu große Überraschung für dich sein, Maja. Es war Giovanni beziehungsweise ein paar Freunde von ihm.«

»Giovanni?«

»Der Neffe von Pacocini.«

Und auf einmal fällt es mir ein: der merkwürdige Geruch, als ich am Abend des Einbruchs nach Hause kam. Natürlich, ich habe diese Mischung aus Zigarettenrauch und Herrenparfum schon einmal gerochen, und zwar, als ich Pacocini und diesem fiesen Neffen begegnete.

»Wusst' ich's doch, dass dieser Schleimer dahintersteckt«, entfährt es mir.

»Nein, Maja, du bist auf dem Holzweg. Pacocini hat nicht das Geringste damit zu tun, ganz im Gegenteil sogar«, versucht Michael, mich zu beschwichtigen.

»Aber du sagtest doch, dass dieser Giovanni, sein Neffe, dahinterstecke.« Ich verstehe das Ganze nicht so recht.

»Das stimmt auch. Wie wir inzwischen wissen, hat Pacocini ursprünglich diesen Giovanni aus Italien zu sich geholt, um seinem jüngeren Bruder einen Gefallen zu tun. Angeblich hat er dort nämlich schon allerhand Mist gebaut. Pacocini wollte ihm hier in Deutschland die Möglichkeit geben, von der schiefen auf die gerade Bahn zu kommen und sich eine eigene Existenz zu schaffen. Und natürlich hat er zu diesem Zweck einige vielversprechende Orte ins Auge gefasst. Pacocini ist ein gewiefter Geschäftsmann, der über viel Erfahrung verfügt und ein gutes Auge für gewinnbringende Investitionen hat. Natürlich stach ihm die ›Butterblume‹ aufgrund ihrer guten Lage genau deshalb ins Auge. Er hatte, so wie ich glaube, schon die Idee, sie dir abzuluchsen, um dann ein weiteres italienisches In-Lokal daraus zu machen. Zunächst einmal wollte er aber den Sommer über den jungen Giovanni ein bisschen unter die Lupe nehmen, um herauszufinden, ob dieser überhaupt dafür geeignet wäre. Man darf nämlich nicht vergessen, dass Pacocini sich alles selbst hart erarbeitet hat. Er hat viel Erfolg, ja, aber er hat auch unermüdlich dafür gearbeitet. Und genau das erwartete er auch von Giovanni.«

»Und?«, unterbreche ich Michaels Redefluss.

»Giovanni hatte leider überhaupt keine Lust auf Arbeit und Stress. Er fand das Leben seines Onkels zwar ganz toll, vergaß dabei aber, dass dieser bereits morgens früh um sieben Uhr in seinem Laden nach dem Rechten sieht. Er schlief lieber erst mal aus, weil er die Nacht zuvor auf dem schicken Motorboot seines Onkels mit irgendwelchen Tussis Champagner-Partys feiern musste. Pacocini wurde dieses nichtsnutzige Leben seines Neffen sehr bald leid und er drohte damit, ihn wieder nach Hause zu schicken, wenn er nicht endlich arbeiten würde. Giovanni wollte aber lieber Chef spielen wie sein Onkel. Durch diesen kannte er die ›Butterblume‹ und beschloss, dem Schicksal ein wenig nachzuhelfen. Er sah, dass du allein und ohne Mann dort herumwurschtelst, und dachte, wenn er dir ein wenig Angst macht, dann würdest du schon irgendwann aufgeben. Sein Onkel könnte ein Lokal dort eröffnen, das er dann betreiben könnte. Aber er hat nicht damit gerechnet, so eine mutige und zähe kleine Person anzutreffen, die sich nicht so schnell vertreiben lässt.«

Michael lacht.

»Nachdem seine kleine Aktion keinerlei Wirkung zeigte und du partout keine Anstalten machtest, auf das Angebot seines Onkels einzugehen, musste er wohl oder übel andere Wege beschreiten. Zumal sein Onkel ihn vor die Wahl stellte, endlich anständig zu arbeiten oder nach Italien zurückzukehren. Zu beidem hatte er ausgesprochen wenig Lust. Also trieb er sich mit ein paar anderen komischen Gestalten, die er bei seinen Zechtouren kennengelernt hatte, in Spielhallen herum und drehte das ein oder andere krumme Ding. Schließlich wurde er in Lindau bei einem Einbruch erwischt. Seine

Finger- und Fußabdrücke sind identisch mit denen, die wir bei dir im Garten und in der Gaststube der ›Butterblume‹ gefunden haben.«

Ich bekomme eine Gänsehaut, wenn ich daran denke, dass ich diesen Typen am selben Abend grinsend in Unteruhldingen gesehen habe, nachdem er zuvor in meiner ›Butterblume‹ eingebrochen und meinen kleinen Hund fast vergiftet hat.

»Ich glaube, Pacocini ist das Ganze gar nicht recht. Wie ich schon sagte, er ist zwar ein ausgekochtes Schlitzohr, aber kriminell, das ist er nicht.«

»Und wie geht es jetzt weiter?«, frage ich interessiert.

Ich spüre, wie mir ein Stein vom Herzen fällt. Im Unterbewusstsein hat mich dieser Einbruch die ganze Zeit doch sehr belastet und mir oft Angst gemacht. Wobei es auch dieser Ronny gewesen sein könnte, der nach seiner Frau gesucht hatte.

»Giovanni sitzt in Untersuchungshaft. Er hat nicht nur den Einbruch in Lindau und den bei dir, sondern noch ein paar andere Sachen zugegeben, die ihn mit Sicherheit eine Weile hinter Gitter bringen werden. Ist das nicht eine gute Neuigkeit?«

»Ja, klar. Das beruhigt mich auf jeden Fall sehr. Aber ich habe dir auch etwas zu erzählen«, verkünde ich und mache eine bedeutungsvolle Pause.

»Ich bin gespannt«, Michael guckt neugierig.

»Es geht um Isabella. Sie lebt.« Ich mache eine Pause. So überrascht, wie ich es mir erhofft hatte, ist Michael allerdings nicht.

»Aha, und woher weißt du das?«, erkundigt er sich.

»Weil ich sie getroffen habe.«

Das scheint ihn schon ein wenig mehr zu interessieren.

»Du hast sie gesehen? Wo denn?«

Ich erzähle Michael die ganze Geschichte. Angefangen mit der SMS, über den Goldbacher Stollen bis hin zu Isabellas Flucht, von der Angst vor ihrem Mann und der Furcht, doch noch von ihm entdeckt zu werden.

»Weißt du was, Maja? Ich habe die ganze Zeit nicht an einen Mord geglaubt. Meine Erfahrung sagte mir, dass sie noch lebt und dass ein anderer Mann dahintersteckt. Eine Zeitlang fasste ich einen Selbstmord ins Auge, aber da wir nie eine Leiche fanden, kam das nicht in Betracht. Dann wurde die Leiche einer anderen jungen Frau in Friedrichshafen entdeckt, die Isabella ähnlich sah. Für eine kurze Weile dachte ich, es könnte vielleicht ein Serienmörder hinter der ganzen Sache stecken. Nach einer Obduktion stellte sich heraus, dass die junge Frau in Friedrichshafen Opfer eines tragischen Unfalls geworden war. Sie hatte einen angeborenen Herzfehler und ihr Herz blieb beim Schwimmen im kalten Wasser stehen.«

So tragisch, wie das ist, bin ich doch froh, dass auch in diesem Fall kein gruseliger Mord die Todesursache war. Es hätte mir gar nicht gefallen, wenn sich in unserer idyllischen und lieblichen Gegend ein gewissenloser Mörder herumtreiben würde.

Inzwischen sind wir am Rebmannshof unterhalb der Birnau angekommen. Dieses historische Fachwerkhaus aus dem 17. Jahrhundert liegt direkt am See, gegenüber der Insel Mainau, und lockt mit einem gemütlichen Biergarten unter hohen, schattigen Bäumen.

»Lust auf eine kleine Stärkung?«

Das lasse ich mir nicht zweimal sagen. Ehrlich gesagt, bin ich ziemlich erschöpft.

Keine Ahnung, ob das an dem Spaziergang liegt, an der Schwangerschaft oder vielleicht am Jetlag. Möglicherweise ist es auch eine Mischung aus allem, jedenfalls bin ich total im Eimer und dankbar für eine Pause.

Wir bestellen Zwiebelkuchen und Suser für Michael und einen Salat mit Bodenseefelchenfilets und Traubensaftschorle für mich.

»Aber nun erzähle doch mal. Wie ist es denn so in Island? Oder sagt man *auf* Island?«, frage ich Michael.

Wie so oft, bemerke ich, dass es mit ihm wunderbar entspannt ist. Ich kann so sein, wie ich bin, ohne mich verstellen zu müssen.

»Wenn man das Land meint, sagt man sicher in Island, aber da es eine Insel ist, wäre auf Island sicher richtiger. Ich glaube, man kann beides sagen. Ach, Maja, es war fantastisch«, schwärmt Michael.

»So viel großartige Natur habe ich noch nie gesehen. Ich habe mir einen Geländewagen gemietet und bin einfach losgedüst. Zunächst an der bezaubernden Südküste entlang, wo es Wasserfälle gibt, Steilfelsen und eine Gletscherzunge. Ich habe im blauen Thermalwasser der ›Blauen Lagune‹ gebadet und viele Spaziergänge an der rauen Küste unternommen. Es gibt dort sogar einen schwarzen Strand. Ich habe natürlich eine Stadtbesichtigung der nördlichsten Hauptstadt der Welt gemacht, die über eine sehr charmante Altstadt und einen lebhaften Hafen verfügt. Die Menschen dort sind alle unglaublich freundlich. Außerdem nahm ich an einer Walbeobachtungsfahrt auf hoher See teil, das war auch eine tolle Sache. Dann bin ich weitergefahren und habe das Geysirgebiet und den Nationalpark besucht. Beim Wasserfall Gullfoss donnern die Wassermassen in den circa 70 Meter tiefen Canyon. Was auch fantastisch war, war der aktive Geysir Strokkur, der ungefähr alle fünf bis zehn Minuten eine kochend heiße Fontäne in die Luft schießt. Ein einmaliges Schauspiel, Maja, das kannst du dir nicht vorstellen«, begeistert er sich erneut.

»Ich freue mich so für dich, Michael. Das klingt nach einer ganz tollen Reise.«

»Das war es, Maja, und ich wünschte so sehr, dass ich sie mit Steffi hätte erleben können.«

»Ich bin sicher, dass sie die ganze Zeit über bei dir war, Michael.«

Ich nehme seine Hand, denn ich spüre, dass die Traurigkeit ihn erneut zu überwältigen droht.

Es wird noch eine lange Zeit vergehen, bis Michael wieder glücklich sein kann, das sehe ich ihm an.

»Was ist mit dir, Maja? Gibt es etwas Neues von Christian?«

Ich erzähle Michael nicht die Geschichte vom Flughafen, sondern zucke nur hilflos die Schultern.

»Die Sache mit uns ist Vergangenheit. Ich muss nach vorn sehen, weißt du. Für mich und mein Baby.«

Diesmal drückt er fest meine Hand.

»Es ist schon spät und wird langsam dunkel. Lass uns zurückgehen«, bitte ich ihn.

Vor der ›Butterblume‹ verabschieden wir uns.

»Es ist seltsam, Maja, am Anfang bin ich dienstlich hierhergekommen. Aber inzwischen gibt es keinen Grund mehr dafür, der Fall ist aufgeklärt. Trotzdem zieht es mich zu dir.«

»Das kann ich gut verstehen. Immerhin gibt es bei mir den besten Cappuccino und die einzigartigen Seehupferl«, scherze ich, um die Situation nicht ganz so peinlich werden zu lassen.

Trotzdem nimmt Michael mich liebevoll in den Arm.

»Ich möchte, dass du weißt, dass du auf mich zählen kannst, was immer auch sein mag.«

Es tut so gut, von Michael festgehalten zu werden. An seiner starken Schulter fühle ich mich sicher und geborgen.

Er bedeutet mir wirklich viel. Einen guten Freund kann ich weiß Gott mehr als brauchen. Doch ob er eines Tages mehr sein könnte als ein Freund?

21. Kapitel

»Der Traum«

In der Nacht träume ich komplett wirres Zeug. Zunächst bin ich in meinem Traum mit Michael in einem Geländewagen in einer nördlichen Gegend unterwegs, die so ganz anders ist als die liebliche Bodensee-Landschaft. Überall sind Felsen und Wasserfälle und Islandponys stehen auf grünen Wiesen.

»Ich bin immer für dich da«, sagt Michael gerade zu mir und hält meine Hand.

Auf einmal zwingt uns ein silberner Porsche zum Anhalten. Leon steigt aus. »Komm mit, Maja. Wir fahren zu den Sternen. Weißt du noch, das Feuerwerk?«

Dann sehe ich auf einmal Christian in seinem alten Volvo auf uns zufahren und will einen Schritt auf ihn zugehen, doch ich falle und falle und falle – ins Leere.

»Weißt du nicht mehr, was ich dir gesagt habe, Maja?«, höre ich auf einmal von ganz weit her Friedas Stimme flüstern. »Höre immer auf dein Herz. Das zeigt dir den richtigen Weg.«

Schweißgebadet wache ich auf. Verschwunden ist der Traum und flüstern tut nur noch der Wind in den Bäumen. Ich stehe auf und schließe das Fenster.

Sanft scheint das Mondlicht auf den schon wieder von leichtem Nebel überzogenen See und die ›Sommerwind‹ schaukelt sacht auf den Wellen.

Schon einmal hat mir ein Traum den Weg gezeigt, den ich gehen soll. Mein ›Butterblumentraum‹ – doch was wollte der heutige Traum mir sagen?

Ich bin total verwirrt, als ich am nächsten Morgen meinen Morgenkaffee trinke. Doch so langsam glaube ich, dass mir mein Unterbewusstsein tatsächlich eine wichtige Botschaft vermitteln wollte:

Ich muss in meinem Leben aufräumen. Und weil ich irgendwo damit anfangen muss, kann ich gleich das Wichtigste zuerst machen, auch wenn es mir schwerfällt.

Dem Anlass entsprechend, wähle ich ein schwarzes Baumwollkleid, das ich mit einem roten Tuch und roten Ballerinas ein bisschen herausputze. Ein wenig Make-up, roter Lippenstift und ein Band um die Locken, es kann losgehen.

Zunächst halte ich am Blumenladen und besorge einen Strauß Lilien, Friedas Lieblingsblumen. Dann fahre ich zum Friedhof.

»Die Blumen sind für dich, liebe Frieda. Ich habe gemerkt, du wolltest mir heute Nacht im Traum etwas sagen, ich weiß nur noch nicht richtig, was es war. Aber ich werde schon dahinterkommen. Jedenfalls muss ich dir auch etwas sagen: Nämlich, dass ich dich schrecklich vermisse.«

Ich stelle den Blumenstrauß in eine Vase auf ihrem Grab und gehe zum Auto zurück. Es ist noch wunderbar mild und warm, auch wenn die bunten Blätter an den Bäumen und die Luft bereits den Herbst verkünden.

Heute Nacht nach dem Traum habe ich mir überlegt, vielleicht in Friedas Haus einzuziehen und den Traum meiner Mutter, dort im nächsten Frühjahr eine Bed & Breakfast-Pension zu eröffnen, in die Tat umzusetzen. Ich glaube, ich sollte die Vergangenheit hinter mir lassen und nach vorn sehen. Und in der ›Butterblume‹ kann ich das nicht. Viel zu sehr werde ich dort ständig an Christian erinnert. Ich muss ein neues Leben anfangen. Das bin ich nicht nur mir, sondern auch dem Kind, das in mir wächst und sich mittlerweile bereits bemerkbar macht, schuldig. Auch wenn ich es mir anders gewünscht hätte. Die Dinge entwickeln sich eben nicht immer so, wie wir sie uns erträumen.

Während ich noch so vor mich hin grübele, bin ich schon in Hagnau auf dem Weingut der Römfelds angekommen. Dort werden gerade die Vorbereitungen für das Hof-Weinfest getroffen und zahlreiche Tische und Bänke aufgestellt sowie kleine Buden, an denen es sicher wieder so manche Leckereien und natürlich den wunderbaren Römfeld-Wein geben wird.

Ich stelle den Mini ab und gehe den restlichen Weg zu Fuß. Schon von Weitem kann ich Leon erkennen, der in einem schwarzen Poloshirt und Jeans, noch dazu sonnengebräunt, wie immer fantastisch aussieht. Er steht mitten in einer Gruppe von jungen, hübschen Frauen, die ihn alle anhimmeln. Vermutlich sind das die Damen, die die Bewirtung übernehmen und jetzt die letzten Anweisungen bekommen. Er sagt gerade etwas und die Damen brechen in Gelächter aus.

Jede einzelne von ihnen würde sich vermutlich glücklich schätzen, wenn sie die Frau an seiner Seite sein dürfte. Ich sehe mich um und frage mich wie so oft, warum ich das nicht sein möchte.

Das imposante Gebäude, in dem die Familie wohnt, überhaupt das ganze Anwesen inmitten der Weinberge über dem See, der Porsche vor der Tür – das alles ist Leons Welt und wird es immer sein. Jedoch nicht meine.

»Maja, was für eine Überraschung. Was machst du denn hier?«

Leon hat mich entdeckt und kommt mit großen Schritten auf mich zu.

»Ich wollte dich auch schon anrufen und fragen, ob du heute Abend herkommen und das Fest mit mir verbringen möchtest«, strahlt er mich an.

»Danke, Leon, das ist sehr nett von dir. Siehst du, da bin ich dir ausnahmsweise einmal zuvorgekommen«, grinse ich zurück.

»Aber ich merke, dass du sehr beschäftigt bist. Vielleicht sollte ich besser ein andermal kommen?«

»Nein, Maja. Jetzt bist du hier und wir trinken einen Kaffee zusammen, ja? Das wollte ich sowieso gerade tun.«

Er führt mich zur Terrasse und ich bin wieder einmal beeindruckt von dem herrschaftlichen Ambiente und dem wunderbaren Blick auf den See.

»Setz dich, Maja, ich sage Bescheid, dass Paula uns einen Milchkaffee bringt. Oder möchtest du lieber etwas anderes?«

»Nein, Milchkaffee ist super.«

Leon geht ins Haus und nur etwa zehn Sekunden später steht Katharina vor mir. Ihre schmale Figur steckt in karierten Golfhosen und einem rosa Pullover.

Schmallippig gibt sie mir die Hand und sagt vorwurfsvoll:

»Hallo, Maja. Das ist jetzt aber ein bisschen ungünstig mit dem Besuch. Du weißt doch, dass heute unser Hoffest ist.«

»Natürlich, Katharina. Keine Sorge, ich trinke nur eine schnelle Tasse Kaffee mit Leon und dann bin ich auch schon wieder weg.«

Sie sieht mich misstrauisch an.

»Ist nicht böse gemeint, Maja, aber an solchen Tagen haben wir eben viel zu tun.«

Das weiß ich doch, will ich antworten, doch Katharina wartet meine Antwort gar nicht ab, sondern lässt mich stehen und geht zu den anderen auf den Hof.

Kurz darauf kehrt Leon mit zwei Tassen heißem Milchkaffee zurück.

»Voilà. Fast wie in der ›Butterblume‹«, lacht er.

Himmel, wie fange ich jetzt nur an?

Er sieht so fröhlich aus, hier auf seiner Terrasse inmitten seiner geliebten Weinberge.

»Leon, ich … muss dir was sagen«, beginne ich vorsichtig.

»Heraus damit«, sagt er und nimmt einen Schluck aus seiner Tasse, wobei ein wenig Milchschaum auf seiner Oberlippe bleibt.

»Es ist so …, dass ich …, nein …, ähmmm …, wir …«

Oh Gott, ist das schwer.

»Leon, hör zu. Wir beide, wir hatten eine verdammt schöne Zeit. Und du bedeutest mir noch sehr viel. Das wirst du vermutlich auch immer tun. Aber ich kann die ›Butterblume‹ nicht aufgeben und zu dir ziehen.«

»Nein?« Leon zieht fragend eine Augenbraue hoch.

»Was willst du eigentlich, Maja?«, wird er auf einmal unwirsch. »Den Märchenprinzen, der dich auf Händen trägt? Den gibt es doch nur im Film.«

Ja, was will ich? Ich will gar keinen Märchenprinzen, der mich auf Händen trägt. Und ich brauche auch dieses glamouröse Schicki-Micki-Leben nicht. Ich will was Echtes, jemanden, der für mich da ist. Ich denke an Steve und meine Mutter. An seinen Blick voller Sorge im Krankenhaus und wie er ihre Hand hielt im Garten. Das ist es, was ich will.

Jemanden, der auch meine Hand hält… Was immer auch geschehen mag.

»Nein, Leon, den Märchenprinzen suche ich nicht. Obwohl du ein absolut heißer Kandidat für diese Rolle wärst, das muss ich schon mal sagen. An dir liegt es auch ganz sicher nicht. Ich danke dir, dass du für mich und das Baby sorgen wolltest, obwohl es nicht deins ist. Das ist unglaublich großzügig von dir, aber…«

»Aber du reißt dir lieber den Hintern auf, um für ’nen Appel und ’n Ei für andere Leute Cappuccino und Kekse zu machen, in einem gemieteten Haus. Statt dir an meiner Seite auf diesem Gut ein schönes Leben zu gönnen. Ist es das, was du mir sagen möchtest?«

»Nein …, doch, schon … irgendwie. Das alles hier ist dein Leben, Leon. Nicht meines. Und es wäre unfair, wenn ich so tun würde, als könnte ich das alles irgendwann lieben«, stammele ich hilflos daher.

Und dich lieben, möchte ich hinzufügen, denke es aber nur. So sehr wünsche ich mir, dass er mich versteht. Ich will ihn nicht verlieren als Freund. Er hat so viel für mich getan und war, nicht nur in der letzten Zeit, immer für mich da. Und was tue ich? Ich stoße ihn vor den Kopf.

»Leon, ich wünsche mir …«

Doch Leon ist es auf einmal egal, was ich mir wünsche. Er ist wütend und enttäuscht, das sehe ich ihm an. Abrupt steht er auf.

»Gut, Maja. Ich habe dich schon verstanden. Wenn du mich jetzt bitte entschuldigen würdest.«

Mit diesen Worten geht er schnellen Schrittes zu dem lebhaften Treiben auf dem Hof zurück.

Warum fühle ich mich denn jetzt so schlecht? Ich wollte doch nur klare Verhältnisse schaffen und Ordnung in mein Leben bringen. Das habe ich nun davon. Wieder mindestens einen Menschen traurig gemacht, wenn nicht sogar zwei, wenn ich mich mit dazu zähle.

Trotzdem weiß ich, dass ich mich richtig entschieden habe. Jedenfalls habe ich Leon endlich die Wahrheit über meine Gefühle gestanden, denke ich, während ich traurig zu meinem

Auto zurückgehe. Er wird eine Frau finden, die ihn und das alles hier zu lieben und zu schätzen weiß. Ich steige ein und fahre davon, ohne mich noch ein einziges Mal umzusehen.

22. Kapitel

»Ein neues Leben«

Am darauffolgenden Wochenende wird es auf einmal richtig herbstlich. Doch obwohl es recht kühl geworden ist, haben, angelockt durch den herrlichen Sonnenschein, viele Spaziergänger den Weg am See entlang zur ›Butterblume‹ gefunden, die anschließend noch lange auf unserer schönen Terrasse sitzen.

Meine Tochter und Ben sind dabei, einige Sachen aus Ninis Zimmer für ihre gemeinsame Wohnung zu holen und in einem von Bens Freund geliehenen VW Bus zu verstauen.

Sie sieht glücklich aus, das Studium hat begonnen und macht ihr viel Freude. Auch das Zusammenleben mit Ben scheint gut zu harmonieren.

»Hör mal, Mami, komm ja nicht auf die Idee, mein Zimmer zu vermieten«, bestimmt Nini. »Ich habe die Absicht, nach wie vor häufig am Wochenende am See zu sein, und da möchte ich mein Jungmädchen-Zimmer unverändert vorfinden, hörst du?«

»Hmmmmm, schade, liebes Töchterlein, aber ich habe es gerade an einen jungen Mann vermietet. Tut mir leid, aber er sieht unwiderstehlich aus und ich dachte …«, versuche ich einen kleinen Scherz.

»Mama. Untersteh dich.« Sie lacht.

Nini merkt, dass ich nur dabei bin, Rührseligkeiten zum Abschied zu vermeiden. Dabei ist uns beiden komisch zumute.

Ich kann ihr auch nicht sagen, dass ich mit dem Gedanken spiele, die ›Butterblume‹ zu verlassen und in Friedas Haus zu ziehen. Wenn jetzt im Herbst am See endlich Ruhe einkehren wird, kann ich mir immer noch überlegen, wie es weitergehen soll.

»Wann kommst du uns denn endlich einmal besuchen?«, forscht Nini und hievt den letzten Koffer in den Bus.

»Ich habe vor, im November zwei Wochen Betriebsferien im Café zu machen. Dann beginnt hier sowieso die Nebelsaison und es werden sicher nicht mehr so viele Spaziergänger vorbeikommen. Es wird mir guttun, zur Ruhe zu kommen nach dem ganzen Stress im Sommer. Im Dezember haben sich bereits einige Gäste für Advents- und Weihnachtsfeiern angemeldet und dann habe ich noch das Glück, eine Lesung von Frau Basts neuem Bodensee-Krimi hier zu haben.«

»Als ob wir nicht schon Krimi genug erlebt hätten im Sommer«, lacht Nini. »Weißt du noch, die Leiche am Teufelstisch? Apropos, was macht eigentlich der ›Herr Kommissar‹?«

»Oooch, der kommt hin und wieder einmal auf einen kleinen Cappuccino vorbei. Du weißt ja, er liebt unsere Seehupferl«, antworte ich ausweichend.

Michael schaut in der Tat ab und zu bei mir herein, und zwar nicht nur, wenn er in der Gegend ist, was mich sehr freut.

»So, so, die Seehupferl.« Nini nickt verschwörerisch.

»Nini, was denkst du. Wir sind nur Freunde, wirklich.«

Und das sind wir auch. Etwas anderes wäre für uns beide im Moment nicht denkbar, auch wenn die Freundschaft uns beiden guttut. Nini sieht mich einen Moment lang an und dann fällt sie mir um den Hals. Der Abschied ist da.

»Danke, Mami, für alles. Du bist die beste Mami, die es gibt, das weißt du, ja?«

»Jetzt haut schon ab.«

Ich kann nicht verhindern, dass mir nun doch die Tränen kommen. Was für ein Blödsinn. Schließlich wird sie nicht weit weg sein von mir, immer wieder zum See kommen. Auch ich kann sie besuchen, so oft ich möchte. Und doch wird es anders sein. Keine gemeinsamen nächtlichen Back-Aktionen mehr und Problem-Gespräche über das Leben im Allgemeinen und die Liebe im Besonderen.

»Bitte komm, sobald es geht, Mami, ja? Oder vielleicht besuchen wir dich nächstes oder übernächstes Wochenende«, verabschiedet sich Nini. Auch ihr kullern ein paar Tränen die Wange herunter.

»Kein Stress. Wir mailen und telefonieren, ja? Bitte ruf mich sofort an, wenn ihr angekommen seid, hörst du?«

Die beiden steigen ein und winken noch aus dem Fenster, während sie vom Hof der ›Butterblume‹ fahren. Ich fühle mich schrecklich. Obwohl Nini auch in den letzten Wochen bereits viel bei Ben war, hatte der heutige Umzug doch etwas Endgültiges an sich.

Zum Glück habe ich noch ein wenig im Café zu tun, was mich abzulenken vermag. Doch irgendwann haben sich auch die letzten Gäste verabschiedet und alles ist geputzt und aufgeräumt. Auf einmal kommt mir das Haus so leer vor. Ob ich Emily anrufen soll? Aber dann fällt mir ein, dass Thomas inzwischen aus der Reha zu Hause ist und ich möchte sie auf keinen Fall von ihm loseisen. Es ist noch hell, daher beschließe ich, mit Jojo einen kleinen Spaziergang in Überlingen auf der Promenade zu machen. Das wird mich sicher auf andere Gedanken bringen, dort ist immer etwas los. Ich ziehe meinen Trenchcoat über und Stiefel an, denn gegen Abend wird es doch schon empfindlich kühl. Der See schimmert geheimnisvoll im Abendlicht. Die Farben sind so viel sanfter als im Sommer, nicht mehr so hell und strahlend, aber doch zauberhaft schön. Auf der Promenade sind viele Spaziergänger unterwegs und die zahlreichen Restaurants sind gut besucht. Ich komme an Pacocinis Lokal vorbei und sehe ihn mit Gästen plauschen. Er scheint tatsächlich immer in seinem Laden zu sein, das ist bewundernswert. Von nichts kommt eben nichts. Kein Wunder konnte er mit dem nichtsnutzigen Tunichtgut Giovanni nichts anfangen. Er entdeckt mich und winkt in meine Richtung, ich solle herüberkommen. Doch ich tue so, als würde ich das Ganze nur für einen Gruß halten, winke zurück und gehe weiter. Ich weiß zwar, dass er mit dem Einbruch in die ›Butterblume‹ nichts zu tun hatte, und doch bin ich noch immer nicht darüber hinweg, wie sein ungeratener Neffe versucht hat, mich von dort zu vertreiben. Vor allem, wenn ich an den kleinen leblosen Hundekörper denke, den ich an jenem Abend halbtot vorgefunden habe.

Mein Weg führt mich an den Lokalen, die mittlerweile idyllische Windlichter für ihre Gäste auf der Terrasse angezündet haben, vorbei und ich schlendere durch den prachtvollen Stadtgarten. Ich komme mir fast so vor wie auf der Insel Mainau. Der Garten strahlt eine wohltuende Ruhe aus und ist selbst jetzt im Herbst noch herrlich gepflegt. Die riesengroßen Bäume verfärben sich langsam und es wird nicht lange dauern, da werden die vielen hohen Kakteen wieder in ihr Winterlager einziehen. Auf einmal stehe ich vor dem historischen Gallerturm und setze mich dort auf eine Bank.

Vor mir liegt der Bodensee im Dämmerlicht und während ich den rosa verfärbten Abendhimmel betrachte, denke ich an den Spruch von Marcel Proust, den Christian im Sommer bei unserem Picknick zitiert hat.

Wie lautete er noch? Ich kann mich nicht erinnern…

›Versuche stets, ein Stückchen Himmel über deinem Leben freizuhalten.‹

»Christian. Was machst du denn hier?«

Mein Herz rast so sehr, dass ich glaube, es wird in tausend Stücke zerspringen. Ich habe überhaupt nicht gemerkt, dass jemand gekommen ist, so sehr war ich in Gedanken versunken. Christian setzt sich neben mich, ohne mich anzusehen, und blickt stattdessen auf den See.

»Ich bin gekommen, weil ich dich etwas Wichtiges fragen muss, Maja. Du warst nicht zu Hause und Jojo und dein Auto habe ich auch nicht entdeckt. Also schloss ich daraus, dass du irgendwo anders als in Nußdorf einen Spaziergang machst. Frag mich nicht, wieso, aber ich bin einer inneren Stimme gefolgt und die hat mich hierher geführt.«

Ich kann absolut nichts antworten. Meine Hände und Knie zittern so sehr, dass ich heilfroh bin zu sitzen. Es ist idiotisch. Hirnverbrannt. Ich habe mit dir abgeschlossen, Christian. Ich bin gerade dabei, dich zu vergessen, sagt mein Verstand. Doch mein Herz sagt etwas ganz anderes. Ich versuche, die Worte zu ignorieren, die es sagt.

Ich will sie nicht hören, denn mein Herz sagt, dass er alles ist, was ich will. Und je wollte. Dass ich nichts bin ohne ihn. Dass ich nichts anderes will, als in seinen Armen zu sein.

Ich ignoriere die Stimme. Ich will das nicht. Ich will nie wieder diese Schmerzen fühlen. Also drehe ich mich weg und blicke in Richtung der Stadt zum Münster, damit er in meinen Augen nicht lesen kann, was er mir bedeutet.

»Was stand in dem Brief, Maja?«, fragt Christian. Ich kann fühlen, dass sein Blick auf mir ruht.

»Du weißt genau, was in dem Brief stand, Christian. Tu bitte nicht so, als hättest du ihn nicht bekommen. Erspare uns das einfach, ja?«

»Ich habe keinen Brief von dir bekommen, Maja.«

Christian sieht mich ruhig und ernst an.

»Nach dem, wie du dich verhalten hast, habe ich geglaubt, du wärst wieder mit Leon zusammen. Dann traf ich dich am Flughafen und entdeckte, dass du schwanger bist, und ich dachte, du würdest jetzt mit ihm eine Familie gründen. Das hat mich so enttäuscht.«

»Warum in aller Welt sollte ich das tun?« Mir verschlägt es die Sprache. »Christian, was willst du von mir? Warum bist du gekommen? Du hast dich aus meinem Leben verabschiedet, was schmerzhaft genug für mich war. Ich habe eine Weile gebraucht, damit fertig zu werden. Doch ich bin gerade dabei, darüber hinwegzukommen und ein neues Leben anzufangen. Also bitte. Mach es mir doch nicht schwerer, als es sowieso schon ist. Sag mir nur bitte: Was willst du?«

Zum zweiten Mal an diesem Tag ist mir zum Heulen. Doch ich reiße mich zusammen. Was bildet er sich ein? Lässt wochenlang nichts von sich hören, dann steht er auf einmal vor mir.

»Du hast am Flughafen von einem Brief gesprochen, aber dann hattest du es plötzlich eilig zu verschwinden. Vor ein paar Tagen war Isabella in meinem Büro. Die letzten Termine hatte Daniela mit ihr wahrgenommen. Isabella erzählte mir, dass ihr euch getroffen habt und du ihr sagtest, du würdest glauben, ich sei wieder mit Daniela zusammen. Ist das wahr, Maja?«

»Christian, was soll das? Ich *glaube* nicht, ich *weiß*, dass du wieder mit ihr zusammen bist. Und zwar nicht erst, seitdem ich euch beide am Flughafen gesehen habe, sondern schon seit dem Tag, als ich bei dir in Stuttgart war und sie mir die Tür öffnete.«

»Du warst bei mir? Wann?« Christian schaut mich verständnislos an.

»An dem Tag, als ihr gemeinsam zur Theaterpremiere wolltet. Hat sie dir denn das Armband nicht gegeben?«

Christian sieht mich verständnislos an.

»Theaterpremiere? Ich war nie mit Daniela bei einer Theaterpremiere. Hör zu, Maja, wir sind geschieden. Wir arbeiten noch zusammen. Noch, sage ich bewusst, weil ich hoffe, dass auch das absehbar sein wird. Allerdings ist das nicht ganz so einfach, weil wir noch viele Verträge zusammen abgeschlossen haben. Aber wir sind kein Paar mehr, schon lange nicht mehr. Auch wenn sie hin und wieder in Stuttgart vorbeikommt.«

»Aber ich dachte …«

Ich verstehe das nicht. Daniela hat doch gesagt, sie würden ins Theater gehen und sie hat ›Schatz‹ gerufen, als Christian unter der Dusche stand. Das habe ich mir doch nicht eingebildet.

»Und das Armband?«

Immerhin habe ich ihr das Armband dagelassen, mit der Bitte, es Christian zurückzugeben.

»Du meinst das Tiffany-Armband, das ich dir geschenkt habe? Das hat Daniela mir am Flughafen in die Hand gedrückt, kurz nachdem wir uns getroffen hatten. Du hattest etwas von einem Brief erwähnt und da sagte sie: ›Ach ja, Christian, da kam tatsächlich mal ein Brief vom Bodensee, als du in Kanada warst. Da stand allerdings nichts weiter drin, er enthielt nur dieses Armband. Ich dachte, es sei vielleicht als Überraschung für mich gedacht.‹«

Dieses Miststück. Sie wusste genau, dass es mein Armband war.

»Als sie mir dein Armband, das du angeblich kommentarlos an mich geschickt hattest, gab, wurde mir einiges klar. Dein seltsames Verhalten, deine Schwangerschaft, und ich hatte dich mit Leon gesehen. Ich zählte eins und eins zusammen und mir wurde bewusst, dass ich dich wohl endgültig verloren hatte.«

»Wann hast du mich mit Leon gesehen?«, frage ich irritiert.

»An deinem Geburtstag.«

Als Christian meinen verständnislosen Blick sieht, erklärt er: »Dachtest du im Ernst, ich würde dich an deinem Geburtstag allein lassen und nur ein paar Blumen schicken? Gut, wir hatten einen dämlichen Streit. Aber ich wollte ihn aus der Welt räumen und dich überraschen. Welche Gelegenheit wäre wohl besser geeignet gewesen als dein Geburtstag? Leider kam ich natürlich wieder einmal viel zu spät aus dem Büro, doch ich glaubte, du wärst ganz bestimmt noch im Café. Aber als ich in die Seestraße einbog, sah ich dich gerade fröhlich mit Leon in einem nagelneuen silbergrauen Porsche davonfahren. Mir wurde schlagartig klar, dass da wohl wieder mehr zwischen euch läuft. Wenn du sogar deinen Geburtstag mit ihm verbringst ...«

»Leon hat viel für mich getan und bedeutet mir sehr viel als Freund. Mehr nicht. Aber das alles sagst du nur, um von dir abzulenken«, werde ich wütend.

»Wer hat mich denn die ganze Zeit im Stich gelassen, um sich um seine Exfrau zu kümmern?«

»Ich weiß, dass es schwer für dich ist, das zu verstehen, Maja. Daniela war einmal ein sehr wichtiger Mensch für mich. Es war schrecklich zu sehen, dass es ihr plötzlich so schlecht ging. Ihre Tablettensucht und der Selbstmordversuch. Das war ein Hilfeschrei, verstehst du? Also half ich ihr, eine Therapie zu machen, und unterstützte sie auch sonst, so gut es ging. Daniela hat keine Eltern mehr und auch keine Geschwister. Ich war der Einzige, der für sie da war, habe mich für sie verantwortlich gefühlt. Besonders, nachdem ich ihr das Leben gerettet hatte.«

Christian holt tief Luft.

»Dummerweise hat sie meine Hilfe missverstanden. Nicht nur, dass ich wochen- und monatelang ihre Arbeit mit übernehmen und ihre ganzen Fehler ausbügeln musste, obwohl ich die Kanzlei in Kanada komplett an sie übertragen wollte. Auf einmal hängte sie sich nur noch an mich. Meine Hilfe ihr gegenüber deutete sie offenbar als Liebe und wollte mich um jeden Preis zurück. Da sie meine Gefühle dir gegenüber kannte, warst du ihr dabei im Weg. Du hast es ihr aber auch leicht gemacht und dich komplett aus meinem Leben verabschiedet, Maja.«

»Und Pacocini? Ich habe dich mit ihm auf der Uferpromenade gesehen und dachte, du würdest nun ihm die ›Butterblume‹ vermieten wollen.«

»Weil du mir das Armband vor die Füße geworfen hast? Nein, Maja, ich hätte dir niemals die ›Butterblume‹ weggenommen, ich weiß doch, was sie dir bedeutet. Pacocini hatte ein paar komplizierte Immobilienverträge, zu denen er meinen Rat suchte. Und da er sein Lokal nie verlassen kann und ich ohnehin gerade am Bodensee war, verabredeten wir uns auf einen Cappuccino in seinem Restaurant. – Maja, was stand in dem Brief?«

In dem Brief, den Daniela offenbar unterschlagen hat, denke ich im Stillen.

Ich hole tief Luft. »Christian, ich bekomme ein Kind von dir.«

Mir wird auf einmal klar, dass wir uns beide wie Idioten benommen haben. Aus Misstrauen und Eifersucht haben wir die falschen Schlüsse gezogen und etwas sehr Wertvolles zerstört. Wir hätten nur ein einziges Mal miteinander reden sollen. Endlich kann ich Christian ansehen. Und was ich in seinen Augen sehe, lässt die Stimme meines Verstandes komplett verstummen und nur noch mein Herz sprechen. Es ist inzwischen dunkel, doch ich habe es nicht einmal bemerkt, auch nicht, dass es kalt geworden ist. Ich lege den Kopf an seine Schulter und kann vor Glück kaum atmen, als er mich in seine warmen Arme nimmt. Auch wenn wir auf einer kalten Parkbank sitzen, weiß ich endlich: Ich bin zu Hause.

ENDE

Verführerische ›Mandel-Vanille-Seehupferl‹

(12 Stück)

Für den Teig benötigt man:
100 g weiche Butter
100 g Zucker
2 Eier, leicht verquirlt
3 Tropfen Bittermandelaroma
1 Tütchen Vanillezucker
4 EL Sahne
175 g Mehl
2 TL Backpulver
70 g gemahlene Mandeln

Für das Topping bereitet man eine Buttercreme aus:
100 g Butter
200 g Puderzucker
2 Tropfen Bittermandelaroma
2 EL geröstete Mandelblättchen zum Dekorieren

Den Backofen auf 180 Grad vorheizen.

12 Cupcake-Förmchen auf das Backblech legen oder eine Muffinform mit 12 Papierbackförmchen auslegen und auf das Backblech setzen.

Die Butter, den Vanillezucker und den Zucker in einer großen Schüssel schaumig schlagen. Die Eier nach und nach einarbeiten, das Bittermandelaroma und die Sahne zugeben und unterrühren.

Mehl und Backpulver in die Schüssel sieben und alles zu einem glatten Teig rühren. Die gemahlenen Mandeln unterheben und den Teig in die Förmchen füllen.

15-20 Minuten backen, herausnehmen und abkühlen lassen.

Für die Buttercreme die Butter in einer Schüssel cremig rühren.

Den Zucker einstreuen, das Bittermandelaroma zugeben und alles glatt rühren. Vorsichtig auf die »Seehupferl« streichen und mit den Mandelblättchen bestreuen.

Köstliche ›Schoko-Küsschen‹

(10 Stück)

Für den Grundteig benötigt man:
50 g geschälte Mandeln
75 g Puderzucker
35 g Eiweiß
1 Prise Salz
20 g Zucker
1 Msp Backpulver
10 g Kakaopulver

Für die Füllung:
2 EL Sahne
70 g Zartbitterschokolade
85 g weiche Butter
15 g Puderzucker

Mandeln mit dem Puderzucker fein mahlen. Grobes aussieben (sonst wird das Baiser nicht glatt.).

Eiweiß mit Salz schaumig schlagen, Zucker einrieseln lassen, steif schlagen.

Mandelmasse, Backpulver und Kakaopulver mischen, mit dem Rührlöffel unter den Eischnee heben, bis eine glatte, zähflüssige Masse entsteht.

Mit dem Spritzbeutel Teigringe (ca. 4 cm Durchmesser) auf Backpapier setzen.

Im vorgeheizten Backofen bei 130 Grad Umluft 15 Minuten backen. Auf dem Blech abkühlen lassen.

Für die Füllung Sahne zum Kochen bringen, vom Herd nehmen. Schokolade klein hacken und in der Sahne schmelzen lassen. Inzwischen die Butter mit dem Puderzucker schaumig rühren. Schokosahne einrühren, nochmals aufschlagen. Die Füllung mit dem Spritzbeutel auf eine Hälfte der ›Küsschen‹ verteilen, Törtchen zusammensetzen. Kühl stellen.

Danksagung

Von Herzen danke ich allen Leserinnern und Lesern der ›Butterblumenträume‹ aus nah und fern, die mich durch viele schöne Begegnungen und herzliche Gespräche nicht nur bei meinen Lesungen dazu ermutigt haben, die Geschichte um die drei Frauen aus Überlingen weiter zu erzählen. Es hat mich sehr berührt, dass viele von ihnen nicht nur ebenso wie ich in die zauberhaufte Bodenseelandschaft verliebt sind, sondern mit der Geschichte regelrecht ›mitgelebt‹ und sich in der einen oder anderen Situation sogar wiedererkannt haben.

Es ist ein schönes Gefühl, wenn man anderen durch seine Arbeit ein wenig Freude bereiten kann … mehr kann man als Autorin nicht erwarten.

An dieser Stelle möchte ich mich auch ganz herzlich beim gesamten Team des Gmeiner-Verlags bedanken, das mich in jeder Hinsicht großartig unterstützt.

Ganz besonders aber bei der wunderbaren Claudia Senghaas, die von Anfang an an mich geglaubt hat und mir seitdem immer wieder beweist, dass Freundschaft neben der Liebe das Wichtigste im Leben ist!

Und da das Beste ja bekanntlich zum Schluss kommt, möchte ich mich jetzt bei meinen Kindern bedanken. Bei Marc, der mir soviel Arbeit abgenommen hat, damit ich die nötige Zeit habe, um zu schreiben und mich zu vielen Lesungen gefahren hat. Bei Sandrina für so viele Ideen, Inspirationen und unzählige Tassen Tee, sowie die leckersten Salatkreationen der Welt, wenn ich mal wieder keine Zeit zum Kochen hatte. Und bei Simona, die mir mit unendlicher Geduld am PC geholfen hat, das Geschriebene in eine ordentliche Form zu bringen. Ihr seid einfach toll!

Das Neueste aus der Gmeiner-Bibliothek

Unser Lesermagazin

Bestellen Sie das kostenlose Krimi-Journal in Ihrer Buchhandlung oder unter www.gmeiner-verlag.de

Informieren Sie sich ...

www ... auf unserer Homepage:
www.gmeiner-verlag.de

@ ... über unseren Newsletter:
Melden Sie sich für unseren Newsletter an unter www.gmeiner-verlag.de/newsletter

f ... werden Sie Fan auf Facebook:
www.facebook.com/gmeiner.verlag

Mitmachen und gewinnen!

Schicken Sie uns Ihre Meinung zu unseren Büchern per Mail an gewinnspiel@gmeiner-verlag.de und nehmen Sie automatisch an unserem Jahresgewinnspiel mit »mörderisch guten« Preisen teil!